Tous Continents

Pour que tienne la terre

Projet dirigé par Pierre Cayouette et Myriam Caron Belzile

Conception graphique : Nathalie Caron
Mise en page : Julie Larocque
Révision linguistique : Eve Patenaude et Chantale Landry
En couverture : © Dave Fleetham/Design Pics/Corbis

Québec Amérique
329, rue de la Commune Ouest, 3ᵉ étage
Montréal (Québec) Canada H2Y 2E1
Téléphone : 514 499-3000, télécopieur : 514 499-3010

Nous reconnaissons l'aide financière du gouvernement du Canada par l'entremise du Fonds du livre du Canada pour nos activités d'édition.

Nous remercions le Conseil des arts du Canada de son soutien. L'an dernier, le Conseil a investi 157 millions de dollars pour mettre de l'art dans la vie des Canadiennes et des Canadiens de tout le pays.

Nous tenons également à remercier la SODEC pour son appui financier. Gouvernement du Québec – Programme de crédit d'impôt pour l'édition de livres – Gestion SODEC.

Conseil des Arts Canada Council
du Canada for the Arts

SODEC
Québec

Catalogage avant publication de Bibliothèque et Archives nationales du Québec et Bibliothèque et Archives Canada

Demers, Dominique
Pour que tienne la terre
(Tous continents)
ISBN 978-2-7644-1241-1
I. Titre. II. Collection : Tous continents.
PS8557.E468P678 2014   C843'.54   C2013-942334-6
PS9557.E468P678 2014

Dépôt légal : 1ᵉʳ trimestre 2014
Bibliothèque nationale du Québec
Bibliothèque nationale du Canada

© Éditions Québec Amérique inc., 2014.
quebec-amerique.com

Imprimé au Québec

DOMINIQUE DEMERS

Pour que tienne la terre

Québec Amérique

À mon ami Guy Cantin,
pêcheur de gros saumons
et de toutes petites baleines

Thomas

La mer est quasiment étale, à peine frangée de vagues, un brin huileuse, plus noire que bleue. Je m'y fie pas. Je la connais. En moins de temps qu'il faut pour tirer une barque jusqu'à l'eau, elle peut fabriquer une de ces tempêtes qui avale les hommes et charrie les goélettes jusque sous les fenêtres des maisons.

C'est arrivé du temps que j'habitais plus bas sur la côte. Ligori, un des meilleurs chasseurs de loups-marins entre Rivière-au-Tonnerre et Kegaska, a perdu son bâtiment d'eau qui est allé s'échouer devant la porte de son voisin. Un pareil emportement de mer a volé à Baptiste son plus jeune fils, Fabien, qui comme nous tous maîtrisait bien des arts de survie mais avait jamais appris à nager.

J'ai connu tant de jours en mer dans ma vie que souvent des scènes de toutes sortes, des moments de grâce ou d'effroi et d'autres tout simples, frappés d'ordinaire, se confondent dans mon esprit. Des odeurs s'y mêlent, avec des souffles, des cris, des apparitions magnifiques ou monstrueuses venus du passé et parfois aussi, faut que j'admette, de quelque part ailleurs.

Comme ce matin. J'étais à deux miles de la côte, vis-à-vis la première pointe, à l'est des dunes. J'attendais depuis une grosse heure, assis bien droit dans ma barque, scrutant la surface de l'eau un brin ridée par le vent à cette heure. J'ai cru tout à coup apercevoir un souffle au loin mais c'était rien qu'un fou de Bassan crevant l'eau en faisant jaillir une pluie de gouttelettes. Un peu après, sans que rien l'annonce, l'horizon et la côte ont disparu dans un banc de brume.

Je me suis pas laissé émouvoir. J'en ai vu d'autres. C'était pas la première fois que je me retrouvais aussi seul en plein océan. Quand tout paraît bouché, il faut chercher les maigres indices éparpillés dans le ciel et en mer. Il en reste toujours. Trop d'hommes paniquent. Ils figent raide ou partent dans n'importe quelle direction. Pas moi.

J'ai attendu. Longtemps. Le temps écoulé se mesure pas toujours. Malgré ce brouillard, j'espérais. C'est normal. J'espère toujours. Ma vie est un grand filet d'espérance.

Elle a surgi dans un fracas de tonnerre à trois pieds de moi. Son jet m'a éclaboussé le visage de petites perles d'eau. Ma vieille amie, ma Belle Bleue. Elle s'est arrachée à ses occupations mystérieuses dans les entrailles du monde pour remonter jusqu'à moi.

Si j'ai pas bougé, c'est moins pour pas l'effrayer que par grand respect. Depuis nos premières retrouvailles, il y a plus d'un quart de siècle maintenant, j'ai jamais tenté de m'imposer. Je la laisse gouverner nos rencontres, satisfait de vivre dans l'attente de ses surgissements glorieux. J'engouffre ces minutes de bonheur comme elle engouffre le krill. Pour la survivance. Et pour la suite du monde.

Elle a rien fait d'autre qu'apparaître ce matin. Un bref passage. Une salutation amicale. Elle s'est pas arrêtée pour converser en silence, ses mouvements et mes pensées remplaçant les paroles. Elle a simplement émergé, soufflé avec toute la puissance de son corps gigantesque, puis elle m'a laissé contempler pendant quelques secondes l'île sombre de son dos à la surface de l'eau avant de repartir farfouiller dans les profondeurs.

C'est ce qui s'est passé ce matin. J'en suis presque certain. Mais la réalité peut être trompeuse. Il arrive que le vrai semble imaginé. Et que l'imaginé paraisse vrai. Ma Bleue était disparue depuis plusieurs minutes quand un soleil brutal a déchiré la brume. Des quantités inouïes de sang se sont répandues, rougissant la mer sous mes yeux. J'ai attendu, glacé d'effroi. Lorsque ma Bleue est remontée pour respirer, de longues minutes plus tard, une lance était plantée dans son dos. J'ai vu son évent se dilater, son souffle, aussi fort qu'un coup de canon, exploser dans l'air tiède. Un jet écarlate a fusé en répandant une pluie sanglante. C'est là qu'elle a poussé un beuglement de douleur à scier les jambes et arracher le cœur du plus dur des hommes. Un de ces cris si déchirant qu'il vous poursuit toute la vie.

De la berge où je suis maintenant installé, devant la mer redevenue étale, j'entends encore ses mugissements désespérés. Je reste là, confus de douleur et d'impuissance, pendant que le soleil meurt lentement à l'horizon comme à chaque soir.

Gabrielle

Il pleuvait à Montréal hier après-midi lorsque le taxi m'a déposée à l'embarcadère Victoria où un chasseur en livrée s'est emparé de ma valise sans que j'aie à prononcer une parole. Je me suis laissé guider. C'était la première fois de ma vie que je montais sur un bateau blanc.

J'ai grandi à Tadoussac, à deux pas du quai où les calèches attendaient les riches clients du célèbre Hôtel Tadoussac. Cent fois, mille fois lorsque j'étais petite, j'ai rêvé de descendre moi aussi d'un de ces bateaux à vapeur géants, nommés Québec, Richelieu, Tadoussac ou St Lawrence, vêtue d'une robe légère et de souliers fins, élégamment coiffée, délicatement maquillée, accompagnée d'un beau grand jeune homme d'allure distinguée.

J'ai trente ans. Bientôt trente et un. Je me nomme Gabrielle Deschamps. Le vent du large a emmêlé mes cheveux courts et de longues nuits d'insomnie cernent mes yeux. Au lieu d'une robe vaporeuse, je porte un pantalon marine, un chemisier sans garnitures et de simples escarpins.

Je suis seule.

Même si j'ai longtemps rêvé de cette croisière, ni le luxe, ni les passagers, ni le menu princier n'ont réussi à m'émouvoir. Je m'y attendais. Mon cœur a fini de faire des cabrioles. J'ai quitté il y a déjà longtemps les rivages enchantés de l'enfance pour m'enfoncer dans un territoire où, de jour en jour et d'année en année, le ciel s'est progressivement assombri. Tant et tellement qu'il fait nuit désormais dans ma vie. Le soleil ne s'y lève plus. Ou si peu souvent…

C'est quand même arrivé aujourd'hui, juste avant que le grand vapeur atteigne le quai à deux pas de là où je suis née. On aurait dit une aube brusque, déclenchée en moi par les cris des goélands et l'air salin lourd de souvenirs. Je les avais oubliés. Du coup, j'ai perdu mes défenses. Le ciel et l'eau m'ont happée sans que j'y sois préparée. Alors que les collines de Tadoussac ourlaient l'horizon, la splendeur des lieux m'a saisie avec tant de force que pendant un moment j'en ai oublié de respirer.

J'ai eu l'impression de renaître, éblouie de beauté, émergeant d'une sordide torpeur comme d'un mauvais rêve. Je ne me souvenais plus de la dernière fois où je m'étais sentie aussi effrontément et merveilleusement vivante. On aurait dit que la rivière Saguenay coulait dans mes veines, que la lune soulevait ses marées dans mon ventre et que la baie de Tadoussac creusait son rivage entre mes reins.

Treize lourdes années de vie s'effaçaient. J'existais à nouveau. J'étais redevenue la petite lutine de l'Anse à l'Eau, espiègle et gaie, formidablement heureuse de sautiller sur les berges au gré des marées. J'existais à nouveau jusqu'à ce qu'un chiffre malheureux, une simple date anniversaire, ravage tout.

— *Dad? Are we the twenty-fifth or the twenty-sixth?* a demandé une jeune fille appuyée à la balustrade du pont du Richelieu.

Je n'ai pas entendu la réplique du père. La date d'aujourd'hui est tatouée sur mon cœur. Nous sommes le 24 juin 1950. Il y a un an moins un jour que c'est arrivé. Un an moins un jour que je ne vis plus. J'avale de l'air, je bois de l'eau, je mange, j'élimine, je dors un peu parfois. J'existe mais je ne suis plus vivante. Le ciel de Tadoussac peut me le faire oublier pendant quelques instants, mais l'épouvantable réalité qui est la mienne me rattrapera toujours.

— *Good afternoon. May I help you ?*

   — Je voudrais une chambre s'il vous plaît.

   — Bien sûr. Vous avez une réservation à quel nom ?

   — Je n'ai pas de réservation.

Silence.

   — Ça ne cause pas de problème. La saison débute, nous n'affichons pas complet ce soir. Ce sera pour... deux personnes ou davantage ?

   — Je suis seule.

Un mouvement de sourcil à peine perceptible.

   — Bien... Bienvenue. Je peux vous offrir une chambre...

   — Avec vue sur le fleuve. La mer, comme on dit ici.

Pincement de narines compensé par un demi-sourire.

   — Malheureusement, les chambres avec vue sur le fleuve sont toutes réservées. Je suis désolé.

Je l'ai regardé droit dans les yeux. J'avais l'impression de le connaître même si je ne l'avais jamais rencontré. Un étudiant de l'Université McGill. Parfaitement bilingue. Parfaitement poli. Mais incapable de dissimuler son étonnement teinté d'un brin de condescendance devant une femme seule, francophone en plus, débarquée sans avertissement.

— Je voudrais une chambre avec vue sur l'eau, osai-je de nouveau.

J'avais appris de ma mère, de ma cousine Luvina, de Gordon, l'assistant-jardinier, et de Fernande Chiasson, qui travaillait avec maman à la buanderie à l'époque, que les Anglais ont l'habitude d'insister, d'un ton ferme et assuré, pour obtenir ce qu'ils souhaitaient.

Il me fallait une fenêtre sur le fleuve. Sinon, mon pèlerinage n'avait plus de sens. Le préposé à la réception est resté impassible, visiblement peu impressionné par ma détermination.

— C'est important…

Ma voix s'est cassée sur le dernier mot. J'ai eu envie de fuir. Oublier cette folle équipée. Trouver une caverne. Une grotte. Un trou. Quelque part. N'importe où. M'y enfouir. Et mourir.

— Je vais voir ce que je peux faire.

Le jeune homme s'est éclipsé. J'ai attendu, debout devant le comptoir de bois verni de la réception en jetant un regard de biais au vaste salon lumineux où d'élégants clients prenaient le thé dans un décor de luxe. Quelques minutes plus tard, le préposé est réapparu et il m'a tendu une clé.

— Permettez-moi de vous donner quelques renseignements sur notre établissement. Nous disposons d'une piscine, d'un terrain de tennis, d'une salle…

— Merci. C'est inutile… Je connais bien l'Hôtel Tadoussac.

Le chasseur a pris mon unique valise et m'a guidée à l'étage. Je n'étais jamais entrée dans une chambre de l'Hôtel Tadoussac, ce lieu magique vers lequel convergeaient tant de mes rêves de petite fille et d'adolescente. La porte s'est ouverte. Le chasseur a reculé d'un pas pour me laisser passer. J'ai découvert une chambre de dimension presque modeste, sobrement meublée bien qu'avec goût. J'avais imaginé un décor digne d'une princesse de conte de fées. Le papier peint à la mode anglo-saxonne et les lourdes tentures conféraient à la pièce un air aristocrate plus sévère que romantique.

— La chambre vous convient ?

Quelques secondes se sont écoulées.

— Oui.

La porte s'est refermée derrière moi. J'ai marché lentement vers la fenêtre et j'ai tiré les rideaux. Le soleil a inondé la pièce. Ce qui s'offrait à ma vue était encore plus beau que tout ce que j'avais pu imaginer. J'avais eu raison de croire que les chambres de l'Hôtel Tadoussac étaient aux premières loges de ce spectacle unique d'eau, de ciel, de sable et de roc.

D'illustres voyageurs ont écrit que la baie de Tadoussac est une des plus splendides du globe. En l'apercevant du promontoire où a été construit l'hôtel, on voudrait spontanément l'étreindre et on a l'impression qu'en ouvrant bien grand les bras on y parviendrait peut-être. Si Dieu existe, il ne s'est pas satisfait d'y dérouler un bord de mer et de l'entourer de montagnes ondulant à perte de vue, ni d'y faire se rencontrer de fabuleux courants d'eau douce et salée, remuant les fonds grouillants de poissons pour mieux exciter les oiseaux et les grandes créatures des mers. Cette baie semble avoir été découpée sur mesure pour offrir au regard un espace idéal de beauté. Après s'être repu sur le rivage, au lieu de se perdre comme en mer, il glisse à la surface de l'eau, erre et dérive doucement avant de trouver refuge sur la bande de terre que dessine au loin l'autre rive. C'est un paysage noble et imposant mais sans prétention, depuis la hauteur des caps environnants jusqu'à l'architecture du clocher de bois de la vieille chapelle qui semble veiller sur l'Hôtel Tadoussac, protégeant ses fantômes et pardonnant ses péchés.

J'ai reculé de quelques pas sans détacher mon regard de la fenêtre et me suis écroulée sur le lit. J'ai pleuré jusqu'à ce que l'épuisement m'entraîne dans un sommeil agité.

À mon réveil, le jour était tombé. J'ai pris une douche rapide en songeant que ma hâte était ridicule. J'aurais dû étirer le temps, rester de longues minutes sous le jet d'eau chaude, les yeux fermés pour mieux profiter de cette caresse sur ma peau, mais j'en étais incapable. J'ai enfilé une robe de coton grège agrémentée d'un peu de dentelle et des souliers de cuir souple avant de descendre à la salle à dîner.

Je savais que des souvenirs de cette unique autre fois où j'ai pris un repas dans la salle à dîner du chic Hôtel Tadoussac, à l'été de mes seize ans, risquaient d'affleurer, mais ils se manifestèrent à peine. La date anniversaire du 25 juin occupait entièrement mon esprit. Je me suis installée devant une des grandes fenêtres ouvertes sur la baie, satisfaite de remplir la promesse que je m'étais faite de m'offrir ce repas en hommage à mes rêves d'enfance, seule et brave, attablée devant la nuit noire. J'aurais espéré pouvoir contempler les étoiles, mais la galerie ceinturant l'hôtel me cachait le ciel. J'ai commandé une surprise du chef en entrée et du saumon grillé pour la suite.

Le garçon de table avait une tignasse blonde, une peau claire, des yeux pâles. S'il avait été plus robuste, la ressemblance avec Philippe m'aurait bouleversée. Elle m'a juste assez déstabilisée pour que j'avale sans vraiment y goûter la salade de pamplemousse et de crevettes servie dans l'écorce du fruit. Peu après, j'ai attaqué le filet de saumon en gardant les yeux rivés sur la flamme de la bougie allumée à ma table.

Il ne s'est rien produit d'anormal. Il n'y a pas eu de déclencheur. Mais je me promène avec une bombe dans le ventre. Elle explose sans qu'on puisse prévoir. C'est arrivé alors que j'allais goûter au panais joliment présenté. J'ai dû me lever trop brusquement car les clients des tables voisines se sont tus lorsque j'ai quitté la salle à dîner. Le maître d'hôtel m'a poursuivie comme si j'espérais me sauver sans payer mon repas. Son « Madame ! » a résonné dans le grand hall désert. Je me suis retournée juste avant de franchir la porte menant à la terrasse et j'imagine que le désarroi sur mon visage a dû le surprendre car il s'est informé d'un ton affable avec des mots que j'oublie sur l'état de ma santé. J'ai ouvert la bouche pour répondre mais aucun son n'est sorti.

Dehors, l'air salin m'a apaisée. Une brise chaude embaumait la nuit à peine éclairée par un mince filet de lune. Personne ne pouvait me voir. J'ai retiré mes longs bas et mes souliers, puis j'ai marché sur la berge, pieds nus comme au temps de mon enfance. Des grains de sable humide et frais s'inséraient entre mes orteils et le poids de mon corps creusait des empreintes sur la plage. C'était bon, même si je savais que ce n'était qu'une trêve. Tant que je serai vivante la douleur s'attachera à moi telle une ombre. Elle restera mon unique compagne.

La pluie s'est mise à tomber sans que je m'en aperçoive. J'ai poursuivi ma promenade sur le rivage jusqu'à ce que de longs frissons me ramènent vers l'hôtel, les cheveux en pagaille et la robe collée à la peau. J'ai pu atteindre ma chambre sans croiser personne. Ma robe est tombée sur le sol près du lit. Je me suis glissée nue sous les couvertures, encore bercée par le bruit des vagues au creux desquelles je me suis endormie.

Mon corps coule. Je voudrais l'en empêcher. M'accrocher à quelque chose. Ou à quelqu'un.
Rien. Il n'existe rien.
L'effroi se mêle à l'horrible sensation de brûlement, d'éclatement, de déchirement.
Je suffoque.

L'eau s'engouffre dans mes narines.
Ne plus respirer. Mes lèvres se scellent par réflexe. Mes oreilles bourdonnent. Mes poumons brûlent. Un poing gigantesque broie mes côtes. Mes yeux ne captent que du noir.
J'ai besoin d'air. Vite.
L'étourdissement me gagne. J'en oublie de fouiller le noir pour nager vers le soleil. Émerger. Enfin. Engouffrer de l'air. Avaler du ciel.
Un aimant puissant continue de m'attirer vers le fond.
Je ne veux pas mourir. J'ai soif d'air et j'ai faim de lumière. Aidez-moi. Quelqu'un. Arrachez-moi au monstre qui veut m'engloutir. Forcez-moi à me débattre. Je ne veux pas disparaître dans l'eau.
Mes membres s'engourdissent. Mon corps glisse. Je me noie.
Je meurs.
— AU SECOURS!

La sueur plaque le drap blanc contre ma peau alors que j'émerge lentement du cauchemar. Depuis un an, tous les matins se ressemblent. Je meurs dans mes songes pour renaître tristement en ouvrant les yeux.

L'aube s'est levée. Par la fenêtre de ma chambre du célèbre Hôtel Tadoussac, ce palais de rêves de mon enfance, j'aperçois un ruban de brume flottant au-dessus de la baie. La mer est à son plus haut. À son plus beau. Elle va se retirer doucement puis recommencer à lécher les battures. Dans douze heures elle aura de nouveau entièrement recouvert le territoire qui lui est consenti. La lune et l'eau restent prévisibles. Les marées sont fidèles. Tout le reste est piégé. Je le sais.

Nous sommes le 25 juin 1950.

Thomas

Je l'ai aperçue de loin et me suis aussitôt méfié. Elle avançait comme si la plage lui appartenait. Et la mer et le ciel avec. Les touristes de l'Hôtel Tadoussac ont beau se croire tout permis, ils marchent ordinairement avec moins d'assurance et malgré leur grande bêtise ils ont conscience d'une frontière invisible. Ça se voit. Ça se sent. C'est pas pour rien qu'ils s'éloignent pas trop de la bâtisse. Ils se croient peut-être maîtres des rivières à saumons parce qu'ils paient des guides qui pêchent quasiment pour eux, mais ils savent d'instinct que la mer c'est pas leur royaume et que les cris des goélands ont fonction d'avertissement. Ces charognards du ciel sont gardiens des mers. Leurs sparages servent pas rien qu'à emplir l'air de bruit. Ils s'excitent et criaillent pour éloigner les intrus.

Pas très grande, un brin maigrichonne, la tignasse blonde échevelée, elle m'a rappelé Jeanne. Je me suis approché en vieux loup, sans rien déranger, mais j'aurais fait du tapage qu'elle m'aurait pas plus remarqué. Elle habitait son propre petit monde qu'elle transportait avec elle, ça je l'ai bien vu. Une femme tortue.

Je lui voulais pas de mal. Je veux de mal à personne, même si Lomer Bourgault jure le contraire et le crie sur tous les toits.

Je suis vieux, un peu perdu des fois, mais pas tant que ça vu que je le sais. Je fais ce que je dois faire. C'est tout. J'ai suivi l'intruse parce que c'est mon devoir. Quand je suis pas en mer, j'aide les goélands.

La marée avait creusé dans le sable des cuvettes remplies de minuscules bêtes frétillantes réveillées par le soleil neuf. La femme a marché droit dans une d'elles sans se soucier des créatures sous ses pieds. C'est là que j'ai vu l'étoile de mer échouée sur son trajet. Elle allait l'écraser, c'est sûr. Elle avançait les yeux braqués sur un spectacle invisible sans se soucier de ce qui l'entourait. J'ai fait trois pas rapides et je l'ai poussée pour l'empêcher d'écraser l'animal. Un coup d'œil m'avait suffi pour savoir que les cinq bras étaient encore souples, un peu tordus par endroits, signe que l'étoile était vivante.

La folle a hurlé comme si au lieu de la secouer un brin je venais de l'éviscérer vivante. Ça m'a tellement surpris que je me suis emmêlé les jambes, le diable seul sait comment. Je me suis retrouvé étalé sur le sable, grognant de douleur parce que dans ma grande chance je venais de m'abîmer la cheville en tombant. La femme est restée debout, les bras ballants. Elle m'aurait pas toisé avec plus de méfiance si j'avais eu la lèpre. Au bout d'une éternité, elle a compris que j'étais blessé. Elle s'est approchée lentement, s'est agenouillée sur le sable et s'est mis en tête de me déchausser.

Fichez-moi la paix! Allez-vous-en! que je lui ai crié.

Elle a continué son manège malgré mes ordres clairs, ce qui fait que j'ai dû me débattre en secouant ma seule jambe vaillante. Elle a pris peur et reculé un peu.

Je vais chercher du secours à l'hôtel, qu'elle a dit d'une voix morne.

Malgré qu'elle soit la cause de mon malheur, elle semblait pas une once repentante. Je me suis relevé sans un regard pour elle et j'ai fait quelques pas. Je m'attendais à ce que ça me tire du jus mais c'était cent fois pire. Je suis pourtant endurant. J'en ai vu de toutes les couleurs. J'ai prouvé plus qu'une fois qu'avec du cœur au ventre, on peut venir à bout de n'importe quoi. Mais ce coup-là, la douleur était plus forte que moi. C'est bête. Ça avait beau être rien qu'un tour de cheville, dès que mon pied touchait le sol, une décharge me vrillait tout le corps. J'en avais la cervelle sonnée. La preuve c'est que je suis tombé de nouveau. Dans les pommes cette fois.

En ouvrant les yeux, j'ai reconnu le docteur Harold. Et la femme. Elle avait même pas eu à atteindre l'hôtel. Un médecin lui était venu du ciel. Juste au bon moment. Elle devait s'imaginer un miracle. Elle pouvait pas deviner que le docteur se promenait sur la plage parce qu'il me cherchait justement. Et qu'il savait où me trouver.

Vous allez survivre, a promis le docteur Harold en examinant ma cheville.

Je me suis redressé sur les coudes, prêt à me remettre sur pied.

Stop, monsieur Thomas! a ordonné le docteur en plaquant une main sur ma poitrine. Entendez-moi bien : si vous ne suivez pas mes consignes, vous serez des mois sans marcher.

Ces deux mots ont résonné dans ma tête. *Sans marcher.* Sans marcher? Vous riez de moi. C'est pas possible, voyons. Il faut que je mette un pas devant l'autre pour atteindre ma barque. Et après, pour la remiser. Et ensuite pour faire le guet. Pour arpenter le rivage et monter au sommet des dunes et pousser jusqu'au cap quand la mer est trop mauvaise. Il faut que je puisse avancer sur mes deux jambes, la meilleure et l'autre. Obligatoirement. Les baleines ont besoin de moi. Le docteur Harold le savait pourtant. Qu'est-ce qui lui prenait d'oublier ?

Je n'y peux rien, monsieur Thomas, il a bredouillé comme s'il m'avait entendu penser. C'est ainsi. Mais ce n'est pas grave. Vous allez vite vous remettre de ce fâcheux incident.

C'est là que j'ai eu un pressentiment affreux. Ce qui venait d'arriver, c'était pas rien qu'un fâcheux incident. C'était un tournant. La fin ou le début de quelque chose d'important.

Qu'est-ce que je dois faire ?

Aucun poids sur le pied blessé pendant au moins deux semaines, a répondu le docteur. Après, on verra.

En gros, j'avais le choix entre terrible et pire. Deux semaines ou peut-être des mois. La femme m'observait de ses yeux perçants où je lisais encore plein de méfiance. Et des traces de crainte aussi. Elle avait un visage pâle de fille de la ville et donnait l'impression d'être insensible à tout. Les étoiles de mer aussi bien que les humains, les baleines et les goélands. Je l'aurais étripée.

Au lieu de ça, j'ai respiré un grand coup d'air salé. La mer du matin était d'un blanc laiteux, vidée de bleu sous un soleil déjà chaud. Il allait faire extraordinairement beau. Une journée d'observation glorieuse complètement gaspillée. Les précieux surgissements des baleines seraient sans témoin. Les pages de mon carnet resteraient blanches. Et ma Belle Bleue me chercherait peut-être. J'enrageais rien que d'y penser.

Et si jamais… Si jamais ils en profitaient pour mieux chasser ?

Les frères Bourgault pourraient tirer parti de mon malheur en appareillant leur chaloupe pour aller abattre trois ou quatre beaux marsouins sans que je puisse les empêcher.

Ah oui! C'est sûr… C'est ce qui va arriver. Tout se sait ici. Les rumeurs courent plus vite que les hommes. Oyez! Oyez! Le vieux fou est handicapé! Le terrain est libre. La chasse est grande ouverte.

Lomer aura une main sur le moteur et l'autre en visière. Il connaît presque aussi bien que moi les coutumes des baleines, surtout les petites. Il sait lire les courants, identifier les remous, étudier le ciel et le mouvement des oiseaux, deviner les géographies sous-marines, tenir compte des marées et de l'heure du jour pour prédire où les petites baleines blanches iront s'épivarder, jamais méfiantes, toujours joyeuses et si désespérément naïves.

Assis devant, Oscar se tiendra prêt à épauler sa carabine à la moindre apparition d'une ombre pâle. Oscar sait viser. Il rate rarement sa cible. Le coup de feu fera éclater le silence. La balle va trouer la chair blanche. Les chasseurs vont foncer sur leur proie avec toute la puissance de leur trop gros moteur et juste au bon moment, Lomer va projeter sa lance. La lame va percer la peau luisante. Lomer halera sa proie en tirant sur le cordage fixé à la lance, puis il va récupérer son arme et l'utiliser pour percer un trou sous la mâchoire de la baleine agonisante. Il enfilera une corde dans ce trou et la fera ressortir par la gueule béante. Je le vois faire un nœud solide et traîner l'animal derrière son embarcation comme si c'était rien qu'une vulgaire chose, une pièce d'équipement ou un déchet à ramener au rivage. Les deux complices vont rentrer avec un sourire triomphant, leur barque remorquant des cadavres dans une traînée de sang.

Trop d'images sanglantes se bousculaient dans ma tête. Je sais parfois reconnaître les signes. Les scènes imaginées deviennent plus réelles que des vraies. Puis tout se brouille. L'odeur du sang me colle aux narines et des mugissements pas endurables emplissent le ciel. Les lances plongent et replongent, impitoyables, perçant le cuir, crevant la peau. Les plaintes des bêtes enflent et grossissent encore pour créer un assemblage douloureux qui semble sortir du ventre de la terre.

Arrêtez-les! Vite! Dépêchez-vous. Ils vont tout détruire. Les frères Bourgault et tous les autres assassins éparpillés sur la côte. Arrêtez-les! Vite! Dépêchez-vous. Sinon les baleines vont disparaître à jamais en emportant avec elles les plus précieux secrets du monde. C'en sera bientôt fini de nous tous. Il y aura plus d'hommes, ni d'oiseaux, ni de bêtes, rampantes ou galopantes. Il y aura plus d'aube, ni de lune, ni de marée, plus de commencement ni de fin. Vous avez pas compris? Elles sont témoins du passé et gardiennes du futur. Arrêtez les barbares! Dites-leur avec des mots qu'ils comprendront que chacune de ces créatures participe à l'équilibre du monde. Chacune est toute-puissante en même temps que fragile et essentielle.

Monsieur Thomas… Tout va bien. Calmez-vous, a dit le docteur.

Il est… fou? a demandé la femme. C'est ça? Je m'en doutais… Je l'avais bien vu!

Je les entendais. Mais de loin.

Taisez-vous. S'il vous plaît.

La voix du docteur était ferme. La femme s'est tue.

Harold

Je ne l'ai pas reconnue tout de suite. À cause de Thomas qui réclamait toute mon attention et parce qu'il y a quand même presque vingt ans que je l'ai rencontrée. Elle porte à son cou le même minuscule médaillon accroché à une fine chaîne d'or blanc ou d'argent. C'est ce qui m'a convaincu. Sinon, je ne sais pas si j'aurais fait le lien entre l'exubérante fillette de l'Anse à l'Eau et cette femme impitoyable, aussi pauvre de joie que l'enfant de mes souvenirs en était comblée. Ce qui favorise un peu la reconnaissance, il faut dire, c'est que la femme d'aujourd'hui a conservé de la fillette d'hier, bien que de manière fort différente, une indiscutable beauté.

J'ai détesté sa façon de dévisager Thomas avec froideur et distance, peut-être même avec répulsion. Heureusement que l'homme a belle allure. Il se tient droit et paraît bien pour son âge même si le soleil et le vent ont gravement ridé son visage. J'ai connu et traité des vieillards un peu perdus drôlement plus repoussants. Qui crient, crachent, bavent, gesticulent, grimacent de manière effroyable et menacent de tout casser, parvenant ainsi à effrayer les plus braves. Thomas n'est pas de ceux-là et cette femme est sans doute du genre à croire encore la folie contagieuse. Peut-être ces derniers sont-ils particulièrement à risque. Le pire, c'est qu'on leur en injecterait bien une petite dose dans l'espoir de libérer en eux un peu de sensibilité et d'humanité.

Cette femme, Gabrielle, la fille de Berthe Deschamps, si mon souvenir est bon, est née à Tadoussac dans une petite maison plantée au milieu d'une rue collée au fjord, tout près de là où des goélettes sont mises en cale sèche. C'est un endroit magnifique. Elle y a passé toute son enfance, sans doute davantage, et pourtant elle a désormais à mes yeux l'allure détestable d'une plate citadine. Froide et morne, égoïste et méfiante. Quel gâchis !

Pauvre Thomas. Il a refusé que je le fasse porter à l'Hôtel Tadoussac où une quinquagénaire diabétique et deux vieillards arthritiques patientaient dans la salle d'attente de la vaste pièce du rez-de-chaussée qui me sert de cabinet. J'ai dû promettre à mes patients de revenir sans faute en fin d'après-midi. Pour mieux me faire pardonner, j'ai ajouté que j'aurais alors tout mon temps et que nous pourrions prendre le thé après les consultations. Ils me présenteraient leurs amis et nous pourrions bavarder tranquillement en dégustant les meilleurs sandwiches au concombre et au beurre de la planète.

Cette promesse les consola tout à fait. Mes patients les plus réguliers ont en commun de s'ennuyer à mourir même dans ce lieu paradisiaque. Toutes les entorses à la routine du jour sont accueillies avec bonheur.

— *Is somebody expecting? Are you leaving us to deliver a baby?* s'est enquise la quinquagénaire, les yeux brillants de curiosité.

— *No. Unfortunately. An accident…*, ai-je répondu en laissant derrière moi trois patients aussi curieux de la nature de l'accident évoqué que déçus de savoir que je ne les abandonnais pas pour accomplir un acte aussi réjouissant que celui de mettre un enfant au monde.

J'ai pris Thomas dans ma voiture et l'ai conduit jusque chez lui par cette route affreuse qui à la fin se transforme presque en sentier et convient mieux aux chevaux qu'aux automobiles. D'habitude, je m'arrête plus haut et je franchis le reste du chemin à pied, mais à cause de Thomas j'ai voulu m'approcher davantage. Il a pris appui sur mon épaule, acceptant de sautiller sur sa bonne jambe pour ne pas empirer l'entorse, et nous sommes ainsi arrivés chez lui.

Thomas Dutoit est né le 9 août 1873. Il habite une cabane en bois de grange percée de deux malheureuses fenêtres qui ne laissent passer que peu de lumière. Il vit sans eau ni électricité et n'a plus de cheval. Cet accident qui pour d'autres ne représenterait qu'un pénible contretemps prend pour lui l'allure d'une catastrophe. J'ai tenté, en route, d'explorer avec lui quelques solutions pour les prochains jours, mais il était trop agité pour m'entendre.

Depuis notre première rencontre, il y a exactement vingt-neuf jours, je ne l'ai jamais vu aussi dissocié de la réalité que dans ma voiture tout à l'heure entre Tadoussac et chez lui. On m'a livré plusieurs récits de ses crises dites d'hystérie et j'ai été témoin de monologues fiévreux, de délires et de divagations, mais il me semble qu'ils n'étaient pas empreints d'une aussi lourde charge d'angoisse et de désespoir qu'aujourd'hui. J'en comprends la source. Le vieil homme ne peut accepter d'abandonner ses protégées pendant toute la durée de son rétablissement.

Au village, on l'appelle « le fou des baleines ». Le jour de mon arrivée à Tadoussac, à la fin mai, il venait tout juste de quitter le magasin général lorsque j'y suis entré. Comme à chaque semaine, il était venu arpenter le rivage, depuis le quai où accostent les bateaux blancs jusqu'à Pointe-Rouge, avant d'aller faire provision de quelques denrées qu'il rapporte dans un sac accroché à son dos, parcourant à pied les quatre miles jusqu'à sa cabane. Des voitures et des attelages s'arrêtent parfois pour lui offrir d'écourter sa route mais Thomas refuse toujours.

— À part sa commande, il a pas dit un mot, rapportait Alcide Dufour.

— C'est qu'il en mène pas large. Il sait que son temps est compté. Si Lomer continue de haranguer le curé, il va finir par l'avoir de son bord et le fou des baleines va gagner un voyage gratis à l'asile.

Ce dernier mot m'a immédiatement alerté. J'ai accepté le poste de médecin à l'Hôtel Tadoussac le temps d'un été qui marque la fin de mes années de pratique en médecine générale car je suis désormais en droit de pratiquer la psychiatrie, ma véritable passion. Si j'ai repoussé mon entrée dans cet univers, c'est en souvenir d'un mois magique à l'été de mes dix-sept ans. Mon père avait accepté de remplacer au pied levé un confrère qui passait ses étés à l'Hôtel Tadoussac à titre de médecin de l'établissement. Son épouse étant gravement malade, le confrère avait dû rentrer d'urgence à Montréal. Nous avions vécu, mes sœurs et moi, des vacances inoubliables dans une maison d'été si proche du rivage qu'elle trempait presque dans l'eau à marée haute.

J'aurais voulu en entendre davantage sur le personnage destiné à l'asile, mais mon entrée au magasin général avait interrompu les conversations. Le nouveau médecin volait la vedette au fou des baleines.

Après des présentations polies et quelques propos banals, je me suis permis d'interroger les deux hommes occupés un peu plus tôt à discuter avec la marchande derrière le comptoir.

— Son nom, c'est Thomas. Il est pas d'ici, m'expliqua un des hommes.

— Mais pas de si loin quand même…, glissa l'autre.

— Il était aux Escoumins juste avant. Ils l'ont chassé parce qu'il embêtait les chasseurs de baleines. Il s'est établi à quelques miles d'ici du côté de Moulin-Baude. Il vit avec quasiment rien.

— Et il ne va pas bien, c'est ça ?

Les deux hommes échangèrent un regard avant de pouffer de rire.

— Bien ou pas bien, c'est pas toujours aisé à dire. Une chose est sûre : il a un gros grain.

— Ça tourne pas rond dans sa tête. Des bouts ça va et puis d'un coup il se met à dire n'importe quoi. Des discours à n'en plus finir. Pire qu'un curé monté en chaire en plein carême ! S'il faisait rien que jacasser, ça irait quand même, mais le Thomas s'enflamme. On est accommodant par ici. La charité chrétienne, c'est pas juste bon pour les livres de catéchisme. Mais l'fou des baleines s'est fait des ennemis et je parierais sans peur de perdre qu'il finira pas l'année par ici.

Les deux hommes prenaient visiblement plaisir à me livrer ce récit. En bons orateurs, ils me firent patienter quelques instants, histoire d'aiguiser ma curiosité, avant de poursuivre.

— On sait qu'aux Escoumins, il a fait enrager les chasseurs de petites baleines en défonçant leurs fascines. Les hommes ont perdu pas moins de huit belles prises. Quand on pense au prix du baril d'huile et à l'effort fourni par les hommes pour préparer et planter les centaines de perches qui font une fascine, il y a pas à se surprendre de la réaction des gens du village.

La dame derrière le comptoir vint à mon secours.

— Une fascine c'est un genre d'enclos dans lequel les baleines blanches se jettent sans le savoir à marée haute. Les chasseurs de marsouins plantent des pieux d'une manière bien étudiée à des endroits précis sur le rivage ce qui fait qu'à marée basse, les bêtes restent prisonnières. Elles tournent en rond dans leur prison pareilles à un animal en cage et il reste plus qu'à les tuer. C'est pas une chasse de viande. Les baleines blanches, qu'on appelle aussi marsouins, sont tuées pour l'huile comme ces messieurs vous l'ont mentionné. Les hommes font fondre le gras dans de grandes marmites et en remplissent de pleins barils qui sont vendus à Montréal.

— Pourquoi ce monsieur Thomas embêtait-il les chasseurs aux Escoumins ?

— Parce que l'fou des baleines se prend pour un messie ! Il s'est mis en tête de sauver toutes les baleines de la côte, grandes et petites, d'ici jusqu'à Kegaska et plus loin encore s'il en est capable. C'est le curé des Escoumins qui nous l'a envoyé sans pour autant nous avertir. Il avait pour idée que l'vieux ferait pas trop de dommage dans notre coin étant donné qu'à Tadoussac on est moins chasseurs que plus bas sur la côte. Nous, monsieur le docteur, on est champions dans la construction des voitures d'eau. Il y a la pisciculture en plus et l'Hôtel Tadoussac *of course*, ce qui fait que ça nous occupe en masse.

— Vous semblez quand même dire que ce monsieur Thomas s'est fait remarquer ici aussi…

— Remarquer ? Le mot est faible. Il a tiré sur Lomer Bourgault drette devant le perron de l'église.

— La balle a ricoché sur la dernière marche ! J'ai manqué la scène mais ma femme et ma fille ont tout vu. Personne sait si l'fou des baleines est bon tireur ou pas. Soit il visait le pied et il a raté son coup ou il est sacrément habile et diablement effronté et il a rien que voulu faire une frousse à son principal ennemi. Lomer Bourgault et son frère Oscar arrivaient plus à joindre les deux bouts avec le loup-marin qui est moins en demande depuis quelques années. C'est ce qui fait qu'ils se sont convertis à la chasse aux petites baleines, les blanches, qu'on appelle ici marsouins comme madame vous a dit, mais qui seraient pour dire juste plutôt dans la famille des dauphins selon certains. Allez savoir !

J'ai rencontré Thomas Dutoit le lendemain, utilisant le prétexte que j'étais médecin pour oser une visite à son domicile. Aussi curieux que présomptueux, je l'admets aujourd'hui, je pensais lui coller un diagnostic dans l'heure. J'ai plutôt découvert un cas fascinant, de ceux qui nous forcent à questionner et à revoir tout ce qu'on a appris.

Gabrielle

J'ai réuni en quelques secondes mon maigre bagage dans la valise de cuir que m'avait prêtée ma mère lorsque j'ai quitté Tadoussac. Les souvenirs ont afflué alors que j'amorçais la descente du grand escalier de l'hôtel. Une tempête faisait rage le jour de mon départ. La neige tombait à plein ciel et il ventait à écorner les bœufs lorsque je suis montée à bord du *snowmobile* à douze places en dessinant rapidement un signe de croix sur ma poitrine. C'était le 29 novembre 1936. J'avais dix-sept ans et j'étais enceinte d'un peu plus de quatre mois.

— Gabrielle !

J'ai failli rater la dernière marche. En levant les yeux, j'ai reconnu Fernande Chiasson. Elle semblait porter la même robe de serge noire et le même tablier blanc que le jour où j'ai quitté Tadoussac.

— Bon courage et bonne vie ! Reviens-nous un jour, m'avait-elle chuchoté à l'oreille en me serrant si fort que j'avais craint que le petit être dans mon ventre en souffre.

Près de quinze ans plus tard, elle ouvrait de nouveau ses bras généreux à la petite fille qu'elle avait connue sans savoir qu'elle n'existait plus. Je suis restée immobile, droite et raide pendant que mon corps s'émiettait de chagrin.

— Vous… vous travaillez encore à la buanderie? ai-je réussi à demander.

Elle s'est donné quelques secondes pour ravaler l'outrage de ma trop grande réserve avant de faire signe que oui et d'expliquer qu'une employée à la réception avait remarqué sur la liste des clients un nom qu'elle l'avait entendu prononcer.

— Gabrielle Deschamps. Je me suis dit qu'il n'y en avait pas mille même si j'étais surprise d'apprendre que tu étais cliente ici. Je suis montée plusieurs fois de la buanderie en espérant t'attraper.

— C'est fait, dis-je platement.

Elle a failli repartir. Blessée. S'imaginant à tort que j'étais devenue riche et blasée et que j'en profitais pour renier les miens. Quelque chose l'a retenue. Elle a fouillé mon visage de ses yeux clairs comme si j'avais encore dix ans et que je venais de commettre une bêtise qu'il valait mieux épargner à ma mère.

— Es-tu devenue infirmière? demanda-t-elle d'une voix si douce que ça m'a donné envie de pleurer.

— Non.

Plusieurs secondes se sont écoulées dans un silence inconfortable.

— Es-tu mariée? As-tu des enfants?

— Maman n'a rien dit? Même pas à vous…

Elle n'a pas répondu. Il aurait suffi que je fasse un pas pour qu'elle m'ouvre de nouveau ses bras qui devaient sentir bon le savon, la lavande et l'amidon.

— Qu'est-ce que je pourrais faire pour toi, Gabrielle? a-t-elle demandé d'un ton bienveillant dans lequel j'ai reconnu cette rare sagesse qu'ont les gens simples et bons lorsqu'ils devinent des vérités douloureuses qui échappent aux plus malins.

J'ai dû écarquiller les yeux pour ne pas qu'ils s'embuent et je me suis surprise à lui poser des questions sur un certain monsieur Thomas. J'ai ainsi appris de l'ancienne compagne de travail et amie de ma mère que l'homme qui m'avait fait si peur était hanté par les baleines à en perdre le nord et la carte et la raison. Fernande Chiasson m'en donna quelques preuves impressionnantes avant d'ajouter que d'ordinaire il n'était pas dangereux.

Ce mot qu'elle avait utilisé, « d'ordinaire », lié à des comportements apparentés à la folie, a provoqué un changement d'expression sur mon visage. J'ai inspiré profondément pour ne pas réagir davantage. Fernande l'a remarqué et elle a eu la gentillesse de ne pas s'étendre sur le sujet. Elle m'a raconté que le vieux Thomas vivait dans une cabane très rustique à l'écart du village et qu'il n'avait, pour toute richesse, que sa passion des baleines et la vaillance d'un homme de plus de soixante-dix ans doté d'une robustesse légendaire.

— Il s'est blessé ce matin. Devant moi…

— J'ai su, a-t-elle admis. Mais je ne savais pas que tu y étais.

— Je n'ai rien fait! Il s'est jeté sur moi… et dans son excitation, il est tombé.

— Je te crois, Gabrielle. Oublie ça. Le fou ne te voulait pas de mal. Il y a pas de crainte à avoir.

Inspirer profondément. Expirer. Ne rien ajouter. Laisser aller. Ils ne peuvent pas savoir. À sa place, avec son bagage de vie et de connaissances, j'aurais prononcé les mêmes paroles que Fernande Chiasson sans m'inquiéter davantage.

L'embrasser sur la joue et partir. C'est ce que j'aurais dû faire. Je lui ai plutôt demandé comment je pouvais me rendre chez ce monsieur Thomas afin de lui laisser quelques provisions avant de quitter Tadoussac. Pour de bon, ai-je ajouté dans ma tête. Pour toujours même. Fin du pèlerinage. Fin de tout peut-être.

Les gens d'ici comme d'ailleurs sur la côte ne sont pas toujours tendres entre eux, mais il existe un esprit de famille qui préside à toutes sortes d'échanges, de dons, de prêts et d'assistances. Fernande m'aurait offert sa voiture ou sa monture si elle en avait possédé une, mais elle n'avait plus, comme ce monsieur Thomas, que ses deux vieilles jambes pour se transporter. En moins d'une heure, elle m'a trouvé un attelage et m'a remis un sac de provisions rempli de tout ce qu'il faut pour tenir un homme en vie plusieurs jours.

— Tu le salueras de ma part. Il m'aime bien, ça le rassurera. Tu sauras conduire le cheval ?

Pour toute réponse, j'ai déposé un baiser rapide sur sa joue fripée.

En route, mon cœur s'est mis à battre plus vite. Les souvenirs remontaient. L'odeur de crottin, la sueur âcre du cheval, la poussière de la route, les maisons des Anglais défilant sous mes yeux, les champs d'épilobes, de verges d'or et d'épervières, le parfum sucré des rosiers sauvages, tout cela me ramenait en mémoire des épisodes d'enfance. Et parmi eux, ma rencontre avec le fils du docteur Beattie. Harold.

Il ne m'avait pas reconnue sur la plage, mais j'ai déjà cueilli des framboises, des bleuets, des mûres et des gadelles pour sa famille, et ma mère a frotté les planchers de la maison des

Hovington où les Beattie ont habité quelques semaines. Ma cousine Luvina n'en finissait pas de se pâmer sur le beau Harold, de cinq ans notre aîné d'après ses calculs. Je me moquais d'elle en riant trop fort car j'étais secrètement aussi sensible que ma cousine au charme du personnage.

Je dis « personnage » parce qu'Harold Beattie semblait sorti tout droit d'un livre de contes. Il y avait bien sa place, car Tadoussac, grâce à son hôtel, semblait appartenir à un ailleurs merveilleux peuplé de princes et de fées. Et même sans ce fabuleux édifice, notre village avait tout ce qu'il faut pour frapper l'imagination. C'est un lieu de beauté et aussi d'origines. C'est ici que fut érigée la première chapelle du Canada. Ici qu'aux premières heures de la colonisation, les habitants échangeaient leurs fourrures si durement acquises contre presque rien. Et bien avant, c'est également ici, je l'ai appris plus tard, que d'énormes baleiniers s'arrêtaient pour capturer des créatures géantes comme celle qui dans la Bible avale le pauvre Jonas.

Mon village natal avait son château avec ses belles tours d'un blanc crémeux, ses innombrables fenêtres donnant sur autant de pièces secrètes, sa vaste salle à dîner éclairée le soir par de magnifiques candélabres brillants qui répandaient une lumière dorée. Des jeunes gens bien choisis, vêtus d'uniformes sur lesquels était brodé le nom de l'hôtel, accueillaient dans la langue de monsieur Shakespeare des couples élégants et des familles nobles à qui ils servaient de somptueux repas sur des nappes de lin d'une blancheur immaculée. L'Hôtel Tadoussac disposait d'une immense salle de bal où des femmes en robes vaporeuses valsaient au bras de cavaliers qui avaient aussi fière allure que les princes des contes. L'hiver, le château dormait pour s'éveiller en mai et transformer notre simple village en lieu de tous les possibles.

C'est l'image que je me faisais de l'Hôtel Tadoussac jusqu'à ce que j'y sois un soir invitée. J'y ai alors découvert, parmi les riches clients, des vieillards grincheux, des parvenus bedonnants et des couples attablés devant un mets délicat et qui semblaient pourtant moins heureux que mes cousins et moi dévorant une cuisse de grenouille sur un feu de grève.

Harold Beattie nous avait séduites, ma cousine et moi, parce qu'il était beau, riche et distingué et aussi parce qu'il s'exprimait dans un français impeccable ce qui n'était pas fréquent. Derrière le quai de l'Anse à l'Eau, le village de Tadoussac se divisait en deux mondes à la fin du printemps. D'un côté, l'hôtel envahi par des touristes anglais venus d'aussi loin que les États-Unis et de l'autre, le reste du village peuplé de francophones qui ne mettaient les pieds dans l'extraordinaire édifice que pour y travailler dans des lieux cachés. Jamais en salle auprès des clients. Plutôt dans la cuisine derrière les fourneaux, dans la buanderie avec les machines ou dans les corridors désertés où ils se transformaient en ombres silencieuses pour astiquer les planchers, frotter les fenêtres, dépoussiérer les boiseries et les luminaires.

En plus d'être beau, riche et poli, de s'exprimer aussi bien en français qu'en anglais et d'être fils de médecin, Harold Beattie avait fait parler de lui et excité le cœur de plusieurs jeunes filles en enfreignant une loi non écrite selon laquelle les touristes anglophones ne devaient pas se mêler aux habitants du village. Ils séjournaient à l'hôtel ou dans des maisons louées tout près, fréquentaient le tennis et la piscine et taquinaient le saumon dans des clubs privés. Harold Beattie préférait explorer les berges et glisser sur les dunes, frayant avec des jeunes gens du village, curieux d'apprendre comment on construit une goélette, heureux de partir en mer quelques heures dans une vieille barque sans moteur et de participer à nos feux de bois sur la grève. Il y eut des rumeurs selon lesquelles il aurait eu une brève aventure avec Huguette Brisson, cette dernière s'étant vantée qu'il l'avait embrassée, mais rien n'est moins sûr.

À l'été de mes douze ans, j'avais reçu de ma marraine d'Abitibi un petit paquet merveilleux contenant trois rubans de velours chatoyant. Elle me les avait expédiés avec une courte lettre me félicitant d'avoir si bien réussi à l'école au cours de la dernière année. En plus d'obtenir la meilleure note de ma classe, comme à chaque bulletin, j'avais reçu un livre intitulé *Les Malheurs de Sophie* dans lequel il était écrit à la première page : *À Gabrielle Deschamps, à qui est décerné le prix de la meilleure élève de l'école en l'an mille neuf cent trente-deux.* Sœur Thérèse, notre directrice, avait signé la dédicace de sa main dans une calligraphie impeccable. Ma marraine, qui se désolait de ne pas avoir d'enfant et priait la Sainte Vierge chaque jour pour que maman déménage en Abitibi avec moi, se vantait à tous ses parents et voisins d'avoir au bord du fleuve une filleule tellement douée qu'on entendrait parler d'elle dans les journaux un jour. Oubliant que l'école de Tadoussac n'était qu'un tout petit territoire de distinction, elle m'imaginait déjà récipiendaire d'un prix Nobel en littérature ou en physique.

Deux jours après m'être extasiée devant le cadeau de ma marraine, j'ai perdu le ruban vert, mon préféré, quelque part entre les dunes où je m'étais amusée à glisser avec Luvina, mes cousins et les enfants Laflamme, les champs au bord de la route près du parc Languedoc où nous avions cueilli des fraises pour les revendre et les rochers au pied de Pointe-Rouge où nous avions pêché des coquillages.

— Tu aurais dû m'écouter, m'avait sermonnée Luvina. Quelle idée de porter de beaux rubans neufs pour courir au diable vert !

Je lui aurais tordu le cou. Ma cousine était beaucoup plus sage et réfléchie que moi et depuis quelque temps elle prenait plaisir à me le rappeler souvent. J'avais noué le ruban vert à la tresse qui battait dans mon dos sans tenir compte des risques parce que je ne pouvais même pas imaginer laisser un si joli ornement dormir dans mon tiroir.

— Un bout de guenille ! Tu vas pas te mettre à chialer pour une niaiserie de même ! s'étaient moqués mes cousins en me découvrant si désespérée.

Albert, l'aîné Laflamme, avait saisi l'occasion pour organiser une chasse au trésor, mais aucun des pirates de l'expédition improvisée n'avait mis la main sur l'étroite bande de velours vert. Et voilà qu'Harold Beattie, le fils du docteur, cognait chez nous à quatre heures de l'après-midi, un ruban vert à la main.

— J'ai trouvé cette parure qui selon mes informateurs appartiendrait à votre fille, expliqua-t-il à ma mère en soulevant poliment son chapeau de sa main libre.

J'étais accourue et me tenais derrière ma mère, profondément émue par le spectacle d'un romantisme délicieux. Harold Beattie m'a saluée d'un mouvement de chapeau en inclinant la tête. Trois coups de sirène ont retenti au même moment. Ils signalaient l'arrivée du Richelieu, le bateau blanc des mercredis. Maman ouvrit la porte moustiquaire et prit le ruban sans même inviter Harold Beattie à entrer. Elle avait promis de m'accompagner au quai pour cueillir un colis qui devait être sur le Richelieu et assister en même temps au débarquement des riches touristes anglais dans leur parade de soie, de lin et de chapeaux.

— Vous êtes bien gentil, monsieur Harold, dit-elle seulement. Ma fille est un vrai feu follet. Je suis pas surprise d'apprendre qu'elle éparpille ses affaires à tout vent. C'était pas nécessaire de venir jusqu'ici, pauvre vous. Je fais le ménage à votre maison demain…

Pour toute réponse, Harold Beattie m'adressa un large sourire et tourna les talons.

J'ai tapoté l'encolure du cheval en promettant à la pauvre bête que je lui donnerais à boire dès notre arrivée. L'air était humide et le soleil cuisant. J'avais chaud moi aussi. Je m'attendais à trouver le fou des baleines dans une cabane mal tenue, sale et délabrée. Sans doute ai-je lu trop de romans dans ma courte vie. Ce monsieur Thomas, comme l'appelle Harold Beattie, habite une construction rustique d'une seule pièce meublée d'une simple paillasse déposée sur des planches, d'une table étroite, de deux chaises droites et d'une lampe à huile. Ce qui m'a étonnée encore plus que l'ordre et la propreté des lieux, c'est l'abondance de livres et de carnets de notes empilés sur une étagère de fortune constituée de planches supportées par quelques briques et appuyée au mur du fond, derrière le poêle à bois.

Il dormait. Lorsque j'ai déposé le sac de provisions sur la table, une des pattes a heurté le sol. Thomas a remué. J'ai aussitôt craint qu'il se réveille tout à coup et se jette sur moi, furieux de me trouver chez lui, mais il n'a même pas ouvert les yeux. Je me suis approchée sans bruit. Il ronflait bruyamment, la bouche entrouverte. Les rides sur son front et sur ses joues s'aplanissaient puis se creusaient au rythme de sa respiration. Ses paupières palpitaient légèrement alors qu'il fronçait d'épais sourcils, longs et très fournis, d'un blanc neigeux, comme s'il était en proie à de lourdes réflexions en plein sommeil.

Les livres et les carnets m'intriguaient. Les titres des ouvrages témoignaient non seulement de la passion du vieil homme pour les baleines mais aussi d'une surprenante érudition : *Histoire naturelle des balénoptères,* de Pierre-Joseph van Beneden ; *Histoire naturelle générale et particulière des mammifères et des oiseaux,* d'un collectif d'auteurs ; *De l'histoire naturelle des cétacés,* de Frédéric Cuvier ; *Histoire naturelle des mammifères* ; et ainsi de suite. Les carnets de notes étaient constitués de feuilles de papier plus ou moins jauni perforées en marge et reliées par de minces cordonnets de cuir. Chacun était identifié par un simple nombre sur la page couverture. La première pile débutait par le chiffre « un » et, au sommet de la dernière, j'ai lu « vingt-sept », en lettres soigneusement tracées.

Un grognement m'a fait sursauter. En me retournant, j'ai vu que Thomas m'observait.

— Venez. Approchez-vous, l'entendis-je chuchoter à ma grande surprise.

J'ai obéi sans réfléchir.

— Je vous attendais. Ça doit être l'heure de changer mon pansement, c'est ça ? Craignez rien. Je crierai pas. Je réveillerai personne. Les hommes de par chez nous savent endurer le mal sans brailler comme des veaux.

Il se frotta vigoureusement la figure du plat d'une main et poursuivit son monologue en gardant braqué sur moi son regard couleur de ciel gris.

— C'est bien Jeanne, votre petit nom, hein ? Je me trompe pas ? Pendant une seconde, j'étais plus certain. J'en perds des bouts, on dirait bien… Il y a peut-être quelqu'un qui verse des liquides pas trop catholiques dans ma gamelle quand je regarde pas. Si c'est pour adoucir les pensées, ils peuvent en ajouter autant qu'ils veulent. Vous leur direz.

Il partit d'un grand rire, franc et espiègle, un rire de gamin. Mon oncle Placide avait un rire semblable. Je me souviens. Il avait connu toutes sortes de misères dans les mines en Ontario et sur les chantiers de la côte, mais on aurait dit que l'âge n'avait pas de prise sur lui. Il nous surprenait souvent avec une parole, un rire ou une boutade qui semblait surgir d'un petit garçon caché au fond de lui et qui ne vieillirait jamais.

— J'ai fait une découverte cette nuit. Grâce au docteur qui m'a prêté un livre. Saviez-vous que les baleines existent depuis plus longtemps que les humains? Moi qui pourtant les connais un brin, j'en savais rien. Elles ont des millions d'années d'histoire de plus que nous. Il semblerait que le bon Dieu avait plus hâte de les inventer que de créer les humains.

Je l'écoutais. Sidérée. Il continuait de me prendre pour une certaine Jeanne et me couvait d'un regard plein de sollicitude.

— Elles sont pas idiotes malgré ce qu'on pense. Loin de là. Peut-être même qu'elles pourraient nous en montrer. Elles passent le gros de leur temps à folâtrer. C'est pas beau ça? Elles occupent moins du quart de leur journée à chercher leur nourriture et à en avaler assez pour se remplir la panse. Le reste du temps? Elles nagent.

Ces derniers mots étaient chantants. On aurait dit qu'il en avait profité pour les rejoindre, nageant avec elles, libre et insouciant.

— Elles glissent à la surface de l'eau, plongent dans le ventre de l'océan, font claquer leur queue et jouent dans les vagues. C'est tout! Elles pourraient faire la loi, briser tout ce qu'elles voient. Il existe pas de plus grosse créature sur toute la planète. Il en a jamais existé de plus gigantesque depuis que le monde est monde. Leur langue pèse autant qu'un éléphant! Au lieu de semer la terreur, elles nagent... À mon avis, elles sont plus intelligentes que nous. Elles ont compris des évidences qui nous échappent.

Il a fait une pause pour mieux s'abandonner à des réflexions secrètes. Son visage s'est peu à peu assombri et une brusque colère a transformé son regard.

— Criblerais-tu sa peau de flèches ? Et sa tête de coups de harpon ? cracha-t-il, la voix soudain chargée d'autant de hargne que de méfiance.

La peur dut envahir mes traits, mais il ne le remarqua pas tant il était pris par ses divagations. Puis, d'un coup, son visage s'est transformé de nouveau. Il a souri aux anges avant d'ajouter, le regard brillant, sur un ton qui m'amenait à croire qu'il citait le passage d'un livre :

— Ses éternuements font briller la lumière… Ses yeux sont pareils aux paupières de l'aurore…

Il a fermé les yeux comme pour mieux savourer ces paroles.

— J'ai appris ces phrases par cœur pendant la nuit, a-t-il confié la voix vibrante d'émotion. Ça vient du livre que le docteur m'a prêté, mais c'est recopié de la Bible. Du livre de Job…

Il a grimacé en secouant une jambe. J'ai pensé que son entorse à la cheville le faisait souffrir.

— Assez de bavardage. Vous allez me prendre pour une commère. Je me tais. Juré ! J'ai hâte de voir comment je cicatrise sous les pansements. Allez… Approchez-vous ! Vous aviez pas peur de moi avant…

J'ai avancé de quelques pas, presque machinalement. Je ne savais plus si j'avais peur ou pas. J'étais hypnotisée. Je me suis penchée pour examiner sa cheville. Elle avait doublé de volume. La peau avait bleui sur une large surface et des taches violacées apparaissaient déjà. Le pied était nu. Il n'y avait pas de bandage sur la peau, ce qui confirmait si nécessaire que le vieil homme divaguait.

Il tira d'une main sur une des jambes de son pantalon en ravalant le tissu jusqu'au genou.

— Elle est à vous, déclara-t-il avec un sourire fanfaron.

J'étouffai un cri et reculai de plusieurs pas. Le vêtement relevé dévoilait une mutilation horrifiante. Le mollet de cette jambe semblait avoir été arraché. Il ne restait plus que le tibia, sans graisse ni muscle, recouvert d'une peau si mince que l'os semblait prêt à traverser l'épiderme. Une cicatrice boudinée, épaisse et large, zigzaguait sur le côté extérieur de l'avant-jambe. On aurait dit que le membre avait été pulvérisé et que c'est à coups de miracles qu'on avait recousu les chairs éclatées.

Une main effleura mon épaule. En me retournant, j'ai découvert Harold Beattie derrière moi, un doigt sur les lèvres et le regard lourd de recommandations. Il m'intimait de ne pas réagir et de rester silencieuse. J'ai tout de suite détesté l'autorité dans son regard, son assurance tranquille et cet air qu'il avait de dominer la situation en s'arrogeant le droit de m'y attribuer un rôle.

Le fou des baleines me fixait avec une intensité maladive en continuant de me prendre pour cette femme mystérieuse qui l'avait jadis soigné. Quelqu'un qui n'avait rien à voir avec moi. Je me suis sentie piégée. Sa jambe était affreuse à voir, surtout lorsqu'on ne s'y attendait pas, mais sa folie m'effrayait davantage. Seule avec lui, je m'étais laissée captiver par ses propos. La présence d'Harold Beattie me ramenait à la réalité. J'étais dans une cabane à plusieurs miles de l'Hôtel Tadoussac en compagnie d'un vieillard gravement dérangé que j'aurais souhaité ne jamais avoir rencontré.

Qu'est-ce qui m'avait pris de venir ici? J'avais quitté Montréal dans un état de fragilité extrême, armée du seul projet de revisiter certains lieux de mon passé avec l'espoir chétif de me réapproprier une part de moi, la meilleure, depuis longtemps désertée. J'avais espéré que ce pèlerinage fouetterait ma léthargie et m'aiderait à trouver l'élan nécessaire pour continuer de vivre.

C'était raté.

Harold

J'ai failli lui suggérer de repartir avec la jument tant elle était peu réceptive. Thomas avait peu à peu repris place dans la réalité en me reconnaissant. Nous avions échangé quelques mots et il dormait maintenant. Je me désolais de le découvrir plus égaré et plus irritable depuis l'accident sur la plage. Il n'avait pourtant écopé que d'une entorse, bien qu'elle fût sévère. Cette blessure semblait éveiller en lui des frayeurs et des emportements qui le laissaient épuisé.

Notre visiteuse avait à peine bougé depuis mon arrivée. Elle ne quittait pas Thomas du regard, à croire qu'il risquait à tout moment de s'éveiller pour bondir sur elle tel un tigre affamé. Malgré mes réserves, je me suis finalement résolu à confier à Gabrielle Deschamps que j'étais psychiatre, que je m'intéressais à Thomas Dutoit à titre personnel et qu'il était en quelque sorte devenu mon sujet de recherche.

— Pourquoi vous intéressez-vous tant à lui ? demanda-t-elle, la voix lourde de suspicion.

— Parce qu'à mes yeux le fou des baleines n'est pas si fou que ça, répondis-je. Selon mon hypothèse, son discours échevelé dissimule une connaissance étonnante des cétacés. Il perd le fil parfois, devient agité et livre des propos décousus, sans compter que son attachement aux baleines est tout à fait démesuré, j'en conviens, mais il y a, jusque dans ses propos les plus déstabilisants, des intuitions et un fond de vérité surprenants. C'est du moins ce que je découvre peu à peu.

— Ça vous fait sans doute un beau sujet d'étude, docteur, mais si je peux vous donner mon avis, c'est un peu irresponsable. Cet homme est malade. Il a besoin de soins. Ce n'est pas une bête de cirque. C'est un humain qui représente des risques. Pour lui-même et pour les autres. Ça me paraît évident.

— La majorité des gens pensent comme vous et ils réussiront peut-être à le faire enfermer, mais je ne crois pas que ce soit une solution souhaitable. Et je suis persuadé qu'il ne blesserait personne. Il est plus en contrôle qu'il ne semble.

— Même s'il est totalement dissocié à certains moments et que ses rages soudaines laissent entrevoir une personnalité psychotique.

Son diagnostic précis, bien que contestable, m'a surpris.

— Vous avez étudié, à ce que je vois.

— Je sais lire, docteur. Les livres appartiennent à tout le monde. On a le droit de s'instruire même quand on est fille de menuisier et de femme de ménage.

Elle s'était exprimée avec une dureté excessive. Et votre rage à vous, d'où sort-elle et que trahit-elle? eus-je envie de lui répliquer. Qu'est-il advenu de l'adorable fillette que j'ai entrevue il y a au moins mille ans?

Gabrielle Deschamps se mordilla le coin d'une lèvre et baissa les paupières. Une tension inouïe raidissait son corps menu. Un coup de vent l'aurait brisée. J'eus l'image d'un brin de paille qui aurait poussé par erreur dans un champ désert menacé par un ouragan. C'est à cet instant précis que cette étrange jeune femme m'arracha, bien malgré moi, un premier élan de tendresse.

— De toute façon, rien de tout ça ne me regarde, ajouta-t-elle. J'ai eu la malchance de me trouver sur le chemin de ce vieux fou et, même s'il a ruiné mon séjour ici, j'ai voulu jouer les samaritaines en me traînant jusqu'à sa cabane. C'est fait. Je dois repartir.

— Retournez-vous à Montréal? C'est bien là que vous habitez?

Pour toute réponse, elle fixa le sol à ses pieds. Je ne sais pas ce qui m'a pris de continuer. J'improvisais avec une proposition à laquelle je n'avais pas songé trois secondes plus tôt.

— Il a besoin d'assistance et je dois m'absenter deux jours. Si vous pouviez revenir à quelques reprises pour l'aider un peu et veiller à ce qu'il ne manque de rien d'important d'ici mon retour, je vous en serais très reconnaissant. Dans quarante-huit heures, je prendrai la relève. Je m'organiserai alors pour la suite. Je connais bien des gens, je trouverai quelqu'un pour lui venir en aide pendant sa convalescence.

Elle a paru franchement horrifiée par ma suggestion. J'ai d'abord cru lire de l'agressivité sur son visage, mais ses traits se sont plutôt figés dans une expression simplement doulou-reuse et j'ai eu l'impression de la voir vaciller sous le poids d'une charge insupportable. Elle a relevé la tête, étirant le cou comme pour paraître plus grande, et m'a fusillé de son regard aussi sombre qu'une nuit sans lune.

— Écoutez-moi bien, monsieur le psychiatre, commença-t-elle sur un ton effroyablement égal. Tout le monde ne vit pas dans le même univers, vous l'avez sûrement appris dans vos savantes études. Chaque humain cache ses secrets et certains sont plus dérangeants que d'autres. Ça ne paraît peut-être pas et vous ne pouviez pas le deviner, mais j'ai passé les douze derniers mois isolée dans une chambre, un peu comme les grands brûlés, à l'abri de tout contact, incapable de supporter le froid aussi bien que le chaud, les humains et les animaux, la neige et le vent, la lumière comme la poussière, la nuit et le jour. Ça ne paraît peut-être pas mais je suis tellement à vif qu'un rien pourrait me détruire. Je ne sais pas trop comment on fait en pareil cas, mais il me semble que la dernière chose dont j'ai besoin, c'est de m'occuper de quelqu'un, particulièrement d'un fou.

Malgré sa détresse superbement avouée, une formidable énergie émanait d'elle. Elle n'était plus froide ni passive. Sa douleur était si vive qu'il me semblait reconnaître en cette femme brisée la fillette endiablée galopant sur les dunes.

— J'ai déjà donné, voyez-vous, continua-t-elle. J'ai fait plus que ma part pour les fous. J'ai peut-être donné plus que vous ne donnerez jamais dans toute votre carrière. Et je l'ai fait seule, sans diplôme, sans aide. C'est moi qui aurais dû être aidée. C'est moi qui devrais être aidée.

Sa voix devenue très aiguë s'est cassée en fin de phrase. Elle a brusquement tourné les talons et elle est sortie.

J'ai failli courir derrière elle. Je n'avais pas besoin de consulter mes manuels pour savoir que cette femme en détresse représentait des risques réels. Un grognement m'a retenu. Thomas était si peu du genre à se plaindre que ce bruit m'a instantanément alarmé. J'ai fait deux pas vers son lit étroit. Le pauvre homme souffrait d'un violent accès de fièvre.

Récapituler. Bien établir les priorités pour mieux décider. Pendant que je me mettais en mode urgence ainsi que j'avais appris à le faire dans les trois hôpitaux où je m'y étais exercé, j'ai entendu le cheval hennir et le martèlement des sabots sur le sol.

Thomas Dutoit était épuisé et déshydraté. Telle fut ma première conclusion. Il avait subi un traumatisme physique plus important que je ne l'avais imaginé à en juger par l'inflammation et la mauvaise torsion imprimée à sa cheville. Il avait également vécu un choc psychologique en découvrant qu'il vivrait plusieurs semaines isolé de ses protégées. Je n'arrivais pas encore à saisir la nature véritable de l'attachement extraordinaire de cet homme pour d'immenses mammifères déguisés en poissons, mais cette passion était aussi fervente que véritable. Il avait par ailleurs beaucoup marché, de sa cabane jusqu'au village puis le long du rivage, sans rien boire ni manger, par une journée de chaleur accablante. Ses défenses avaient cédé, son âge aidant, et tout son corps protestait contre cette suite d'assauts en haussant sa température interne.

Ces faits n'expliquaient pas tout. Il y avait davantage. J'ai mis un moment avant d'identifier ce qui me surprenait dans l'état de Thomas. Je ne faisais que commencer à percer le mystère de sa folie, mais je savais que quelque chose de neuf s'y mêlait aujourd'hui. En revoyant son visage alors qu'il s'adressait à Gabrielle Deschamps à mon arrivée, j'en déduisis qu'elle lui rappelait quelqu'un d'important. Une femme, bien évidemment. Il s'était ouvert rapidement à Gabrielle et je lui en voulais même un peu de manifester autant de confiance à une étrangère qui de surcroît ne le lui rendait pas. Cette constatation ne me surprenait guère. Je savais déjà que j'étais bien trop attaché à ce merveilleux fou.

Au cours du dernier mois, Thomas Dutoit m'avait fait toutes sortes de révélations sur les baleines, mais il ne m'avait jamais parlé d'un livre que lui aurait prêté un médecin. Gabrielle Deschamps m'ayant rapporté ces propos, je devinais que ce médecin avait soigné Thomas en temps de guerre. Bien que Thomas n'ait jamais abordé cet épisode de sa vie en ma présence, j'avais mené quelques recherches après avoir vu sa jambe en charpie. J'avais ainsi appris que le fou des baleines avait laissé une partie de sa jambe droite et peut-être aussi une part de son âme dans la Première Guerre.

Je m'en voulais d'avoir si mauvaise mémoire des mots. J'excellais à me rappeler des situations, des représentations, des notions, des chiffres même, mais les mots fuyaient plus facilement dans mes souvenirs. Thomas avait cité la Bible. Le livre de Job, plus précisément, qui m'était totalement étranger. Il avait, avec des mots sans doute empruntés à un auteur citant lui-même la Bible, demandé à Gabrielle si elle oserait attaquer une baleine avec des flèches ou un harpon. Cette interrogation dramatique ne m'avait pas trop fait sourciller. Thomas Dutoit se méfie des humains et s'inquiète constamment du sort des baleines. Ce qui m'avait davantage étonné, c'était cet extrait d'un poème où il était question d'éternuements, de lumière et d'aurore.

Ces mots, dans la bouche du vieil homme, m'avaient ému. Je découvrais une part de poésie dans sa folie. Les rouages du cerveau malade de Thomas Dutoit obéissaient à une mécanique encore plus complexe que je ne l'avais imaginé. J'avais plus que jamais confiance en l'hypothèse qui me guidait depuis mon premier contact avec lui. Sa folie dissimulait une rare intelligence du monde autour de lui, un peu comme si elle lui conférait des instruments infiniment précieux pour appréhender différemment le réel. Thomas Dutoit avait peut-être accès, grâce, justement, à sa maladie, à des vérités ou à des intuitions surprenantes que nous gagnerions tous à connaître. Chose certaine, j'avais devant moi un cas magistral de ce phénomène fascinant du « fou savant » dont on admettait l'existence dans les facultés de médecine psychiatrique sans en comprendre le fonctionnement.

Gabrielle

Un gros chat jaune a détalé dans la forêt à mon approche, traversant en trombe le sentier caillouteux pour éviter les sabots du cheval qui s'était dirigé d'instinct vers le village en tirant le boghei.

Harold Beattie était psychiatre. Le premier jeune homme qui m'avait émue dans toute mon existence était devenu un psychiatre. C'était trop ironique. On aurait dit qu'une fatalité désespérante s'acharnait sur moi. J'avais beau accomplir des miracles pour aller de l'avant et pour garder la tête hors de l'eau, j'étais constamment tirée en arrière, ravalée vers le fond. Harold Beattie n'avait été qu'un bref fantasme, une apparition lumineuse filant dans mon ciel en fin d'enfance. J'en avais conservé un doux souvenir que cette journée passée à Tadoussac venait de me ravir. De la même manière, ma nuitée à l'Hôtel Tadoussac avait balayé les derniers vestiges de mon âme romantique.

Ces deux fantômes du passé, Harold Beattie, le bel Anglais qui m'avait rapporté mon ruban dans un scénario digne de Cendrillon, et l'hôtel transformé en château dans mes fabulations de petite fille, me ramenaient à un autre personnage qui, lui, n'avait pas simplement servi de décor à mes rêves. Il les avait foudroyés.

J'ai rencontré Lewis Stevenson au quai de Tadoussac. C'était à l'époque, encore plus qu'aujourd'hui, le lieu de toutes les rencontres. Nous allions au quai plusieurs fois par jour non seulement pour assister à l'arrivée des bateaux blancs, mais pour y retrouver ce que Tadoussac offrait de meilleur. Au quai, le ciel était plus vaste, le fleuve plus immense et les cris des goélands abolissaient le silence et l'immobilité qui pesaient parfois sur nos vies. Mille mondes semblaient s'y confondre en même temps que les eaux du Saguenay et celles des océans lointains. On y chargeait et on y débarquait des matériaux destinés à de mystérieux projets dans des lieux étrangers, des denrées qui allaient servir à nourrir des gens que nous ne connaissions pas, des tissus, des meubles et une foule d'objets dissimulés dans des caisses dont nous ignorions la provenance ou la destination et qui allaient se fondre dans le quotidien de gens d'ailleurs. Tout cela élargissait formidablement nos horizons sans trop chambouler notre existence, et cette ouverture au monde participait grandement, je crois, au pouvoir d'attraction du quai. Nous y allions pour flâner, rêver, bavarder, observer, embrasser le paysage, faire des rencontres, admirer les étoiles, voir la lune se lever et le soleil mourir.

C'est au quai de Tadoussac que j'ai vu mes premières baleines, des marsouins blancs, aussi agiles et enjouées que les dauphins rayés. J'imaginais ces derniers, leurs cousins, dans l'arbre familial que je m'étais inventé pour classifier les animaux de mon entourage. Les baleines blanches se déplaçaient souvent en groupes de dix individus et même davantage, attirant les cris excités des enfants du village et les exclamations des touristes rassemblés. Peu d'habitants de Tadoussac, à part les enfants, étaient émus par les pérégrinations des baleines, quelles qu'elles soient. À force de les voir intégrées au paysage, les gens d'ici s'y étaient habitués un peu comme les Montréalais s'habituent à voir les écureuils courir sur le mont Royal et comme on s'habitue à voir les goélands planer au-dessus du rivage.

Il y avait d'autres causes au peu d'engouement des habitants pour les baleines, mais je ne les ai saisies qu'au sortir de l'enfance. La relation entre les hommes et les baleines sur la côte, en amont et en aval de Tadoussac, est ancrée dans l'histoire ancienne. Tissée de peur, de respect et parfois de haine bien plus que d'émerveillement, elle a pris naissance dans les chasses épiques des siècles précédents. Je me souviens encore de mon oncle Placide décrivant la peur des marins embarqués sur un baleinier lorsqu'un monstre noir, un de ces géants de la mer pourtant longuement attendu et espéré, émergeait soudain, menaçant de couler les barques d'un coup de queue et d'avaler les marins.

— Comme c'est arrivé à Jonas! racontait Placide Veronneau en roulant des yeux inquiétants pour mieux nous impressionner. Jonas s'est fait avaler tout rond. Imaginez la scène! La baleine aurait pu avaler des dizaines d'hommes, d'un coup, rien qu'en ouvrant sa gueule énorme. Ce pauvre Jonas est resté longtemps prisonnier dans le ventre du monstre, qui est mille fois plus sombre et mille fois plus épeurant que la plus noire des cavernes.

Malgré les récits terrifiants de mon oncle et ceux d'autres raconteux qui nous envoûtaient avec des histoires de baleines gigantesques et redoutables, j'ai développé, petite, une profonde affection pour les baleines blanches. Pendant quelques saisons, cette amitié s'est transformée en passion véritable. Des fragments de souvenirs de cet attachement irraisonné me sont revenus en découvrant la hantise du fou du village. À huit ans, j'ai assisté à l'agonie d'une petite baleine, si jeune qu'elle était bleue au lieu de blanche. Mon cousin Rémi m'enseigna plus tard que c'était un bleuvet, ainsi appelé parce que les veaux des marsouins sont d'un bleu qui rappelle la couleur des petits fruits du mois d'août avant que leur cuir ne pâlisse pour prendre ce blanc immaculé qui caractérise les adultes.

Je n'ai jamais su ce qui avait amené le bleuvet à s'échouer sur le sable semé de varech et de minuscules coquillages à quelques pas de notre maison. Il n'était pas blessé, du moins en apparence. Ces animaux de mer ont une aura de mystère parce qu'il ne nous est pas souvent donné de les observer. On les aperçoit de loin ou encore un dos émerge, une queue ou un museau, mais ils vivent le reste du temps cachés dans les secrets de l'eau, invisibles à nos yeux. À huit ans, j'ai pu longuement observer le bébé baleine qui rendait l'âme doucement en poussant des plaintes étouffées, d'autant plus bouleversantes.

C'est moi qui l'ai trouvé. J'étais en route vers la maison, un plein panier de framboises au bras, après avoir quitté Luvina et Marie-Ange, mes deux cousines, qui habitaient derrière l'Hôtel Tadoussac, «plus loin du fleuve mais plus près de l'église», se plaisait à répéter ma tante. Je m'étais précipitée en apercevant une forme étrange sur le rivage. Le baleineau était à peine plus long que moi. Ses yeux étaient ouverts. J'ai tout de suite su qu'il était conscient de ma présence et que du regard il m'implorait de le sauver. J'ai couru à la mer, les mains en coupe, pour lui rapporter de l'eau à boire, refaisant plusieurs fois, le cœur battant et les oreilles bourdonnantes, la distance entre le fleuve retiré à marée basse et la petite baleine échouée.

L'eau ne semblait pas suffire. Le baleineau continuait de se lamenter en s'agitant de plus en plus faiblement et ses gémissements semblaient davantage suppliants. J'ai songé à courir pour aller chercher de l'aide, mais il m'apparaissait impossible de laisser la petite baleine seule dans ces conditions. Dans mon esprit d'enfant, j'ai songé que si j'étais un petit marsouin, le pire pour moi serait de rester seule alors que je souffrais et que j'avais si peur. J'étais malgré tout consciente de l'urgence de la situation et de mon impuissance, alors je me suis mise à appeler à l'aide de toute la force de mes jeunes poumons. J'ai crié sans relâche, envahie par un sentiment d'angoisse grandissant que je n'avais jamais encore éprouvé dans ma courte vie, comme si je découvrais en même temps que le baleineau l'horreur de l'abandon et du désespoir.

Dès que j'ai aperçu au loin une silhouette courant vers nous, je me suis tue et je me suis agenouillée à côté de l'animal pour lui prodiguer des caresses en commençant par la petite bosse sur son front. J'ai senti le baleineau frissonner sous mes doigts, ce qui m'a encouragée à poursuivre les tendresses, flattant la peau lisse, fraîche et palpitante.

— Éloigne-toi, Gabrielle ! a ordonné une voix derrière moi.

Ma mère venait d'arriver, des lunettes d'approche pendues à son cou, suivie de notre voisin, Roland Pelletier, qui tenait une carabine dans ses mains.

Le coup de feu a retenti dans les secondes qui ont suivi. Ma mère m'a tenue emprisonnée dans ses bras pendant que je me débattais comme une diablesse, épouvantée par la scène qui se déroulait dans mon dos. Maman m'en a voulu, je l'ai compris beaucoup plus tard, de lui avoir infligé ce rôle ingrat, luttant contre elle, comme si elle était un bourreau, alors qu'elle ne faisait que participer à l'accomplissement d'une tâche nécessaire à ses yeux.

— Penses-tu que j'en voulais à cette petite baleine ? Crois-tu que j'avais envie que Roland l'achève ? me demanda-t-elle quelques heures plus tard, juste avant que je monte dormir.

Je lui avais opposé un regard fermé, rempli de réprobation silencieuse.

— Il n'y avait pas d'autre solution, Gabrielle, avait-elle ajouté d'un ton qui laissait deviner combien mon animosité la blessait.

— Si on l'avait aidée, vraiment aidée, en la remettant à l'eau et en attendant avec elle que la mer vienne la reprendre, on l'aurait sauvée, non ?

— Peut-être, avait admis ma mère. Mais ce n'était pas ma priorité. J'ai suffisamment à faire ici pour nous garder toi et moi en vie et le mieux possible en santé.

Chaque fois que je me remémore cet échange, j'ai honte de ma véhémence. Je revois ma mère, brave et déterminée, repoussant les considérations émotives comme autant de pièges dangereux semés sur sa route. Elle était seule avec la responsabilité de sa fillette à « faire grandir ». Maman réservait le mot « élever » pour parler des poules et autres animaux de la ferme. Lorsqu'il s'agissait d'enfants, et plus particulièrement de moi, son unique progéniture, elle préférait l'expression « faire grandir », empruntant les mots à mon père, qui à mes yeux n'était rien de moins qu'un personnage enchanté. Ma mère appartenait à un monde plus prosaïque que celui de son mari, « menuisier et marin de profession mais éternel rêveur avant tout », répétait maman. Non seulement travaillait-elle durement pour me « faire grandir », c'est-à-dire me donner un toit, me nourrir, m'habiller, m'expédier à l'école, faire de moi une catholique fervente et le plus possible éloignée des péchés, mais elle ajoutait à cette tâche déjà imposante une mission complexe qui lui venait moins naturellement.

Ma mère avait pour projet de vie, lorsque j'étais petite, de préserver la mémoire de mon père décédé en me transmettant la part de lui qu'elle aimait le plus et qui lui était également la plus étrangère. C'était une femme aimante, vaillante et sage, pratique et réservée, intelligente et croyante. De son vivant, mon père était un homme joyeux, expansif, idéaliste, contemplatif, audacieux, parfois même original, qui croyait en Dieu à sa manière et ne gardait des sermons du curé que ce qui lui semblait le mériter. Il s'octroyait des libertés que plusieurs condamnaient sévèrement mais que d'autres, encore plus nombreux, lui enviaient en cachette.

J'ai voué à mon père pendant de nombreuses années un amour proche de l'adoration. Pendant quelques saisons, cette passion fervente pour un homme qui nous avait quittées sans l'avoir désiré a trouvé un écho, je crois, dans mon attachement à un baleineau. Tous les jours, pendant plus d'un an, j'ai planté une petite croix là où le bleuvet avait rendu l'âme peu après que la balle de plomb eut traversé son thorax. Le vent, la neige, la pluie, la grêle et bien sûr les marées, grandes et petites selon la lune et les saisons, fauchaient le minuscule assemblage de bois à chaque jour. Je m'efforçais alors de le retrouver, y consacrant, au début surtout, une ardeur étonnante. Chaque fois que je parvenais à réunir les deux morceaux de bois de la veille en une petite croix avec un nouveau bout de ficelle, j'avais un peu l'impression d'avoir sauvé le monde et qu'en retour, rien de grave ne pourrait m'arriver. Sinon, j'allais chercher une autre croix dans la boîte sous mon lit qui en contenait toujours deux ou trois confectionnées d'avance au cas où, comme ma mère, je serais pendant quelque temps occupée par d'autres priorités.

Je ne me souviens pas de la dernière croix que j'ai plantée à l'âge de neuf ans. Sans doute ai-je d'abord sauté des jours avant d'abandonner complètement le rituel, mais j'ai bonne mémoire d'avoir été longtemps religieusement fidèle à la tâche, déposant chaque jour, à peu près à la même heure, la croix commémorative symbole de mon amour éperdu pour la petite baleine que je n'avais pas réussi à sauver. À l'époque, j'étais non seulement hantée par le souvenir du baleineau au regard implorant qui gémissait avec l'air de s'adresser à moi, mais je nourrissais aussi une peur obsessive de basculer du mauvais côté des êtres et des choses en rejoignant ma mère dans un univers de croyances où le mot « priorité » abolissait des considérations pourtant impérieuses.

J'ai donc grandi à Tadoussac, enfant chérie de ma mère, Berthe Deschamps, protégée par elle des grandes misères tout en étant discrètement guidée par une étoile lointaine qui m'invitait à détacher mon regard du plancher des vaches pour le tourner vers le ciel. Cette étoile portait le nom d'Abel, mon père. Je n'étais pas encore née lorsqu'il est mort, si bien qu'il ne me reste aucun véritable souvenir de lui. J'ai pourtant l'impression d'en posséder un plein coffre aux trésors. Ma mère m'a si souvent et si joliment parlé de lui que ses mots ont peint des scènes et des tableaux qui m'ont toujours semblé réels. J'ai parfois l'impression d'avoir vécu auprès de mes parents avant même d'être née.

Pendant mon long séjour à Montréal, j'ai dévoré un nombre effarant de livres. Ces pages réunies m'ont tenue en vie. Sans ces livres, je n'aurais jamais réussi à supporter le poids des jours. Ils me servaient de phare dans la nuit et de refuge dans la tourmente. Un certain nombre ne racontaient pas d'histoire, ils s'attachaient plutôt à disséquer et à analyser l'âme humaine. J'ai appris dans ces ouvrages que l'influence des gens dans nos vies n'est pas directement proportionnelle au temps qu'ils nous ont accordé ou volé. L'influence de la petite étoile au-dessus de moi a ainsi été plus grande que ne l'avait sans doute même rêvé ma mère. Cet astre minuscule m'a-t-il transformée ou a-t-il simplement exacerbé des forces vives déjà ancrées en moi ? Je ne le saurai jamais. Mais je crois que sans cette étoile, merveilleusement bienveillante mais dangereusement porteuse de rêves et d'espoirs, je ne serais pas tombée dans le piège de Lewis Stevenson, l'homme qui m'a ravi ma joie.

Jamais je n'oublierai ses tout premiers mots.

— Vous avez, mademoiselle, les plus beaux yeux du monde, a-t-il prononcé dans un français teinté d'un fort accent que l'énormité du compliment faisait oublier.

J'ai rougi jusqu'à la racine de mes longs cheveux blanchis par deux mois de soleil abondant. À seize ans, je n'avais encore jamais eu de cavalier, ni même de véritable prétendant et je n'avais pas l'habitude des jeux de séduction. Nous étions trois cents âmes au village. De ce nombre, la vingtaine de garçons ayant à peu près mon âge étaient soit mes cousins ou encore des voisins avec qui j'avais pêché des grenouilles et des moules, escaladé des clôtures défendues, dévalé les dunes en hurlant et fumé du foin au clair de lune en m'étouffant. Les autres jeunes gens qui auraient pu me plaire habitaient de l'autre côté d'une frontière aussi invisible qu'étanche qui séparait les riches vacanciers anglophones de l'Hôtel Tadoussac du commun des mortels dont je faisais partie. Dans ce contexte, le compliment du jeune homme assorti d'un sourire fracassant transforma mes deux jambes bien musclées en paquets de guenilles.

Il s'attendait sans doute à une saine résistance. J'aurais dû, je le sais maintenant, battre des paupières ou prendre un air pincé puis l'envoyer promener, affirmant ainsi haut et fort que j'étais une jeune fille bien qui ne se laisse pas facilement approcher. Si mon cousin Fred ou un des fils Bouliane m'avait servi pareil compliment, je me serais esclaffée et je lui aurais demandé quelle maladie il avait contracté pour soudain devenir idiot. Au lieu de ça, j'ai ouvert la bouche, écarquillé les yeux bien grands et rougi de gêne autant que de plaisir. C'est à cet instant précis, je crois, sans qu'il s'y attende et sans qu'il en comprenne la cause, que Lewis Stevenson, fils d'un des hommes les plus riches au Québec, s'est soudainement entiché de moi. J'étais à ses yeux autant que lui aux miens totalement différente de tout ce qu'il avait connu à ce jour. J'ai dû lui apparaître joliment étrangère et vaguement exotique, un bel animal, sans dissimulations ni malices, facile à deviner et pourtant imprévisible. J'incarnais aussi tout ce que ses parents lui avaient appris à mépriser : la fille de Tadoussac, incapable de prononcer plus de trois mots en anglais, grossièrement sans culture et tristement sans ambition, taillée pour les gros travaux et les tâches ingrates, promise à un bûcheron, à un pêcheur de morues ou à un constructeur de goélettes et emprisonnée dans des croyances religieuses arriérées. À l'âge où les jeunes hommes rêvent secrètement d'assassiner leur père selon les écrits du docteur Freud et tentent désespérément de se forger une identité différente de celle de leurs géniteurs, Lewis Stevenson a vu en moi un territoire neuf et défendu, excitant à conquérir.

Il s'est avancé, a soulevé son canotier de la main gauche et m'a tendu la main droite. J'ai allongé le bras pour lui serrer la main comme j'avais souvent vu faire les hommes. Il m'a surprise en cueillant délicatement mes doigts pour les approcher de ses lèvres et y déposer un baiser si léger que j'eus l'impression d'être effleurée par une aile de papillon. J'en fus suffisamment troublée pour oublier de me demander si un tel contact entre homme et femme faisait ou non partie de la liste des péchés graves.

Malgré mon émoi, j'ai réussi à saisir le deuxième petit bouquet de mots qu'il m'a offert :

— Mon nom est Lewis Stevenson. Je suis *visitor* ici et très heureux de vous rencontrer ma-de-moi-selle.

Il avait détaché les syllabes du dernier mot sans doute parce qu'il avait du mal à le prononcer correctement. Un sixième sens m'a enfin alertée. J'ai pris conscience du fait que je m'entretenais librement, loin de tout autre âme vivante, avec un homme, jeune et étranger de surcroît.

— Bonjour, murmurai-je avant de m'éloigner d'un pas rapide, me retenant de courir pour ne pas paraître ridicule.

— *Don't run away!* Dites-moi au moins votre nom… *Please…*

Sans me retourner, j'ai répondu dans ce qui dut ressembler à un cri :

— Gabrielle Deschamps !

C'était un vendredi, en fin d'après-midi. Je venais de terminer une semaine de travail particulièrement éprouvante. Joséphine Lacasse, la sœur d'Eugène Leblanc, propriétaire du magasin général, avait donné naissance sept jours plus tôt à deux petits garçons identiques. Madame Lacasse m'avait fait venir pour les relevailles, une tâche dans laquelle j'excellais au dire de ceux qui m'avaient embauchée. Le travail consistait, en gros, à accomplir tout ce qu'aurait accompli la maman si elle n'avait pas été alitée, aussi bien nourrir la maisonnée que changer les couches des plus petits et frotter les parquets si jamais il me restait un peu de temps. J'avais vécu mes premières relevailles à onze ans en compagnie de ma mère partie aider sa sœur et, même si j'étais restée enfant unique, j'avais au fil des ans appris à peu près tout ce qu'une mère de famille doit apprendre à part, ironiquement, la conception des enfants.

Les jumeaux Lacasse étaient les septième et huitième enfants de la famille. Louis, le cadet avant l'arrivée des nouveaux-nés, n'avait pas encore douze mois et l'aîné, Léonard, avait tout juste neuf ans. Entre eux, le couple avait aussi donné naissance à une fillette chétive et souvent malade, Marie-Simone, qui mourut à quatorze ans. Dans la semaine suivant l'accouchement difficile des jumeaux, Marie-Simone, alors âgée de quatre ans, avait contracté, en plein été, un étrange virus qui secouait son petit corps de violents accès de toux. J'étais restée sur place pour la soigner les deux dernières nuits si bien que j'avais très peu dormi.

J'avais enveloppé un morceau de camphre dans un carré de tissu que j'avais pendu au cou de Marie-Simone pour éloigner les humeurs infectieuses puis préparé, sur les conseils de sa mère, des cataplasmes qu'on appelait « mouches de moutarde », peut-être parce qu'elles piquaient la peau comme certains de ces insectes. Après avoir délayé des parts égales de moutarde sèche et de farine dans un peu d'eau et étalé la mixture sur des couches de coton soigneusement repliées pour faire écran à la peau, j'avais constaté que la fillette développait une réaction cutanée qui la faisait souffrir peut-être davantage que la toux creuse dont elle était atteinte. Je lui avais alors administré, sans guère de résultat, plusieurs doses de sirop des sœurs de la Providence, un abominable liquide que ma mère m'avait déjà forcée à avaler. Épuisée et inquiète, je m'étais résolue, la dernière nuit, à simplement bercer la fillette, épongeant son corps brûlant avec des serviettes humides et tièdes en lui fredonnant des berceuses. Un peu avant midi, sa fièvre était finalement tombée.

C'est dans ce contexte, après que j'ai vécu, à seize ans, plusieurs jours dans la peau d'une mère de famille avec des jumeaux nouveaux-nés et un enfant malade, que Lewis Stevenson a fait irruption dans ma vie. Il m'a rattrapée en courant pendant que je m'éloignais du quai à grands pas. Lewis

Stevenson portait des chaussures souples qui font moins de bruit en frappant le sol que des bottes de marin. Je ne l'avais pas entendu approcher.

— Pardonnez-moi, made-moiselle, dit-il en déposant le bout de ses doigts sur mon épaule.

En me retournant, j'ai été saisie par la ferveur de son regard.

— Je ne peux pas vous laisser partir, ajouta-t-il simplement.

J'ai reconnu sur son visage cette expression particulière qu'ont les enfants envahis par un désir si ardent que rien d'autre ne compte tout à coup.

— Pourquoi? demandai-je.

Son regard s'illumina.

— Parce que j'ai très beaucoup envie de vous revoir.

J'éclatai de rire.

— Vous vous moquez de moi? dit-il sur un ton de reproche gentil.

— Non. Pardon… C'est juste parce que…

— Allez… dites-le… vous me trouvez idiot, n'est-ce pas? lança-t-il avec une moue de gamin.

— Non. Pas du tout. C'est juste que… « Très beaucoup », ça ne se dit pas. Il faut choisir « très » ou « beaucoup ». En français…

— Hum… *The problem* c'est que j'ai vraiment « très » et « beaucoup » envie de vous revoir.

À cet instant, les dés étaient joués. J'étais sous le charme. Je savais que je le reverrais parce que j'avais moi aussi très beaucoup envie de le revoir. J'avais très beaucoup envie qu'il pose encore sur moi ce regard ravi et que sa bouche dessine ce même sourire ravageur qui me faisait sentir délicieusement légère. J'avais déjà l'impression qu'en sa compagnie j'étais à l'abri des grands drames comme des petites misères qui frappent nécessairement tous les humains mais encore davantage, me semblait-il, les habitants de la côte livrés aux rudes intempéries des saisons comme de la vie.

— Quand puis-je vous revoir ?

Je secouai la tête avec l'air de dire non alors que tout mon être, sourire compris, disait oui.

— Vous êtes adorable.

Il me sentit fondre, j'en suis sûre. Or, étrangement, ma vulnérabilité et le magnétisme qu'il exerçait sur moi ne diminuèrent pas son attirance. Toute marque de réserve, toute minauderie, le moindre mot ou geste appartenant aux jeux normaux de séduction m'aurait immédiatement rangée dans le même rayon que toutes les femmes qu'il avait connues ou qu'on lui avait présentées. Mon inexpérience et ma candeur m'installaient dans un monde à part.

— J'aimerais vous inviter à dîner. Vendredi… À l'Hôtel Tadoussac. À six heures du soir. Vous viendrez ?

Pour toute réponse, j'ai souri jusqu'au ciel avant de me sauver, détalant comme un lièvre. Ce qui me restait de cervelle flottait parmi les nuages mousseux du ciel de Tadoussac.

Harold

Je prenais le thé dans le grand salon de l'Hôtel Tadoussac en compagnie de quelques patients et d'autres connaissances, lorsqu'Alexis, un jeune commis du magasin général, est venu m'avertir qu'une femme enceinte de sept mois présentant des signes de travail prématuré attendait impatiemment ma visite à Bergeronnes, à quelques miles à l'est de Tadoussac. Je me suis aussitôt excusé auprès des clients de l'hôtel avec qui je discutais, moins déçu de les quitter que de m'éloigner des grands plateaux d'argent remplis de sandwiches et de gâteaux beaucoup trop minuscules à mon goût car j'étais affamé. Depuis mes deux œufs au plat du matin, je n'avais pas encore réussi à trouver le temps de m'arrêter pour manger à ma faim. Malgré mes trente-sept ans bien sonnés, j'ai gardé l'appétit d'un adolescent en poussée de croissance.

J'avais promis de m'arrêter à l'Hôtel Bouliane afin d'administrer une dose de pénicilline à un voyageur de commerce alité depuis deux jours avec des symptômes d'infection qui laissaient entrevoir un risque de pyélonéphrite. La journée s'annonçait longue car ce soir, aux Escoumins, l'infirmière du village m'accueillerait au dispensaire avec un lot de patients en attente d'une consultation. Comme mon père jadis et tous les autres médecins qui s'établissent à l'Hôtel Tadoussac à la demande des propriétaires pendant la saison touristique, j'acceptais de prêter main-forte aux équipes médicales des villages environnants.

En sortant de l'Hôtel Bouliane, pressé de me rendre au chevet de la patiente menaçant d'accoucher bien avant terme et inquiet de ne pas avoir encore trouvé de solution pour Thomas, je me suis retrouvé nez à nez avec Gabrielle Deschamps. Ses cheveux courts auréolaient son visage de mèches rebelles dont quelques-unes collaient à son front. Son souffle était rapide, ses joues roses et son regard brillant, comme si elle avait couru sur une longue distance.

— Je vous cherchais. On m'a dit que j'avais des chances de vous trouver ici, dit-elle avec une pointe d'angoisse dans la voix.

— Que puis-je faire pour vous ?

— J'aimerais vous parler… Ça ne sera pas long…

Je l'ai invitée à s'asseoir dans le hall de l'Hôtel Bouliane.

— Je vous écoute.

— Pourquoi m'avez-vous demandé de m'occuper de monsieur Thomas alors que je ne le connais pas… et que vous ne me connaissez pas non plus ?

— Parce que je sais que vous êtes une personne de bonne famille, la fille de madame Berthe Deschamps que j'ai eu le plaisir de rencontrer il y a plusieurs années.

Je me suis arrêté pour sonder son visage afin de mieux déterminer si je pouvais lui parler franchement. Elle m'a semblé assez calme, malgré tout, si bien que j'ai décidé de poursuivre.

— Et aussi parce que, comme vous me l'avez fait remarquer, je ne savais pas ce que vous viviez. J'ai compris qu'il s'agit pour vous d'un moment… extrêmement difficile… et que vous avez vécu une dure épreuve. C'est normal qu'il ne vous reste pas d'énergie pour voler au secours d'un vieil homme que vous ne connaissez pas et qui vous a fait peur en plus.

Elle m'écoutait avec une intensité peu commune. J'ai cru reconnaître cette écoute particulière que manifestent les gens souffrants lorsqu'on trouve les mots justes pour exprimer ce qu'ils ressentent.

— Je vous demande pardon d'avoir formulé cette demande, ajoutai-je.

— Êtes-vous absolument sûr qu'il ne présente aucun danger pour lui-même ou pour les autres?

— Non. On peut rarement donner de telles garanties. Mais si j'avais un enfant à moi, je n'aurais pas peur de le laisser seul avec Thomas Dutoit. Le fou des baleines risquerait de l'ennuyer ou de l'intimider avec ses discours enflammés, mais il ne lui ferait pas de mal. Il ne ferait de mal à personne. C'est ce que je crois.

— Même s'il a tiré sur un homme avec une carabine?

L'évocation de cette scène m'a fait sourire.

— J'ai d'excellentes raisons de croire que Thomas Dutoit sait viser aussi bien sinon mieux que n'importe quel homme à des miles à la ronde. S'il avait eu l'intention de blesser quelqu'un, il l'aurait fait, croyez-moi.

— Alors, j'accepte de m'occuper de lui pendant deux jours. Pas plus.

Ce revirement de situation me déstabilisait. Même si c'est moi qui en avais eu l'idée et même si je devais absolument trouver une solution pour Thomas, j'en étais venu à croire que cette jeune femme présentait des symptômes de dépression sévère. Ce qui soulevait l'inévitable question : était-elle un danger pour elle-même ou pour son entourage ?

— Pourquoi ? lui demandai-je.

Elle a posé sur moi un magnifique regard d'eau noire, incroyablement sombre et liquide. J'ai cru y déceler une tristesse immense en même temps qu'un frêle éclat d'espoir qui semblait y luire par miracle.

— Je n'ai rien de mieux à faire, répondit-elle gravement.

Elle ajouta, sans doute pour alléger l'atmosphère :

— Ne vous inquiétez pas. Je ne ferai pas de mal à votre protégé. Je suis comme lui. Inquiétante, mais nullement dangereuse.

Nous sommes restés un moment à discuter. Je tenais à la renseigner sur la raison de mon absence de deux jours et la mettre au courant de l'état de Thomas en ajoutant des conseils pour faire baisser la fièvre et le garder bien hydraté, mais elle semblait s'y connaître aussi bien que moi. J'ajoutai qu'en cas d'urgence elle pouvait s'adresser à la réception de l'Hôtel Tadoussac. Ils sauraient me joindre. J'aurais voulu lui confier que sa présence semblait avoir un effet particulier sur Thomas et qu'elle risquait de recueillir des confidences précieuses que je souhaiterais vivement réentendre. Mais le temps pressait et je ne tenais pas à l'accabler avec d'autres préoccupations.

— Bon séjour, me souhaita-t-elle en se levant.

Je l'ai observée alors qu'elle quittait l'hôtel. Elle marchait d'un pas ferme, le dos bien droit. Il y avait quelque chose de rigide dans sa démarche et dans son allure générale. J'ai songé à ces personnages miniatures en bois, destinés aux enfants, dont les membres sont reliés par une corde. Il suffit de tirer sur le bout de la ficelle pour que le pantin se désarticule. La tête tombe, les mains et les pieds pendent, les bras et les jambes flottent dans le vide. Gabrielle Deschamps marchait avec autant de raideur sans doute parce qu'il suffirait d'un rien pour qu'elle se désarticule. Son assemblage ne tenait qu'à un fil. Je me suis détourné pour me diriger d'un pas rapide dans la direction opposée à la sienne.

Gabrielle

Ça m'a frappée au moment où j'ai repris les rênes du cheval après un arrêt à l'Hôtel Tadoussac, où Fernande Chiasson m'a assurée que je pouvais repartir avec la monture. L'incident avec Thomas Dutoit et la suite des événements m'avaient suffisamment occupée pour que j'oublie momentanément combien j'étais seule et errante.

J'ai passé une partie de la dernière année dans un état d'hébétude qui s'est prolongé plusieurs mois avant de céder la place à un véritable supplice. J'étais comme un grand blessé à qui l'on aurait administré des drogues puissantes à la suite d'un traumatisme grave pour l'empêcher de perdre la raison pendant que la douleur était trop forte. Lorsque l'effet des médicaments s'est dissipé, j'ai constaté avec horreur que mes chairs n'avaient pas cicatrisé. La plaie restait béante et la souffrance intenable. C'est dans cet état que je me suis retrouvée au début de l'hiver, six mois après le drame du 25 juin 1949.

Je ne suis pas davantage guérie, mais j'ai appris à vivre avec des crocs plantés dans la poitrine et des nœuds qui me tordent les boyaux. Ma douleur est chronique et si je me réjouis de brèves accalmies, je sais qu'elle m'attend toujours au détour. Le projet de voyage à Tadoussac m'a aidée à tenir bon alors qu'approchait la date anniversaire fatidique. Malgré tous les malheurs, toutes les désillusions, il me restait des miettes d'espoir fou. Je souhaitais secrètement que ce retour aux sources opère une transformation merveilleuse. J'aurais tellement aimé retrouver sur le rivage, dans la baie de Tadoussac, la petite lutine disparue quinze ans plus tôt.

J'ai envie de mourir, j'y songe souvent, mais il me reste juste assez de foi en Dieu ou en quelque chose de semblable pour ne pas commettre ce geste sacrilège. Ce n'est pas la peur de croupir en enfer qui me retient car j'ai hérité de mon père une conception de Dieu bien peu punitive. À mes yeux, s'enlever la vie constitue le geste le plus lâche qu'un humain puisse commettre. C'est aussi la pire défaite. Or, malgré ces convictions, je sens mes réserves de courage fondre au fil des jours et l'idée de mourir m'apparaît de plus en plus douce et acceptable. L'héroïsme a des limites. Il peut arriver que l'âme ne parvienne plus à tolérer la souffrance. Je ne souhaite pas tant mettre fin à mes jours que cesser de souffrir.

C'est pour conjurer ces pensées, pour acheter du temps, pour créer une sorte de parenthèse dans ma vie que j'ai accepté de veiller sur Thomas Dutoit. Peut-être aussi parce que m'occuper de quelqu'un, l'aider et le protéger sont des tâches si familières que je les accomplis encore de routine. Elles me pèsent peu et même me sécurisent. J'ai aujourd'hui plus de facilité à secourir un étranger qu'à subvenir à mes besoins. Dans deux jours, j'irai ailleurs. Il me reste suffisamment d'économies pour reprendre le bateau. Je m'arrêterai plus loin sur la côte dans l'un de ces villages dont je ne connais que le nom : Mingan, Kegaska ou Pointe-aux-Esquimaux. Rien ni personne ne m'y attendront.

Thomas délirait à mon arrivée. Je me suis empressée d'aller au ruisseau qui court à quelques pas de sa cabane pour remplir une marmite d'eau. J'ai dû déchirer un bout de drap pour humecter son visage, son cou et sa poitrine. Il portait une chemise de flanelle à manches longues d'un rouge ancien, rosi par le soleil, boutonnée presque jusqu'au cou bien qu'on soit en plein été. Sa fièvre était forte et il faisait horriblement chaud dans sa vieille cabane, ce qui n'avait rien pour aider son état. Si j'avais eu un bébé entre les mains, je l'aurais plongé directement dans le ruisseau ou dans un bac d'eau glacée. Mais j'étais seule avec un grand vieillard plus lourd que moi. Seule et sans moyens. Encore une fois.

Thomas Dutoit me prenait toujours pour une certaine Jeanne. J'ai reconnu à quelques reprises ce prénom dans son flot de paroles. La plupart du temps, il marmonnait, son discours était à peine audible. Il en ressortait une suite d'allusions décousues où des coups de feu retentissaient et des grenades explosaient, où l'on se battait avec des couteaux et des lances et où le sang coulait. Il parlait aussi de queues de baleines et évoquait une guerre cruelle à laquelle des hommes se livraient « rien que pour des primes, même pas pour des drapeaux », répéta-t-il plus d'une fois.

Je l'ai aidé à s'asseoir et j'ai réussi à lui faire boire de l'eau. On aurait dit un enfant, totalement abandonné à mes soins. Mon corps s'est raidi à cette pensée et un sanglot s'est échappé de ma gorge. Thomas n'a rien remarqué. Il a continué de boire. Lorsqu'il a eu fini, il a repoussé la tasse que je tenais pour lui, murmuré un faible merci et sitôt recouché, il est tombé endormi.

Sa cheville devait élancer car il agitait souvent sa jambe droite comme pour éloigner une présence incommodante. Harold Beattie lui avait fait un pansement avant de repartir. Je ne pouvais donc pas vérifier si l'enflure avait augmenté ou diminué. J'ai approché une chaise droite du lit, m'y suis installée et dans les secondes qui ont suivi ma tête a dû basculer sur ma poitrine.

Un bruit m'a fait sursauter. Quelqu'un venait d'entrer dans la cabane de Thomas. En ouvrant les yeux, j'ai reconnu Joseph Chiasson.

— Il n'y a pas d'inquiétude à avoir, ma belle dame. Ma sœur Fernande m'a chargé de passer vous dire qu'une chambre vous était réservée à l'Hôtel Tadoussac. C'est le docteur qui a pris l'initiative.

Thomas dormait toujours. Un paisible silence régnait dans la pièce. Dehors, il commençait à faire brun, le soleil venait tout juste de disparaître. Cette demi-obscurité me plut.

— Bonsoir, monsieur Chiasson. Je ne sais pas si vous me reconnaissez…

Un sourire timide éclaira son visage.

— C'est ben sûr. Comment est-ce que je pourrais oublier notre petite lutine de l'Anse à l'Eau ? Vous êtes aussi belle grande de même que quand vous étiez rien qu'un petit bout de femme.

— Je vous savais bon pêcheur, monsieur Chiasson, mais je vois que vous êtes aussi pas mal bon bonimenteur, répondis-je, touchée par le compliment.

Son cheval a henni derrière la cabane. Thomas a semblé sur le point de se réveiller. Ses paupières se sont entrouvertes et il m'a reconnue. Ou peut-être a-t-il reconnu cette Jeanne que je lui rappelais. Il m'a enveloppée de son regard de ciel gris puis, rassuré, il est retourné à ses rêves.

— Je préfère rester. J'espère que vous ne m'en voudrez pas de vous être déplacé pour rien.

— Pas une miette, ma fille. Il manquerait plus rien que ça. Vous êtes bien assez bonne de secourir notre fou des baleines. Fernande m'a fait jurer d'insister, mais elle doit vous connaître parce que j'ai dans le boghei des couvertes pis une sorte de paillasse pour que vous soyez plus confortable si vous tenez à rester.

— C'est parfait. Un grand merci…

Il est revenu avec ce qu'il avait promis et un panier de gâteries préparé par sa sœur.

— Il y a du pain frais d'aujourd'hui, du beurre, de la gelée de fraises, un reste de pâté de viande pas piqué des vers et deux bonnes parts de tarte au sucre. C'est pas aussi *fancy* que ce qu'on vous a servi à l'Hôtel Tadoussac mais ça devrait vous soutenir, et ma sœur en a mis assez pour que le vieux ait son compte s'il a faim. Je sais qu'elle avait réuni des provisions de dépannage pour Thomas au magasin général, alors je crois que c'est juste un petit plus.

L'allusion à l'Hôtel Tadoussac n'était pas innocente. Aux yeux de Joseph Chiasson, mon séjour dans ce chic établissement constituait un peu une trahison. Le pire, c'est que je comprenais. Je me suis assise au bout du lit de Thomas en invitant monsieur Chiasson à prendre place sur la chaise droite. Il n'a pas hésité longtemps.

— Je m'étais fait la promesse de dormir une nuit à l'Hôtel Tadoussac avant la fin de mes jours, confiai-je. Des chambres d'en haut, la vue est aussi belle que je l'avais imaginée. Mais c'est sûr qu'une fille de Tadoussac ne peut pas se sentir chez elle là-bas. Pour tout vous dire, ça m'a fait étrange de dormir dans ce château.

Il a ri de bon cœur.

— On m'y donnerait une chambre gratis que j'irais pas, avoua-t-il. Dans ma tête à moi comme dans celle de bien d'autres ici, les Anglais pis nous autres, ça se mélange pas. Avec les années, il paraît qu'il y a de plus en plus de clients qui parlent français à l'hôtel, mais pour moi, y'a rien à faire. C'est deux mondes bien séparés.

— Je serais portée à croire comme vous, monsieur Chiasson, mais parlez-moi plutôt de monsieur Thomas si vous pouvez. Je sais qu'il a tiré sur Lomer Bourgault et sur le parvis de l'église en plus. Pourtant, de l'avis de votre sœur comme du docteur, je ne devrais pas craindre pour ma sécurité en restant seule avec lui. Êtes-vous d'accord avec eux?

Joseph Chiasson s'est donné un temps de réflexion avant de livrer le fond de sa pensée.

— Pour dire ben franchement, si vous étiez chasseur de marsouins ou de gibards, je vous conseillerais de déguerpir sur-le-champ. Thomas Dutoit est pas méchant, mais il y a quelque chose de déraillé dans son cerveau. Il aime les baleines plus que les humains. À un point tel que c'en est peut-être dangereux.

— Je l'ai écouté délirer. Il parlait un peu de baleines mais aussi de primes et de guerre. J'imagine qu'il a servi dans la Première grande Guerre, c'est bien ça?

— Il paraît. Mais je me demande si c'est pas l'autre guerre qui l'a le plus magané.

— La Deuxième Guerre? Il devait être un peu vieux pour servir, non?

Joseph Chiasson gloussa.

— Ça fait un bon brin de temps que vous êtes partie, pas vrai?

— Presque quinze ans.

— Ouais… Pis avant de partir vous deviez être trop jeune pour être au fait de certaines affaires.

— Disons que ma mère s'est donné beaucoup de mal pour me tenir à l'écart de tout ce qu'elle préférait que j'ignore.

— Et elle a bien fait, si vous voulez mon avis ! Le reste du Québec a connu deux guerres, mais ici, sur la côte, on en a vécu trois. Deux de l'autre bord de l'océan et une drette ici. M'est avis que c'est celle-là qui est restée de travers dans la cervelle ou peut-être même dans l'âme du vieux Thomas.

Joseph Chiasson a fait une pause, comme tous les bons conteurs, afin de s'assurer que j'étais bien accrochée à son récit avant de poursuivre.

— La guerre aux baleines était déjà commencée quand vous étiez petite, ma belle Gabrielle, mais ça se passait davantage ailleurs sur la côte. À Rivière-Ouelle, à Rivière-au-Tonnerre, aux approches de Sept-Îles, à la Pointe-aux-Esquimaux, là où les habitants ont encore plus de misère que nous à joindre les deux bouts. Pour pas crever de faim, en plus de pêcher la morue et le saumon, ils prennent les gros poissons, ceux qu'on n'a pas le droit de manger le vendredi. Les loups-marins et les baleines. Il y a plusieurs années, la chasse aux marsouins, les fameuses baleines blanches, s'est transformée en guerre.

« Ça a commencé un printemps à la fin des années vingt. Après les hautes marées, quand toutes les glaces ont eu fondu ou se sont fait démanteler au large, les pêcheurs ont aperçu des bancs de centaines de marsouins sur la côte. Jamais de mémoire d'homme on en avait tant vu. Ce qui aurait pu être juste une étrangeté s'est avéré une plaie. Les pêcheurs ont vite remarqué que l'océan se vidait. Les lignes et les filets ramenaient rien que des bouts d'algues. Il y avait plus de capelan, ni de lançon, ni de morue. Les hommes ont compris que les marsouins dévoraient tous les poissons sur leur passage et faisaient fuir les autres. »

Joseph Chiasson a haussé les épaules en prenant l'air de quelqu'un qui se positionne entre deux camps sans oser prendre parti.

— Depuis, j'ai entendu dire que c'est peut-être pas si vrai. Il y a un savant dans une de nos universités qui jure que le nombre de poissons à pêcher dépend pas tant des marsouins que des courants froids et chauds qui se mélangent de toutes sortes de manières selon les ans et les saisons. Ça voudrait dire que les mauvaises pêches sont plus l'affaire du bon Dieu que celle des humains ou des animaux. C'est du moins ce que je retiens… Toujours est-il que les pêcheurs ont pris le marsouin en grippe. Après une des pires saisons de pêche jamais vue, ils ont fait pression sur les élus pour que l'épidémie de marsouins soit enrayée. En 1930, si je me souviens bien, le ministère des Pêcheries a distribué des carabines aux pêcheurs pour qu'ils chassent le marsouin en même temps qu'ils continuaient de s'essayer à prendre du poisson. Pow! Avec une arme à portée de main, c'était facile d'épauler dès qu'un dos blanc était en vue. Pour en rajouter, comme si le désir de se débarrasser de l'ennemi suffisait pas, le gouvernement a offert quinze piastres la queue pour chaque marsouin abattu.

— Monsieur Thomas en a parlé…

— Quinze piastres! C'est énorme aujourd'hui et ça l'était encore plus dans le temps. Il s'en est tué du marsouin ces années-là, madame. Au lieu de subventionner les pêcheurs qui écopaient de mauvaises années, le gouvernement a nourri leur grogne contre les marsouins. C'est devenu une vraie guerre. Il y avait d'un côté les hommes et de l'autre, les baleines. Les hommes ont gagné.

« Il y en a qui faisaient juste protéger leur gagne-pain, d'autres qui ont eu l'air de prendre plaisir à abattre des bêtes innocentes. Il y a eu des drames, des exagérations, des bouffonneries aussi... Il paraît que les employés du ministère chargés de récolter les trophées de chasse étaient pas tous des génies ni toujours à leur affaire. Il y en a qui se laissaient offrir à boire et, après quelques petits coups de blanc, un pêcheur pouvait branler deux fois la même queue de marsouin sous, les yeux du représentant du gouvernement et être payé en double. »

Je songeais à ma mère qui, à l'époque, suait toute l'eau de son corps à la buanderie de l'Hôtel Tadoussac et pour quelques sous de plus allait faire le ménage chez les Anglais, puis passait de longues soirées à coudre des vêtements pour les autres ou à faire du neuf avec du vieux pour nous deux. Quinze dollars ! Joseph Chiasson avait raison. C'était toute une récompense !

— La manne de quinze piastres la queue a pas duré, a continué monsieur Chiasson comme s'il avait visité mes pensées. Des gens ont vendu au gouvernement une manière plus radicale d'exterminer les baleines blanches en lançant des bombes du haut des airs grâce à l'invention des nouveaux aéroplanes. Je vous cacherai pas qu'en apprenant la nouvelle, j'ai eu un pincement. Ça me paraissait un combat inégal. Comme si on tuait des mouches à coups de massue ! Sans compter, il faut l'avouer, qu'une baleine blanche fait plus sympathique qu'une mouche, pas vrai ? C'est peut-être injuste mais c'est de même pareil.

— Et monsieur Thomas, quel a été son rôle dans tout ça ?

— Il s'est opposé. Dès la première année, paraît-il. Il était à la Pointe-aux-Esquimaux dans le temps. Il a pris la défense des baleines blanches avec tellement de vigueur que les pêcheurs ont réagi. Je connais pas tous les détails mais Thomas Dutoit a manigancé de toutes sortes de manières pour empêcher ceux-ci d'avoir le dessus. Il s'est retrouvé seul contre le reste du village mais ça l'a pas impressionné. Il a continué de faire tout ce qu'il pouvait pour rendre la tâche des pêcheurs à carabine difficile. On dit qu'il a volé des cartouches et des fusils, défait des fascines, rôdé en mer pour éloigner les marsouins des chasseurs et fait concurrence au curé en livrant des discours semblables à des prêches jusque sur le perron de l'église. C'est de là qu'est venu le nom du fou des baleines. Il s'emportait de plus en plus en parlant et ça virait en délire. On aurait dit qu'il se prenait pour un apôtre et que son Dieu, c'était les baleines. Pas juste les petites ! Il s'époumonait devant l'église ou au magasin général en prenant la défense de toutes les baleines du monde, les petites blanches aussi bien que les grosses bleues, marsouins et gibards confondus. Il parlait d'elles comme s'il les connaissait dans l'intime et il réclamait rien de moins que la protection du village entier. En grande urgence et à tout prix. Je le sais de bonne source parce que mon frère aîné a connu Thomas dans ce temps-là. Gaspard a vécu à la Pointe-aux-Esquimaux avant de venir mourir ici. Que Dieu ait son âme…

Joseph Chiasson a pris le temps de se signer avant de poursuivre.

— Il y a eu des menaces graves faites contre Thomas Dutoit et, s'il était pas parti de la Pointe, sa tête aurait quasiment été mise à prix. Il s'est retrouvé aux Escoumins et l'histoire s'est répétée sauf que cette fois, le curé a pris l'affaire en main assez vite. Il a eu de l'aide pour convaincre Thomas de partir. J'ai aucune idée comment.

— Il est alors venu s'installer ici, dans sa cabane, et la chicane a repris, avec Lomer cette fois, c'est bien ça ?

— Lomer, son frère Oscar et tout un comité qui milite pour attirer des touristes avec des excursions sportives de chasse à la baleine. C'est déjà commencé. Trois capitaines de barque s'adonnent déjà à ça sans faire trop de bruit pendant que la municipalité étudie l'affaire avec quelques représentants du ministère avant d'officialiser l'activité. Ils ont le curé de leur bord et le député avec.

— Où veulent-ils déménager Thomas cette fois?

— À l'asile.

Une brusque nausée m'a saisie. Je me suis penchée en faisant semblant d'arranger l'ourlet de mon pantalon pour que Joseph Chiasson ne remarque pas mon émoi.

Harold

J'ai trouvé sur ma table de chevet deux bonbons à la mélasse et un verre d'eau-de-vie. Madame Antonine Villeneuve qui ouvre sa maison aux travailleurs de passage est sans douceur pour Pierre-Paul, son pauvre mari à qui elle donne des ordres sur un ton de mégère, mais elle est aux petits soins avec moi et sans doute aussi avec ses autres clients, surtout s'ils sont de profession libérale. Elle m'attribue sa plus grande chambre, la plus belle, dit-elle, une pièce décorée dans des tons de rose, couleur de saumon trop cuit, encombrée de ronds de dentelle et de fleurs artificielles, qui, en prime, pue le parfum trop sucré.

En entrant, je me suis effondré sur le lit sans retirer la couverture décorative en poussant un soupir assez fort pour réveiller mon voisin de chambre, un homme venu réparer l'orgue de l'église des Escoumins. La journée avait été éprouvante. Quinze patients dans cinq lieux différents. Plusieurs d'entre eux espéraient un diagnostic pouvant expliquer leurs élancements, leurs étourdissements, leur fièvre ou leur infection sans requérir des médicaments trop coûteux pour leur maigre budget. Parmi tous ces gens pour qui mes conseils et prescriptions auront assez peu d'effet, j'ai pu heureusement convaincre un jeune homme de partir sur-le-champ, avec qui voudrait bien l'y mener, pour l'Hôpital de La Malbaie. Il souffrait de ce que les vieux d'ici appellent des « coliques cordées », une étrange expression pour désigner l'appendicite. J'ai également examiné une septuagénaire attendrissante, courte et osseuse, aussi ridée qu'une centenaire, atteinte de méningite avancée.

Mon père était un médecin formidable. Je ne partage malheureusement pas son intérêt pour les dérèglements du corps humain. J'ai mis longtemps avant d'en convenir et, si je n'avais pas eu la chance de croiser dans un corridor de l'Hôpital Royal Victoria, à Montréal, le docteur Alexander Edward, neuropsychiatre formé à Londres, j'aurais peut-être fini par abandonner la médecine pour devenir ébéniste, astronome ou vagabond. C'est grâce à lui si j'ai pu contracter ce rare virus que constitue l'intérêt pour les dérangements du cerveau et les blessures de l'âme. Ma rencontre avec Thomas Dutoit, comme celle avec le docteur Edward, me semblent procéder d'un de ces coups du destin trop magistraux pour ne pas avoir été orchestrés par une puissance suprême. La chance ou le hasard manquent de poids pour expliquer de telles circonstances.

J'aime me souvenir de ma rencontre avec le docteur Edward. Je me dirigeais vers la cafétéria de l'hôpital après une nuit difficile à l'urgence lorsque j'ai surpris une conversation fascinante. Le docteur Edward expliquait sa conception de la psychiatrie à un jeune résident.

— Nous sommes des médecins spécialisés dans l'invisible, disait-il. Ce n'est pas parce que les maladies psychiatriques sont plus mystérieuses qu'on doit abandonner les patients à leur sort. Il faut arrêter de remiser les fous derrière des portes closes sans se poser de questions et sans chercher par tous les moyens modernes à les soulager sinon à les guérir.

« La médecine a fait des progrès fabuleux, poursuivit-il. Nous avons réussi de grandes avancées, ne serait-ce qu'avec l'anesthésie, mais nous sommes plus idiots que ceux qu'on nomme ainsi en ce qui a trait aux maladies mentales. Ce ne serait pas si grave si cette part de nous-mêmes, le psychisme, ne gouvernait pas davantage les sociétés que toutes les autres facultés de l'humain. »

Comme moi, l'interlocuteur de cet éminent neuropsychiatre l'écoutait avec grande attention, conscient du privilège qu'il avait de recevoir cette leçon. Notre mentor a ajouté une phrase dans laquelle j'ai reconnu une de ces vérités trop rarement énoncées et qui frappent fortement l'esprit.

— Sachez, cher docteur, que les souffrances de l'âme sont les plus douloureuses et les plus débilitantes.

Ce discours a changé ma vie. Sans doute n'aurais-je pas réagi aussi vivement si ce cri du cœur à la défense des maux de l'âme n'avait trouvé un certain écho dans ma propre existence. J'avais vécu une première aventure sentimentale qui m'avait mis K.-O. J'étais tombé follement amoureux d'une jeune femme qui m'avait trompé. L'histoire peut sembler banale. Or, elle m'avait révélé une part insoupçonnée de moi-même, effroyablement vulnérable. J'étais ainsi particulièrement bien préparé pour recevoir le discours du docteur Edward, ce qui n'enlève rien à son exceptionnel charisme. J'ai pris rendez-vous avec le neuropsychiatre le jour même et, quelques semaines plus tard, j'amorçais une spécialité en psychiatrie. Après que j'ai eu terminé un internat à l'Hôpital de l'Enfant-Jésus à Québec où le docteur Edward avait deux excellents amis, mon guide spirituel m'a convaincu de traverser l'océan. Plutôt que de m'expédier en Angleterre, lieu de sa formation, il m'a fait choisir Paris où les théories du docteur Emil Kraepelin, fondateur de la psychiatrie moderne, étaient mieux connues qu'à Londres, grâce à un médecin dont le nom m'a toujours fait sourire : le docteur Paul Sérieux. Après des cours de psychologie pathologique à la Sorbonne, un stage à la Clinique des Maladies mentales de la Faculté de médecine de Paris et un entraînement neurologique à la Salpêtrière, je suis rentré à Montréal, un peu étourdi mais toujours aussi fasciné.

J'allais m'endormir sans toucher au verre d'eau-de-vie offert par madame Antonine lorsque mon regard s'est posé sur un des cahiers de Thomas, déposé sur la commode de bois verni près de mon lit. J'ai eu une pensée pour mon vieux fou des baleines. Je n'étais pas vraiment inquiet pour sa santé – la fatigue, la déshydratation et un trop-plein d'émotions expliquaient facilement sa fièvre –, mais je me demandais comment il se débrouillait avec Gabrielle Deschamps et comment elle-même recevait les discours de Thomas. Ces pensées m'éloignant du sommeil, j'ai décidé, malgré l'accablement que je ressentais, d'ouvrir le carnet numéro huit.

8 juillet 1934

Bleue aperçue à vingt longueurs de barque. Visibilité parfaite. Zéro vent. Beau jet étroit et haut. Avec lunettes distingue forme du dos. Ressemble à Bleue 3. Plonge et réapparaît deux fois.

11 juillet 1934

Trois petites baleines noires venues à moins de dix longueurs de barque. Même taille les trois. Aucun signe reconnaissable. Dansent devant le bateau. Les dos arrondis creusent la mer, disparaissent et réapparaissent. Toujours en même temps. Ai compté vingt surgissements. M'ont tenu longtemps à espérer deuxième spectacle.

12 juillet 1934

Rien. Mer miroir, quelques rides seulement. Ni souffle, ni dos, ni queue, ni ombre blanche, ni clapotis, pas même d'agitation secrète proche ou loin.

15 juillet 1934

Après deux jours d'orages noirs avec des emmieutements seulement quand la marée est plus favorable, le ciel est encore pesant d'eau. Deux dos blancs sont venus frôler mon bateau avec l'air de me dire merci d'oser braver le mauvais temps. Sortent la tête. Me regardent. Restent autour à se courailler et jouer dans l'eau. On dirait des enfants.

Note: La bosse sur le crâne des marsouins est plus grouillante que je croyais. On dirait quasiment qu'elle sert à donner le cap à la manière d'une voile.

16 juillet 1934

Bleue 3 revenue. A paru s'approcher. Ai espéré Belle Bleue mais vu tête avec lunettes d'approche. Pas de marque. Fausse espérance. Cinq souffles. Le premier plus fort. A plongé deux fois. S'est montrée de plus en plus proche, jusqu'à une quinzaine de longueurs de barque. Après, rien que du silence et de l'invisible.

19 juillet 1934

La mer montante m'a réveillé. Je suis resté dans mon lit, les oreilles dressées et les yeux fermés pour mieux laisser mes autres sens m'éclairer. J'ai compris que la mer se réveillait, attirée par la lune pareille à une plante par le soleil mais en mille fois plus fort. Je l'ai sentie se soulever comme si ça se passait en dedans de moi. La mer a grossi et gonflé et grossi et gonflé encore avant d'exploser sur la grève dans un fracas de tonnerre. Les oiseaux du rivage ont poussé des grands cris indignés avant de fuir. L'eau a inondé les berges, raclant le sable en s'étirant toujours plus haut, toujours plus loin et en répandant de gros bouillons d'écume blanche et des emmêlements d'algues noires. L'eau montait, portée par une fureur qui semblait sourdre des entrailles de la terre. Même en gardant les yeux fermés, sans me lever pour aller voir, je savais que c'était pas un marinage normal en plein été. Ça ressemblait plus aux grandes marées d'automne, quand la mer s'endiable et menace de tout avaler. On aurait dit que l'océan voulait nous alerter. Alors je suis resté à l'écouter.

Des heures ou des minutes plus tard, je saurais pas dire, le chant des baleines a commencé. Je savais même pas que ça existait. Je pensais pas qu'on pouvait produire des sons aussi beaux. C'était une musique bénie, un concert à faire frissonner de bonheur n'importe quelle créature vivante. J'avais jamais rien entendu de ressemblant. On aurait dit une sorte de messe, une célébration de sons nouveaux capable de nous faire oublier qu'on est rien que des humains. C'était comme un cadeau des anges.

Quand j'étais petit, à l'époque où les baleines collaient aux côtes par centaines, je me souviens d'être resté réveillé toute une nuit parce que les souffles réunis de toutes ces grosses bêtes formaient un vacarme pas possible. Ça avait rien à voir avec le chant qu'il m'a été donné d'entendre cette nuit. Sauf que cette nuit, petit à petit, des plaintes se sont mêlées au chant si beau que j'aimais tant et qui me portait si haut. Il s'est ajouté des gémissements et des meuglements et des cris de détresse tellement déchirants que c'était dur à supporter. Ça m'a pris du temps avant de comprendre que les baleines m'appelaient. Elles me suppliaient de les entendre.

Alors, même si c'était pénible, même si ça m'écorchait les oreilles et me triturait les tripes, j'ai écouté.

C'est comme ça que j'ai entendu une plainte venue du fond des temps qui rassemblait les lamentations de toutes les baleines sacrifiées depuis le commencement du monde. Je sais, aussi sûr que je m'appelle Thomas Dutoit, né à Kegaska il y a 60 ans, que ce que j'ai entendu cette nuit, après le chant merveilleux, c'est un bruit d'enfer, un cri de désespérance venu jusqu'à moi pour que j'en garde la mémoire.

La prochaine inscription dans le carnet numéro huit de Thomas était celle du 26 juillet. Après une rare semaine de silence, il reprenait son patient travail d'observation en notant la présence et les agissements des baleines qu'il avait le loisir de voir.

J'ai refermé le carnet. Je venais de lire la première manifestation de pur délire de mon sujet d'étude. Elle s'était produite seize ans plus tôt. Ayant triché un peu en ouvrant au hasard quelques carnets plus récents, je savais que les notes de Thomas seraient de plus en plus contaminées par sa maladie.

Ce que ces mots m'avaient révélé me fascinait au plus haut point. Dans ses divagations, Thomas devenait poète et philosophe. D'où lui venaient ces pensées, ces images, ces sons, ces mots ?

Thomas

Je l'ai regardée dormir un brin sans la déranger. Déjà que j'ai été surpris de me réveiller avec une cheville emmaillotée, quand en plus j'ai découvert la folle du bord de l'eau installée dans ma maison, j'ai cru bon de me rapailler les esprits avant de dire ou de faire quoi que ce soit. Vu mon état et parce que cette femme hystérique en est la cause, j'imagine que le docteur Beattie lui a demandé de me rendre visite. Mais à quoi sert un tel dérangement si c'est pour me dormir sous le nez?

Qui êtes-vous?

Elle doit pas avoir la conscience bien tranquille parce qu'elle a bondi sur sa chaise. Puis elle m'a dévisagé, l'air ahurie, à croire que c'était moi l'intrus. Je me suis répété, faute d'une meilleure idée.

Qui êtes-vous?

Je l'ai vue rembobiner ses pensées dans sa tête pour finalement se rappeler ce qui était arrivé et ce qu'elle faisait dans ma cabane.

Comment vous sentez-vous? elle a demandé au lieu de répondre à ma question.

C'est une belle femme encore toute jeune. Les cheveux blonds coupés court, pas très grande, délicate. Elle me rappelle Jeanne qui serait dans la soixantaine aujourd'hui si le bon Dieu et les Allemands l'avaient laissée vivre.

Qui êtes-vous?

La femme que vous avez bousculée hier matin.

Eh ben! Vous êtes pas grosse mais vous avez du front tout le tour de la tête. Si mon souvenir est bon, et j'ai pas de raison de penser autrement, vous avez lâché un cri de fou qui m'a tellement démonté que je me suis empêtré dans mes jambes. C'est de votre faute si je suis estropié.

Je suis désolée, elle a dit.

Elle avait l'air repentante pour vrai, triste en même temps et pas une miette agressive. Mais tout d'un coup son visage s'est durci et elle a pris un ton un brin fendant pour continuer.

Je marchais tranquillement sur la plage, elle a dit. Je ne vous avais ni vu ni entendu et soudain je me suis sentie agrippée…

Vous marchiez tellement tranquillement que vous aviez aucun souci de ce qui se passait sous vos pieds, j'ai répondu. Après avoir écrasé des centaines, sinon des milliers de petites bibittes occupées à trouver leur pitance dans les flaques laissées par la marée, vous alliez tuer une étoile de mer. Vous avanciez droit dessus! Saviez-vous, madame, qu'une étoile encore vivante aussi loin sur le sable, c'est un peu un miracle de la mer?

Elle a paru assez troublée pour que je m'en veuille d'avoir parlé un peu raide.

Qui êtes-vous? j'ai demandé.

Je m'appelle Gabrielle. Je suis une fille d'ici.

Vous dites ça comme si c'était mieux que de venir d'ailleurs, je lui ai fait remarquer.

Elle a haussé les épaules, l'air de dire que je pouvais bien penser ce qui faisait mon affaire.

J'ai vécu plusieurs années à Montréal, elle a ajouté. On est loin de l'eau et du ciel…

Ouais.

Le soleil était debout. J'ai essayé de me lever moi aussi, mais le mal m'a repris. Mon pied emballé acceptait pas de me supporter. Elle s'est jetée sur moi comme la misère sur le pauvre monde pour me forcer à me recoucher. Si ça avait été un homme, je l'aurais repoussé assez ferme pour qu'il demande la permission la prochaine fois avant de me toucher.

Sacrez-moi patience ! J'ai pas besoin de gardienne.

Elle a rien dit. Elle m'a servi une tasse d'eau et j'ai bu. Puis elle a étalé de la gelée rouge sur une tranche de pain et j'ai mangé. Après, j'ai dormi encore. On aurait dit que mon corps profitait des vacances forcées pour dormir ce qu'il avait oublié de dormir dans toute ma vie.

Quand je me suis réveillé, elle était partie. Je suis resté à jongler dans mon lit en pensant à ma Belle Bleue, aux baleines qui passaient au large sans que je puisse les accueillir ni leur faire une place dans mon carnet et aussi à Jeanne, à cause de cette femme qui lui ressemble trop. J'en étais rendu à imaginer comment je pourrais me fabriquer un appui pour marcher sans m'arracher le cœur quand la porte s'est ouverte.

Elle tenait un grand mouchoir rempli de fraises des champs. On s'est regardés. Elle a rien dit. Ça m'a plu. Elle a fait du thé et nous a servi à chacun un morceau de pâté de viande. J'avais pas faim mais j'ai mangé quand même en continuant de penser à ce qui pouvait bien se passer sur l'eau pendant que j'étais enfermé ici.

Aidez-moi à sortir dehors, je lui ai dit.

Elle a bien fait ça. J'ai sauté sur une patte en m'appuyant sur son épaule pour me rendre jusqu'au banc devant ma cabane en face de l'éclaircie d'où on peut voir un petit morceau de mer.

Elle s'est assise sur une grosse roche et elle a regardé l'eau. Sans rien dire. Longtemps. Ça m'a plu.

Saviez-vous, mademoiselle ou madame, que la baleine bleue est le plus gros animal ayant jamais vécu sur notre planète?

Les dinosaures étaient quand même plus gros!

Non. De toutes les créatures vivantes, la baleine bleue a toujours été la plus gigantesque. Mais c'est pas sa plus grande qualité.

Elle m'a pas relancé pour en savoir davantage. Ça m'a déçu. Je vis seul depuis une éternité, je peux passer des semaines sans parler à un humain mais depuis que le docteur Beattie me fait des visites, j'ai repris goût à discuter. Il m'écoute, me questionne, m'encourage à parler. La femme est restée silencieuse. J'ai décidé de continuer quand même parce que j'en avais envie. Mais sans m'adresser à elle. C'est à moi-même que je parlais tout haut.

Il y a longtemps, les Anciens croyaient que la Terre était le centre de l'Univers. Toutes les étoiles et les planètes se rattachaient à elle et tournaient autour. Le Soleil, la Lune, Mars, Saturne… On sait maintenant que c'est faux. Un jour, les humains vont découvrir qu'ils sont pas le centre du monde, ni les maîtres de leur planète. Les hommes ont pas l'humilité facile. Ils s'imaginent toujours plus importants qu'ils sont. La vérité, c'est que les baleines sont mille fois plus importantes.

Dans des livres anciens, c'est écrit que les baleines tiennent la Terre. Sans elles, notre planète tomberait. Et c'est vrai. Mais pas comme on pourrait l'imaginer bêtement dans notre tête. Il faut pas voir les baleines comme des piliers soutenant la Terre par en dessous pour l'empêcher de tomber dans le vide. C'est plus compliqué. Les baleines tiennent la Terre en créant l'équilibre du monde. On sait pas comment elles s'y prennent, mais c'est comme ça pareil. Elles jouent un rôle dans les saisons, les tempêtes, les marées. Elles font le lien entre les hommes et les animaux, soudent la terre à l'eau et relient notre planète aux étoiles et aux autres planètes. Si la Terre a une âme, elle est cachée dans le ventre des baleines.

Elle disait toujours rien mais je savais qu'elle écoutait. Et il me semblait qu'elle écoutait bien, en essayant de voir s'il y avait pas des petites poussières de vérité dans ce que je racontais.

Vous croyez que toutes les baleines ont ce pouvoir ou juste les plus grosses? elle a demandé.

Toutes. Mais les plus grosses sont plus vieilles, plus sages et plus importantes que les autres. On les a massacrées par centaines de milliers, sans savoir que notre survie dépendait d'elles. Celles qui restent continuent leur mission. Elles parcourent les océans d'un bout à l'autre du globe sur des distances pas possibles parce que c'est ce qu'elles doivent faire pour que tienne la Terre. Mais elles sont pas assez nombreuses. Elles sont épuisées par l'ampleur de la tâche. Et aussi parce qu'elles portent en elles le souvenir des cris d'agonie de toutes les baleines disparues. C'est un bruit effroyable.

J'ai pas dit à cette femme que j'entends moi aussi ces cris et qu'il m'arrive de rejoindre les baleines. Elles me laissent nager avec elles dans les belles profondeurs de l'eau et pendant ces moments bénis, j'ai accès à leurs secrets. Mais à mon retour, quand elles me renvoient à ma petite existence, il me reste plus de souvenirs précis. Je garde malgré tout espoir qu'un jour, bientôt j'espère car mes années sont comptées, elles me laisseront ramener de ces voyages les enseignements nécessaires pour la suite du monde.

Je lui ai pas dit parce que j'ai appris qu'il y a des choses qu'il vaut mieux garder pour soi. Je lui ai jeté un regard en coin et j'ai vu qu'elle continuait de fixer le petit morceau de mer devant nos yeux.

Les baleines détiennent les clés de notre survie, j'ai dit. Si elles disparaissent, on va disparaître nous aussi. Il faut les écouter, les protéger, les étudier, apprendre d'elles, percer leur mystère et recueillir leur savoir si on veut pas assister à la fin des humains. Et à celle du monde.

Vous êtes sérieux ? Vous le croyez vraiment ? qu'elle a demandé.

C'était une question idiote à laquelle j'ai pas répondu.

Qu'est-ce que vous admirez le plus des grosses baleines ? elle a voulu savoir après un temps de silence. Les baleines bleues, c'est bien ça ? Je veux dire… à part le fait qu'elles tiennent le monde.

Je suis resté longtemps à réfléchir. Depuis toutes ces années où elles occupent tant de place dans ma vie et dans mes pensées, je m'étais jamais posé la question de cette manière-là. Mais la dame avait raison de parler d'admiration. C'était le meilleur mot possible.

Ce que j'admire le plus dans ces créatures si gigantesques et si puissantes, c'est leur douceur.

Elle a souri. Le mot lui plaisait.

Une Bleue pourrait avaler un bateau tout rond rien qu'en ouvrant la gueule. D'un seul coup de queue, elle peut faire plus de mal que cent tigres réunis. Sa puissance est monstrueuse. Si elles le décidaient, les Bleues pourraient installer un règne de terreur sur tous les océans, détruire les hommes qui fendent l'eau avec leurs barques à moteur et faire fuir tous les bateaux blancs qui lancent des jets par leur cheminée comme elles par leur évent. Au lieu de ça, les Bleues se contentent de glisser sur l'eau, d'avaler des crevettes naines et de respirer quelques coups à la surface de l'eau avant de disparaître discrètement dans les profondeurs du monde.

Elle m'écoutait avec une belle attention mais sans paraître plus impressionnée qu'il faut. Ça m'a piqué. Ce que je lui racontais, c'est ce que je connais de plus beau.

Comprenez-moi bien, mademoiselle ou madame, j'ai dit. Les Bleues pèsent cent tonnes. C'est mille fois plus que nous. Et elles ont commencé d'exister des millions d'années avant nous. Elles sont les reines d'un royaume bien plus vaste que le nôtre et dont on connaît quasiment rien. Elles respirent le même air que nous sans jamais nous déranger. Elles pourraient nous écraser, nous dominer, nous empêcher de puiser dans leur océan pour se nourrir. Au lieu de ça, elles nous enseignent la douceur.

Elles pourraient nous faire la guerre, nous rendre misérables. Et faire pareil avec tout ce qui grouille dans tous les océans du monde. Mais elles le font pas! Elles restent douces, calmes, pacifiques, solitaires et tendres. C'est pas beau ça? C'est pas le meilleur enseignement? Dans la sagesse qui leur est venue de millions d'années d'existence, malgré tous les coups de harpons qu'elles ont reçus dans les siècles derniers, elles ont choisi de jamais nuire, de respecter tout ce qui vit et de faire le moins de dégât possible. Elles ont choisi la douceur. Pour la suite du monde. M'entendez-vous? Pour la suite du monde!

Calmez-vous, monsieur Thomas, elle a murmuré.

C'est vrai que je m'enflamme au point d'en oublier mon auditoire. J'étais même tellement pris par mon récit que j'avais pas remarqué qu'elle s'était levée pour venir poser une main infiniment délicate et légère sur mon épaule.

En levant les yeux, j'ai vu qu'elle pleurait.

Gabrielle

Douceur. Je me suis répété silencieusement le mot en m'éloignant du banc de bois. Derrière les conifères qui masquent le paysage, un vaste champ d'églantiers domine la plage en contrebas. La mer y est admirable.

Douceur. Le mot était sorti du vocabulaire de ma vie. Pendant douze ans, j'ai serré les mâchoires, étouffant ma peur, ravalant ma fatigue, taisant mon découragement, fouettant mon ardeur et simulant ma joie. J'ai gardé le dos droit, la tête haute et les yeux rivés sur le but que je m'étais fixé. Le seul possible. Des miettes de tendresse ou des poussières de douceur m'auraient saoulée de bonheur.

Lewis Stevenson est entré dans ma vie alors que j'avais de la joie à revendre et que je pouvais puiser toute la tendresse et la douceur du monde rien que dans le regard que ma mère posait sur moi. Maman travaillait dur, mais elle n'avait que moi à nourrir et j'étais vaillante. Même si nous vivions pauvrement, je n'ai jamais connu la misère, comme Lomer et Oscar Bourgault, les deux frères chasseurs de marsouins, ennemis de Thomas. Eux avaient reçu l'aide du secours direct et je savais de Lomer, qui avait mon âge et qui était le troisième de dix-neuf enfants dont dix-sept étaient restés vivants, que chez les Bourgault remplir les assiettes tenait parfois du miracle.

Lomer avait goûté à tout ce qu'un humain, dans nos régions, peut songer à attraper et à faire cuire pour taire sa faim. L'hiver, il tendait des pièges et, au printemps, je l'ai vu assommer des goélands trop petits pour voler. Il se vantait de pouvoir engloutir n'importe quoi et aimait le prouver devant des filles en avalant une araignée sous notre nez. Un dimanche matin d'hiver, alors que nous rentrions tous les deux à pied après la messe, il m'avait confié avoir soupé la veille d'un ragoût à l'écureuil mijoté avec des pelures de patates. Même s'il en avait parlé comme d'un nouvel exploit, quelque chose dans sa voix m'avait convaincue que ce repas l'avait troublé.

J'ai grandi heureuse, dans l'étonnement des marées qui métamorphosaient quotidiennement le paysage, gavée de ciel et d'eau, persuadée que l'univers était immense et beau et que j'y avais une place, solide et sûre, malgré le lot de peines et de petites douleurs qui m'échouait comme à chacun. J'ai grandi heureuse à l'ombre d'un château interdit et, si j'ai succombé à Lewis Stevenson, c'est peut-être parce qu'il existait dans notre village cet ailleurs nommé l'Hôtel Tadoussac. Il me semblait aussi fabuleux que l'ailleurs des contes de princes et de princesses, de sorcières, d'ogres et de fées-marraines des histoires de ma mère. C'était bien plus qu'un établissement touristique, bien plus qu'un site de villégiature prisé par les Américains fortunés fuyant la pollution des villes neuves. L'Hôtel Tadoussac était un royaume magique que les fées réveillaient au printemps et endormaient en fin d'été, un vaste château lumineux rempli de personnages richement vêtus discourant dans une langue étrangère. Des fenêtres ouvertes s'échappaient le soir d'extraordinaires musiques et des éclats de rire d'une légèreté exquise.

Vus de loin, ces vacanciers semblaient mener une existence de pur bonheur. Ils n'avaient pour seules préoccupations qu'à choisir entre les bains de mer, les tours de calèche, le golf, la pêche à la mouche et les longs après-midi à siroter des breuvages délicieux en grignotant des gourmandises. Je m'amusais à inventer des vies de rêve aux élégants personnages qui descendaient la passerelle des bateaux blancs pour monter dans une calèche les menant à l'Hôtel Tadoussac après le traditionnel détour par la pisciculture et le chemin du village.

— Lequel choisirais-tu ? ai-je un jour demandé à Luvina alors qu'elle m'accompagnait au quai.

— Tais-toi, Gaby ! Si le curé t'entendait ! Tu trouves pas que tu t'es assez fait remarquer dernièrement ?

Elle faisait allusion à un des derniers sermons du curé. Sans me nommer, comme à chaque fois qu'il faisait publiquement le procès d'un de nous en chaire, il avait donné suffisamment de détails pour que tous les membres de l'assemblée des fidèles réunis dans l'église sachent qu'il parlait de moi. Après avoir rappelé le décret municipal interdisant aux femmes de se promener jambes nues, sous peine d'une amende de dix dollars, il s'en était pris aux jeunes filles courant comme des lutins sur la grève en tenue indécente à un âge où Dieu leur avait donné un corps de femme commandant la plus élémentaire pudeur.

Le mot « lutin » avait été soigneusement choisi par le curé. On m'appelait souvent « la lutine » de l'Anse à l'Eau parce que j'étais menue, pleine d'énergie et que ma mère me laissait plus libre que d'autres enfants de courir sur les rochers, les plages, les battures et les dunes. Dans la semaine précédant cette charge contre moi, le curé Lavigueur m'avait attrapée à faire fuir les goélands sur la grève à marée basse. Après une journée particulièrement chaude consacrée à cueillir des petits fruits, je m'étais rafraîchie dans l'eau glacée et, trop heureuse de sentir encore la douceur de l'air salin sur ma peau alors que le soleil tombait dans un jaillissement de couleurs, je m'étais abandonnée au plaisir de courir sur le sable tiède en simple tenue de bain.

— Le curé est jaloux ! avais-je répondu à Luvina. Il a choisi un métier qui l'oblige à passer sa vie enveloppé dans une soutane noire. Tant pis pour lui !

J'adorais provoquer Luvina. Ma cousine avait beaucoup plus que moi peur des représailles de sa mère, de son père, du curé, de la maîtresse, du bon Dieu et du diable. Elle se plaisait à me mettre en garde contre toutes sortes de calamités, mais je la soupçonnais d'aimer que je brise les règles, comme si, en m'épiant et en recueillant mes confidences, elle savourait mes écarts sans courir de danger.

Je n'avais pas parlé de ma rencontre avec Lewis Stevenson à Luvina, ni bien sûr de la folle invitation qu'il m'avait lancée. J'avais envie de garder ce moment juste pour moi et je n'imaginais pas qu'une telle soirée puisse réellement avoir lieu. Même si l'idée me déplaisait, je pouvais aussi concevoir que le jeune homme s'était déjà amusé à inviter bien d'autres jeunes filles sans s'attendre à ce que le projet se réalise. Ce même mercredi d'août où j'ai croisé Lewis Stevenson sur le quai, nous avons assisté en soirée, ma cousine et moi, au traditionnel feu de grève offert par l'Hôtel Tadoussac à ses clients. Pendant tous les autres étés, j'avais participé à ces célébrations joyeuses avec la meute d'enfants du village, chipant des hot dogs et buvant de la limonade à nous rendre malades. Les propriétaires de l'hôtel devaient juger que nous ajoutions à la couleur locale car nous étions très gentiment tolérés ces mercredis soirs et, lorsque les animateurs anglophones enseignaient aux touristes des chansons à répondre du répertoire francophone comme *Alouette, gentille alouette,* ils s'attendaient à ce que nos voix se mêlent aux timides tentatives des touristes.

L'été de mes seize ans, toutes les traditions sont tombées. Le groupe d'enfants espiègles et bruyants s'est dissous. Des couples se formaient, de nouvelles amitiés se tissaient et j'étais de plus en plus souvent seule avec ma cousine. Je cherchais mon bel admirateur parmi les clients assemblés autour des hautes flammes lorsque Luvina m'a donné un coup de coude en plein ventre. En me retournant, j'ai découvert Lewis Stevenson à deux pas de moi.

— Bonsoir, mademoiselle Gabrielle. Enchantée, mademoiselle…

— Luvina ! glapit ma cousine.

J'ai tout de suite craint qu'il répète avec elle la scène du baise-main. À mon grand soulagement, il s'est contenté d'incliner poliment la tête avec un bref regard pour ma cousine. Un merveilleux sourire a explosé sur son visage lorsqu'il s'est tourné vers moi. Et comme si la proposition était tout à fait normale, il a renouvelé son invitation de l'après-midi en offrant de venir me cueillir à la maison.

Pendant les quelques secondes qu'a durées son discours, j'ai pris une résolution totalement irraisonnée. J'ai décidé d'accepter.

— Non ! Merci… Ce n'est pas nécessaire. Je serai dans le hall…

— *At six* ? Pardon ! À six heures, c'est OK pour vous ?

— Oui, murmurai-je d'une voix de souris.

Nous sommes restés quelques instants à sourire bêtement tous les deux pendant que Luvina frôlait la syncope. Lorsqu'il fut assez loin, elle a éclaté.

— Dis-moi que je rêve, Gabrielle Deschamps!

Je souriais toujours, encore aux anges et tellement détachée de la réalité que pendant un moment j'ai cru que ma cousine partageait le même émoi.

— Jure-moi que tu n'iras pas! a-t-elle ajouté, dissipant
tout malentendu.

— Pourquoi?!

— Gabrielle! C'est un homme. Un étranger. Et un Anglais.

— Beau, riche, gentil, poli, cultivé et qui s'intéresse à moi.
Qu'est-ce que je devrais demander de plus au Seigneur, explique-
moi, Luvina?

Je l'aurais étripée. Je lisais tous les sous-entendus du monde
sur son visage. La suite de son discours me le confirma.

— Parce que je t'aime, parce que tu es ma cousine et ma
meilleure amie, je vais t'expliquer des petites vérités de la vie,
si tu me permets.

Elle a continué sans se soucier de savoir si je le lui permet-
tais ou pas.

— Les jeunes Anglais de l'Hôtel Tadoussac peuvent se
choisir une femme parmi toutes les belles jeunes Anglaises,
riches et cultivées. Quand ils s'intéressent à des filles comme
nous, c'est pour des raisons que tu devines très bien. Je devrais
pas avoir besoin d'en dire plus. À moins que tu sois vraiment
niaiseuse!

Je lui en voulais à mort d'essayer de tout gâcher, mais je
n'ai rien dit parce que ce qui serait sorti de ma bouche l'aurait
trop blessée.

— Encore dimanche dernier, le curé nous a mis en garde
contre la menace protestante et toi, t'irais te jeter direct dans

la gueule du loup. Le curé Lavigueur nous a rappelé qu'à Tadoussac, l'été, les Anglais sont plus nombreux que nous et qu'ils peuvent nous contaminer de toutes sortes de manières si on les laisse faire. Il faut savoir reconnaître notre place et la garder. Comme dit le curé, on doit aimer notre prochain, mais il faut aussi se souvenir qu'un protestant, eh ben, c'est un protestant !

— Il doit être drôlement intelligent, le curé, pour savoir qu'un protestant, eh ben… c'est un protestant !

— On dirait que tu te penses au-dessus de tout alors que t'es pas meilleure que les autres.

— Non. T'as raison Luvina. Je ne suis pas meilleure que les autres. Mais ma mère dit que mon père rêvait beaucoup pis que c'est pas un péché. Des fois, mes rêves sont géants et j'ai pas envie de les rapetisser. Surtout quand tout d'un coup, comme par enchantement, ils ont l'air de pouvoir se réaliser. Toute ma vie, j'ai rêvé d'être une de ces femmes en belle robe qui vont souper et danser à l'Hôtel Tadoussac. Pourquoi j'aurais pas le droit, hein, dis-moi, Luvina, pourquoi j'aurais pas le droit au moins une fois dans ma vie ?

— Ta mère te laissera pas y aller. Elle a beau te donner plus de lousse que la mienne, elle est pas tombée folle. Elle te laissera jamais sortir, le soir, seule avec un Anglais. À l'Hôtel Tadoussac en plus !

L'opposition farouche de Luvina attisait mon désir et me donnait l'impression d'être investie d'une mission : aller au bout de ce beau rêve fou.

— Ma mère ne le saura pas, Luvina, compris ? Et tu vas m'aider pour que tout se passe bien parce que tu es ma cousine et ma meilleure amie et que si je ne suis pas dans le hall de l'Hôtel Tadoussac vendredi à six heures, je vais le regretter tout le reste de ma vie. M'entends-tu ?

Jamais je n'oublierai les efforts fournis par Luvina pour surmonter sa crainte de l'enfer en acceptant d'être ma complice. Je me suis souvent demandé ce qui l'avait finalement décidée. J'en suis venue à croire que sous ses dehors frileux ma cousine dissimulait un désir peut-être aussi ardent que le mien d'aller au bout de ses rêves les plus fous. Pour que je puisse rejoindre Lewis Stevenson dans le hall de l'Hôtel Tadoussac moins de quarante-huit heures plus tard, il fallait, d'urgence, me trouver une robe, des souliers, peut-être un bijou, et surtout une façon de justifier mon absence, jusqu'à au moins dix heures du soir avions-nous déterminé, sans inquiéter ma mère.

La vie s'est magnifiquement chargée du dernier détail. En rentrant, ce soir-là, maman m'a annoncé que monsieur William Coverdale, le grand patron de l'Hôtel Tadoussac, l'avait priée de passer quelques jours au chevet d'une dame Van Horne, logée dans un des plus beaux « cottèges » près de l'Hôtel Tadoussac. Le mari de cette femme réputée pour ses nombreux caprices était aussi riche qu'influent. Il souhaitait s'absenter quelques jours pour pêcher le saumon dans un des camps privés dont disposait l'hôtel, mais n'osait pas partir sans être assuré qu'une femme d'âge mûr et solidement expérimentée serait en tout temps disponible, sur place, pour « soigner son épouse ». Le mal dont souffrait madame Van Horne n'avait pas été précisé, mais maman ne s'en inquiétait pas. Elle savait que la gravité des bobos des riches prenait souvent des proportions étonnantes et elle n'en était pas à ses premières armes à titre de dame de compagnie et aide-soignante. Non seulement monsieur Coverdale se chargeait-il à chaque fois de trouver une remplaçante pour maman à la buanderie, mais il s'assurait aussi qu'elle soit bien récompensée pour sa peine.

Luvina a trouvé la robe et les souliers, des escarpins blancs empruntés à sa sœur aînée qui avait déjà travaillé à Québec et une robe mi-longue d'un magnifique rose pâle ayant appartenu à une tante morte de tuberculose. La jupe ample était en crêpe et le corsage ajusté en dentelle de belle qualité. Le seul défaut du vêtement était d'être deux fois trop grand pour moi. Luvina travaillait comme moi à faire des ménages tous les jours de semaine. Il ne nous restait que le soir et la nuit pour défaire cette robe, la recouper à ma taille et la réassembler. L'entreprise n'était pas si difficile, maman m'avait appris comment faire, mais elle exigeait beaucoup de temps. Sans Luvina, je n'y serais jamais arrivée.

Ma cousine n'était pas du genre à faire tourner les têtes. De sa mère, elle avait hérité d'une bouche très large, d'un visage rond avec des joues rebondies et de tout petits yeux trop enfoncés. Lorsque j'ai finalement enfilé la robe rose sur laquelle nous venions tout juste de couper les derniers fils, elle a poussé un cri de ravissement puis son visage s'est rembruni. Elle m'en voulait d'être celle qui danserait pendant qu'elle aiderait sa mère à endormir les petits.

— Merci, Luvina ! Tu m'as fait le plus beau des cadeaux. Inquiète-toi pas. Il n'y a rien de mal dans ce qu'on a fait. Le bon Dieu nous veut heureux. Pas vrai ?

— C'est la première fois que je l'entends, celle-là. J'imagine que ça vient de ton père ?

Pour toute réponse, je l'ai embrassée et je suis partie d'un pas mal assuré dans les escarpins légèrement trop grands.

Lewis Stevenson m'attendait dehors devant l'hôtel. Il discutait en toute familiarité avec un chasseur en livrée. En m'apercevant, il a souri jusqu'au ciel.

— *Amazing!* Vous êtes aussi belle qu'un ange, s'est-il exclamé en glissant une main sous mon coude pour me guider gentiment vers le grand hall.

Je laissais mon regard errer en tous sens, ébahie par la beauté des lieux. Il m'aurait fallu des yeux plus grands pour mieux admirer les épais tapis rouge et or, les boiseries vernies, les papiers peints illustrant des scènes de chasse, les lustres scintillants, les grands tableaux aux cadres dorés, les clients habillés de manière raffinée, le personnel tiré à quatre épingles et surtout, surtout, la mer, si somptueuse vue des larges fenêtres de l'immense salon. J'avais l'impression de vivre dans une carte postale. Pendant que je dévorais tout ce qui m'était donné à voir, Lewis Stevenson m'a entraînée vers la salle à dîner. J'ai eu des sueurs froides en reconnaissant Yvette Pronovost, une femme de ménage amie de ma mère, penchée sur le sol à ramasser des éclats de verre brisé, mais à mon grand soulagement elle n'a pas relevé la tête. Pendant les deux derniers jours, je m'étais souvent demandé comment réagir si jamais une telle catastrophe se produisait et je n'avais pas trouvé de réponse. Je misais sur le fait que le soir tout le personnel visible était anglophone, mais je savais qu'un désastreux face-à-face restait possible.

Après cette frousse, mon émerveillement s'est dissipé. Le charme était rompu. Malgré ma robe et mes souliers, mes espoirs infinis et mes rêves ardents, j'étais redevenue l'enfant unique de Berthe Deschamps, orpheline de père, femme de ménage l'été et bonne à tout faire le reste de l'année en attendant d'avoir assez d'argent pour étudier à Québec un jour.

— *What's wrong?* Quelque chose ne va pas, Gabrielle? s'est inquiété mon compagnon alors que le maître d'hôtel nous présentait la carte.

Lewis Stevenson avait de plus en plus souvent spontanément recours à l'anglais, ce qui ne m'aidait pas à me sentir à l'aise. J'ai dû faire des efforts pour sourire, le rassurer et me concentrer sur ce qu'il racontait. Il avait commencé à livrer le récit de sa vie et rien ne semblait pouvoir l'arrêter. En remarquant mon hésitation devant la complexité du menu, il a proposé de commander pour moi, dans sa langue évidemment, si bien que pendant tout le repas, même si chacun des plats était délicieux, je n'ai jamais trop bien su ce que j'avalais.

J'ai appris que Lewis Stevenson était le fils d'un des hommes les plus riches du Canada et d'une femme à la santé fragile, souffrant d'abominables migraines qui la forçaient à garder le lit des jours durant dans une pièce perpétuellement sombre car la lumière réveillait les petits démons qui martelaient son crâne et l'accablaient cruellement.

— Je déteste mon père, a déclaré Lewis tout à coup.

— Pou… pourquoi ? ai-je demandé, consternée par la dureté de cette déclaration.

Je n'ai pas très bien saisi les explications de Lewis. Il m'a raconté que son père, Andrew Stevenson, était un homme brillant qui, de toute sa vie, n'avait jamais rien raté. Bourreau de travail, respecté et craint de ses employés, réputé pour sa rigueur et sa détermination, son seul défaut semblait d'être trop parfait, mais je n'ai pas osé soumettre cette interprétation à mon hôte. Dans ce qui m'est apparu comme un ultime effort pour me convaincre de la monstruosité de son père, Lewis a soutenu que c'était un être affamé de pouvoir toujours prêt à écraser quiconque osait lui bloquer la route. Je n'ai pas pu m'empêcher de songer à ce qu'on disait à Tadoussac des Anglais qui nous achetaient tout ce qu'on avait de plus beau pour des bouchées de pain. Une tante de Luvina avait cédé sa maison au bord de la mer à un monsieur Hartley sans trop comprendre ce qui lui arrivait et sans guère se trouver plus riche.

— Je vous ennuie avec mes histoires, n'est-ce pas ?

— Non… Pas du tout…

Je mentais. Le tour de notre conversation m'attristait. J'aurais souhaité que ses propos soient plus gais. Je me sentais aussi un peu étourdie, sans doute à cause des deux dernières nuits occupées à coudre au lieu de dormir. Lewis buvait du vin rouge et il n'en était plus à son premier verre, ce qui m'indisposait un peu. Il avait commandé pour moi un punch très sucré que j'avais englouti trop vite, sans doute par nervosité. Un deuxième grand verre était apparu sitôt le premier terminé et j'en étais au troisième lorsque le serveur a déposé les desserts, des tranches de gâteau étagé nappées de crème fraîche et décorées de petits fruits.

Mon hôte a poursuivi la conversation à sens unique en se vantant d'avoir attrapé un *gigantic salmon* la veille au camp de pêche où son père était resté quelques jours de plus en compagnie de collègues d'affaires. Puis, sans que rien l'explique, il s'est soudainement intéressé à la jeune fille devant lui. Mais au lieu de chercher à me connaître, il a pris plaisir à décrire ce qu'il voyait ou imaginait.

— Vous êtes la plus jolie demoiselle du monde, a-t-il commencé, les yeux brillants. Je vous ai vue courir sur le sable. C'était une très jolie scène. Vous sembliez *so happy ! Wonderful !* Ici, à Tadoussac, les gens sont plus libres, plus vrais, n'est-ce pas ?

— Peut-être… Je ne sais pas. Je ne suis jamais allée à Québec.

Il a ri de ma réponse mais sans paraître se moquer. Il semblait simplement conquis par mon charme. Son beau sourire tendre et admiratif était réapparu. Une bouffée de chaleur est montée en moi, rosissant mes joues. Je n'avais pas touché au dessert et lui non plus. Un léger mal de cœur m'oppressait. Je me trouvais idiote d'avoir bu trop de jus sucré.

— *Let's go outside!* Allons dehors, voulez-vous? Après, nous danserons!

J'ai tout de suite accepté. J'avais grandement besoin de respirer un peu d'air frais et je n'étais pas certaine de savoir danser sur les musiques de l'orchestre de l'Hôtel Tadoussac. En me levant, j'ai eu la surprise de me sentir encore plus mal assurée sur mes pieds.

La nuit était splendide, le ciel sans nuage, encore bleu sur une mer presque noire. La plage était déserte. Au lieu de m'entraîner vers le quai, Lewis a pris ma main et s'est élancé, me forçant à galoper à ses côtés en direction de Pointe-Rouge. La marée nouvellement descendante libérait sur le rivage un étroit sentier qui semblait avoir été dessiné pour nous. Courir me faisait du bien, l'air salin me faisait du bien, le rire de Lewis, heureux de revivre avec moi la scène qui l'avait charmé, me faisait du bien. Nous avons couru jusqu'à perdre haleine.

Lewis s'est arrêté le premier. Il tenait ma main encore serrée dans la sienne. Il a fait un pas vers moi en gardant ses yeux verts exceptionnellement lumineux braqués sur mon visage. Il s'est approché encore et avant même que je puisse deviner son geste, il a déposé ses lèvres sur ma joue.

Ce n'était même pas vraiment un baiser. Un effleurement plutôt. Infiniment doux. Pendant quelques secondes, j'ai cessé de respirer, de penser, de sentir, d'entendre et peut-être même de vivre. J'étais trop ébahie pour avoir peur, trop perplexe pour me demander si ce qui m'arrivait était acceptable.

— *My angel!* s'est exclamé Lewis en me soulevant du sol pour me faire tournoyer.

Mes souliers trop grands sont tombés sur le sable. Lewis me gardait pressée contre lui. Très fort. La sueur collait sa chemise à son dos et son cœur cognait fort contre ma poitrine. J'ai senti son haleine âcre et une vague d'angoisse m'a heurtée. Il était saoul. Dans un brusque éclair de conscience, j'ai compris que moi aussi. À cet instant précis, quelque chose d'infiniment beau et précieux s'est brisé en moi et j'ai eu l'impression de faire naufrage. J'aurais voulu courir vers notre petite maison pour me jeter dans les bras de ma mère comme à cinq ans lorsque je m'écorchais un genou.

Lewis a glissé sur le sable en m'attirant vers lui. Avant même que je comprenne ce qui arrivait, il a rapidement resserré ses bras autour de moi. Mon cerveau brouillé par l'alcool dissimulé dans le jus trop sucré était assailli par une tempête de cris d'alertes alors que je traversais péniblement la frontière entre le royaume des rêves et le pays de la dure réalité. Je me sentais totalement perdue, ahurie, effrayée. Il aurait fallu arrêter le temps pour que je m'y retrouve.

J'ai pu enfin repousser Lewis et j'ai roulé sur le sable, blonde et rose comme un coquillage. Il a ri. Il n'avait rien compris. Son corps a écrasé le mien. Sa bouche cherchait la mienne.

— Non! non... Arrêtez!

Il s'est immobilisé. M'a regardée. J'ai lu sur son visage une réelle consternation et une déception infinie. Il a semblé hésiter, quelques secondes seulement, avant de se métamorphoser sous mes yeux. Sa bouche a pris un pli dur, son regard s'est brusquement assombri. J'ai vu la colère monter en lui. Une colère sourde et ravageuse. Il semblait m'en vouloir à mort de ne pas désirer poursuivre. Comme si, en le repoussant, je le détruisais.

Au lieu de ça, il m'a détruite. Une poignée de minutes plus tard, Lewis Stevenson, le premier et seul homme de ma vie, m'a enfin libérée de son étreinte. Il est resté allongé sur la grève, encore haletant, pendant que je titubais jusqu'à la maison, un filet rouge tachant la jupe de ma robe rose pâle.

Thomas

Elle parle peu. Jeanne aussi pouvait rester longtemps silencieuse. C'est la guerre avec son lot d'horreurs, le sang, les cris, les lamentations, la peur des attaques, qui laissait Jeanne sans mots. Il y a des jours où il lui restait juste assez d'énergie pour accomplir les gestes nécessaires. Je sais pas ce qui vide cette autre femme. Gabrielle. Elle est pas folle. Je penserais plus qu'elle ravale un plein océan de larmes. Ça fait pitié. Si j'avais eu une fille, j'aurais pas haï qu'elle lui ressemble, mais en plus gaie. Elle est aussi blonde que Jeanne l'était, avec des yeux plus noirs encore. Pire qu'un ciel de tempête ! Malgré sa petite carcasse, je devine une belle ardeur, étouffée par la vie qu'elle a vécue.

Quand je lui parle des baleines, des Bleues surtout, elle m'écoute avec la même attention qu'un enfant à qui on raconte les vieilles histoires tirées du fond des temps, *Le Petit Poucet, La Barbe bleue* et les autres. À mon avis, elle a ni mari ni enfant. Pourquoi ? Je voudrais savoir, mais j'ose pas. Les secrets des gens, c'est pas faits pour être défoncés. On a tous nos petites forteresses, plus ou moins fragiles, à protéger des envahisseurs. J'ai tout de suite compris que la sienne est en verre et qu'un rien pourrait la mettre à terre.

On a passé une grande partie de la journée d'hier à rien dire. C'était bon de regarder le petit morceau de mer qu'on aperçoit de chez moi en sa compagnie. Ça m'a rappelé les nuits où Jeanne me veillait, silencieuse mais pleinement présente.

Chiasson est revenu nous porter à manger de la part de sa sœur qui est une bien bonne personne. J'ai rarement eu autant à me mettre sous la dent. J'en ai profité pour lui demander si Lomer ou d'autres étaient sortis en mer. Il m'a assuré que non mais à son air j'ai tout de suite su que ça voulait dire oui. Je pense que je leur ai fait peur, à Chiasson et à la femme, Gabrielle, en essayant de leur faire comprendre qu'on allait droit vers une catastrophe et qu'il fallait absolument que quelqu'un me remplace, aussi bien en mer que sur le rivage. Les baleines ont besoin d'un gardien. Quelqu'un qui veille sur elles. Il faut qu'elles sachent qu'on les entend et qu'on accepte de travailler avec elles. Pour la suite du monde. J'aurais voulu leur parler de ma Bleue et de comment c'est important que je sois là quand elle se manifeste, mais ils auraient rien compris.

Pendant la nuit, la pauvre fille a fait un cauchemar qui devait être bien épeurant parce qu'elle m'a réveillé avec des hurlements. En lui voyant la tête, j'ai su que personne voudrait aller là d'où elle venait. On aurait juré qu'elle sortait tout droit de l'enfer. Pendant qu'elle était encore un peu là-bas et juste un brin ici, elle a parlé.

Il s'enfonce. Au secours ! Vite ! Rattrapez-le ! Il coule. Au secours ! Aidez-moi ! Il s'enfonce.

Elle a répété ça plus qu'une fois en changeant l'ordre des mots mais toujours avec le même ton de désespoir. Ça m'a fait mal. Les humains me font rarement mal. Avec le temps, j'ai réussi à mettre une bonne distance entre eux et moi. Ils peuvent presque plus m'atteindre. Mais avec elle, faut croire que c'est différent.

Je m'excuse… Je ne voulais pas vous réveiller. J'ai fait un mauvais rêve, elle a dit.

Ça m'arrive à moi aussi, j'ai répondu.

Dehors, le ciel commençait tout juste à s'éclairer de rose, comme souvent au petit matin, ce qui fait qu'on se voyait bien, elle et moi.

Vous devriez vous rendormir, je lui ai dit. Et essayez de pas retourner là où vous étiez.

Elle a hoché la tête. On aurait dit un enfant. Mais je voyais bien qu'elle voulait pas fermer les yeux parce qu'elle avait trop peur de retomber dans ce cauchemar qui la faisait crier au secours.

Fermez les yeux, je lui ai dit. Allez… Fermez-les. Je vais vous parler de ma Belle Bleue. Ça devrait vous faire du bien.

Elle a obéi. Je lui ai raconté comment ma Bleue dort en se laissant glisser au fond de la mer, caressée par l'eau filant sur sa peau. Tous les sons qu'elle entend sont apaisants. Elle s'abandonne à la mer en sachant qu'au-dessus d'elle l'air et la lumière l'attendent toujours.

J'ai continué un peu, juste pour moi, parce que Gabrielle dormait déjà. Après, je suis resté longtemps à jongler. À cause d'elle. C'est pas de sa faute, mais elle me ramène à une époque ancienne. J'en suis ni fâché ni content. C'est comme ça, tout simplement.

Je suis resté des heures à la regarder dormir. Ma Belle Bleue lui avait fait bon effet. De temps en temps, je me retournais vers la fenêtre pour voir le ciel changer de couleur et le matin s'installer pour de bon. Le reste du temps, je l'ai occupé à revisiter un peu malgré moi tous ces mois que j'ai passés de l'autre côté de l'océan à jouer à la guerre. Pour vrai.

Harold

J'avais tellement hâte de rentrer à Tadoussac pour plonger dans mes ouvrages sur la psychiatrie que j'ai refusé de prendre une pause à midi. J'ai vu tous les patients qui m'attendaient au dispensaire de Bergeronnes et je suis reparti aussitôt, l'esprit occupé par les divagations de mon fou savant.

Thomas appartient à cette catégorie de fous, reconnus depuis peu, dotés d'une intelligence supérieure. Des chercheurs ont remarqué que certains d'entre eux ont les sens plus aiguisés que la population normale. La manière qu'a Thomas de décrire l'océan et les baleines trahit une sensibilité rare et une grande finesse dans les perceptions. Il y a là une part d'intuition un peu mystérieuse mêlée à une acuité visuelle et auditive particulières. Mais aucune de ces dispositions ne lui permet d'entendre les gémissements des baleines venus du fond des âges.

Les dérèglements de mon fou des baleines obéissent à une mécanique qui m'échappe. Il me semble que même dans ses discours les plus échevelés et ses divagations les plus ahurissantes, il existe une clé de compréhension. La folie de Thomas a un sens, une logique interne en quelque sorte. Si je parvenais à saisir ce qui déclenche ses manifestations ainsi que leur fonctionnement, je parviendrais peut-être à aider ce pauvre homme. Je voudrais au moins réussir à convaincre les citoyens qui souhaitent le faire interner de laisser Thomas finir ses jours tranquille puisqu'il ne représente de danger pour personne. On le prend pour fou parce qu'il s'exprime avec une fougue et une ferveur agaçantes sinon effrayantes, mais une large part de ses propos, je le sais maintenant après m'être livré à quelques recherches sur les cétacés, n'est pas dénuée de sens. Ils s'inscrivent dans la foulée des travaux de scientifiques nouveaux appelés « naturalistes » qui se soucient de la santé du globe et s'inquiètent de la disparition de certaines espèces. Pour élucider le mystère de cet homme, j'ai besoin de trouver la source de son obsession pour les baleines, le moment fondateur, ainsi que les expériences qui l'ont nourrie.

En route vers Tadoussac, je me suis pris à songer que ma propre passion pour Thomas avait peut-être des accents de folie. D'où me vient ce désir si impérieux de percer le mystère de cet homme ? L'idée de contribuer aux recherches actuelles sur les fous savants n'y est pas étrangère et j'ai développé une réelle affection pour ce vieil homme, mais il y a plus. Thomas me fascine et me trouble. J'aime sa présence. J'apprécie ses envolées lyriques. Il réveille une part sans doute peu assumée de moi-même, la moins pragmatique, la plus romantique et rêveuse. Tout en réfléchissant, j'ai tâté machinalement d'une main la poche de mon pantalon et senti le papier craquer sous mes doigts. L'enveloppe contenant la dernière lettre de Mathilde m'accompagnait partout depuis plusieurs jours, mais je n'y avais toujours pas répondu.

La vue d'un gros bouquet de bouleaux a mis fin à mes réflexions. J'étais arrivé là où la route menant chez Thomas devient sentier. J'ai abandonné ma voiture pour continuer mon chemin à pied.

Gabrielle rêvassait, seule sur le banc de bois devant la cabane de Thomas.

— Vous m'avez fait peur ! m'a-t-elle reproché sans même se tourner vers moi.

— Désolé.

J'étais persuadé que quoi que je dise ou fasse, j'allais toujours l'irriter.

— Il va bien.

— Tant mieux.

— Il dort. On a dormi à tour de rôle presque toute la journée.

Un demi-sourire coupable s'est dessiné sur ses lèvres et j'ai cru percevoir une certaine tendresse dans ses yeux de velours sombre.

— Il vous a parlé de ses baleines ?

— Oui.

— Qu'en pensez-vous ?

— C'est un fou attendrissant mais c'est un fou quand même.

— La folie fait peur aux gens. C'est pour cette raison qu'ils font pression pour l'enfermer.

— J'avais compris que les villageois lui en veulent de les empêcher de chasser.

— C'est juste. Mais dans ma compréhension, ils ont peut-être surtout envie d'éloigner Thomas parce qu'ils en ont peur.

Elle s'est penchée pour arracher une tige de graminée.

— Avez-vous déjà eu faim, docteur Beattie ?

— Oui… Comme tout le monde…

— Vous n'avez rien compris !

Elle avait craché ces mots avec mépris en me fusillant du regard.

— Ce que je comprends, mademoiselle, c'est que tout ce que je dis ou fais vous déplaît et que vous m'en voulez profondément pour des raisons que malheureusement j'ignore.

— Je vous en veux de penser tout comprendre alors que vous n'avez aucune idée de ce que vivent les gens ici.

— Je vous écoute.

— Les grandes envolées de monsieur Thomas sont un peu inquiétantes, c'est vrai, mais les gens d'ici n'ont pas la peur facile. Ce n'est sûrement pas leur motivation première. Lomer et Oscar Bourgault et d'autres avec eux veulent que votre sujet d'étude quitte les environs parce qu'ils ont *besoin* de chasser le marsouin. C'est ça qui vous échappe, docteur Beattie. Ils ont besoin de chasser le marsouin parce que le loup-marin ne rapporte plus assez. Je connais Lomer. Il adore la mer et il a besoin d'espace pour respirer. D'autres acceptent de travailler dans les chantiers et les mines, mais lui ne pourrait pas. Alors il essaie de vivre de la mer. C'est pour ça qu'il tue de jolies petites baleines blanches.

— Vous avez sans doute raison, mais…

Elle ne m'a pas laissé poursuivre.

— Avec un nom comme Dutoit, votre Thomas ne vient pas d'ici. S'il savait ce que ça veut dire d'avoir faim, il s'apitoierait moins sur les marsouins. Vous ne connaissez pas ça, vous qui êtes médecin, fils de médecin.

— Et anglophone, en plus.

— Et anglophone, en plus, a-t-elle répété en gardant son regard rivé sur le mien.

— Je n'ai jamais été privé de nourriture, mademoiselle Gabrielle, j'en conviens, et vous avez raison de souligner que les frères Bourgault chassent peut-être par nécessité. Mon sujet d'étude a peut-être tort de souhaiter les en empêcher. Mais à mon avis, Thomas n'est pas dangereux comme certains le prétendent. Même si son comportement mérite qu'on s'y attarde, ce serait cruel de l'enfermer. Il faut trouver d'autres solutions.

— Peut-être…, concéda-t-elle dans un filet de voix.

— J'aimerais ajouter, si vous me permettez, que Thomas Dutoit est né à Kegaska, beaucoup plus à l'est sur la côte, de parents venus effectivement d'outre-mer. Je ne sais pas tout de lui, mais à force de poser des questions à tous ceux qui risquaient de pouvoir m'éclairer, à Tadoussac aussi bien qu'à Bergeronnes et aux Escoumins, j'ai appris que cet homme a connu plus de misère que tout ce que vous et moi pourrions même imaginer. On dit qu'il a survécu à des expériences effroyables et commis des gestes héroïques.

— Tant mieux pour lui, mais ça ne change pas la donne. Mon père est mort au loup-marin, docteur Beattie. Je ne veux pas faire de concours avec personne, mais je peux vous garantir que le mot « misère » ne m'est vraiment pas étranger et que, dans mon échelle de valeurs, les humains passent avant les marsouins. S'il n'avait pas le cerveau dérangé, monsieur Thomas arrêterait de se faire autant de mauvais sang pour les baleines et il s'en ferait peut-être un peu plus pour ceux qui risquent leur vie à vouloir en tuer afin de mettre du pain sur leur table.

La colère étincelait dans ses yeux noirs et une détermination farouche l'animait tout entière.

— Votre père est mort en chassant le loup-marin ? C'est atroce. Je suis… profondément désolé. Comment est-ce arrivé, Gabrielle ?

Elle a hésité un moment, luttant contre l'envie de se raconter. J'ai compris qu'elle céderait lorsque son regard s'est adouci.

— Mon père était un tendre, commença-t-elle. Maman disait qu'il avait le cœur tellement mou que les jours de boucherie, à l'automne, quand il fallait abattre un bœuf ou des cochons, il tombait presque toujours malade. Ma mère ou un voisin l'ont remplacé plus d'une fois. Maman disait aussi que si Abel… c'est le nom de mon père, n'était pas au paradis, c'est que le paradis n'existait pas.

« Pour que mon père accompagne les hommes au loup-marin, il fallait qu'on en ait drôlement besoin. C'est arrivé un printemps de crevasse après un été de sauterelles… »

À mon air ahuri, elle a vu que cette fois, effectivement, je n'y comprenais rien.

— Un printemps de crevasse, c'est un printemps où les gens crèvent de faim après un hiver trop dur. Un été de sauterelles, c'est assez unique. C'est arrivé juste une fois selon ma mère. Cet été-là, seul le bon Dieu sait pourquoi, des milliers de sauterelles ont dévasté nos jardins. Mon père était allé aux chantiers durant l'hiver, mais ce n'était pas assez. Alors, dès que les grandes marées ont cassé la glace, il est parti en goélette avec un équipage pour chasser le loup-marin avec l'espoir de faire bonne récolte.

« Par malheur, ce printemps-là a été traître. Après un long redoux, l'hiver est revenu en force. Une nuit, les glaces se sont reformées autour de la goélette dans laquelle mon père s'était embarqué. Ils sont restés prisonniers. L'équipage entier est mort de faim. On a retrouvé les cadavres picossés par les mouettes. »

— Quel âge aviez-vous ?

— Je n'ai jamais vu mon père. J'étais dans le ventre de ma mère ce printemps-là. Tout ce qui me reste de lui, c'est ça.

Elle a porté une main à la fine chaîne et au minuscule médaillon que j'avais déjà remarqué à son cou.

— Ce bijou a appartenu à la mère de la grand-mère de mon père. Je le porte depuis mon enfance. Je ne l'ai jamais enlevé.

Au fil des stages, pendant ma formation en psychiatrie, des dizaines et des dizaines de patients souffrants m'ont confié d'ahurissantes histoires de vie, réelles ou fictives. Or, pour des raisons qui m'échappaient, le simple récit du décès du père de Gabrielle me troublait au plus haut point. Je suis resté long-temps muet, le regard tourné vers le petit bout du grand fleuve Saint-Laurent visible depuis la cabane de Thomas.

— Le décès de votre père constitue une terrible épreuve. La pire, sûrement, de votre vie…

Son visage s'est refermé. D'un coup. Clac ! Comme une huître.

— Si le décès de mon père avait été la pire épreuve de ma vie, je ne serais pas ici, docteur Beattie, dit-elle.

Le vent a agité les branches des conifères. Une sittelle s'est fait entendre. Des nuages vaporeux ont glissé sur le ciel bleu clair.

— Ma pratique m'a appris que les pires douleurs ne sont pas physiques. Les maux de l'âme peuvent faire encore plus de ravages…

— Qu'en savez-vous, docteur?

Elle a sans doute reçu mon silence comme la confirmation de mon ignorance au chapitre des souffrances humaines. Avant même que je puisse ajouter un mot, elle était retournée dans son monde. Elle semblait également prête à repartir. Notre pacte de quarante-huit heures arrivait d'ailleurs à échéance.

— À son réveil, monsieur Thomas aura faim, dit-elle. Et soif. Il a tendance à oublier de boire de l'eau.

— J'y veillerai. Mais avant, laissez-moi vous reconduire.

Joseph Chiasson était venu avec son fils pendant la journée et il s'était chargé de ramener à son propriétaire le cheval prêté à Gabrielle, si bien qu'elle était désormais à pied.

— Non. Je veux marcher. J'ai déjà fait ce trajet, il y a long-temps. Je connais parfaitement la distance, trancha-t-elle sur un ton qui écartait toute discussion.

Des branches ont craqué sous ses pieds alors qu'elle s'éloi-gnait de la cabane de Thomas. Après un moment de silence, les pas sont revenus vers moi. Bien qu'alerté par les sons, j'ai eu un mouvement de stupeur en l'apercevant. Elle était aux abois.

— Je voulais vous dire… pour monsieur Thomas… je l'aime bien. Même s'il a peut-être tort de défendre les baleines plus que les humains. Mais il est fou. Il faut l'admettre. Et il faut que vous vous occupiez de lui. Ce n'est pas un sujet d'étude. C'est un homme malade. Il risque de se blesser. Ou de blesser quelqu'un. M'entendez-vous?

J'ai hoché la tête en tendant une main vers elle. Elle a reculé en répétant les mêmes mots.

— C'est un homme malade. Il risque de se blesser. Ou de blesser quelqu'un. M'entendez-vous?

Puis elle est partie.

Gabrielle

J'ai marché d'un pas vif sans éprouver la moindre fatigue. Mon cœur semblait vouloir sortir de mon corps tant il battait fort. J'en voulais à Harold Beattie d'être si calme, si fort, si équilibré, en apparence du moins.

Je savais exactement où quitter le chemin menant à Tadoussac pour filer sur un sentier zigzaguant entre les bosquets jusqu'au sommet des dunes. Ces falaises de sable offrent un des plus extraordinaires terrains de jeu qui soit. J'y ai passé des centaines d'heures bénies durant les étés de mon enfance.

En apercevant le large bras du Saint-Laurent que nous appelons mer, j'ai eu une pensée pour Philippe et mon cœur s'est serré. Il n'avait jamais admiré ce paysage. Il n'avait jamais éprouvé l'ivresse d'une longue dégringolade sur le sable. Il n'avait jamais senti son corps creuser le sable humide de la vaste plage déserte sous un soleil de juillet. Il n'avait jamais entendu les cris des goélands, ni l'appel des sirènes annonçant l'arrivée d'un bateau blanc. Il n'avait jamais épié le vol d'un cormoran ni la descente en piqué d'un fou de Bassan. Il n'était jamais même venu à Tadoussac et n'avait jamais entendu parler de l'hôtel au cœur de nos vies.

Le soir de mon souper en tête à tête avec Lewis Stevenson dans la magnifique salle à dîner de l'Hôtel Tadoussac, après avoir couru, pieds nus, jusque chez moi, j'ai presque défoncé la porte de notre petite maison dans ma hâte de m'y réfugier. J'ai arraché la robe rose et me suis blottie dans mon lit étroit en grelottant de peur, de misère et de froid. Luvina m'a trouvée le lendemain, roulée en boule sous ma couverture, perdue et muette.

J'ai toujours pensé qu'en m'apercevant ma cousine avait immédiatement deviné ce qui m'était arrivé, mais elle manquait d'aplomb ou de courage pour forcer la porte de mes confidences. J'ai prétexté une allergie à un mets sophistiqué et elle a fait semblant d'y croire. Ma mère est arrivée un peu plus tard. Elle n'est restée que quelques minutes pendant que Luvina la remplaçait chez madame Van Horne qui s'était fort convenablement assoupie. Maman a touché mon front puis elle a pris mon pouls comme le lui avait appris Adrienne Otis, une vieille sage-femme décédée, elle aussi, avant ma naissance.

— Tu devrais t'en remettre, fille, a déclaré maman sur un ton lourd de mille sous-entendus.

La robe rose traînait sur le sol au pied de mon lit, mais je suis persuadée que Berthe Deschamps n'avait même pas eu besoin de cette pièce à conviction pour savoir que j'avais brisé le pacte de confiance qui nous liait. Lorsque maman m'a quittée pour retourner auprès de madame Van Horne, un horrible pressentiment m'a assaillie. J'ai su à cet instant que ma vie ne serait plus jamais la même. Je ne me doutais pas à quel point.

Trois jours plus tard, je suis allée à confesse. À genoux dans la cabine du confessionnal, je tremblais comme une feuille de peuplier sous un vent de tempête lorsque le curé a fait glisser la petite porte de bois. Il s'est approché et il a pressé sa grosse oreille velue contre la grille de métal.

— Dieu soit béni. Je t'écoute.

J'ai confessé trois péchés : désobéissance, orgueil et mensonge. Je n'ai pas avoué un péché de chair. Je refusais la culpabilité de cet acte même si on m'avait cent fois répété que l'homme a le droit de demander et la femme le devoir de refuser. J'étais souillée, brisée, éteinte, diminuée. Mais pas coupable. Sans cette conviction profonde, j'étais perdue. C'est à cette seule condition que j'arriverais à trouver la force de me lever le matin pour aller faire les ménages chez de riches Anglais qui se croyaient peut-être eux aussi tout permis.

Quelques jours avant la date prévue de mes règles, j'avais déjà deviné que le pire était arrivé. Mes craintes se sont confirmées. J'étais enceinte de Lewis Stevenson. Dans quelques mois, j'accoucherais d'un enfant qui aurait pour réputation d'être né dans le péché. J'ai dissimulé mes premières rondeurs en serrant des bandelettes de coton autour de mes reins et j'ai dû rivaliser d'ingéniosité pour camoufler mes malaises du matin. Un soir, j'ai failli me confier à Luvina. Elle a coupé court à mon élan en me rapportant une conversation de la veille.

— Maxime Perron me fait les yeux doux depuis un bout de temps, tu le sais, Gabrielle, a-t-elle commencé sur un ton égal démenti par un sourire fier. Hier, il a demandé à papa la permission de venir veiller jeudi soir dans le but bien avoué de me voir. Papa lui a répondu que s'il savait se comporter, il était le bienvenu, sauf qu'après le départ de Maxime, le père s'est mis à me sermonner comme si j'étais une fille de rien. « T'es assez grande pour savoir ce que tu fais, Luvina, qu'il m'a dit. Je veux bien t'accorder ma confiance, mais si jamais tu nous arrives avec un petit paquet, sois assurée que tu vas l'élever tout seul, ce petit veau. »

Je n'ai rien dit. Luvina a paru déçue, à croire qu'elle cherchait à m'arracher des aveux.

— Comme si j'étais du genre à se laisser faire! a-t-elle ajouté en m'épiant du coin de l'œil.

Le même soir, j'ai annoncé à ma mère que je croyais avoir amassé suffisamment d'économies pour partir étudier.

— Le cours d'infirmière me tente fort. Je me suis renseignée auprès de mademoiselle Després, mon ancienne maîtresse. Elle m'encourage à y aller, inventai-je.

Maman s'est raidie. Elle avait tout deviné, j'en suis sûre.

— Tu comptes rester chez ta tante Anna à Québec?

— Non, je penche plus du côté de Montréal. Mademoiselle Després connaît quelqu'un qui pourrait m'héberger.

Ma mère pétrissait du pain. Elle s'est mise à marteler la boule de pâte à coups de poing rageurs sans ajouter un mot de plus. Depuis ma soirée en compagnie de Lewis Stevenson, maman ne m'adressait la parole que pour dire l'essentiel. Un mur était tombé entre nous et je ne me sentais pas le courage de le défoncer. Il aurait alors fallu que j'étale clairement ma situation et je craignais, en le faisant, de porter un coup fatal à ma mère. Berthe Deschamps avait consacré sa vie à faire de moi une jeune fille unique, porteuse d'un magnifique héritage paternel. Elle avait ravalé son lourd chagrin à la mort d'un mari qu'elle adorait pour se consacrer à cette tâche. J'étais l'œuvre de sa vie. Elle m'avait accordé de précieuses libertés, désireuse de fournir à sa petite lutine l'espace de rêve nécessaire à son plein épanouissement. Jour après jour, elle s'était épuisée à faire des miracles avec des miettes et je l'avais trahie.

Le lendemain, après ma journée de travail au magasin général où j'avais décroché en toute fin d'été un emploi plus payant que les relevailles et les ménages, je me suis rendue à l'école du village. J'y ai trouvé Rose Després, une femme dans la trentaine au long corps osseux, occupée à corriger les devoirs de ses élèves.

— Bonjour, ma belle Gabrielle. Es-tu en manque de livres ?

D'apparence sèche sinon sévère, mademoiselle Després était une institutrice généreuse et dévouée. Depuis que j'avais quitté l'école, elle empruntait pour moi des romans et des ouvrages divers au curé et à quelques autres de ses connaissances afin que je puisse continuer à m'éduquer. J'étais la seule de ses élèves à avoir eu la piqûre, comme elle disait, et cela m'étonnait. Je n'arrivais pas à comprendre comment Luvina pouvait passer à côté des heures merveilleuses que les livres me procuraient. J'avais lu *Le Grand Meaulnes* au début de l'été, éblouie par la magie des mots qui m'avaient transportée dans le château de Frantz, en compagnie d'Augustin, et j'avais été bouleversée d'apprendre de mademoiselle Després que l'auteur était mort dans les tranchées après avoir écrit ce livre. Mon ancienne maîtresse disait de moi que j'étais douée et, chaque fois que je lui rapportais un livre pour en emprunter un nouveau, nous en profitions pour discuter.

— Si on arrête de lire et de découvrir, le cerveau rouille et après, ça devient difficile de le faire tourner rond, aimait-elle répéter.

— Je ne viens pas pour un livre. Je viens vous demander conseil, ai-je dit cette fois.

Elle m'a fait asseoir sur un banc d'écolier et elle a écouté mon histoire sans jamais m'interrompre et sans que son visage révèle la moindre trace de jugement ou même de simple désapprobation. Je lui ai tout confié. Mes rêves de petite fille, ma rencontre avec Lewis sur le quai, les heures à réassembler la robe rose, le vin, le jus trop sucré, les mets que je ne reconnaissais pas, la course sur la grève, l'horrible assaut, la douleur, la honte et finalement cette petite chose qui grossissait en moi.

À la fin, je pleurais. C'était la première fois que je racontais mon histoire, la première fois que je franchissais le mur de déshonneur derrière lequel je m'étais isolée. Rose Després s'est levée et elle m'a enlacée de ses longs bras noueux, caressant mon dos de ses doigts maigres en attendant que je n'aie plus de larmes.

Elle m'a autorisée à répéter le mensonge inventé pour ma mère. Je pouvais affirmer à qui voulait l'entendre qu'une connaissance de mon ancienne institutrice allait m'héberger pendant mes études à Montréal.

— J'espère encore pouvoir m'inscrire en soins infirmiers après l'accouchement.

— Je te le souhaite, Gabrielle. Mais pourquoi n'irais-tu pas à Québec plutôt qu'à Montréal ? C'est moins loin…

— Je veux être certaine de ne croiser personne que je connais, ai-je répondu.

— Je vois. Reviens demain. J'aurai une adresse pour toi.

Le lendemain, elle m'a remis un bout de papier sur lequel était écrit :

Hôpital général de la Miséricorde
Maternité catholique pour filles-mères
850 rue Dorchester à Montréal

— C'est là que vont toutes les jeunes filles dans ton état en attendant la délivrance. Tu n'auras rien à payer.

Mes yeux se sont de nouveau embués. La lutine de l'anse se confondait désormais à un groupe anonyme de jeunes filles partageant le même déplorable sort.

— Est-ce que je peux te donner un conseil, Gabrielle ?

J'ai ravalé le nœud dans ma gorge en hochant la tête.

— Quoi qu'il arrive, tiens-toi bien droite. Ne courbe pas l'échine. La fierté est parfois notre meilleure arme. Pour le reste, apprends à laisser couler les insultes sur ton dos comme l'eau sur les plumes d'un canard. Dieu seul connaît ta valeur. Règle tes affaires avec lui sans te soucier des discours de chacun.

Le 29 novembre 1936, je suis montée dans un *snowmobile* de douze places en tenant serrée dans ma main droite la poignée d'une petite valise de cuir prêtée par ma mère et contenant tout ce qui m'appartenait en ce monde. C'était la première fois que je quittais Tadoussac et j'étais terrorisée par la traversée vers Baie-Sainte-Catherine. Il n'y avait pas de garde-fou sur le traversier et nous savions qu'un *snowmobile* avait piqué du nez dans le fleuve deux ans plus tôt. Arrivée saine et sauve sur l'autre rive du Saguenay, je m'imaginais que le pire du voyage était fait, mais je n'étais pas au bout de mes peines.

En après-midi, le vent s'est levé. Déjà que le *snowmobile* nous bardassait pas mal rien qu'en avançant sur la route de neige, quand la tempête s'est mise de la partie, on s'est retrouvés butant l'un contre l'autre avec l'impression d'être encore moins en sécurité dans cet engin que sur une goélette par gros temps. La neige a commencé à tomber tout doucement en flocons très légers déportés par le vent, mais au bout d'une heure tout est devenu blanc. Le ciel, la route, l'horizon. La femme à côté de moi priait à mi-voix. La litanie de ses *Je vous salue Marie* berçait les peurs des passagers. Ballottée sur mon siège, les reins cognant contre le dossier rigide, je songeais à la petite chose dans mon ventre sans parvenir à déterminer si je souhaitais qu'elle survive ou succombe aux chocs répétés.

Une brusque secousse nous a tous projetés du même côté. Après s'être écarté de la route, le *snowmobile* venait de s'enfoncer dans un énorme banc de neige. Il a fallu attendre du secours. Cinq chevaux et une dizaine d'hommes se sont épuisés à dégager l'engin. Des villageois ont dû nous héberger pour la nuit. J'ai dormi dans un lit étroit, tassée contre la femme qui récitait des prières. Nous avons mis deux jours pour atteindre Québec. De là, j'ai pris le train jusqu'à Montréal où je ne connaissais pas une seule âme qui vive.

Je me souviens d'avoir marché rue Dorchester en tenant ma valise pressée contre moi, effrayée à l'idée qu'un étranger me l'arrache et se sauve avec mes maigres possessions. J'avançais sous la neige qui n'en finissait plus de tomber, à croire que la tempête m'avait suivie et me suivrait toujours. Quand j'y songe aujourd'hui, je remercie le ciel d'avoir déversé tous ces flocons à mon arrivée. La neige brouillait les contours de la ville, étouffait ses bruits et camouflait son agitation, enveloppant le paysage, si bien que Montréal ne m'est pas apparue si étrangère.

Une petite religieuse avec de grands yeux bleus et un sourire angélique m'a accueillie à la Maternité des filles-mères de la Miséricorde où j'ai vite appris qu'il existait deux catégories de pensionnaires : les pauvres et les moins pauvres. Les premières devaient travailler au ménage, à la cuisine ou auprès des filles alitées pour rembourser les frais de pension. Les autres étaient épargnées. J'aurais voulu être affectée aux soins, mais sœur Élizabeth, la religieuse responsable de la gestion des tâches, m'a expédiée aux cuisines. C'est là que j'ai rencontré Madeleine Sicotte, une grande fille délurée, bavarde, bruyante, drôle et généreuse.

Madeleine en était à son deuxième séjour à la Maternité des filles-mères, ce qui faisait d'elle une véritable «traînée», un monstre de débauche aux yeux des sœurs. Ces dernières n'avaient pas toutes le sourire angélique et la douceur tranquille de la petite religieuse qui m'avait ouvert la porte, mais Madeleine avait depuis longtemps fait siennes les recommandations de Rose Després. Les pointes méchantes et les remarques acerbes ne semblaient pas l'atteindre et on aurait dit qu'une fée lui avait fait don d'une indéfectible gaieté.

Madeleine avait accouché à quatorze ans d'un petit garçon mort-né, cadeau de son oncle Émile.

— J'ai pas eu de chance, m'a-t-elle raconté. C'est moi qui suis tombée sur le vieux cochon de la famille. Il y en a toujours un. Il m'avait dans sa mire. Il s'est jeté sur moi quand je m'y attendais pas. Mais même avertie, ça n'aurait rien changé. Il était au moins trois fois plus fort que moi! C'est arrivé dans la grange, comme souvent, et il était saoul bien évidemment. Mon histoire est platement ordinaire.

— Et cette fois… qu'est-ce qui t'est arrivé?

— Une attaque de stupidité. Je me suis laissé enjôler par un homme de vingt ans plus vieux qui m'a conquise avec des fleurs, des paroles faciles, des chocolats et une fausse bague en diamants. Plus idiote, tu meurs!

Au fil des jours, à force d'échanger des confidences, j'en suis venue à soupçonner Madeleine d'avoir réellement aimé cet homme qui aurait pu être son père. Son vrai prénom était Aline, mais elle préférait se faire appeler Madeleine, le prénom que lui avaient assigné les sœurs à son arrivée. Le mien était Camille et je le détestais. Cette fixation des sœurs sur l'anonymat et la dissimulation ne semblait servir qu'à nous rappeler les raisons honteuses, sinon scandaleuses, nous ayant conduites jusqu'ici. Nous n'avions pas de droit de sortie et la permission de téléphoner n'était accordée qu'en de très rares occasions. La seule fête possible consistait à être reçue au parloir le dimanche après-midi. La famille de Madeleine était en Gaspésie et, à part Rose Després, personne ne savait où j'étais logée, si bien que ni l'une ni l'autre ne s'attendait à être invitée au parloir.

Le dimanche 5 février 1937, j'étais étendue sur mon lit dans le dortoir, totalement absorbée par *L'Appel de la forêt* de Jack London, lorsque Madeleine s'est jetée sur moi.

— On t'appelle, Camille ! T'as pas entendu ? Vite. Il y a quelqu'un pour toi au parloir.

J'ai cru à une erreur. Il devait exister une vraie Camille que quelqu'un attendait dans le grand hall. J'ai failli m'évanouir en reconnaissant ma mère. Une croûte de neige glacée collait aux épaulettes de son manteau de laine noir et au foulard qu'elle avait noué sur sa tête. Elle semblait avoir vieilli de plusieurs années en quelques mois. J'ai d'abord eu envie de me blottir dans ses bras, mais quelque chose dans son allure, dans ses bras collés à son corps, son port de tête, raide et droit, son regard fixe et sa bouche fermée écrasant toute chance de sourire, m'y interdisait. Ma mère m'est apparue solide comme un rocher mais tristement inaccessible.

Sœur Élizabeth nous a guidées vers une petite salle meublée de quelques chaises droites. Maman s'est assise devant moi.

— Tu vas bien ? Ta santé est bonne ?

J'ai fait oui de la tête.

— Et le petit ?

J'ai caressé machinalement mon ventre déjà rond en hochant la tête, trop bouleversée par la présence de ma mère pour réussir à prononcer le moindre mot.

— J'ai leur adresse. On y va. Je t'ai obtenu une permission de sortie.

Maman a attendu que les mots s'impriment dans mon cerveau puis, voyant que le temps écoulé n'augmentait pas ma compréhension, elle s'est reprise.

— Tu vas m'accompagner chez les Stevenson.

— Non! Pourquoi?

— Parce que ma fille n'épluchera pas des patates toute sa vie. Compris? Tu as été idiote, Gabrielle, mais cet homme est coupable d'avoir ruiné ta vie. Il va payer.

— Tu veux t'en prendre à Lewis?

— Je n'ai pas de carabine cachée sous mon manteau. Je veux qu'il paie. En argent. C'est tout.

J'aurais préféré qu'on m'arrache un bras plutôt que suivre ma mère là où elle voulait m'emmener.

— Je vis les conséquences de ce que j'ai fait, maman. J'ai déjà été assez punie et c'est pas fini. Ne me demande pas d'aller quêter chez ces Anglais. Je t'en supplie…

Elle s'est levée, s'est approchée et, d'une main merveilleusement familière, elle a caressé mes cheveux.

— C'est pas une punition, fille. C'est une compensation. Une affaire de justice et de respect. Je pense pas, comme d'autres, que les hommes ont le dessous des pieds blancs. Je te connais. Il a profité de toi, c'est sûr. Il peut pas te redonner tout ce que t'as perdu mais il peut t'aider, avec son argent, à t'en sortir plus facilement.

Une heure plus tard, maman soulevait le heurtoir de cuivre de la lourde porte de bois sculpté d'un imposant manoir de la rue Sherbrooke, un peu à l'ouest de la rue McTavish. Un majordome nous a ouvert. Son visage s'est plissé d'une grimace en nous découvrant, maman et moi, le visage mouillé, les cheveux tombants, mal protégées dans nos manteaux de laine trempés par la neige devenue fondante.

— Nous aimerions voir monsieur Lewis Stevenson, dit maman d'une voix étonnamment ferme.

— Il est absent.

— Quand reviendra-t-il?

— Puis-je demander qui vous êtes?

— Berthe et Gabrielle Deschamps. Monsieur Lewis est le père de l'enfant que porte ma fille, a déclaré maman sans sourciller le moindrement.

L'homme s'est éclipsé quelques minutes.

— Monsieur est absent. Il est à Londres, en voyage d'affaires.

— Bien. J'aimerais rencontrer son père.

— Monsieur est absent.

Une femme de chambre est apparue au pied du vaste escalier de marbre.

— Madame accepte de les recevoir, dit-elle au majordome.

Madame Lorna Stevenson nous attendait dans un salon dix fois grand comme notre carré de maison à Tadoussac. Confortablement installée dans une bergère de velours rouge, elle portait un tailleur couleur sable, un collier de perles à trois rangs et des boucles assorties. Une paire de gants de peau, un élégant chapeau de fourrure et un minuscule sac à main étaient déposés sur ses genoux.

— J'allais sortir mais je veux bien vous entendre, dit-elle sans nous inviter à nous asseoir.

— Votre fils est le père de l'enfant que porte ma fille, reprit maman d'une voix un peu moins affirmée.

— Vraiment ? Et quelles preuves possédez-vous ?

— Aucune, répliqua maman. Mais votre Dieu, qui malgré nos différences de religion est le même que le nôtre, le sait, lui.

— Si ce que vous dites est vrai, vous auriez dû, madame, apprendre à votre fille à ne pas exciter le désir des messieurs. Mon fils est un jeune homme distingué et exceptionnellement fortuné, courtisé par les plus jolies demoiselles bien éduquées de Montréal. Cela en dit long sur ce qui a pu se produire advenant que vous disiez la vérité.

Maman s'est raidie sous l'assaut. J'éprouvais le même sentiment d'humiliation profonde et de rage contenue dans toutes les cellules de mon corps. J'aurais voulu trouver une réplique cinglante, mais les mots me manquaient. C'est à ce moment précis que la petite chose dans mon ventre a donné son premier coup de pied. J'ai reçu ce signal comme une impulsion magique et me suis soudainement sentie investie d'une formidable énergie. Les mots ont déboulé. Je me suis exprimée d'une voix claire et vibrante.

— Votre fils Lewis m'a invitée à partager un repas avec lui à l'Hôtel Tadoussac l'été dernier. Nous nous étions rencontrés au quai. C'est lui qui m'avait abordée. Pendant le repas, il a bu de l'alcool et en a fait mettre à mon insu dans la boisson aux fruits qu'on m'a servie. Après, il a abusé de moi. Je porte son enfant et je compte m'en occuper de la meilleure manière jusqu'à sa naissance parce que ma mère m'a enseigné le sens des responsabilités. Si je dois éplucher des légumes, laver la vaisselle ou frotter des parquets pendant que cet enfant grossit en moi, je vais le faire en gardant la tête haute, madame, parce que je sais qui je suis et j'en suis fière.

— Pffftt ! siffla madame Stevenson.

J'ai pris la main de ma mère et je l'ai serrée dans la mienne en invitant maman à quitter avec moi cette pièce où nous ne remettrions jamais les pieds. En me retournant, j'ai découvert un homme d'âge mûr épiant la scène à l'entrée du salon. Grand, costaud, les cheveux grisonnants, l'œil intelligent derrière des lunettes rondes, il a paru secoué par ce qu'il venait d'entendre. Un pli dur marquait sa bouche au coin des lèvres.

— Veuillez, je vous prie, me suivre dans mon bureau, mesdames, dit-il poliment.

Quinze minutes plus tard, nous quittions le manoir Stevenson avec un chèque de mille dollars à mon nom. Dans son bureau austère, le père de Lewis avait désigné les deux chaises devant son pupitre en nous invitant à nous y asseoir. Il n'a pas prononcé une seule parole pendant qu'il écrivait la date, mon nom, puis la fabuleuse somme avant de signer le billet. En me remettant le chèque, il s'exprima brièvement d'une voix coupante.

— Mon fils est un imbécile, mesdames. J'en suis désolé. J'ai fait fortune dans les chemins de fer. J'y ai gravi un à un tous les échelons, jusqu'au sommet. J'ai bien réussi ma vie, mais j'ai raté mon fils.

Harold

Un chat est venu se frotter contre ma jambe en miaulant avec
insistance. J'ai cru qu'il avait soif, mais dès que j'ai ouvert la
porte de la cabane de Thomas, l'animal s'y est précipité, grimpant sur le lit étroit pour aller se blottir contre le vieil homme.
Me voilà maintenant avec un vieux matou en plus d'un
vieillard handicapé. Le pire c'est qu'une part de moi rêve de
déserter l'Hôtel Tadoussac et son lot de patients victimes de
fièvre des foins, d'arthrite, de rhumatismes, de troubles di-
gestifs, de vagues à l'âme et autres petites misères pour me
consacrer entièrement à mon fou des baleines. Les circonstances sont idéales. Prisonnier dans sa cabane, Thomas Dutoit
a maintenant tout son temps pour m'aider à remplir les larges
trous dans son histoire de vie et m'éclairer sur sa folie.

Mon envie est grande mais le risque d'y céder, mince.
Harold Beattie est un homme sage et réfléchi, un scientifique
rigoureux, pragmatique, prévisible et juste assez visionnaire,
du moins je l'espère, pour mener à terme quelques beaux projets. La vie m'a pourtant déjà confronté à un autre moi, fou-
gueux, irraisonnable, impulsif, exubérant. Et fragile. Depuis
mon coup de foudre pour la psychiatrie, je me découvre aussi
d'étonnants élans idéalistes, une vive passion pour les mystères

de l'âme et une curiosité nouvelle pour tout ce qui relève de l'insaisissable, de l'indicible et parfois même de la poésie. Les fous que j'ai étudiés au cours des dernières années m'ont ouvert la porte d'un monde neuf dont je ne saisis pas encore la géographie et les frontières, mais qui néanmoins m'attire irrésistiblement. Parmi eux, Thomas Dutoit me semble occuper un espace bien singulier.

J'allais devoir réorganiser mon horaire de consultation afin de pouvoir visiter Thomas deux fois par jour. Gabrielle Deschamps a remarqué qu'il négligeait de boire. Le plus grand risque n'est pas tant qu'il se blesse de nouveau, mais qu'il dépérisse. À son âge, malgré une santé solide, son état pourrait se détériorer rapidement advenant qu'il se nourrisse et s'hydrate mal. J'ai déposé à côté du lit de Thomas les béquilles empruntées au dispensaire de Bergeronnes, puis, la journée étant splendide, je me suis installé sur le banc de bois devant la cabane de Thomas en attendant qu'il s'éveille. J'étais résolu à profiter de ce temps pour répondre enfin à la lettre qui traînait dans ma poche.

Avant, je l'ai relue.

Cher Harold,
Paris est triste sans toi. Tu me manques terriblement.
Le directeur de la Clinique des Maladies mentales de la
Faculté de médecine m'a réitéré hier son désir de nous voir
tous les deux nous joindre à son équipe. C'est une chance
inouïe. Je suis persuadée qu'il y a ici un noyau de médecins
d'une rare qualité et exceptionnellement dévoués, capables
de réaliser d'extraordinaires percées scientifiques. Deux
nouveaux patients arrivés depuis ton départ me captivent.
Ils illustrent parfaitement les thèses du fou savant.
Tu seras heureux de les rencontrer.

*Tu me sais très attachée à cette ville magnifique et aussi
à la Clinique. Par ailleurs, je ne suis pas une grande
aventurière. Toutefois, si jamais ton cœur penchait trop
lourdement vers un retour plus définitif à ton propre pays,
je trouverais en moi le courage de t'y suivre.*

*Dans l'attente de te lire et de te retrouver,
très affectueusement,*

Mathilde

J'ai fermé les yeux pour mieux la revoir. Chère Mathilde.
Brillante, vaillante, dévouée, ardente et délicieusement jolie
avec sa crinière rousse et ses yeux de jade. En la quittant, il y
a trois mois, j'ai promis de revenir. Depuis, j'ai rencontré
Thomas Dutoit. Mes longues lettres ont permis à Mathilde
de saisir l'importance de ce cas inattendu dans mon chemi-
nement professionnel. Elle a compris que j'étais peut-être à
l'aube d'une belle percée. Elle a également perçu ma fascination renouvelée pour un territoire et des habitants qui m'avaient
déjà fortement impressionné à un plus jeune âge. «Je trouverais en moi le courage de t'y suivre», écrit-elle. Cette promesse
rendait tout possible. Nous avions déjà évoqué l'avenir et,
même si je n'avais pas encore prononcé de demande en
mariage, je savais que nous y songions tous les deux. En lisant
cette phrase, il y a dix jours, j'avais cru mon avenir parfaitement circonscrit. Il n'existait plus d'obstacle entre nous. Et
pourtant… Une vague hésitation m'obsédait, comme si, en
allant de l'avant, en accueillant Mathilde ici ou en la rejoignant
à Paris, je m'écartais de ma route, je passais à côté de mon
destin. C'était une crainte profondément irrationnelle mais
néanmoins présente.

Des grognements m'ont arraché à mes réflexions de même
qu'au projet d'écrire à Mathilde.

— Où est-elle ? a demandé Thomas, assis dans son lit, l'air alarmé.

— Mademoiselle Deschamps ? Elle est repartie.

— Trouvez-la !

— Elle doit être en route vers chez elle. À Montréal, je crois…

— Il faut l'arrêter.

— Pourquoi ?

— Elle est dangereuse.

Je me suis approché de Thomas et j'ai pressé le plat d'une main sur son front pour savoir s'il souffrait de fièvre. La température de son corps m'a semblé normale.

— Pourquoi dites-vous qu'elle est dangereuse ?

— Et c'est vous le docteur ! s'est impatienté Thomas. Spécialisé dans les maladies de l'âme et de l'esprit. Je voudrais voir votre diplôme ! Ça saute aux yeux pourtant. Cette pauvre fille traîne un mal qui la ronge si fort qu'elle va pas tenir le coup longtemps. C'est dangereux, je vous dis. Il faut pas qu'elle reparte. Elle doit pas rester seule. Et il faut qu'elle arrête de jongler pis de brasser les mêmes images dans sa tête.

Le pire, c'est qu'il n'avait pas tort. Gabrielle Deschamps me troublait, moi aussi, mais j'avais choisi de ne pas trop y réfléchir. Je préférais me concentrer sur mon fou savant plutôt que sur cette femme irritée par ma simple présence. Malgré son entorse sévère à la cheville avec déchirures de ligaments sans aucun doute, Thomas semblait en forme et sûr de lui, confiant dans cet instinct qui le guide et lui permet de cerner, par-delà les apparences, le désespoir d'une femme qu'il connaît à peine.

— Y'a que les baleines pour la guérir, continua-t-il. Croyez-moi ! Même qu'à mon avis, cette femme-là les connaît et les aime déjà.

— Je conviens que mademoiselle Deschamps semble malheureuse. Mais on n'y peut rien, monsieur Thomas. Elle est repartie.

— Repartie ! Ça fait pas vingt jours. Elle peut pas être loin. Trouvez-la, bon Dieu ! Pis ramenez-la.

Sa voix avait monté de plusieurs crans et l'angoisse déformait maintenant son visage.

— Calmez-vous…

Il vit les béquilles et s'en empara, sautillant rapidement jusqu'à la porte en prenant appui sur elles. Dans sa hâte d'ouvrir, il fit une mauvaise manœuvre, perdit l'équilibre et s'effondra sur le sol en hurlant de douleur après avoir malencontreusement déposé tout son poids sur son pied blessé. Lorsque je me suis approché pour l'aider à se relever, il s'est débattu en brandissant ses deux béquilles telles des armes de combat. Je ne l'avais jamais vu dans un pareil état d'excitation. Il s'est démené longtemps, férocement et inutilement, fendant l'air de ses béquilles pour attaquer d'invisibles agresseurs, multipliant les coups en toutes directions en exécutant des mouvements d'esquive comme pour échapper à de traîtres assauts.

Il ne s'est arrêté qu'une fois à bout de force, pâle, haletant et apeuré. Je n'osais plus m'approcher.

— Tout va bien, monsieur Thomas.

— Mais vous êtes fou ! cracha-t-il. Écoutez ! Regardez ! Les balles sifflent au-dessus de l'eau. C'est Lomer et son frère. Et là ! Droit devant nous… Maudit baleinier ! Bande de crétins ! Les harpons avec leurs grenades crèvent les peaux avant d'exploser dans le ventre des baleines. Le sang gicle des évents. Écoutez! Entendez-vous les mugissements des grandes Bleues qui coulent lentement vers le fond en se vidant dans la mer? Et là, regardez! Vous voyez pas le banc de baleines aux ailes blanches qui se tortillent en gémissant de douleur au lieu de sauter vers le ciel? Et les petites noires, si gaies, si gracieuses... Elles vont disparaître dans un déluge rouge.

« C'est ça qu'il fallait éviter, docteur. Je vous l'avais dit. Je pensais que vous comprendriez. Ça recommence... Les carcasses s'empilent sur le rivage. La puanteur excite les goélands. Une odeur de mort flotte au-dessus de la baie. Et là-bas... Ouvrez-vous les yeux! Des hommes armés de longs couteaux luisants massacrent ces belles créatures qui sont plus que des montagnes de chair frétillante. Ils vont les débiter en morceaux pour vendre l'huile. C'est-tu pas assez fou? »

J'écoutais, hébété, ce récit de chasses impossibles. Des chasses bien trop anciennes pour que Thomas les ait vécues. Les baleiniers ont déserté les mers du nord-est il y a plusieurs siècles déjà. Les visions de Thomas appartiennent à un lointain passé. Sans doute a-t-il lu des descriptions de ces chasses dans un livre. Et pourtant... À l'entendre, on jurerait qu'il a lui-même vécu ces scènes d'apocalypse marine.

— Les hommes ont fini leur tuerie. Il reste plus rien qu'un grand cimetière. Des tonnes d'ossements empilés sur le rivage. Les tristes restes d'un champ de bataille. À perte de vue.

Il était encore étendu sur le sol à deux pas de la porte. Ses mains noueuses s'agitaient devant lui à la manière d'oiseaux affolés, battant furieusement des ailes sans parvenir à s'envoler. Une ombre a glissé sur son visage et il s'est mis à trembler de rage et d'impuissance.

— Un homme beugle au secours, docteur Beattie. L'entendez-vous? Il devrait être mort, mais Dieu ou le diable ou les deux à la fois l'ont gardé vivant. Il voudrait basculer de l'autre côté du monde, là où il y a plus de souffrance, mais il y arrive pas ce qui fait qu'il s'acharne. Malgré sa grande faiblesse, il tient encore debout. Il brandit sa baïonnette greyée d'une lame faite pour percer les chairs. Il est à bout, je vous jure. Il comprend plus rien. Et malgré ça son bras monte et tombe, frappant la poitrine de son vis-à-vis, coup après coup, jusqu'à ce qu'un râle d'animal sorti d'une bouche d'homme signale la fin du combat.

J'ai abandonné mon sujet d'étude sur le sol. Il venait de déposer dans ma conscience une épouvantable explication. Une même vérité traversait toutes ses évocations.

Debout, les bras ballants, j'entendais les battements sourds de mon cœur. Je n'étais plus le médecin spécialiste, le scientifique sondeur d'âme, détenteur de savantes analyses génératrices de pistes de guérison. J'étais Harold Beattie, un simple humain bouleversé par la souffrance d'un vieillard qui confondait l'enfer de la Première Guerre mondiale et celui des chasses à la grosse baleine. Parce qu'il avait lui-même vécu les deux.

Gabrielle

Je me souviens d'avoir observé le même paysage à douze ans, assise comme maintenant parmi les herbes folles au sommet des falaises de sable. Je me sentais toute-puissante et j'avais l'impression que l'univers m'appartenait. À mes yeux, il n'existait rien au monde de plus excitant que de s'élancer en hurlant du haut des dunes en déclenchant une tempête de sable fin. Je n'éprouvais jamais la moindre hésitation ni la plus petite frayeur. Après les longues dégringolades enivrantes, je restais longtemps perchée au sommet des dunes. Il me semblait que j'habitais le ciel, que je frayais avec les oiseaux, que je voguais comme en goélette sur les nuages mousseux. Depuis ce merveilleux promontoire, j'admirais aussi la mer en me demandant à quoi ressemblait le royaume secret des poissons et celui, encore plus mystérieux, des baleines dont j'apercevais parfois le souffle au loin.

J'ai appris à nager dans le lac de l'Anse à l'Eau derrière le village, un grand bassin d'eau claire, beaucoup moins froid que la mer. Les Anglais s'étaient fait construire des villas du côté le plus ensoleillé du lac, abandonnant l'autre rive aux enfants du village. Barnabé, le frère de Luvina, m'avait enseigné à la dure comment garder la tête hors de l'eau en improvisant des mouvements. J'avais rapidement acquis une belle aisance et, si Barnabé était plus rapide, c'est moi qui pouvais rester le plus longtemps sous l'eau. J'adorais nager jusqu'au fond pour revenir avec une poignée de vase dans la main, preuve de mon exploit. En rêvassant du haut des dunes, j'imaginais parfois que j'étais une sirène ondulant dans les fonds marins, insensible au froid et capable de rester des heures immergée.

Aujourd'hui, le ciel dépose son bleu acier sur une mer d'argent. Près du rivage, des poussières d'or éclairent le creux des vagues et dansent sur leur crête d'écume. Au large, l'eau est lisse. C'est de cette mer lointaine qu'est venue la petite baleine blanche de mon enfance, celle pour qui j'ai planté tant de croix. C'est là aussi que s'ébrouent les fabuleuses créatures qui hantent l'esprit de Thomas Dutoit. « Elles glissent », disait-il. Ces mots me semblent magiques. Ils me portent vers des territoires délicieusement silencieux. Je voudrais, avant de mourir, nager avec les baleines bleues, participer à leur sage douceur, me déplacer moi aussi avec de longs mouvements amples, sans rien déranger et sans que rien de mauvais m'arrive. Glisser tranquillement, caressée par les courants et bercée par les vagues, sans songer à la suite du monde comme le voudrait Thomas. J'aimerais nager avec les baleines en guise de cérémonie d'adieu, laissant tous mes souvenirs douloureux se diluer dans la mer avant de quitter cette vie.

Philippe est né le 30 avril 1937. Pendant que je hurlais à faire éclater mes poumons, persuadée que j'allais mourir avant que le petit être qui soudain me semblait énorme sorte enfin de mon ventre, Madeleine Sicotte est apparue à mon chevet. Je n'ai jamais su comment elle avait obtenu la permission de se faufiler à côté de mon lit étroit et de laisser ma main écraser sauvagement ses doigts à chaque nouvelle contraction. Un mois plus tôt, ma bonne amie avait donné naissance à une petite fille que les sœurs avaient emportée sans même la lui présenter, selon son désir.

Le jour où j'étais arrivée à la Maternité des filles-mères avec la valise de cuir prêtée par ma propre maman, j'avais pour plan de confier mon bébé aux religieuses qui se chargeraient de lui trouver une famille. C'est ce que faisaient toutes les filles qui se réfugiaient à la Miséricorde en attendant le jour de leur délivrance. Nous pouvions ensuite retourner dans nos familles en prétextant que la tante lointaine qui nous avait appelée à l'aide s'en tirait désormais assez bien pour ne plus réclamer notre présence. J'avais annoncé à maman mon intention d'aller étudier à Montréal et tout Tadoussac avait été mis au courant. L'histoire était crédible. J'avais toujours été première de classe et j'étais la seule jeune fille du village à qui mademoiselle Després prêtait des livres.

Je ne voulais pas imiter Rose Després en devenant institutrice, j'avais plutôt dans l'idée de porter une coiffe d'infirmière, comme l'héroïne d'un roman que j'avais dévoré toute jeune. Je savais combien coûtaient ces études et j'avais calculé qu'en vivant dans une petite chambre et en travaillant dans un restaurant ou un commerce pendant un an après l'accouchement, j'accumulerais assez d'argent pour m'inscrire en soins infirmiers. Telles étaient mes intentions avant que ma mère vienne me rendre visite puis m'entraîne avec elle jusqu'au manoir des Stevenson. Je n'ai pas revu ma mère depuis. Elle m'a écrit trois courtes lettres auxquelles j'ai répondu. La première m'annonçait qu'elle quittait Tadoussac pour aller rejoindre sa sœur aînée malade à Sept-Îles. Dans la deuxième, j'ai appris que ma tante était morte dans son sommeil quelques semaines plus tard. La troisième lettre contenait un chèque et quelques explications. En gros, notre maison avait été vendue, maman s'installait définitivement à Sept-Îles.

Avant même ces lettres, j'avais pris une décision que je n'ai confessé à ma mère que beaucoup plus tard. J'avais décidé de garder mon enfant. Son premier coup de pied m'avait brutalement fait prendre conscience que la petite chose dans mon ventre était merveilleusement vivante et surtout, j'avais eu l'impression que nous étions soudés. Il ou elle avait compris que j'avais besoin de cette manifestation à cet instant précis. Plus encore que ce bel incident, ce qui m'avait brusquement fait revoir tout mon avenir, c'est la présence de ma mère à mes côtés dans ce manoir de la rue Sherbrooke, près de McTavish. J'ai soudain pris conscience que Berthe Deschamps m'avait élevée seule depuis mon premier cri lancé dans le vaste monde. Elle l'avait fait bravement avec un dévouement admirable et des tonnes de tendresse. Si ma mère y était arrivée, pourquoi est-ce que je n'y parviendrais pas? Comment pourrais-je confier à des inconnus un enfant né comme moi d'une mère seule mais en santé et vaillante?

Je savais que maman aurait préféré que je confie mon enfant aux religieuses. Son œuvre à elle, c'était moi. Et même si j'avais trahi sa confiance et fracassé ses rêves, elle s'accrochait à une vision de moi promise à un avenir brillant. En choisissant d'élever seule mon enfant, j'optais à ses yeux pour un parcours de misère. Mais tout comme maman avait caressé ce rêve fou de me transmettre le bagage de joie et de rêve appartenant à mon père, je nourrissais le projet grandiose d'élever seule mon enfant sans abandonner mon rêve d'avoir un métier. L'entreprise serait simplement un peu plus longue et ardue. Je savais déjà que je ne pourrais jamais devenir infirmière. La formation de trois ans avait lieu en internat. Enseignante? Une mère célibataire ne serait jamais embauchée, m'avaient confirmé deux religieuses.

Madeleine a tout fait pour me dissuader de garder mon bébé. Elle qui s'était si souvent moquée de mes «lectures de snob» est soudainement devenue l'ardent défenseur de mon éducation.

— J'ai toujours haï l'école, Gaby. Tous mes amis haïssaient l'école. C'est normal d'haïr l'école. Toi, t'as adoré ça tout le long, tu l'as dit. T'es faite pour avoir le nez dans les livres et t'es capable de comprendre tout ce qui y est écrit même quand c'est compliqué. Je ne sais pas si c'est une maladie ou un don, mais c'est comme ça. Avec un bébé, tu y arriveras pas. J'en ai vu d'autres. Crois-moi. Tu vas quand même pas te mettre à faire comme les filles pas d'allure qui partent travailler en laissant leur enfant seul, embarré dans un logement minable pendant que la mère gagne des miettes ou travaille pour des maquereaux.

— Tu dramatises, Madeleine. Il existe, à Montréal, des maisons où on garde les enfants pendant que leur mère est aux études ou qu'elle travaille. Je me suis renseignée. C'est un sacrifice à faire mais en bout de route, mon enfant comme moi, on va en sortir gagnants. Je vais lui montrer que ce qui a l'air impossible peut quand même arriver, qu'il faut pas avoir peur d'oser, ni se laisser étourdir par ce que tout un chacun raconte. Je veux que mon enfant soit fier de sa mère comme je vais être fière de lui.

— Excuse-moi d'être franche, Gabrielle, mais c'est pas la grande fierté de venir au monde bâtard.

Le mot avait déjà trotté dans ma tête. Je l'avais juste assez apprivoisé pour encaisser le coup sans tomber sans connaissance.

— C'est justement ça l'affaire, Madeleine, ai-je réussi à répondre. Mon enfant a été conçu dans des circonstances absolument pas idéales. C'est vrai. Même adopté, il pourrait finir par savoir la vérité. Sauf que j'ai décidé qu'on n'aurait pas honte. Ni lui, ni moi. On part avec un désavantage, c'est sûr, mais attends de voir ! On va prouver à tout le monde que même si on est à moitié orphelins, on est grands et forts tous les deux.

— T'as pas d'allure, Gabrielle Deschamps, mais je t'adore de même ! Change pas, promis ? a lancé Madeleine en me serrant dans ses bras.

Nous avions convenu d'habiter ensemble dans un logement sur la rue Clark au sud de Sherbrooke. L'abbé Justin, l'aumônier de l'hôpital, un jeune prêtre au physique d'athlète, trop beau pour ne pas hanter les rêves des pensionnaires de la Maternité, m'avait recommandée aux propriétaires, un couple de Polonais très pieux et charitables, mis au courant de ma situation. Ils habitaient au rez-de-chaussée et louaient les trois chambres du haut avec cuisine et salle de bain communes. Deux des chambres s'étaient libérées en même temps. Mado les avait visitées et elle m'assurait qu'il était possible d'installer un lit de bébé et une petite table à langer dans la plus grande chambre.

— Je te tiendrai pas compagnie longtemps, m'avait avertie mon amie. D'ici quelques mois, je file en Gaspésie. Mais si en attendant je peux te donner un coup de main, c'est tant mieux. Ça me fera une pratique parce que la prochaine fois, c'est juré, je le fais avec le bon gars et je le garde, mon bébé.

Deux semaines après la naissance de Philippe, notre propriétaire, madame Pawlak, est venue m'annoncer que quelqu'un demandait à me voir. Madeleine dormait dans sa chambre après avoir travaillé jusqu'aux petites heures dans un *delicatessen* de la rue Sainte-Catherine. L'autre pensionnaire, Thérèse Langevin, une vieille fille un peu bec sec, était partie comme à tous les matins, du lundi au samedi, vendre des souliers chez Dupuis Frères. Mademoiselle Langevin désapprouvait la présence d'une jeune femme avec son enfant né dans le péché sous le même toit qu'elle, mais elle n'osait pas me mener la vie dure parce qu'elle me savait sous la protection des propriétaires et aussi parce que l'abbé Justin s'était arrangé pour la rencontrer en rendant visite à ses amis polonais. Madeleine, qui avait assisté à la discussion, m'avait rapporté que l'abbé Justin avait loué la «grandeur d'âme toute chrétienne» de Thérèse Langevin, si gentiment disposée à bien accueillir «un enfant de Dieu et sa mère, une brave jeune femme de bonne famille».

— Je peux m'occuper du petit pendant votre entretien, m'a offert madame Pawlak, sans me renseigner davantage sur l'identité de la personne qui me réclamait.

Je devinais à son empressement que ce visiteur n'avait rien d'ordinaire et le fait qu'elle m'incite à le recevoir dans le vestibule au rez-de-chaussée me faisait deviner qu'il s'agissait d'un homme.

Dans la pénombre de l'escalier intérieur, je ne l'ai pas tout de suite reconnu. Quand j'ai pu mieux distinguer sa stature et les traits de son visage, mes pieds ont glissé sur une marche et j'ai dû m'accrocher à la rampe pour ne pas débouler les suivantes.

— Que faites-vous ici? ai-je demandé d'une voix blanche.

Il cachait dans son dos un bouquet de roses de la même couleur que la robe que j'avais portée le fameux soir ainsi qu'une petite boîte cadeau joliment emballée.

— Puis-je m'asseoir? Je voudrais vous parler…

Je suis restée muette. Après quelques instants d'attente, il s'est laissé tomber sur l'unique meuble du vestibule, un simple banc de bois semblable à un banc d'église, en déposant les fleurs et la boîte sur ses genoux. Mes jambes étant trop molles pour que je reste debout, j'ai pris place sur le banc moi aussi, tassée contre l'accoudoir pour garder le maximum de distance entre nous. Ce qui m'arrivait me semblait tellement irréel que je ne savais plus comment réagir ni quoi éprouver. Lewis Stevenson posait sur moi un regard ardent, empreint de timidité et débordant de tendresse. Il ressemblait à l'homme que j'avais rencontré sur le quai, à mille lieues de celui que j'avais laissé ivre sur la grève. Malgré cela, le simple fait qu'il soit tout près me répugnait. Je gardais imprimé en moi le souvenir de son corps forçant le mien dans une intimité dégoûtante.

Les pleurs de Philippe m'ont arrachée à l'espèce de torpeur qui me clouait sur le banc de bois.

— C'est… lui? a demandé Lewis.

J'ai remué la tête.

— Quel est son nom?

— Mon fils s'appelle Philippe.

Une lueur trouble a brouillé le regard de Lewis et ses traits se sont durcis. J'ai cru y lire du dépit ou peut-être de la colère pendant un court moment. Puis son visage s'est transformé et il a semblé crouler sous le poids d'une peine tellement écrasante qu'il réussissait presque à faire pitié. Philippe continuait de pleurer. Il avait soif. Son biberon était prêt et c'était l'heure. À intervalles réguliers de trois heures, depuis sa naissance deux semaines plus tôt, Philippe se réveillait affamé. Il tétait avidement jusqu'à la dernière goutte de son biberon puis restait éveillé quelque temps, les yeux grand ouverts sur le monde, avant de se rendormir, un sourire d'ange sur les lèvres. Mon corps entier tendait vers Philippe, mais j'avais peur que Lewis me suive, qu'il le découvre et qu'il tombe sous le charme de ce formidable petit être.

— Je vous demande pardon, Gabrielle, souffla Lewis dans un filet de voix. J'ai été affreux.

— Je dois vous quitter. Je ne veux pas vous revoir. Si vous regrettez votre geste, prouvez-le en ne revenant jamais.

— Bien. Encore une fois pardon, dit-il avant de disparaître en abandonnant sur le banc douze roses et un petit paquet contenant un hochet.

Un mois plus tard, Lewis Stevenson est revenu, sans fleurs et sans cadeau. Il avait trouvé beaucoup mieux pour toucher mon cœur de jeune fille-mère. Depuis, j'ai souvent songé que si Dieu existait, ce dont je doute parfois, il aurait dépêché quelqu'un pour m'alerter.

Harold

Il m'a laissé l'aider à retourner à son lit. J'en ai profité pour réfléchir à comment je pourrais l'inciter à se confier en restant le plus possible ancré dans la réalité.

— Vous avez vu des grenades exploser sur terre comme en mer, n'est-ce pas, monsieur Thomas ? C'était deux bien différents combats…

Mes paroles n'ont pas semblé l'atteindre. Il a poursuivi son monologue en obéissant à une logique de récit propre à lui.

— Pendant un temps on a pensé que le pire, c'était la boue. Seigneur qu'on était innocents ! Mais c'est vrai que la boue, ça peut devenir épeurant quand ça nous monte jusqu'à la ceinture. On en vient à se demander si c'est pas des sables mouvants et on a peur de se noyer. De s'enfoncer jusqu'au cou puis de disparaître. Il y a eu deux jours et deux nuits de déluge. On avait beau repêcher les gamelles, les cordes, les sacs et tout ce qu'on possédait, la bouette a eu le dessus. On a quasiment tout perdu. J'en avais plein les narines, plein les oreilles, plein les yeux et jusque dans la bouche. Si au moins on avait pu sortir de notre trou ! Non. On était prisonniers de la tranchée pendant que les bombes explosaient, que les grenades éclataient et que le ciel tout noir s'éclairait de couleurs venues d'un enfer inventé par les hommes.

« La pluie s'est arrêtée net. D'un coup. Juste avant l'aube du troisième jour. L'offensive ennemie a pris fin en même temps que le déluge. On aurait dit une sorte de miracle. Le bon Dieu venait de se réveiller. Au petit matin, le soleil est sorti. Il chauffait tellement fort que ça paraissait pas réel. Pendant qu'on dormait encore, à moitié morts d'épuisement, de froid et d'effroi, la boue avait commencé à sécher et à durcir. On s'est réveillés le visage croûté et le corps enfoncé dans ce qui commençait à ressembler à du ciment. Il a fallu se démener pour en sortir. »

Il a ri en passant une de ses grandes mains dans le fouillis de cheveux blancs flottant autour de sa tête.

« On pensait que c'était le pire, pis on avait rien vu. On se croyait déjà en enfer et on était même pas rendus à la porte du purgatoire. Moi, Thomas Dutoit, j'avais connu toutes sortes de misères dans ma vie. C'était pas comme d'autres qui sortaient quasiment du ventre de leur mère tellement ils étaient innocents. J'étais le plus fort, le plus solide, le plus capable d'en prendre. Et pourtant… »

Il s'est arrêté subitement, comme la pluie dans ses souvenirs. Ce qu'il venait de raconter pouvait paraître inventé, cependant, c'était une histoire vraie. Le fou des baleines avait servi dans la Première Guerre, celle que les survivants hésitent à raconter tant leurs souvenirs sont immondes. Avant son accident sur la plage et sa rencontre avec Gabrielle Deschamps, Thomas Dutoit m'avait livré des bribes de vie et j'avais obtenu des informations en parlant à des gens, mais mis bout à bout, une fois le réel et le reste partagés, ces renseignements ne constituaient qu'une bien maigre part de sa vie. Il effectuait maintenant des percées fascinantes. J'espérais qu'il me mène à un épisode charnière qui m'aiderait à comprendre la mécanique de ses dérapages.

— Il y avait pire que la boue, n'est-ce pas, monsieur Dutoit ? Vous avez vécu des moments encore plus horribles, encore plus éprouvants…

Il m'a fusillé d'un regard dédaigneux avec l'air de croire que je n'étais qu'une machine à proférer des sottises. Il a reniflé bruyamment et il s'est frotté plusieurs fois le visage de l'avant-bras, un peu comme font les chats. Puis il s'est agité, remuant sur son lit, visiblement malheureux d'être allongé. En tombant tout à l'heure, il avait aggravé sa condition, si bien que sa cheville était trop douloureuse pour qu'il reste assis sur son lit, les pieds sur le sol ou pendants.

J'ai cru qu'il ne parlerait plus. Il m'a surpris en amorçant un tout nouveau discours.

— Au début, ils tournent en rond sans savoir qu'ils sont prisonniers d'un enclos de perches. Ils cherchent la sortie mais l'entrée de la fascine est en forme d'hameçon. Une fois passés cette barrière, ils peuvent plus en sortir. Ils nagent sans arrêt, frôlant les perches sans trouver de sortie. La marée se retire et ils restent échoués sur le sable. Perdus. Apeurés. Impuissants. Vous voulez savoir ce qui est le pire, docteur ? Le pire, c'est leur sourire. Imaginez l'animal ! Ces marsouins font plus que deux fois notre taille et pas moins de quinze fois notre poids. Ils sont d'un blanc plus parfait et plus pur que la première neige. Leur peau est lisse et brillante. Quand on entre dans une fascine, on les trouve étendus, immobiles et puis tout à coup on découvre leur sourire. C'est un sourire d'enfant, un peu niais, vous savez… et intelligent en même temps. Espiègle aussi. Mais sans malice. Sans la moindre petite trace de minuscule malice. C'est ça le pire, docteur. Le sourire des marsouins.

Le silence s'est étiré. J'ai sursauté lorsque Thomas a donné un grand coup de poing dans le mur de sa cabane. Une tasse est tombée sur le sol en répandant des éclats de porcelaine. Le fou des baleines s'est recroquevillé sur son matelas en ramenant ses genoux vers son menton. On aurait dit un vieil enfant. Il ne dormait pas. Il enrageait.

J'avais honte d'avoir provoqué cet état d'excitation extrême. Je me sentais un peu comme les baleines blanches décrites par Thomas. Désorienté et impuissant. Ce que j'avais appris en faculté me semblait soudain suspect. Qui étais-je pour oser remuer les souvenirs de ce pauvre vieillard ? Le danger de générer encore plus de douleur n'était-il pas plus important que l'espoir peut-être présomptueux de le guérir ou même seulement de l'aider ?

— Il risque de se blesser. Ou de blesser quelqu'un. M'entendez-vous ? avait répété Gabrielle Deschamps.

Le son mat du poing cognant le mur résonnait encore dans mes oreilles. Thomas Dutoit me forçait à réfléchir à ce que j'avais entrepris, à ce que j'avais le droit ou le devoir de faire comme d'espérer. Et si Gabrielle Deschamps avait raison ? Le mieux était peut-être de l'isoler dans un lieu fermé, bien peu idéal, mais où il serait davantage en sécurité que seul ici avec ses rages soudaines. C'est ce que souhaitaient Lomer, Oscar, le curé, les nouveaux chasseurs mais aussi, à ce qu'on m'avait dit, la majorité silencieuse des habitants de Tadoussac et des environs. Qui étais-je pour m'y opposer ?

J'en étais là dans mes pensées lorsqu'une tête blonde est passée devant la fenêtre. La porte de la cabane étant restée entrouverte, Gabrielle Deschamps est apparue sur un fond de ciel rougissant derrière les branches de feuillus et de sapinage. Ses yeux m'ont paru immenses.

— Je vous croyais repartie à Montréal…

— J'ai perdu quelque chose, dit-elle d'une voix éraillée en portant une main à son cou.

— Ici ? De quoi s'agit-il ?

— Ma chaîne… avec le médaillon. Je m'en suis aperçue au sommet des dunes. J'ai refait la route jusqu'ici en espérant la retrouver, mais… c'est quasiment impossible. C'est tellement petit… J'ai pensé qu'avec un peu de chance, je l'aurais perdu ici. Je pourrais alors le récupérer. Sinon… c'est fini.

On aurait dit qu'elle évoquait la fin du monde.

— Je comprends. Je sais que ce bijou est important pour vous. Je peux vous aider à le chercher.

Son regard a soutenu le mien un moment avant de se tourner vers le lit de Thomas.

— Il dort ? a-t-elle demandé.

— Oui, je crois… Je suis resté plus longtemps que prévu. Il ne va pas si bien. Vous aviez peut-être raison.

— De quoi parlez-vous ?

J'avais conscience de ne pas m'être exprimé très clairement.

— Ce n'est pas ce que je souhaite, mais il serait peut-être mieux dans un asile. Pendant un certain temps…

Elle a hoché la tête en faisant signe que oui alors même que son visage creusé par l'inquiétude semblait exprimer le contraire.

— J'ai dit ça… mais je n'en sais rien. J'ai peur pour lui…

Sa dernière phrase était lourde d'angoisse. Cette petite femme semblait porter un poids inouï sur ses épaules.

— Vous avez peur pour vous également, n'est-ce pas?

— Oui.

Une larme a tremblé au coin de son œil avant de glisser sur sa joue. Une autre a suivi. Et une autre encore. Elle pleurait en silence, les bras collés au corps pendant que derrière elle le ciel avalait la mer dans sa pénombre. Tout ce que je savais, tout ce que j'avais appris, l'éthique comme la logique, me commandait de garder la tête froide et de maintenir une saine distance entre cette femme souffrante et moi. Mais au lieu d'obéir à la plus élémentaire prudence, sans réfléchir, comme attiré par un aimant, j'ai fait trois pas vers elle et je lui ai ouvert mes bras.

Elle a franchi elle-même la courte distance qui nous séparait encore. J'ai refermé mes bras autour de ses frêles épaules avec l'impression d'être un géant tant je la sentais petite et fragile. Elle a sangloté longuement, mouillant ma chemise de ses larmes, les mains sur ses hanches, le corps secoué par de brusques soubresauts.

Thomas a grogné derrière nous. Elle s'est détachée doucement en gardant les yeux fixés sur le bout de ses chaussures.

— Pardonnez-moi…, murmura-t-elle. Je… C'est idiot… Je suis un peu dépassée… un peu à bout… Je n'aurais pas dû. Vous étiez là…

D'une main, je l'ai incitée à relever le menton.

— J'étais là et c'est tant mieux. Ça tombe même très bien. C'est mon métier d'aider les gens.

En prononçant ces mots, j'ai rougi malgré moi. J'étais conscient d'avoir obéi à un élan peu professionnel en lui ouvrant mes bras. Elle m'a adressé un début de sourire qui malgré ses efforts n'arrivait pas à fleurir sur ses lèvres. J'ai quand même alors entrevu la fillette de douze ans au sourire ravageur, enchantée de découvrir que par quelque miracle je lui rapportais un bout de ruban ayant valeur de trésor. Qu'était-il arrivé à la petite fille radieuse et si facilement émerveillée?

Elle a refusé que je la reconduise à Tadoussac.

— Je reste, dit-elle simplement. Il fait trop sombre pour trouver quoi que ce soit. Et si vous dites que monsieur Thomas ne va pas si bien, c'est mieux qu'à son réveil il y ait quelqu'un. Demain, je vais chercher mon bijou. Il y a peu de chances que je le retrouve, mais je m'en voudrais de ne pas avoir essayé. On ne sait jamais…

En remontant le sentier jusqu'à ma voiture, j'ai été saisi par une intuition. Gabrielle Deschamps disait être retournée chez Thomas pour y chercher sa précieuse chaîne au médaillon. Je ne doutais pas de son attachement au bijou, mais quelque chose me disait que c'est Thomas lui-même qui l'attirait. Et que ces deux êtres humains avaient rendez-vous.

Gabrielle

Si maman avait été là, c'est dans ses bras que je me serais jetée. Harold Beattie est presque un étranger et c'est un homme. Mais c'est aussi un médecin. Et il était là quand c'est arrivé. C'est tout. Depuis mon retour à Tadoussac, les larmes coulent. Le barrage a tenu treize longues années avant de sauter et je ne sais plus comment le refermer.

Thomas ronfle. J'aime ce bruit rassurant. Il me rappelle sa présence et ma fonction qui est de veiller sur lui. C'est un rôle dans lequel je me glisse avec aisance. Tant que Thomas dort, je n'ai pas à m'inquiéter. Rien de mauvais ne peut arriver.

Quand Philippe dormait, je me sentais pareille. Au début… J'aimais entendre les menus bruits de son sommeil. D'infimes soupirs, de légers murmures, des gargouillements, le froissement délicat du tissu sous un bras minuscule, tout ce qui participait à la petite symphonie de sa présence au monde. Ses réveils étaient brutaux. Avant même d'ouvrir les yeux, il braillait plus fort qu'un petit veau. Philippe était perpétuellement affamé. On aurait dit qu'à peine sorti du sommeil, il paniquait, épouvanté. À croire qu'il était déjà resté longtemps à souffrir de soif et de faim et que ses premières semaines de vie ne l'avaient pas convaincu de ma présence constante, promesse de confort.

Il buvait rapidement et avidement. Toutes mes tentatives pour le forcer à prendre une pause et à faire un rot menaient à des crises terribles. Jamais il ne cédait. Mais une fois parfaitement repu, Philippe était un bébé adorable. Je sais que tous les enfants sont magnifiques aux yeux de leurs parents, mais dans le cas de Philippe, c'était authentique. Ses traits, dès la naissance, étaient délicieusement harmonieux. Il n'y avait rien de difforme, rien de disproportionné, de trop délicat ou de trop fort, tout était absolument parfait. En prime, comme si cette grâce n'était pas suffisante, il avait des yeux d'un bleu indéfinissable, extraordinairement beaux, qui le sont restés. Tout cela était ravissant et j'en concevais une grande fierté, mais ce qui m'enchantait davantage, c'était la joie radieuse qui illuminait son visage lorsqu'il était content. Son bonheur s'épanouissait alors dans un sourire dévastateur qui m'ensoleillait tout entière.

Malgré ce sourire désarmant, Philippe n'était pas un bébé facile.

— C'est un vrai bourreau ! lançait Madeleine à la blague en s'avouant quand même folle de lui.

Thérèse Langevin, notre voisine de palier, qui, bien sûr, ne connaissait absolument rien aux enfants, m'avait plus d'une fois sermonnée sur l'importance de laisser pleurer les bébés.

— Sinon, on en fait des monstres qui se croient tout permis, clamait-elle. Votre enfant a ce qu'on appelle un petit caractère. Il faut l'aider à s'en défaire.

Elle avait beau me répéter ce conseil, elle se plaignait aussi de souffrir d'insomnie parce que Philippe la réveillait la nuit. Alors comment aurait-elle réagi si je l'avais laissé pleurer ?

— Je me rendormirais s'il braillait moins fort, disait-elle encore, mais cet enfant hurle aussi fort qu'un loup dès qu'il ouvre l'œil. Vous devriez peut-être voir un docteur, Gabrielle. On ne sait jamais. Il souffre peut-être d'un mal secret.

Étrangement, alors que j'avais craint qu'elle milite pour notre départ ou qu'elle nous annonce le sien, Thérèse Langevin semblait accepter d'assez bonne grâce l'idée de vivre sous le même toit que Philippe et moi. J'étais heureuse qu'elle ne songe pas à déménager à cause de nous parce que madame Pawlak voyait en elle une locataire idéale, propre, silencieuse, polie, pieuse et jamais en retard dans ses paiements. Devant nous, mademoiselle Langevin accordait peu d'attention à Philippe, mais dès que je m'absentais deux secondes de la cuisine alors que Philippe dormait dans son couffin sur la table, elle s'approchait de lui et restait de longues minutes à le contempler.

— Faites vos affaires pendant un petit quart d'heure, Gabrielle, m'a-t-elle un jour offert. Je m'occupe du bébé en brassant ma soupe. Ça va lui faire du bien de voir d'autres visages.

J'avais rejoint Madeleine dans sa chambre et nous avions ri en épiant les bruits. Mademoiselle Langevin s'adressait à Philippe dans ce qui ressemblait à une parodie des langages qu'inventent les adultes pour soi-disant s'adapter aux bébés. C'était un long monologue tout en intonations diverses, farci d'onomatopées, de gazouillis et de mots fantaisistes à deux ou trois syllabes qui paraissaient encore plus comiques dans la bouche de cette femme si rigide. Par la suite, mademoiselle Langevin a renouvelé souvent son offre de veiller sur Philippe pour se faire plaisir et me libérer un peu.

Madame Pawlak avait commencé bien avant. Elle me proposait régulièrement de garder Philippe une heure, le temps de faire des courses, et je lui en étais reconnaissante. Madeleine m'accordait elle aussi des répits utiles en s'assurant toujours que je parte peu après le biberon afin d'éviter de se trouver seule au réveil du bébé. Elle m'a un jour avoué que l'intensité des pleurs de Philippe affamé la terrorisait.

Philippe dormait dans mes bras le matin où Lewis est revenu. Avant même que je sois mise au courant de son arrivée, il avait convaincu madame Pawlak de garder Philippe une petite demi-heure, le temps de m'inviter à prendre un café à deux coins de rue. Je crois que madame Pawlak avait deviné l'identité de Lewis et, malgré ses profondes convictions religieuses, elle semblait juger normal que j'accepte de m'entretenir avec le père naturel de mon enfant. Il faut dire que Lewis Stevenson paraissait bien et savait se faire charmant.

Le mois de Marie était radieux. Un vent de printemps chaud et parfumé soufflait sur Montréal. Les bourgeons avaient semblé tous éclore en une seule nuit, les trottoirs étaient secs et il ne restait plus de trace de neige même dans l'ombre des ruelles. Moi qui ne connaissais que les longs printemps de la côte avec de hautes marées fracassantes et des vents tout-puissants, j'étais ravie de découvrir que l'hiver pouvait disparaître aussi facilement et en si peu de temps.

Je me souviens d'avoir pressé Philippe très fort contre moi avant de le déposer dans les bras de madame Pawlak puis de prendre mon manteau et de descendre l'escalier. En m'apercevant, Lewis n'a pas souri comme à chaque fois qu'il m'avait vue depuis notre première rencontre sur le quai. Il a posé sur moi un regard de chien battu. Ses traits tirés et ses yeux gonflés semblaient trahir de longues nuits d'insomnie. Sa mauvaise mine tranchait sur une tenue impeccable. Il portait avec élégance un chapeau de feutre agrémenté d'un ruban et un beau veston de laine beige sur un chandail un peu plus pâle.

— J'aimerais le voir, dit-il sans autre préambule.

D'instinct, je me suis cambrée.

— Pourquoi?

— Je suis son père.

Un rire de mépris est sorti de ma bouche.

— Vous êtes l'homme qui m'a fait un enfant et j'ai moi-même décidé de le garder. Philippe n'a pas de père.

Il a d'abord encaissé le coup sans réagir. Puis son regard s'est allumé et un sourire espiègle s'est imprimé sur son visage.

— Voulez-vous m'épouser?

— Vous êtes fou!

J'avais répliqué rapidement sur le ton ahuri de celle qui juge le projet totalement insensé. Or, même si j'en avais honte, j'avais déjà secrètement rêvé cette scène. J'imaginais alors, comme dans un roman, Lewis Stevenson profondément repentant. Il m'avouait qu'il supportait mal l'alcool, qu'il ne le savait pas avant ce fameux soir et qu'il ne se reconnaissait absolument pas dans les gestes qu'il avait commis. Surtout, il me jurait qu'il m'avait aimée depuis le premier moment et qu'il m'aimait encore.

Je l'ai observé longuement, ancrant mon regard dans ses beaux yeux verts en espérant mettre à jour ses sentiments.

— J'accepterais de vous épouser si c'est ce que vous désirez, ajouta-t-il.

Un lourd rideau est tombé sur la scène que j'avais inventée. Lewis Stevenson offrait de m'épouser comme on offre à un chien une pitance pour qu'il obéisse et soit fidèle. Il voulait une part de Philippe sans véritablement souhaiter être un époux, ni même un père sans doute. Conscient d'avoir mal choisi ses mots, il a avancé une main pour toucher mon épaule, mais je l'ai repoussé d'un mouvement sec. Au lieu de le refroidir, ma réaction a semblé raviver sa détermination.

— Laissez-moi vous parler clairement, commença-t-il d'un ton ferme. Je serais heureux de vous épouser si vous acceptiez, mais mes parents me déshériteraient, ce qui nous rendrait la vie difficile. Mes parents sont des protestants très… con-vain-cus. *It's not my fault*, Gabrielle! *And I am so sorry*. Je m'en veux tellement… *But at the same time… He is here*. Il existe. J'ai un fils.

Je refoulais mes larmes en secouant la tête.

— Non. Vous n'avez pas un fils, Lewis. Quand on a un enfant, on l'assume pleinement et ce n'est pas ce que vous souhaitez.

— Ce n'est pas ce que je *peux* faire, Gabrielle. *It's very different*. Écoutez-moi. Essayez de comprendre… Je suis venu vous dire que je peux aider Philippe. J'ai du temps, de l'énergie et je suis riche. *I've got tons of money*. C'est parfois utile dans la vie.

— Je n'ai pas besoin de votre argent, Lewis. Je vais étudier. Et je vais travailler. Ma mère m'a élevée seule. Bravement et joyeusement. Je vais faire pareil. J'ai vu votre mère dans son château. Elle est peut-être riche à craquer mais je ne l'envie pas une seconde. Ma mère, qui n'avait que deux robes et vivait dans une maison battue par les vents, était cent fois plus heureuse que la femme que j'ai rencontrée à Montréal, rue Sherbrooke, près de McTavish.

— Que voulez-vous, Gabrielle? demanda-t-il rudement.

— C'est à moi de poser la question. Que cherchez-vous à obtenir de moi, Lewis Stevenson?

— Le droit de voir Philippe.

Il venait d'énoncer une intention claire et ferme. J'ai dû faire d'héroïques efforts pour me forcer à réfléchir intelligemment. Je savais que Lewis Stevenson ne me demandait pas de simplement satisfaire sa curiosité en lui présentant l'enfant que j'avais eu de lui. Il voulait le voir et le revoir. Il souhaitait jouer un rôle dans sa vie.

— Pourquoi ?

Il a mis un moment avant de répondre.

— Philippe est un miracle. Mes parents ont mis des années à me concevoir. Et avant eux, mes grands-parents, autant du côté de mon père que de ma mère, ont vécu la même histoire. Mon père croit que cette naissance… Philippe… signifie qu'il n'aura pas de difficulté à obtenir un héritier. Il se voit déjà grand-père d'une tribu de petits mâles. *But I'm not so confident.* Rien ne me dit que je serai capable d'avoir un autre enfant. *I still think you're an angel, Gabrielle!* Je crois que c'est grâce à vous. Vous êtes la plus belle chose qui soit arrivée dans ma vie. Mais je ne vous mérite pas.

Il semblait tellement sincère, tellement ému. J'avais du mal à ne pas me laisser troubler par lui et à me concentrer sur ce qui était le mieux pour mon fils.

— Philippe est peut-être un miracle. Mais pour d'autres raisons. Je ne vois pas pourquoi vous seriez incapable d'avoir un autre enfant. C'est ridicule. Vous devriez être rassuré… Il n'y a pas de raison…

— Vous ne connaissez pas ma famille, Gabrielle. J'ai parfois l'impression que nous sommes frappés par une sorte de… comment dites-vous ? Une malédiction. *That's it!*

— Pour une famille souffrant de malédiction, vous n'êtes pas trop dans la misère…

— *You never know what's behind closed doors.* Toutes les familles ont leurs secrets, Gabrielle, mais les riches en ont encore plus que d'autres et nous sommes très riches. Je ne suis pas toujours fier de qui je suis ni d'où je viens.

À cet instant précis, j'aurais peut-être encore pu tomber amoureuse de Lewis Stevenson. Il ne m'apparaissait ni lointain, ni prétentieux, ni Anglais, ni protestant. Je ne voyais qu'un homme sensible et sincère, conscient de ses limites et étonnamment vulnérable.

— Gabrielle, je crois que Philippe est très chanceux de vous avoir. Je suis sûr que vous êtes une formidable maman. J'aimerais être…

Il a plaqué ses deux mains sur son visage. J'ai cru qu'il allait pleurer, mais j'avais tout faux. Lorsqu'il a retiré ses mains, son expression avait changé. Il ne faisait plus pitié et il ne semblait pas du tout éprouvé. Ses traits exprimaient une détermination redoutable.

— J'aimerais être son père… mais… c'est impossible. *Instead…* je voudrais être son parrain… *Not religiously…* Je serais… comme un oncle ou un ami de la famille. Présent… aimant… aidant. *That's what I want.* C'est ce que je vous supplie d'accepter, Gabrielle.

Étendue sur la paillasse empruntée aux Chiasson dans la vieille cabane de Thomas, je me souvenais de ce matin de mai comme si c'était hier. Lewis et moi avons conclu une entente sur le trottoir devant la maison des Pawlak. Une petite voix enfouie au fond de moi m'alertait d'un danger, mais j'avais décidé de l'ignorer. Je me sentais seule avec un lourd fardeau. Lewis Stevenson m'offrait d'en partager un peu le poids. Il aurait fallu que je saisisse mieux la nature du danger, que je comprenne ce que tentait de me dire la trop faible voix au fond de moi pour échapper au piège. Au lieu de ça, j'ai demandé à Lewis d'attendre au rez-de-chaussée pendant que je grimpais l'escalier pour avertir madame Pawlak.

— L'oncle de Philippe voudrait le voir. Me permettez-vous de le faire monter? Vous pouvez rester si vous voulez…

Madame Pawlak a secoué la tête en m'offrant un sourire sans joie. Elle acceptait de jouer le jeu mais n'était pas dupe.

On dit souvent que les hommes ne s'intéressent aux enfants qu'une fois passé l'âge des biberons et des couches. En apercevant Philippe endormi dans son couffin, Lewis Stevenson est devenu si pâle que j'ai eu peur qu'il tombe mal. Il est resté de longues minutes penché au-dessus du couffin, sans remuer d'un poil, sans dire un mot.

— Vous pouvez le prendre si vous voulez. Même s'il dort…

— Non. Je ne veux pas le déranger. La prochaine fois. Peut-être.

Il est parti peu après en me remerciant et en me souhaitant poliment au revoir. Je me souviens d'avoir espéré qu'il dise « à demain », « à la semaine prochaine » ou « à bientôt », mais il ne l'a pas fait. Ses pas ont résonné dans l'escalier, puis j'ai entendu le bruit de la porte qu'il a dû repousser d'un coup d'épaule pour bien la fermer.

Thomas ne ronflait plus. Sa respiration était calme, régulière et profonde. Je me suis glissée dehors. La lune était pleine. Maman se plaisait à dire que la lune est alors enceinte de toutes les petites lunes à venir. Devant la cabane, un sentier se faufilait sous les épinettes. Au bout d'une centaine de pas, j'ai trouvé la goélette de Thomas creusant le sable à marée basse. C'est dans cette embarcation qu'il épiait les baleines de longues heures durant. Je me suis installée sur une roche plate pour contempler les reflets de la lune sur la mer d'encre et d'argent en espérant que cette vigie silencieuse m'apporterait un peu de paix. Malgré moi, mes pensées continuaient de courir vers Philippe et mon cœur cognait à grands coups dans ma poitrine.

J'allais me lever pour retourner auprès de Thomas lorsque l'écho d'un cri que je connais trop bien est parvenu à mes oreilles. J'ai ramené mes bras autour de mes jambes et je suis restée ainsi, recroquevillée, le cœur dans la gorge, les oreilles bourdonnantes. La mer a disparu sous mes yeux, remplacée par un lac rond entouré de basses montagnes. Un lourd silence pesait sur l'eau parfaitement lisse. Il s'est étiré, grave et menaçant, jusqu'à ce que les hurlements de Philippe explosent, crevant le silence en même temps que la surface de l'eau pour emplir la nuit d'une plainte infernale.

Thomas

Elle était debout depuis un bon quart d'heure, le nez collé à la fenêtre, encore occupée à jongler pendant que le jour s'installait pour de bon. En se retournant, elle a vu que j'étais réveillé et que je la regardais.

Bonjour. Avez-vous bien dormi?

Elle m'a posé la question comme si ça lui importait vraiment de savoir si ma nuit avait été bonne. N'empêche, j'aime pas le petit parlotage.

Qu'est-ce qui vous tracasse tant? j'ai demandé.

Elle a pris un air étonné qui m'a pas impressionné.

Vous avez pas fermé l'œil de la nuit, vrai ou pas vrai?

C'est vrai, qu'elle a dit.

Je comprends que vous ayez pas envie de confier vos soucis à un vieux fou comme moi.

Elle a ouvert la bouche pour protester mais je l'ai pas laissée faire.

Pourquoi restez-vous ici à veiller sur quelqu'un que vous connaissez même pas?

Elle m'a regardé avec un air de défi.

Parce que veiller sur quelqu'un, c'est ce que je sais faire de mieux. Ça ne signifie pas pour autant que vous êtes en sécurité grâce à moi.

Belle affaire !

Belle affaire, en effet, elle a répété avec une pointe d'amertume.

Vous me faites penser à Pite.

C'est un chien ?

Ça m'a fait rire. Pite Pépin, un chien !

Non. Un soldat.

Je vous écoute.

J'ai pris les béquilles appuyées au mur et j'ai déplacé ma vieille carcasse pour boire un peu d'eau. Elle avait rempli la marmite que je laisse sur le poêle à bois, hiver comme été. J'y ai trempé ma tasse et j'en ai avalé deux d'affilée. J'ai aimé qu'elle essaie pas de m'aider. Le contraire m'aurait énervé. Après, je suis allé pisser et je suis resté dehors, assis sur le banc devant ma cabane. Elle a mis un petit temps avant de me rejoindre.

Pite Pépin était un tendre mais quand il en avait plein le casque pour toutes sortes de raisons, il pouvait vous lancer un de ces regards assassins… Pareil au vôtre, mademoiselle Gabrielle ! Mais c'est le pire qu'il pouvait faire. Il savait pas comment être plus méchant. Et même si on lui avait enseigné, il aurait pas réussi. Vous devez être comme ça, vous aussi.

Vous ne me connaissez pas, elle a dit.

Peut-être. Mais j'ai un œil magique !

Pfft ! Ça veut dire quoi ?

Je sens les gens. Les bêtes aussi. Surtout les bêtes. C'est un don. Le jour de ma naissance, le quêteux est passé chez nous et il est resté à dormir comme de raison parce que, même si on était pas riches, on savait l'importance d'offrir gîte et couvert au quêteux. Sinon, il peut se venger en jetant un mauvais sort. Avant de repartir avec un quignon de pain le lendemain du jour où je suis né, le quêteux a annoncé à ma mère que j'avais un don de clairvoyance. Votre p'tit va voir ce que d'autres arrivent pas à voir, qu'il a dit. Ma pauvre mère était toute contente, mais le quêteux, qui était un homme franc, a ajouté que j'avais aussi une sorte de maladie qu'il arrivait pas à distinguer nettement mais qui allait influencer le cours de ma vie.

Il avait raison ?

Ouais.

Et c'était quoi ?

Chuuut !

Qu'est-ce qui se passe ?

J'ai cru entendre quelque chose, mais parce que vous avez parlé, j'en sais pas plus.

Pardon…

Vous en faites pas. Des fois, mon imagination me joue des tours. Je pensais avoir entendu le souffle d'une jubarte. Une baleine à bosse…

Elle a écarquillé les yeux comme si je venais de lui raconter une histoire impossible.

Qu'est-ce qui vous aurait dit que c'est une baleine à bosse et pas une baleine bleue si vous ne pouviez pas voir ? elle a demandé.

Pauvre petite dame! C'est pas facile d'expliquer ça. Ça fait partie des choses que je sais et que j'arrive pas à mettre dans mes carnets. Sur l'eau, je pourrais vous le prouver par contre. Je me trompe rarement. Il y a la puissance, c'est sûr… Le souffle d'une Bleue crève l'eau et l'air bien plus fort que n'importe quelle autre baleine. Mais c'est pas juste une question de force. Il y a… une sorte de majesté jusque dans le souffle qui sort de l'espèce de grosse narine qu'elles ont sur le dos et qu'on appelle évent.

Elle m'écoutait attentivement, les yeux ronds. On aurait dit une enfant.

Continuez…

Mes histoires vous aident à oublier, pas vrai?

La réponse était dans ses yeux. Deux petits bassins d'eau sombre qui avaient connu toutes sortes de tempêtes et qui cherchaient la tranquillité.

Pite Pépin aimait ça que je lui raconte des histoires, j'ai dit. Jeanne aussi.

Cette femme… Jeanne…Vous l'avez aimée?

Elle m'a pris de court avec sa question. C'est un drôle de petit bout de femme. Tantôt timide puis d'un coup hardie.

Jeanne?

Oui.

Elle avait le même âge que vous, je croirais. J'avais quelques années de plus. Elle me soignait. Et elle m'écoutait. Avec les injections de morphine, je devais pas toujours être facile à suivre mais elle m'écoutait quand même.

Vous lui parliez de vos baleines?

Je lui parlais de tout. Une fois sorti des tranchées avec une jambe à moitié arrachée, j'étais mûr pour comprendre bien des choses. C'est pendant ma convalescence que j'ai allumé, comme on dit. Sur les baleines, mais pas seulement. Je pense que tout a commencé avec un mot. Fascine. Dans les tranchées, on appelait « fascine » l'assemblage de branches qui était censé empêcher les effondrements. Ça m'a frappé un soir, pendant que je parlais à Jeanne, que ce même mot servait à décrire les enclos qu'on construit par ici pour attraper le marsouin. C'est là que j'ai pensé que les soldats dans leurs tranchées étaient pas si différents des petites baleines blanches enfermées dans leur prison de pieux. J'avais déjà commencé à me poser de grosses questions sur la guerre, sur les hommes et sur Dieu aussi. Ce jour-là, j'ai ajouté les baleines à ma liste. Et pas longtemps après, comme si tout ça était déjà écrit quelque part dans le ciel, j'ai mis la main sur un premier livre sur les baleines.

Je me suis arrêté. J'avais jamais parlé comme ça à personne à part Jeanne. La petite dame de Montréal qui se disait née à Tadoussac m'écoutait avec dans les yeux la même intelligence que ma belle infirmière de jadis. C'est pour ça que j'ai continué.

Le pire, dans les tranchées, c'est pas le ciel qui s'éclaire, ni les balles qui revolent sur notre casque, ni la boue qui s'incruste jusque dans nos fusils, tellement qu'il faut pisser dessus pour les débloquer. Le pire, c'est pas l'odeur de sueur, de crotte et d'urine, ni le froid qui nous mord en hiver, ni les moustiques qui rendent fou en été, ni les rats qui nous courent sur le visage la nuit, ni les poux qui font qu'on se gratte jusqu'au sang. Le pire, c'est même pas de vivre des semaines de temps mouillés jusqu'aux os ou les pieds en bouillie, massacrés par le gel, le dégel et la saleté qui s'infiltre dans les plaies. Le pire, c'est pas les amputations, ni le sang, noir ou rouge, qui sort de partout, ni les pétarades et les explosions et le sol qui tremble avec l'air de vouloir vous avaler. Le pire, c'est pas de boire de l'eau infecte où trempent des cadavres, ni de manger des aliments pourris qui te tordent les boyaux pendant des jours. Non. Le pire, c'est l'attente. Rien faire. Rester des heures et des heures sans bouger, occupé à rien d'autre qu'à rester vivant. Le pire c'est de se sentir impuissant. Il y en a qui parlent de courage. C'est faux. T'as pas besoin de courage. Tu fais rien. Tu endures. Tu attends.

Avant de m'engager, j'étais un homme d'action. J'avais vécu toutes sortes d'épreuves et je me pensais capable de passer à travers n'importe quoi. J'avais de la confiance à revendre, de la vaillance comme peu et du front tout le tour de la tête. Je suis rentré dans l'armée un brin pour fuir, comme tous ceux qui y sont allés de plein gré, mais par devoir aussi, en me disant qu'il existait pas beaucoup d'hommes plus forts et plus endurants que moi. N'importe qui me connaissant aurait dit la même chose. J'étais de la meilleure étoffe pour faire un soldat. C'est ce que je croyais en tout cas.

Jusqu'à ce que je me retrouve en première ligne et que je voie des hommes voler en éclats, se faire arracher la tête, défoncer le ventre, trancher les jambes, vider les entrailles. Tout ça pour que d'autres hommes, ni meilleurs ni pires, gagnent au nom de leur armée quelques petits bouts d'un territoire qui allait être repris par les adversaires un de ces lendemains. C'est là que j'ai compris qu'on nous avait menti. Ce qu'on vivait, c'était pas la guerre, c'était l'enfer.

Elle hochait la tête pour me dire que j'avais raison, que ce que je disais lui semblait juste et vrai. Ses beaux yeux étaient pleins de ferveur. Elle avait juste ma parole mais elle me croyait. À la regarder, on aurait juré qu'elle aussi avait fait un tour en enfer.

Une fois le pied dedans, on en sort plus, j'ai raconté. La guerre vous poursuit. Partout. On peut plus jamais rentrer chez nous parce qu'une trop grosse partie de ce qu'on est reste sur le champ de bataille. Après, on transporte l'horreur avec nous. Partout. Ou presque… J'ai trouvé un lieu, un seul, où j'ai l'impression d'y échapper.

Ses yeux brillaient d'espérance. Elle voulait savoir comment fuir, elle aussi.

Où? elle a demandé.

Sur la mer. Avec les baleines. Tant qu'ils arrivent pas avec leurs grenades, leurs harpons, leurs pièges et leurs couteaux. Tant qu'ils reproduisent pas la guerre sur l'eau, on peut encore échapper au pire dans une barque de bois.

Elle a paru déçue par mes paroles.

La guerre sur l'eau, c'est pas la guerre, monsieur Thomas, qu'elle a dit. C'est juste une chasse. Ça existe depuis que le monde est monde. Ces hommes-là tuent pour manger, pour se nourrir et en nourrir d'autres autour d'eux, pas pour gagner des territoires. Il y a des gens pour qui le marsouin, c'est un gagne-pain. Si je suivais votre pensée jusqu'au bout, il faudrait manger rien que des carottes, des patates et du pain! Parce que si c'est pas correct de tuer les baleines, il faudrait pas tuer les cochons non plus. Pas vrai?

Peut-être qu'il faut pas tuer les cochons, j'ai répondu. Je sais pas. Mais je sais qu'on doit pas toucher aux baleines.

Pourquoi? Où est la différence?

Elle s'emportait. Elle aurait voulu que j'aie toutes les réponses. Elle cherchait des certitudes parfaites ou des preuves vérifiables. Pauvre fille!

Il y a un bout qui me dépasse, j'ai dit. Je l'avoue. Je peux pas tout vous expliquer. Mais je sais, aussi vrai que j'existe, que les baleines sont précieuses. Et même essentielles. Et qu'elles ont beaucoup à nous enseigner. Je sais aussi que si on y croit pas, et vite, on va tout perdre parce qu'elles vont disparaître et nous avec.

Je voyais qu'elle était pas convaincue mais j'étais bien en mal de trouver d'autres mots.

Si vous lisiez mes cahiers, vous les connaîtriez mieux. J'en ai prêté quelques-uns au docteur. Les autres sont ici… Mais peut-être aussi que ça vous suffirait pas. Il y a un bout qui m'appartient pas. C'est un peu comme ceux qui croient en Dieu et ceux qui y croient pas.

Vous, vous y croyez ou pas ? En Dieu…

J'y crois ni plus ni moins que vous-même et pour les mêmes raisons. Après avoir pataugé dans l'horreur, la vraie, on a plus la même vision de Dieu, vous croyez pas ?

Elle a pas répondu. Je savais que j'avais visé juste. Son silence en disait long.

Quel lien faites-vous entre Dieu et les baleines ? elle a demandé tout à coup.

La foi, mademoiselle Gabrielle, j'ai répondu en me surprenant moi-même. Une baleine, c'est un mystère géant. Il faut l'accepter. Avoir l'humilité d'admettre que ça nous dépasse. Et en même temps, y croire assez pour vouloir s'en approcher et essayer de percer une partie du mystère. Plus je les découvre, plus je crois en leur grandeur.

Montrez-moi…, elle a murmuré avec dans sa voix un tremblement qui m'a pris de court.

Il faudrait qu'on prenne mon bateau. C'est plus compliqué avec mes béquilles, mais je serais pas fâché d'aller sur l'eau.

Je peux vous aider. Vous me direz quoi faire. Et puis, je sais nager…

J'ai ri de bon cœur.

Ça, c'est bien dommage, ma pauvre fille, parce qu'en mer, quand on tombe à l'eau, tout ce qu'on souhaite, c'est de mourir au plus sacrant. Nager ! Il y a pas un marin qui sait nager. Vous me faites rire. C'est bon, ça !

Harold

Le lit était vide, les béquilles avaient disparu et il n'y avait aucune trace de Thomas ni de Gabrielle. Je les ai appelés tour à tour. Les seules réponses me sont venues des écureuils et des oiseaux. J'ai tout de suite imaginé le pire. Je me suis souvenu du sentier et j'ai couru jusqu'au bout. La goélette de Thomas n'était plus ancrée au rivage. J'ai de nouveau imaginé le pire. En toutes sortes de variantes.

J'aurais dû revenir plus vite. Une jeune femme dépressive et un vieillard psychotique ne forment pas un duo très sécuritaire. Je voulais revenir plus tôt et je l'aurais fait si Hector Dumont, le jardinier en chef de l'Hôtel Tadoussac, ne m'avait pas réveillé à cinq heures du matin en cognant à grands coups de poing à la porte de ma chambre. Lui si jovial et bien portant d'habitude avait le teint livide et l'air halluciné.

— Venez, docteur…

Je me suis habillé en vitesse et je l'ai suivi. Il m'a mené chez un de ses voisins dans une petite rue qui croise le chemin principal, juste après l'église catholique. En route, il a voulu me préparer, mais rien ne pouvait me préparer à ce qui m'attendait.

— J'ai jamais rien vu de pareil, docteur. Tout le monde est démonté. La rue au grand complet sinon tout le village doit être au courant déjà. Les voisins sont accourus quand la femme d'Isidore s'est mise à hurler comme si une meute de loups la dévorait vivante. Elle avait entendu des bruits étranges venus de la maison d'à côté. Il fait chaud, on garde nos fenêtres ouvertes. Ce fainéant d'Isidore a laissé sa femme aller seule voir ce qui se passait chez le voisin. Elle est pas près d'oublier cette journée, la pauvre. Il faut pas laisser une femme voir des affaires de même. Moi, j'ai empêché Ida d'y aller.

Hector Dumont vit dans la tranquillité des fleurs et des arbustes avec les insectes et les oiseaux, à planter, tailler, désherber. Si un autre que lui m'avait paru aussi agité, je me serais moins méfié, mais de voir notre bon jardinier si troublé m'a fait craindre le pire. Malheureusement, on ne sait jamais avant de l'avoir vécu à quoi peut ressembler le pire.

Une dizaine d'hommes étaient rassemblés devant la porte d'une maison qui n'avait pas très fière allure. La peinture pelait et on voyait que le bois avait commencé à pourrir. À mon arrivée, les hommes se sont tus et ils se sont tassés de chaque côté de la porte pour me laisser passer.

Une mare de sang était répandue sur le plancher de grosses lattes disjointes. Un homme gisait au milieu. Un couteau de boucherie était tombé de sa main et avait glissé sur le plancher jusqu'aux limites de la flaque rouge clair. Le ventre de l'homme était ouvert. Un boyau d'intestin émergeait d'une bouillie poisseuse et tout le corps était barbouillé de sang. J'ai eu les bons réflexes. Aucune hésitation, aucun mouvement de recul. Je me suis jeté sur l'homme pour prendre son pouls. Son cœur ne battait plus.

Ses yeux d'un bleu très pâle étaient restés grands ouverts. La souffrance n'avait pas déformé son visage, creusant d'horribles grimaces comme on voit souvent dans les cas de mort violente. Une expression douloureuse voilait presque doucement la figure encore belle de ce grand gaillard musclé qui n'avait pas quarante ans. Je l'ai étudié un long moment. Sachant qu'il n'y avait rien à faire, je pouvais laisser monter mon émotion. Je l'ai regardé en me demandant ce qu'il avait éprouvé pendant qu'il se vidait de son sang. À quoi songeait-il ? Le regrettait-il déjà ? Pendant combien de temps avait-il souffert avant que son cœur cesse de battre ? Que lui était-il arrivé pour qu'il se livre à une telle boucherie ?

Un examen rapide a révélé que l'homme avait eu du mal à se donner la mort. Malgré sa lame bien affûtée, le vieux couteau qu'il avait choisi, avec sa pointe arrondie par l'usure, ne lui avait pas facilité la tâche. Il semblait avoir planté son arme plus d'une fois. Les jambes du pantalon de l'homme étaient déchirées et j'ai pu identifier des lacérations sous le tissu. Il avait aussi une longue entaille au bras gauche ainsi que d'autres marques de coups au même bras et une coupure à la base du cou. On aurait presque dit qu'il s'était débattu avec l'arme, un peu comme s'il se défendait contre lui-même.

Folie ? Démence ? Psychose ? Sans doute. Mais ce ne sont que des étiquettes pour désigner l'insoutenable souffrance menant au débordement sordide auquel s'était livré l'homme étendu dans sa mare de sang. La folie n'explique rien, elle indique seulement qu'un processus mystérieux, déclenché on ne sait trop comment, a subitement ou progressivement transformé les comportements d'un individu, les faisant passer de normal à anormal, de raisonnable à déraisonnable.

Ils attendaient que je leur explique. Surtout qu'ils avaient entendu dire qu'en plus d'être médecin, j'étais psychiatre. Hector Dumont m'avait bravement accompagné à l'intérieur. C'est à lui que je me suis adressé.

— On ne peut rien faire de plus. Il est mort depuis peu.

— C'est sûr. Il était pas encore passé de l'autre bord quand la femme d'Isidore l'a trouvé.

— Comment va-t-elle ?

— Si vous me permettez un avis, une petite piqûre pour la tranquilliser ferait plaisir à tout le monde.

— Elle le mérite bien.

— Qu'est-ce que vous pensez de ça, docteur ?

— Il devait être bien malheureux…

— Ouais. À cause du fou des baleines, il paraît.

— Monsieur Thomas ? Quel est le lien ?

— Personne aime se faire traiter d'assassin. La sœur d'Oscar disait qu'il était très affecté par les blâmes du fou. Oscar a toujours été un peu… particulier. C'était aussi un tendre. Sans Lomer, il aurait jamais eu les nerfs pour chasser comme ils l'ont fait. C'est jamais lui qui éviscérait.

La stupéfaction m'a cloué au sol. L'homme qui venait de s'enlever la vie était Oscar Bourgault, le frère de Lomer, le fameux chasseur de baleines, ennemi juré de Thomas. J'avais déjà croisé Lomer mais jamais son frère aîné. Étrangement, ma première pensée fut pour Thomas. Le fou des baleines allait être mis au banc des accusés. La pression pour le faire interner monterait en flèche. Ils allaient dire que ses prétentions, son agressivité, ses harcèlements avaient poussé Oscar Bourgault à bout.

Et si c'était vrai ?

— Vous allez bien, docteur ? Ça vous rentre dedans, pas vrai ? C'est normal…

Je l'ai rassuré d'un geste en m'efforçant de respirer normalement afin de me ressaisir. J'ai attendu que mon cœur ralen-
tisse sa course avant de m'autoriser à réfléchir. Oscar Bourgault
s'était charcuté. S'acharner ainsi sur son propre corps trahissait un dégoût viscéral de soi. Était-ce possible que Thomas
Dutoit en ait été la cause ? Se pouvait-il que ce pauvre bougre
d'Oscar Bourgault ait été suffisamment accablé par les invec-
tives du fou des baleines pour désirer s'enlever la vie d'une si
atroce manière ? Pour qu'il passe aux actes, sans doute fallait-il
qu'il y ait eu des facteurs aggravants, physiologiques ou psy-
chologiques. Malgré tout, la possibilité que Thomas ait servi
de déclencheur m'horrifiait.

Les paroles de Gabrielle Deschamps me revinrent encore.

— Il risque de se blesser. Ou de blesser quelqu'un.
M'entendez-vous ?

J'étais encore persuadé que Thomas Dutoit ne lèverait
jamais la main sur un autre être humain, mais j'avais peut-être
sous-évalué la charge de violence dans ses propos. Après une
brève intervention auprès de l'épouse de monsieur Isidore dans
la maison voisine, j'ai sauté dans ma voiture et j'ai foncé vers la
cabane de Thomas. Je ne m'étais adressé à personne d'autre
qu'Hector Dumont et à cette dame qui n'en finissait plus de
décrire les râles que poussait l'agonisant quand elle l'avait
trouvé.

Il ne me restait plus maintenant qu'à attendre le retour de
mes deux fugitifs, sûrement partis en mer avec l'espoir de voir
des baleines. Heureusement, l'eau était calme. Pour occuper
mon esprit tout en éloignant les images cauchemardesques et
les réflexions angoissantes qui m'accablaient, j'ai relu une fois
encore la lettre de Mathilde. J'aurais pu, au lieu de cela, choisir
un nouveau carnet sur l'étagère dans la cabane de Thomas. Je
n'avais cependant pas envie d'explorer la conscience du fou

des baleines. J'aurais aimé que Mathilde soit à mes côtés. Cette femme, jeune, belle, intelligente et bien portante, me semblait vivre à des milliards de miles d'ici, dans un monde où des drames aussi sordides ne pouvaient se produire que dans l'espace clos des asiles.

Une fois ma relecture terminée, j'ai tenté de réfléchir à une réponse à lui faire parvenir, mais j'étais trop bouleversé pour me concentrer sur cette tâche. Pour tromper mon impatience, je suis retourné au rivage. De là, j'ai pu assister à l'arrivée de la barque. Gabrielle était assise à l'avant. Le vent gonflait sa chevelure. Un sourire tendre égayait son visage. Elle a agité un bras en m'apercevant sur la plage et mon cœur s'est emballé malgré moi.

Gabrielle

J'ai presque tout de suite regretté ma demande. C'est beau l'idée d'aller voir des baleines, mais si Thomas tombait en se rendant au bateau, il en aurait pour une éternité à guérir. Ce n'est pas ce qu'il souhaitait sauf qu'il avait tellement envie d'aller sur l'eau en profitant de mon aide que rien de ce que j'aurais pu dire l'aurait fait changer d'idée. Je crois même que rendu là, si j'avais refusé de participer à l'expédition, il serait parti quand même, de peine et de misère.

Nous devions avoir l'air de deux fous. Lui avec ses béquilles enfoncées dans l'eau et ses prouesses pour grimper dans le bateau et moi un peu perdue parce que je ne comprenais pas toujours les ordres qu'il me lançait. Il m'a expliqué que d'habitude il hissait une voile, mais là, parce qu'il était blessé et que je n'y connaissais rien, il allait utiliser le moteur. Avant de quitter la cabane, j'avais eu la bonne idée d'emmailloter son pied par-dessus le pansement installé par le docteur Beattie pour qu'il soit mieux protégé. J'ai dû sacrifier un de ses vieux draps. Il a protesté vigoureusement mais je lui ai tenu tête. J'ai réussi à le calmer en promettant de lui apporter un drap neuf à ma prochaine visite.

On s'est éloignés lentement de la côte. Ma mère avait horreur des bateaux parce que mon père est mort au loup-marin et que c'est en goélette qu'on chasse le loup-marin. J'avais déjà fait des petits tours de chaloupe sur le lac derrière Tadoussac quand j'étais jeune, puis au lac Rond à Sainte-Adèle quand Philippe était petit, mais je n'étais jamais allée en mer autrement que sur un traversier avant aujourd'hui. C'est un sentiment très particulier d'être sur l'eau avec la mer directement sous nous et le ciel au-dessus. Tout change. Les nuages, le rivage, les vagues, la côte, le large, même les oiseaux d'eau, goélands, mouettes, fous et cormorans. J'avais l'impression de m'être invitée chez eux. Ils m'apparaissaient bien différents de quand je les observais de la grève. Je comprenais soudain que leur vrai royaume, c'était ce ciel de mer. J'ai vu un goéland plonger en piqué et remonter avec un poisson encore frétillant dans son bec.

À part les ordres – lève-toi, tiens ça, penche-toi, va devant –, Thomas ne disait pas un mot, mais pareil aux oiseaux d'eau, il semblait enfin habiter le bon territoire. Ça se voyait dans son visage plus serein, son regard plus pétillant et plus tendre. Ça se voyait aussi dans son port de tête, dans la courbe de son dos, dans les muscles qui saillaient sous le tissu de ses vêtements et surtout dans la vigueur nouvelle qui semblait l'animer tout entier.

Une fois au large, vis-à-vis une pointe de terre étroite abritant une toute petite baie, Thomas a éteint le moteur. J'ai eu l'impression de glisser dans un espace secret. J'y découvrais un silence neuf, profond, ni lourd, ni léger, merveilleusement enveloppant. C'était un silence… riche, comme on en trouve parfois dans une chapelle déserte. Un silence qui émeut et transporte, qui élève l'âme et invite au recueillement. J'avais l'impression d'habiter un très vaste univers où j'avais malgré tout une place, petite mais à moi. Un lieu où je pouvais être bien.

Thomas scrutait la surface de l'eau, l'œil perçant, en promenant lentement son regard d'est en ouest à la manière d'un phare. Je le sentais tout à la fois en attente, espérant vivement apercevoir quelque chose, une ombre, un mouvement ou un souffle, et en même temps content, heureux d'être simplement là, sur l'eau. Nous sommes restés de longues minutes presque immobiles, sans parler. Trois fois, Thomas a collé les longues-vues sur ses yeux en visant un point invisible au loin. Sa concentration me fascinait. Il restait tellement figé durant ces explorations visuelles qu'on pouvait se demander s'il respirait encore.

Peu à peu, le silence s'est peuplé de souffles de vent, de clapotis, de battements d'ailes et de froissements d'eau. Le silence est un leurre. Lorsqu'on tend bien l'oreille, on finit par distinguer une multitude de petits bruits. À force d'écouter, j'ai eu l'impression que ces sons éparpillés composaient une mélodie, sans cesse changeante et délicieusement apaisante.

À un certain moment, Thomas a levé un bras en lançant :

— Des marsouins !

J'avais beau plisser mes yeux et fixer intensément l'endroit désigné, je ne voyais rien. Il m'a tendu les longues-vues. Elles m'ont semblé affreusement lourdes et je n'ai pas réussi à les stabiliser à temps.

— Ils sont partis. Tant pis, a murmuré Thomas avec un filet de déception dans la voix.

Pendant que Thomas poursuivait sa vigie, j'ai tenté d'imaginer la jeune baleine blanche de mon enfance dans cet environnement. J'essayais de la recréer, bien vivante, nageant vers le bateau. Dans ma tête, je dessinais un gros poisson sans écailles, tout blanc et luisant. J'ajoutais une bouche ourlée en forme de sourire, une bosse sur le crâne, de tout petits yeux très ronds, un nez moins effilé que celui d'un dauphin, deux nageoires… J'avais beau m'appliquer à la tâche, l'animal restait un assemblage de traits, je ne parvenais pas à lui donner vie. Le bébé baleine était condamné à hanter mes souvenirs tel que je l'avais trouvé, tristement échoué et impossible à sauver. Tant pis, comme disait Thomas.

Malgré cet échec, j'étais bien. Simplement bien. Je ne m'étais pas sentie aussi calme depuis très longtemps. J'ai laissé mon regard vagabonder sur l'eau puis j'ai fermé les yeux pour mieux capter les sons et respirer les odeurs. C'était bon. Sans doute était-ce trop bon… Au lieu d'un marsouin, mon esprit s'est mis à reconstituer une silhouette humaine. Philippe. Je l'ai vu, debout devant moi, au bout de la barque. Il portait une jaquette d'hôpital. Sa tignasse blonde, si abondante, joliment bouclée, scintillait à la lumière du soleil. Il s'est tourné vers moi. Son visage était parfaitement impassible. Son regard effroyablement vide semblait vouloir s'accrocher au mien comme pour m'entraîner avec lui. Il m'a tourné le dos, il a enjambé le bord du bateau et il s'est jeté à l'eau.

J'ai voulu crier mais aucun son ne sortait de ma bouche. Le corps de Philippe s'est enfoncé. Je me suis précipitée à l'avant du bateau avec la même hâte que si cette scène s'était réellement déroulée sous mes yeux.

Thomas a hurlé :

— Que faites-vous ? Asseyez-vous !

Sa voix m'a arrachée au scénario imaginaire et je me suis écroulée au fond de la barque qui tanguait dangereusement. J'ai mis un moment à retrouver mes esprits, comprenant alors que j'avais failli nous jeter tous les deux à l'eau. Thomas m'observait gravement, plus inquiet que furieux. J'ai ravalé la salive au fond de ma gorge en essayant de retrouver mon aplomb, mais je tremblais de tous mes membres. Thomas m'a laissé du temps.

— Ça va ? demanda-t-il enfin.

J'ai hoché la tête.

— Vous mentez. Ça va pas du tout.

Il avait raison.

— Si jamais ça vous reprend, hurlez ! Ou pleurez ! Fessez à coups de poing dans le fond de la barque, s'il faut. Mais brassez pas mon bateau. Compris ?

— Compris…

J'avais imaginé qu'il souhaiterait rentrer après l'incident. Il a plutôt lancé quelques ordres et nous sommes repartis en nous éloignant davantage de notre lieu de départ. Puis il a une fois de plus coupé le moteur.

— On risque d'être plus chanceux ici. Regardez !

Il désignait un nuage rose sur la mer. En observant mieux, j'ai distingué une sorte de bouillonnement rosé.

— Du krill ! lança-t-il, satisfait. Voyez-vous les courants ? L'eau est plus pâle là, et plus trouble à côté. Et là ! Regardez… On voit les contrastes de profondeur et de densité. Ce qu'on a ici, c'est un véritable garde-manger pour les baleines. Il manque juste un panneau avec le mot « restaurant » écrit dessus.

— Vous croyez qu'elles sont là ? Ou qu'elles vont venir ?

— Ah ça ! dit-il.

Un long discours semblait tenir dans ces deux seuls mots. Thomas n'a rien ajouté. Il a sollicité mon aide pour fixer les rames et, avec une vigueur surprenante, il nous a rapprochés du banc de krill. J'ai deviné qu'il refusait d'utiliser le moteur pour ne pas effrayer les baleines. J'ai observé attentivement les minuscules bestioles sautillant à la surface de l'eau en captant si bien la lumière du soleil qu'on aurait dit des étoiles roses pétillantes.

— Les grosses Bleues ne mangent rien d'autre, dit Thomas soudain, sa voix me faisant sursauter tellement j'étais plongée dans ma contemplation.

Il fixait l'horizon, droit devant, sans un regard pour le banc de krill ni pour l'étendue d'eau tout autour où risquait pourtant d'apparaître une baleine.

— Quand j'étais petit, mon père disait que les baleines étaient des mangeuses d'hommes. Il se fiait en partie à ce qu'il avait vu. Le père a chassé la grosse baleine à une époque où on affrontait ces monstres quasiment à mains nues. On avait pas encore inventé les harpons avec une tête explosive. Il faut comprendre la peur des chasseurs. Un coup de queue de baleine bleue pouvait les envoyer au fond de l'océan. Même si elles sont moins massives, les baleines à bosse pouvaient en faire autant. Surtout qu'elles, les coups de queue, c'est leur spécialité. Le mieux pour un chasseur, c'était de rencontrer une baleine franche. Mais elles étaient déjà rares. Vous savez pas ce que c'est une baleine franche, pas vrai? C'en est une qui coule pas. Toutes les autres s'enfoncent une fois harponnées. Ça veut dire que tout de suite après les avoir tuées, il faut leur souffler de l'air dans le corps à l'aide d'un tuyau, sinon on les perd.

«Des baleines, mon père connaissait d'abord ce qui lui avait été donné à voir. Des monstres sortis du ventre de la mer! On les disait capables d'avaler un bateau en entier, l'équipage compris. Mon père avait aussi appris, par la parole d'autres hommes vu que lui savait pas lire, ce qui est écrit dans la Bible sur le Léviathan. Papa avait peur des baleines comme d'autres ont peur du démon, à la seule différence que sa crainte se mêlait à quelque chose d'autre qui ressemblait à de l'admiration. Quand j'étais petit, il m'a aussi souvent raconté l'histoire de Jonas dont on dit qu'il a séjourné dans le ventre d'une baleine. Le père avait pas l'air de vouloir me faire peur avec ses récits. Son but était pas tant de me donner une leçon que de partager sa fascination. En écoutant mon père, j'avais l'impression de me faire avaler à mon tour, d'entrer dans une immense gueule noire et d'avancer bravement, une bougie à la main, le cœur serré, dans l'impressionnante caverne dissimulée sous les flancs des baleines. Cent fois, j'ai vécu la terreur de cette exploration. Chaque fois, quand la baleine me recrachait, je me sentais prêt à tout accepter de la vie à condition de ne pas être condamné à vivre prisonnier des entrailles d'un de ces monstres sacrés.

« Mon père aussi était un fou des baleines, mais pas de la même manière que moi. Il pouvait pas se contenter de les craindre pis de les admirer. Il voulait les tuer. Il m'a déjà confié que l'odeur de leur sang l'excitait. Il prenait grand plaisir à me rapporter ses exploits de chasse au monstre marin et j'ai longtemps cru qu'il en rajoutait, qu'entre ce qu'il avait vécu et ce qu'il racontait, il y avait une part d'exagération ou d'invention. J'ai découvert rien que plus tard que tout ce que m'avait dit mon père était vrai. »

Thomas a reniflé un grand coup, emplissant ses poumons d'air salin.

— Si j'avais eu un enfant, j'aurais pu, moi aussi, lui raconter des histoires qu'il aurait cru grossies par mes fantasmes et peut-être que lui aussi aurait découvert par après que tout ce que je lui avais raconté était vrai.

— Vous pensez à quoi ?

Il a émis un sourire, l'air à la fois impuissant et navré.

— Il y a tant à dire… Et c'est presque tout extraordinaire. C'est pas pour rien que j'ai mis tout ce temps à remplir des carnets… Prenez le krill. Réalisez-vous que la plus grosse créature de la planète se nourrit uniquement de ces petites bibittes?

Il en avait déjà parlé, mais j'étais bien trop captivée par ses paroles pour le lui reprocher.

— Avez-vous idée de comment elle s'y prend?

J'ai fait non de la tête en me sentant comme une écolière.

— Elle engouffre d'un coup des tonnes d'eau, puis elle recrache tout en gardant juste le krill. Les Bleues ont pas de dents, voyez-vous. Elles ont des fanons. Des longues brindilles souples, plantées serrées tout le long de la gueule. Ça fait une sorte de filtre qui laisse passer l'eau en retenant le krill. Une fameuse invention, pas vrai?

Sa figure s'est troublée. Il a subitement paru fâché.

— C'est tellement une belle invention que les hommes ont chassé la baleine en partie pour ça. Ils faisaient fondre l'huile, c'est sûr, et la mettaient en barils qui valaient leur pesant d'or mais ils utilisaient aussi les fanons pour faire des corsets et des parapluies. Pour tout vous dire, les hommes ont trouvé au fil des ans une manière de revendre tout ce que possède une baleine. À part son âme!

— Vous ne croyez quand même pas que les baleines ont une âme!

Il a fouillé mes yeux d'une manière telle que je n'ai pas réussi à soutenir son regard.

— On rentre, a-t-il lancé tout à coup.

J'ai eu l'impression d'avoir coulé un examen.

Harold

J'étais bien décidé à ne pas leur parler d'Oscar Bourgault et tout aussi déterminé à ne pas commenter leur imprudente sortie en mer. Ils formaient une drôle de paire. Lui, septuagénaire robuste mais tellement ridé à force de se faire brûler par le soleil et fouetter par le vent qu'il paraissait dix ans de plus que son âge, et elle, si jolie, si menue, l'air un peu enfantine avec ses boucles blondes. Je ne les avais pas entendus échanger une seule parole depuis qu'ils étaient débarqués du bateau, mais ils semblaient tous les deux contents de leur journée.

Pendant que j'examinais la cheville de Thomas, Gabrielle s'est lancée à la recherche du bijou qu'elle avait perdu. J'aurais dû la féliciter d'avoir enveloppé le pied car l'initiative était bonne, mais parce que je désapprouvais leur escapade en mer, j'ai réservé mon commentaire. Son examen minutieux des lieux n'ayant rien donné, Gabrielle m'a aidé à refaire le bandage.

Avant de quitter Thomas en lui promettant de repasser le lendemain ou le surlendemain, je lui ai demandé la permission d'emprunter d'autres carnets.

— C'est fait pour être lu, a-t-il répondu.

— Ils sont très instructifs. Je continue à beaucoup apprendre sur les baleines.

J'aurais pu ajouter « et sur la nature de vos désordres mentaux », ce qui d'une certaine façon m'attristait parce que sinon, plus j'avançais, plus il m'apparaissait que ces carnets méritaient d'être lus par un biologiste.

Gabrielle Deschamps est montée en voiture avec moi.

— Accepteriez-vous que je vous invite à dîner à l'Hôtel Tadoussac ? ai-je osé.

Son visage a pâli et ses beaux yeux de velours sombre se sont agrandis en même temps qu'une lueur de panique s'y allumait.

— J'aurais aimé discuter avec vous de Thomas, ai-je ajouté rapidement.

Elle a rougi, sans doute confuse d'avoir imaginé une proposition galante ou je ne sais quoi d'autre.

— Peut-être êtes-vous trop fatiguée après une journée en mer.

— Non… Au contraire. C'était bon. Je n'étais jamais allée en mer avant.

— Vous êtes pourtant née ici, n'est-ce pas ?

Un ange est passé.

— J'accepte votre invitation. J'aimerais, moi aussi, vous parler de monsieur Thomas. Mais je préférerais vous rencontrer à l'Hôtel Bouliane. C'est moins…

— Allons-y pour l'Hôtel Bouliane.

C'est aussi là qu'elle souhaitait que je la dépose. Nous nous sommes quittés en nous donnant rendez-vous trois heures plus tard. Un seul patient m'attendait à l'Hôtel Tadoussac. Un adepte de pêche à la mouche qui s'était rentré un bel hameçon rouillé dans la jambe. Il empestait l'alcool. Je lui ai injecté une dose de tétanos puis j'ai averti la réception qu'à moins d'un cas urgent, je ne souhaitais pas être dérangé.

— Vous allez bien, docteur ? a demandé la jeune préposée. Vous n'êtes pas trop secoué par ce que vous avez vu ce matin ?

Pour toute réponse, j'ai moi-même attrapé la clé de ma chambre sur le tableau derrière elle et je suis monté. J'ai pris une douche rapide, j'ai enfilé un peignoir et je me suis installé derrière le secrétaire sous la fenêtre donnant sur le fleuve.

Ma chère Mathilde,

J'aimerais que tu sois ici à contempler cette baie magnifique avec moi. Les pêcheurs rentrent au quai à cette heure et le Québec SS, un des bateaux à vapeur transportant des vacanciers, déverse le flot coloré de ses passagers sur le quai. Tadoussac est un des plus beaux lieux du Québec et même du Canada. Il me semble par ailleurs peuplé de gens simples, braves et vrais évoluant dans une nature exceptionnelle. C'est pourtant dans ce même paysage glorieux que j'ai été témoin d'un drame effroyable ce matin.

Je ne veux pas t'accabler de détails sordides. Je sais que, malgré ta pratique qui te force à rencontrer des patients durement éprouvés, ton cœur reste tendre. Laisse-moi simplement te confier que j'ai dû aujourd'hui constater un décès par suicide véritablement dantesque. Ce n'est pas le médecin de pratique générale en moi, ni le psychiatre, mais l'homme, je crois, qui a été le plus éprouvé. De tels événements nous confrontent à nous-mêmes et à notre propre humanité.

Dis-moi, chère belle amie, as-tu déjà ressenti, ne serait-ce qu'un instant le désir de mourir ? As-tu déjà gravement souffert sans que ton corps soit atteint et sans que rien de physiologique puisse expliquer ton mal? Tu devines bien sûr que les circonstances du jour sont à l'origine de mes tristes questions. J'aurais peut-être dû les garder pour moi. Si je te les transmets, c'est un peu par égoïsme, pour briser ma solitude actuelle qui me semble soudain trop pesante, mais aussi avec l'envie de profiter de ce drame pour mieux te découvrir. Depuis que je te connais et que nous nous fréquentons, tu m'es toujours apparue exceptionnellement forte, redoutablement intelligente et merveilleusement équilibrée. Or, je me demandais si tu avais déjà eu à surmonter des drames importants ou à combattre de lourdes épreuves. As-tu déjà éprouvé un véritable désespoir?

Pardonne-moi si j'abuse, ma chère Mathilde, mais j'aimerais aussi savoir si tu crois en Dieu. Nous n'en avons jamais discuté. Je sais que tu es catholique et nous avons déjà convenu que ni l'un ni l'autre n'étions issus de familles que ces différences éloignent. Si je te pose la question, c'est pour mieux saisir ce qui t'habite et la vision du monde qui est la tienne. Pour ma part, de plus en plus souvent, les drames humains auxquels notre science nous confronte m'interpellent dans ce que j'ai de plus intime. Ils me forcent à réviser certaines positions, me poussent à creuser des questions et me rappellent combien je suis ridiculement petit et tristement naïf au cœur de l'Univers.

Sur ces mots si sérieux, permets-moi de te répéter toute la tendresse que j'ai pour toi.

Très affectueusement,

Harold

Le visage de Gabrielle s'est timidement éclairé lorsqu'elle m'a aperçu. Je me suis aussitôt excusé de ne pas être arrivé le premier.

— C'est moi qui suis en avance, a-t-elle protesté poliment.

Elle portait une robe jaune maïs qui mettait en valeur l'or blond de sa chevelure et le charbon de ses yeux. Mon regard a dû se poser quelques secondes trop longtemps sur son cou nu. D'une main, elle a touché sa gorge.

— Il faudrait une sorte de miracle pour que je retrouve mon bijou, dit-elle en m'offrant un sourire peu convaincant.

Un autre aurait pu croire qu'elle était simplement triste de ne plus pouvoir porter la fine chaîne et le joli médaillon disparus, mais je savais que cette perte était beaucoup plus grave. Elle tenait énormément à ce bijou. Sa dissimulation spontanée m'a fait comprendre qu'elle n'allait pas s'ouvrir facilement.

— Racontez-moi votre journée avec notre vieil ami, commençai-je.

Elle a posé sur moi un regard rempli d'intelligence où brillait une pointe de défi.

— Monsieur Thomas est un homme attachant. J'ai honte d'avoir été si brusque avec lui au début. Au fond, il n'est peut-être pas beaucoup plus fou que vous et moi.

— Vous l'avez quand même entendu prononcer des propos incohérents, dis-je, étonné par ce brusque volte-face. Il perd parfois contact avec la réalité jusqu'à confondre le vrai de l'affabulation et même verser dans le délire.

— Il est peut-être trop intelligent. Et sensible. Il m'apparaît aussi très entier. Ça lui joue des tours. Il se laisse emporter par ses émotions, ses rêves, ses désirs, ses convictions aussi…

— Votre diagnostic n'est pas mauvais, docteur Deschamps. Thomas Dutoit est un fou savant. Le terme est provocateur, mais c'est ainsi qu'on les désigne depuis quelques années. Des chercheurs européens mènent actuellement d'importants travaux sur cette pathologie particulière extrêmement fascinante.

Les ailes délicates de son nez ont frémi et elle s'est mordillée la lèvre inférieure du bout des dents.

— Les chercheurs devraient se pencher sur les patients les plus souffrants, pas les plus fascinants, laissa-t-elle tomber.

— Vous avez parfaitement raison. L'humanisme le plus élémentaire commande que l'on se concentre sur les pathologies les plus affligeantes, mais en même temps la science n'avance pas en ligne droite. À mon avis, les fous savants peuvent nous aider à comprendre d'autres cas plus difficiles à cerner. Avec eux, nous avons l'avantage de pouvoir discuter longuement et très souvent en toute lucidité.

Son malaise était palpable. J'étais de plus en plus persuadé que cette jeune femme avait elle-même vécu d'importants épisodes de dérèglements d'ordre psychiatrique, ou encore avait été témoin de tels troubles chez un membre de son entourage proche.

— Je me demande comment monsieur Thomas a pu réunir autant de renseignements sur les baleines, dit-elle, visiblement soucieuse de modifier le cours de notre conversation. Quand je vivais à Tadoussac, mon ancienne institutrice me prêtait des livres. Sans son aide, je ne sais pas comment j'aurais fait pour continuer à lire et à m'instruire. Les livres n'étaient pas faciles à trouver. Monsieur Thomas est plus vieux et il a vécu encore plus loin sur la côte. Les livres devaient être rares. Pourtant, si j'ai bien compris, les carnets empilés sur l'étagère dans la cabane de monsieur Thomas sont remplis d'observations sur les baleines qui démontrent une certaine instruction, non ?

— À mon avis, c'est un véritable autodidacte. Avant de se passionner pour les baleines, il n'était sans doute pas très instruit. Il a dû apprendre à lire, à écrire et à compter, guère plus. Mais Thomas est du genre à s'investir sans retenue et il est doué. C'est ce qui lui a permis de progresser rapidement dans sa connaissance des baleines, avec un minimum de ressources et d'acquis. Il a sûrement beaucoup lu. Je sais qu'un curé l'a aidé du temps qu'il vivait à Kegaska. Par la suite, des personnalités influentes, dont un certain Johan Beetz de qui on m'a dit beaucoup de bien, lui ont fourni des ouvrages plus spécialisés. L'intelligence et la curiosité de notre vieil ami ont incité ces érudits qui l'ont rencontré ou ont entendu parler de lui à l'aider. Malheureusement, il vit isolé désormais.

— C'est mauvais ?

Sa question m'a paru piégée. Elle ne pensait plus seulement à Thomas. Nous nous étions une nouvelle fois rapprochés d'une zone trouble.

— C'est mauvais si ça le dessert. Si cette situation va de pair avec une augmentation des épisodes psychotiques, par exemple.

Malgré ses efforts de dissimulation, son visage restait un livre ouvert. J'ai vu l'angoisse s'y imprimer. Elle m'a adressé un sourire faux pendant qu'elle semblait s'éloigner de moi, emportée par des réflexions ou des souvenirs.

— J'ai cru deviner que vous vous y connaissiez un peu en médecine, dis-je dans l'espoir de garder son attention.

— Non. J'aurais aimé devenir infirmière mais je n'ai pas pu. J'ai lu. C'est tout.

— Aimeriez-vous lire les carnets de Thomas? demandai-je pour changer de sujet.

— Peut-être… Je ne sais pas…

J'ai craint qu'elle ne se soit déjà refermée aussi hermétiquement qu'un coquillage vivant. Elle m'a plutôt surpris avec une question.

— Dans tout ce qu'il a écrit sur les baleines… qu'est-ce qui vous a le plus troublé?

Le serveur m'a sauvé en servant les potages.

J'ai souhaité bon appétit à mon invitée avant d'attaquer ma crème de chou-fleur. Elle a vidé son bol rapidement tout en dévorant à belles dents une épaisse tranche de pain, si bien que je me suis demandé à quand remontait son dernier vrai repas.

— Alors…, dit-elle en déposant sa cuillère.

Sa détermination me fit sourire.

— Si je mets un peu de temps à répondre, c'est parce qu'il y a énormément de matière. Thomas m'a livré quelques confidences déjà mais l'essentiel de ce que j'ai appris, sur les baleines du moins, vient de ses carnets qui sont d'une grande richesse même s'il s'égare parfois. Ce qui me touche le plus est d'ordre général. C'est l'étrange mélange de science et de folie, de vérité et de fiction. Je crois de plus en plus que Thomas Dutoit est un être un peu visionnaire d'une intelligence nettement supérieure en même temps qu'un individu profondément malade. Je ne suis même pas encore rendu très loin dans ses carnets et l'évolution des propos est très… particulière… Mais si je devais choisir un seul passage parmi tout ce que j'ai lu, ce serait sans doute sa description d'une naissance.

— Je vous écoute…

— Je n'ai pas les mots exacts, bien sûr, et c'est dommage parce que Thomas a parfois des élans presque poétiques dans son écriture. C'est vraiment très beau et un peu étonnant aussi puisqu'ailleurs il utilise un langage strictement descriptif. Il arrive également, vous devez vous en douter, que ce qu'il écrive devienne incompréhensible tellement sa maladie peut contaminer son discours.

D'un signe de tête, elle m'encouragea à poursuivre.

— J'y arrive… Dans un de ses carnets, Thomas raconte qu'un matin, très tôt, alors qu'il était au large, un peu inquiet parce que le temps s'annonçait mauvais, il a aperçu un troupeau d'une douzaine de marsouins réunis dans ce qui lui a semblé être un curieux assemblage. En s'approchant, toujours à la rame et en s'efforçant de faire le moins de bruit possible, il a constaté que les animaux formaient un cercle. Une queue ou une tête émergeait parfois, mais sinon les baleines rassemblées paraissaient occupées à maintenir une position immobile près de la surface de l'eau.

« Thomas dit souvent qu'il entend des plaintes, des gémissements et toutes sortes de sons produits par les baleines. Je n'ai pas encore réussi à partager la réalité de la fiction dans tout ça. À mon avis, il y a un peu des deux… Ce jour-là, lorsqu'il est arrivé près des marsouins, Thomas s'est agenouillé dans sa barque, il s'est collé une oreille au fond et il dit avoir entendu des sons incroyables. Un véritable concert…

Elle m'écoutait avec une telle attention, une telle ferveur que je me suis arrêté un moment, ému. Elle m'a aussitôt pressé de poursuivre.

— Il se redressait parfois pour visualiser la scène puis retournait en position d'écoute, la tête écrasée contre le fond du bateau. Soudain, les sons ont amplifié et l'espèce de musique a atteint un crescendo. Thomas s'est relevé juste à temps pour voir jaillir une tête gris-bleu au beau milieu du cercle. Presque aussitôt, une baleine blanche a surgi à son tour et elle s'est glissée sous le bébé marsouin qui venait de naître. La mère faisait des prouesses pour maintenir son petit à la surface de l'eau. Le cercle s'est élargi peu à peu, les autres baleines blanches se sont un peu dispersées sans jamais trop s'éloigner. Thomas estime que pendant près d'une heure, la mère a poursuivi son manège, se faufilant sous son petit pour le prendre sur son dos puis avançant doucement comme pour lui enseigner à nager. Dès qu'elle le laissait se débrouiller seul, l'animal glissait du dos de sa mère et disparaissait. Inlassablement, elle retournait le chercher et reprenait du début jusqu'à ce qu'il réussisse enfin à se propulser et à rester à la surface.

« Il y avait eu quelques éclairs et des grondements de tonnerre avant que la pluie se mette à tomber pendant la leçon de natation, mais rien n'aurait pu arracher Thomas à son observation. La visibilité étant moins bonne, pendant un moment il a perdu de vue la mère et le petit, mais en suivant les autres animaux qui continuaient d'observer la scène, Thomas a pu s'approcher de nouveau de la mère et du baleineau. C'est là qu'il a découvert que le petit était inerte. Les autres marsouins se sont resserrés autour du triste tandem pendant que le bleuvet n'en finissait plus de glisser et que sa mère le ramenait inlassablement sur son dos.

« Thomas note dans son carnet que l'eau de pluie avait commencé à s'accumuler au fond de sa barque et que l'horizon était si brouillé qu'il n'arrivait plus à distinguer la côte lorsqu'un marsouin s'est approché de la mère pour prendre la relève, repoussant cette dernière à coups de museau avant de s'éloigner avec le petit cadavre sur son dos. Les autres marsouins ont entouré la mère pour l'empêcher d'essayer de reprendre son baleineau. Thomas écrit que, dès la première tentative de l'autre baleine d'enlever son petit à la mère, cette dernière a protesté bruyamment en poussant des cris extrêmement déchirants et en émettant d'autres sons très distincts. Thomas se désole sur cette page de ne pas pouvoir décrire ces bruits. "J'étais trop bouleversé pour les enregistrer comme il faut dans ma mémoire", souligne le pauvre homme. »

Pris par le souvenir de ma lecture, j'avais momentanément oublié mon interlocutrice. Malgré de vains efforts pour paraî-tre calme, elle me dévorait de ses grands yeux sombres au milieu desquels éclatait une effroyable souffrance. Je m'en suis voulu d'avoir abordé un sujet si grave.

— Et après ? demanda-t-elle.

— Après ? Rien. Thomas est sans doute rentré. Il devait être grand temps.

— Non. Vous mentez. Il y a un après.

Une agitation secrète l'ébranlait. Ses épaules osseuses tres-sautaient faiblement, une veine palpitait à son cou fin et les doigts minces de sa main qui reposait sur la table tremblaient. J'aurais voulu enfermer cette main dans la mienne en atten-dant que passe l'invisible tempête qui secouait Gabrielle.

— Qu'est-il arrivé après ? insista-t-elle.

— Après que la mère substitut est partie avec sa charge sur le dos, les autres baleines se sont dispersées en entraînant avec elles la mère éplorée.

Elle attendait toujours. J'ai songé que si je ne lui révélais pas la fin, elle risquait d'imaginer pire encore.

— Plus tard ce jour-là, Thomas a repris sa barque même si la mer et le ciel étaient peu cléments. Il ne pleuvait plus mais le brouillard était dense et les vents, mauvais. Thomas est retourné malgré tout sur les lieux de la naissance en se guidant je ne sais trop comment. Une seule baleine blanche y était. La mère… Elle portait sur son dos une épave, un simple bout de bois mort. Thomas note dans son carnet, sans doute avec justesse, que la femelle utilisait cet objet pour remplacer le bébé perdu. Il ajoute aussi, parce qu'il humanise énormément ces bêtes, que la douleur de la mère aurait été trop dure à supporter si elle n'avait pas pu sentir cette petite charge sur son dos.

Ses paupières se sont abaissées plusieurs fois, comme pour chasser une vision imprimée sur la rétine, puis elle a inspiré profondément. Une tension extrême raidissait tous ses membres.

— C'est une bien triste histoire, dit-elle seulement.

Le garçon apporta nos plats. Gabrielle mangea du bout des dents en piquant souvent sa fourchette dans l'assiette de bœuf aux légumes sans que la portion semble diminuer. Elle dirigea elle-même la conversation, me posa quelques questions sur mes patients de l'hôtel sans vraiment paraître intéressée par mes réponses puis elle changea brusquement de sujet et m'entretint des habitants de Tadoussac. Elle s'anima un peu en parlant de Joseph Chiasson, un des meilleurs pêcheurs de saumon de la côte, disait-elle.

— Quand j'étais petite, il passait ses étés à la rivière Sainte-Marguerite et employait les longues soirées d'hiver à fabriquer lui-même des mouches dont lui seul avait le secret. Sa réputation était telle qu'en arrivant à l'Hôtel Tadoussac des clients venus de loin exigeaient que monsieur Chiasson leur serve de guide pour une sortie de pêche. Maman, qui n'avait jamais vu une mouche artificielle de sa vie, disait de Joseph Chiasson qu'il avait un don. Bien des hommes auraient payé cher pour être aussi bons à taquiner le saumon.

« Monsieur Chiasson adorait les enfants. Il s'amusait de nous voir ébahis devant son grand coffre d'hameçons à plusieurs tiroirs. Chaque pièce était une œuvre d'art miniature. Il utilisait tout ce qui lui tombait sous la main de brillant, de souple, de chatoyant et assemblait ces petites choses d'une manière qui lui était propre. J'étais fascinée par le contraste entre ses larges mains avec de gros doigts et ces minuscules créations aux propriétés quasiment magiques, à ce qu'on racontait.»

Le garçon hésitait à débarrasser Gabrielle de son assiette tant elle avait peu mangé.

— Ça ne vous a pas plu, madame? finit-il par demander.

— C'était délicieux, répondit-elle, mais je manque d'appétit.

Lorsqu'il fut reparti, elle m'annonça qu'elle souhaitait se retirer.

— Vous allez devoir m'excuser. Je ne me sens pas très bien. Ça m'arrive parfois… J'ai l'estomac capricieux. Il devait y avoir dans le potage quelque chose que je tolère moins bien.

— Permettez-moi de régler rapidement l'addition et de vous accompagner dehors. L'air frais vous fera le plus grand bien. Parole de médecin !

— Non… Je vous remercie… Je préfère monter à ma chambre. J'ai besoin de m'allonger.

Elle s'est levée et elle a quitté la table sans un mot de plus en me laissant seul devant une chaise vide. J'ai repassé notre conversation dans ma tête. Elle avait paru très atteinte par le récit de la mort du baleineau puis elle s'était ressaisie et par la suite… La vérité m'a fouetté. Gabrielle Deschamps avait magnifiquement joué la comédie en faisant semblant d'être remise de ses émotions. Si elle s'était donné tant de mal, c'est parce que son désarroi était grand. Un sentiment d'urgence m'a incité à quitter rapidement la table à mon tour. Après avoir réglé l'addition, je me suis présenté à la réception. La jeune employée m'a tout de suite accueilli avec un « Bonsoir, docteur » sur un ton qui m'a rappelé que j'étais un des acteurs vedettes de la tragédie du jour.

— Mademoiselle Deschamps avec qui je m'entretenais a été prise d'un malaise. J'aimerais m'assurer qu'elle va mieux. Quelqu'un pourrait-il monter à sa chambre afin de vérifier ?

— La chambre quatre, n'est-ce pas ?

— Je ne sais pas…

— Oui, oui, c'est ça. Je suis sûre. La dame vient tout juste de sortir.

Je suis resté muet.

— Elle n'avait pas l'air bien du tout, a ajouté l'employée.

Gabrielle

Au quai, j'ai trouvé un chauffeur. Il m'a déposée au début du chemin menant au lac de l'Anse à l'Eau.

— Vous êtes sûre de vouloir marcher, ma petite dame ? Je peux vous conduire plus loin…

Je l'ai remercié assez froidement pour qu'il n'insiste pas. Le soleil était encore haut sans être accablant. Je n'ai pas eu de mal à trouver le sentier qui menait comme jadis à une grosse pierre plate au pied d'une épinette. C'est Barnabé, le frère de Luvina, qui m'avait révélé l'existence de cet accès au lac. J'ai appris à nager l'été avant celui des rubans. Barnabé et ses amis sautaient à l'eau en caleçon. Par pudeur, en plus de ma culotte, je gardais une camisole même si mes seins n'avaient pas encore commencé à enfler. Après l'été des rubans, j'ai pris l'habitude de venir seule ici pour nager loin des regards.

J'ai toujours aimé la mer. J'adore cette inondation de bleu sous un ciel géant. Mais dès que j'ai su nager, j'ai trouvé infiniment regrettable que l'eau du fleuve soit si glacée. Le lac de l'Anse à l'Eau est moins généreux de bleu, mais c'est un petit paradis d'eau tiède et claire. De la roche, on peut plonger sans être vu.

J'ai plié soigneusement ma robe jaune et me suis glissée dans l'eau. Après quelques mouvements de crawl, j'ai plongé vers le fond. Je n'avais rien prémédité. Je voulais seulement revoir le lac. Il faisait partie du pèlerinage. Je ne pensais ni aux baleines ni à Philippe. J'étais dans un état second. On aurait dit qu'après avoir entendu l'histoire du baleineau, j'avais fait un pas de côté et je m'étais détachée de moi-même, à la manière d'une ombre. Je continuais de vivre, d'avancer, de respirer, mais en marge, pour que ce soit moins souffrant.

Nager m'a toujours semblé un exploit, une sorte de victoire sur les éléments, un peu comme voler. J'ai toujours adoré l'eau. J'espérais que la magie opérerait, que l'eau abolirait tout. J'avais envie de glisser dans cet autre univers en laissant ma douleur sur la grosse pierre plate au pied de l'arbre dont les longues branches basses avançaient loin au-dessus de l'eau.

J'ai plongé vers le fond sans réfléchir, sans prendre le temps d'emplir mes poumons d'air. L'eau m'a d'abord étreinte, un peu comme une vieille amie. Pendant un moment, j'ai apprécié l'extraordinaire silence. J'ai gardé les yeux ouverts, comme quand j'étais petite. Puis j'ai senti mes poumons protester contre l'absence d'air. Des mains puissantes m'étouffaient et écrasaient ma cage thoracique. Toutes les cellules de mon corps me commandaient de remonter à la surface. Au lieu de les écouter, j'ai donné un coup de bras, puis un autre, en m'éloignant du ciel.

J'avais l'impression de me rapprocher de Philippe. Il m'attirait vers lui, plus loin, plus au fond. Mes poumons brûlaient. Mon corps me suppliait de retourner à l'air et à lumière, mais Philippe me réclamait. Il était seul et il avait besoin de moi. J'ai additionné les coups de bras et de jambes pour m'enfoncer plus creux dans l'obscurité et le silence.

Le temps s'étirait. Chaque seconde devenait interminable. Les mains resserraient férocement leur étreinte. Une panique sourde m'envahissait. La douleur devenait insupportable, mais je savais qu'il suffisait d'attendre pour qu'elle disparaisse à jamais. Pour que je sois libérée de tout. Pour toujours.

J'allais basculer dans la noirceur infinie lorsque des paroles de Thomas me sont revenues. Il me parlait de ses baleines. De leur douceur et de leur chant. Le manque d'air m'étourdissait déjà, brouillant la réalité, lorsque j'ai cru entendre l'écho d'un son fabuleux. Était-ce réellement le chant des baleines ? Je me souviens d'avoir songé que c'était impossible. Et pourtant… il s'agissait bel et bien d'un appel. Cet assemblage indescriptible de sons graves et envoûtants semblables à rien d'autre me commandait de refaire surface, de m'arracher aux griffes du passé pour fendre l'eau jusqu'à la lumière.

Je me suis étiré le cou, j'ai relevé la tête et j'ai cru apercevoir les étoiles au-dessus de l'eau. J'ai ordonné à mes bras et à mes jambes de me propulser vers la surface. J'allais remonter lorsque j'ai imaginé Philippe au fond du lac, luttant contre la suffocation, cherchant lui aussi à sortir de l'eau mais incapable de le faire. Il était trop tard. Mon fils n'avait plus assez d'énergie pour s'extraire du gouffre liquide.

La terreur s'est déployée en moi, déferlante. J'étais, comme Philippe, incapable de fuir. C'était affreux. Puis peu à peu, étrangement, le manque d'air a cessé de m'oppresser. On aurait dit que mon corps se liquéfiait. Plus rien n'importait. J'allais m'abandonner à l'eau lorsqu'une présence inconnue, surgie d'on ne sait où, a pris la relève, luttant pour moi, malgré moi. J'étais ce baleineau secouru par sa mère, poussé par elle jusqu'à l'air libre.

Je n'ai pas de souvenir de l'instant où j'ai émergé. Je me rappelle seulement d'avoir eu la tête hors de l'eau et d'avoir eu l'impression que mon corps tout entier allait exploser. Je me débattais, crachant, soufflant, bataillant.

Je me souviens d'avoir expulsé violemment des liquides, le corps secoué par de violentes contractions. J'ai compris que la partie était gagnée lorsque j'ai pu atteindre la pierre encore gorgée de soleil au pied de l'épinette. Je m'y suis laissée tomber, exténuée mais vivante.

Il faisait nuit lorsque j'ai réussi à me relever et à rejoindre la route au bout du sentier. Je n'étais pas sûre de ce qui m'était arrivé. Une seule et horrible certitude m'habitait. Mon fils Philippe était resté au fond du lac pendant que moi, sa mère, j'étais vivante.

J'avais souvent fait la route à pied du village jusqu'au lac. La distance n'est pas si grande, sauf que cette fois, j'étais trempée jusqu'aux os et j'avais du mal à voir le bout de mes chaussures tant il faisait noir. Une voiture a failli me renverser. Le chauffeur a klaxonné furieusement en donnant un coup de volant. Je me suis tassée encore davantage au bord du chemin, avançant à vitesse d'escargot. Je n'étais ni triste ni heureuse d'être vivante. En apercevant le clocher de l'église, j'ai su que je m'y arrêterais.

Une chambre m'attendait à l'Hôtel Bouliane et il me restait assez d'argent pour y séjourner plusieurs semaines. J'avais toutefois décidé de n'y loger qu'une nuit et j'allais m'en tenir à cette décision. Où irais-je après? J'avais projeté de poursuivre ma route sur la côte et de m'arrêter dans un village éloigné, n'importe lequel, pour un temps indéterminé. Une petite famille arrivée d'Abitibi occupait désormais mon logement à Montréal. Ils avaient acheté mes quelques meubles et madame Pawlak m'avait autorisée à entreposer des cartons d'affaires personnelles au sous-sol. Je n'avais gardé avec moi que la petite valise de cuir prêtée par ma mère treize ans plus tôt.

Il faisait froid dans l'église. Les statues des saints au visage triste et sévère me donnaient la chair de poule. Depuis ma soirée à l'Hôtel Tadoussac en compagnie de Lewis Stevenson, je n'ai plus jamais communié. Dans la logique de mon église, il aurait fallu qu'un prêtre me donne l'absolution pour que je sois autorisée à communier de nouveau. Avant même de savoir que Philippe logeait dans mon ventre, j'hésitais à m'avouer coupable d'un péché de chair alors qu'à mes yeux j'étais plutôt la victime dans cette histoire. Lorsque j'ai su que j'étais enceinte, puis lorsque Philippe s'est manifesté vigoureusement en moi, ma résolution s'est affermie.

Maman m'avait beaucoup parlé des rêves et des fantaisies de mon père et aussi de sa foi. Abel Deschamps disait croire solennellement en Dieu et accessoirement en l'Église.

— J'y crois quand ça fait mon affaire, répétait maman en l'imitant, le ton grave mais l'œil espiègle.

Papa avait déjà quitté l'église en pleine messe pendant que le curé livrait son sermon. L'homme d'Église venait d'accuser des couples de ne pas favoriser la famille, ce qui voulait dire qu'ils utilisaient un calendrier pour éviter de s'accoupler pendant la période dangereuse du mois. Mes parents étaient mariés depuis trop peu longtemps pour être visés par les paroles du curé, mais d'autres paroissiens avaient éprouvé une grande honte en se sentant désignés.

— Plusieurs de ces familles vivaient dans l'indigence, m'avait expliqué maman. Un enfant de plus réduisait la chance des plus vieux d'être assez bien nourris pour ne pas tomber malades. Un enfant de plus aurait quasiment été péché dans certains cas, de l'avis de bien des gens. Mais pas du curé qui voulait accroître son lot de paroissiens. C'est sûr que quand ton père s'est levé dans le grand silence de l'église, j'ai eu honte sur le coup, mais je lui ai vite pardonné de me mettre dans l'embarras. Parce que tu vois, ma fille, ton père avait compris ce que bien des gens plus instruits n'ont pas réalisé encore.

Maman disait que mon père avait peut-être une foi plus grande que celle du curé. Il savait que le bon Dieu est bon pour vrai. Papa répétait que Dieu est partout et que le visage qu'on voit sur les images pieuses n'avait rien à voir avec Lui. Mon père avait inventé une sorte de poème qui à ses yeux avait valeur de prière et qui se récitait comme suit :

« Dieu est dans moi et dans toi et dans tout un chacun sans exception. Son vrai visage, c'est celui de sa Création. Il est dans le soleil et le ciel, les nuages, la lune et l'eau, les poissons et les oiseaux. Il est dans les arbres et les fleurs, les montagnes et les fourmis, les lièvres, les ours et les baleines. »

En me répétant cette étrange prière de mon enfance, j'ai frissonné au mot « baleine ». J'aurais voulu que mon père soit là, à côté de moi, sur ce banc d'église trop froid et qu'il me dise ce qu'il savait des baleines. Étaient-elles, comme le croient sans doute Lomer et Oscar, de simples créatures offertes aux chasseurs ? Ou étaient-elles plutôt, comme dit Thomas, des créatures supérieures qui ont pour mission de soutenir la terre et d'assurer notre avenir ?

Mon père n'était pas là pour me souffler la réponse, mais grâce à sa mémoire entretenue par maman, je savais qu'Abel Deschamps aurait aimé Thomas Dutoit et qu'il l'aurait écouté longuement parler des marsouins, des baleines à bosse et des baleines bleues.

C'est ce qui m'a décidée. Au fond, il n'existait qu'un seul lieu où je me sentais la force de retourner.

Thomas

Elle est arrivée à l'aube alors que je m'y attendais pas. J'ai pas été très accueillant même si son retour me faisait plaisir. On aurait dit qu'elle arrivait de très loin et qu'elle avait croisé des fantômes en chemin. C'est ce que je lui ai dit. Elle a pas réagi.

Elle a fait chauffer l'eau, coupé du pain, préparé le thé. On a bu et mangé sans parler. Il y avait quelque chose de changé dans elle mais j'aurais pas su dire quoi. Elle avait encore l'air de traîner le poids de la planète sur ses épaules sauf que la charge semblait mieux répartie peut-être. La pauvre fille risquait moins de s'écrouler. Il s'était passé quelque chose depuis qu'elle était repartie avec le beau docteur qui avait eu tort en pensant qu'elle s'en retournait à Montréal.

Quand elle a fermé les yeux après avoir avalé sa dernière gorgée de thé, elle m'a paru tellement fatiguée que j'en ai eu pitié.

Vous devriez dormir un brin, que j'ai dit.

Non. Je voudrais aller en mer. Voir vos baleines.

Elle a dit ça avec autant de résolution que d'espoir. Ça m'a touché en plein cœur. J'ai senti qu'un petit fil invisible nous reliait tous les deux.

On va y aller, que je lui ai promis. Mais pas tout de suite. Il faut attendre après la marée. Je peux pas voir d'ici mais je m'y connais assez pour savoir que c'est pas l'heure encore. Reposez-vous. Quand ce sera le temps, je vous réveillerai.

Elle est tombée sur la paillasse et le sommeil l'a gagnée quasiment tout de suite. Les mots tournaient dans ma tête à la manière d'une petite musique. « Je voudrais aller en mer. Voir vos baleines. » Sa requête me réjouissait et pas seulement parce que j'avais envie d'y aller moi aussi. Parce qu'elle commençait à comprendre.

J'ai songé à ma Belle Bleue et le cœur m'est grimpé dans la gorge. J'ai hâte de la revoir et je paierais cher pour que ma visiteuse la voie elle aussi. J'essaie de pas trop m'inquiéter mais c'est pas facile. Ça fait longtemps qu'on s'est pas croisés. Je me répète que Lomer et son frère et les autres aussi sont pas une menace pour elle. Ils s'en prennent juste aux marsouins. Les gros baleiniers avec des canons et des harpons, c'est de l'histoire ancienne. Et ma Bleue peut pas se prendre dans les filets comme les plus petites baleines. Malgré tout, j'ai peur qu'elle soit en danger. Je jongle souvent à ce qui se passe sur la côte. À Sept-Îles, Baie-Comeau. Il s'en crache de la cochonnerie dans la mer. Ma Belle Bleue s'approche de la côte sans se méfier. C'est intelligent les baleines mais d'une manière différente de nous. Ce qui les désavantage, c'est qu'elles sont pas tordues et elles nous imaginent pareils à elles. Sages, dévoués, respectueux, aimants, avec la joie au bord du cœur et des lèvres. Si elles savaient, les pauvres, tout ce qu'un humain peut fabriquer de cruel, de sale, de puant et de méchant !

Dans mes carnets, la dernière mention de ma Belle remonte à quelques jours mais je suis pas certain de l'avoir vue pour vrai. Des fois mes craintes et mes envies font tourner mon imagination. Pour dire vrai, je pense que ma Belle Bleue est pas encore réapparue cette saison. C'est pas catastrophique ni rien mais la saison est favorable et le temps est bon, ce qui fait qu'il y a pas de raison pour qu'elle se manifeste pas comme à tous les ans. Je sais pas combien longtemps vivent les baleines bleues. J'ai pas encore trouvé cette information dans mes livres. Leur vie se compte en dizaines d'années, c'est sûr, peut-être même qu'elles dépassent la centaine. Mais si j'avais à parier, je dirais que ma Belle a à peu près le même âge que moi. Elle a beaucoup plus d'années derrière elle que devant.

Je me sens vieux. J'ai l'impression d'avoir vécu le double de mes années tellement je me suis dépensé. Je sais pas ce qui me reste. Des grenailles ou un peu plus. La mort m'effraie pas. À force de la frôler, j'ai eu le temps de l'apprivoiser. Le malheur, c'est que je peux pas mourir. J'ai de la misère à manquer un jour en mer sans me faire du mauvais sang. Comment est-ce que, dans ces conditions, je pourrais prendre congé pour l'éternité? Des fois, j'essaie de me raisonner. Qu'est-ce que tu changes tant à la vie des baleines espèce de vieux fou? À part les notes dans tes carnets, et encore, qu'est-ce que t'apportes? T'es-tu vu? Comment est-ce que tu penses les défendre avec tes vieux os dans ton corps rabougri? Ces questions-là me font paniquer. Mais il y a quand même, quelque part en moi, une petite voix acharnée qui sonne vraie comme la vérité et qui me dit qu'il faut que je tienne le coup. C'est mon devoir. Je suis celui qui sait qu'elles sont en danger. Celui qui sait qu'elles tiennent la terre. Celui qui sait qu'on devrait les imiter.

Si au moins j'avais réussi à me faire entendre. Si au moins je sentais qu'ils avaient compris. Je traîne ma rengaine depuis tant d'années. Au mieux, ils font semblant d'écouter, mais ils pensent quand même que je suis fou à lier. Jeanne aurait compris. Elle avait commencé… Et cette fille, Gabrielle, peut-être qu'elle pourrait finir par comprendre. Mais il y a rien de sûr et il faut pas se faire d'idées. Le docteur saisit des bouts, il est pas fermé mais ça bloque quelque part. Je peux pas me fier. Il y croit pas assez.

J'avais hâte de partir et pourtant j'ai hésité à la réveiller. Elle dormait dur, roulée en boule pareille à un tout-petit, les poings serrés et les paupières fermées sur son monde à elle. Malgré tout, j'aurais gagé que même dans son sommeil, elle arrivait pas à s'abandonner. Son corps montait la garde, prêt à réagir, comme si à tout moment une grenade pouvait exploser.

En ouvrant les yeux, elle m'a vu et quelque chose de bon s'est allumé au fond de ses prunelles. Ça m'a fait un velours. Elle s'est ébouriffé les cheveux à deux mains avant de se mettre debout. Elle a bu un peu d'eau, enfilé ses souliers et on est partis. Dehors, il faisait aussi beau que c'est possible. La mer était lisse. Pas l'ombre d'une ride. Quand la mer est aussi calme, on peut reconnaître un bout de queue ou de nageoire à des miles au loin.

À un demi-mile du rivage, on a aperçu un banc de marsouins. C'est toujours beau à voir. Dieu du ciel qu'ils sont blancs! Les dos roulaient au-dessus de l'eau, disparaissant puis réapparaissant en si parfaite harmonie que c'était comme si une musique que rien qu'eux entendaient les guidait. J'avais arrêté le moteur dès que je les avais aperçus en espérant qu'ils viendraient tout près mais il faut croire qu'ils avaient à faire ailleurs. Ça m'a un peu peiné jusqu'à ce que je voie Gabrielle, éblouie par le spectacle, même d'aussi loin. J'ai décidé de m'en contenter moi aussi, heureux de voir que la magie opérait. Elle dévorait la scène, les yeux gourmands et brillants, le corps en alerte parce que conscient d'une présence merveilleuse. Je savais qu'elle *sentait* les baleines. Elle faisait pas juste trouver ça beau. Elle était touchée par la part de mystère dans ces créatures et peut-être même qu'elle commençait à avoir une idée de la vraie grandeur de ces bêtes qui dépasse tellement la simple mesure de leur corps.

On est retournés là où je l'avais déjà emmenée. La Bleue et moi, c'est notre point de rendez-vous. C'est là que je l'ai vue le plus souvent. Le soleil nous jouait des tours en tapant si fort que ça faisait des éclaboussures de lumière au-dessus de l'eau. C'est joli mais c'est moins bon pour l'observation. Ma passagère avait l'air bien. Elle attendait pas l'apparition d'une baleine avec autant d'espérance que moi parce qu'elle avait pas encore idée de ce qui pouvait lui être donné à voir et à entendre. Les marsouins l'avaient assez ravie pour qu'elle soit satisfaite de sa sortie.

L'attente a débuté. Ou plutôt, j'ai commencé à attendre pendant que ma compagne s'abandonnait à l'eau, au soleil et au ciel. Au silence aussi. J'étais content qu'elle soit capable de rien dire ni faire. La mer l'apaisait. Ça se voyait.

Je sais pas si c'est à cause de sa présence ou parce qu'avec ma maudite patte blessée je me sens moins autonome et du coup plus vulnérable, mais quand j'ai aperçu le filet de brume montant comme d'une cheminée à bonne distance encore, je me suis senti transporté. Même d'aussi loin, je savais que c'était une Bleue.

Gabrielle a pas compris tout de suite. D'une main, je lui ai indiqué le site. Elle a cherché des yeux sans rien voir bien sûr parce que c'est comme ça avec les baleines. Le temps de montrer du doigt une queue, un dos, un souffle, c'est déjà disparu. Je lui ai pas offert les longues-vues parce qu'elle est pas assez habituée à l'instrument ni assez connaissante des habitudes des baleines pour en tirer avantage. J'ai rien expliqué non plus parce que le silence est parfois plus utile que les mots et aussi parce que je voulais pas me laisser distraire ni détacher mon regard de l'eau. Dans ces moments-là, il faut balayer la surface vite et lentement en même temps pour rien perdre.

Je savais pas encore si c'était ma Belle ou une autre et je pouvais pas deviner si elle viendrait vers ma barque ou si elle mettrait le cap ailleurs. Il fallait attendre. J'ai compté les secondes. À quatre-vingt-dix, le jet a crevé l'eau deux fois plus près de nous. J'ai jeté un regard de biais à Gabrielle. Elle l'avait vu en même temps que moi et elle en était tout émue.

Moi aussi. Je m'habitue pas et je m'habituerai jamais à ce surgissement extraordinaire. N'empêche que je savais déjà, à la forme, au son et à la fréquence de son jet que c'était pas ma Belle Bleue.

J'allais recommencer à compter quand je l'ai sentie s'approcher. Ça m'était jamais arrivé avant. Les meilleurs yeux du monde auraient rien vu. Elle était bien cachée dans son monde à elle, mais elle s'approchait. Elle s'en venait droit vers nous. Je le savais. Je le sentais dans mon corps comme si elle m'envoyait des ondes que ma peau réussissait à capter.

Gabrielle a poussé un cri rauque, de surprise autant que de joie avec peut-être un brin d'effroi, ce qui se comprend, quand la Bleue a soufflé de toute la puissance de son corps gigantesque à vingt pieds de nous. Vingt pieds ! C'est rare. Moi-même qui ai si souvent entendu cette formidable détonation, j'en ai été tout retourné. C'était un jet d'une hauteur à donner le vertige poussé par un souffle qui semblait venir d'une autre dimension, encore plus lointaine et étrangère que le fond de la mer. Après, une fois le silence revenu, on aurait dit que le ciel lui-même et l'eau autour de nous sont restés un temps ahuris eux aussi. Du plat de ma main, j'ai essuyé les gouttelettes d'eau salée sur ma peau.

Je savais sans pouvoir dire comment que cette Bleue se manifesterait pas davantage. Elle était retournée dans les profondeurs glacées de son monde après nous avoir salués. Parce que c'était un salut. Et j'ai pris plaisir à imaginer qu'elle était venue en messagère me dire que les Bleues existaient toujours même si la mienne restait cachée.

Quand je me suis enfin retourné vers Gabrielle pour lui demander ce qu'elle pensait de cette apparition, j'ai découvert qu'elle pleurait. Les larmes inondaient son visage. J'ai respecté son émotion en me taisant. J'ai pris les rames et je nous ai rapprochés tranquillement de la côte, sans bruit de moteur, en étirant le silence pour qu'elle reste le plus longtemps possible dans la grâce du moment.

La fatigue me paralysait les bras, mais j'ai continué à ramer jusqu'à ce qu'elle parle. Sa voix était un peu haletante, d'excitation autant que de saisissement, je crois.

J'ai presque rien vu, monsieur Thomas… De l'animal… je veux dire. Un peu de dos mais pas assez pour deviner l'importance de la masse, n'est-ce pas ? Et pourtant, rien qu'au souffle, j'ai compris ce qui vous touche autant. C'est leur force. On sent tout de suite que la créature qui expulse ce jet est mille fois plus puissante que nous. Et pourtant, comme vous dites, elle passe doucement… Elle ne dérange rien.

Elle s'est remise à pleurer en silence. J'ai attendu. Elle avait les joues luisantes de larmes et d'embrun quand elle s'est remise à parler.

Ce qui m'a frappée aussi… c'est juste une image… Ça peut vous paraître bizarre… mais… quand elle a surgi en poussant un souffle si fort, j'ai pensé à un enfant qui prend sa toute première bouffée d'air après être sorti du ventre de sa mère. Elle, la Bleue, elle sort des entrailles de la mer. Et son souffle, c'est un peu comme une renaissance… un recommencement du monde. À chaque fois.

Ses paroles m'ont troublé encore plus que le souffle de la baleine. J'ai senti des frissons sur ma peau.

C'est pas fou, fille… Ou si c'est fou, c'est bon quand même. Ça rejoint un peu mes pensées. Ça m'est arrivé d'imaginer que les baleines sont les poumons de notre planète. Que c'est par elles que la Terre respire.

On a plus rien dit pendant un moment. Puis, j'ai recommencé à ramer en me sentant plus fort. Plus jeune aussi et plus léger.

Gabrielle

J'étais aux oiseaux. Maman avait cette expression pour décrire ces rares moments, si bénis et peu fréquents, où elle ne se sentait pas seulement contente mais véritablement enchantée. J'étais aux oiseaux dans cette petite barque, sur l'eau, en compagnie de ce vieil homme que j'avais de plus en plus de mal à trouver fou. J'étais aux oiseaux et je ne me souvenais plus de la dernière fois que ça m'était arrivé. Thomas pilotait tranquillement sa barque vers la côte. En fermant les yeux, j'essayais de revoir et surtout de réentendre le souffle fabuleux de la baleine. J'avais eu l'impression de renaître. Comme si j'avais avalé une grande gorgée d'air, que je m'en étais empli les poumons et que je me découvrais soudain étonnée et presque heureuse d'être vivante.

Le vrombissement du moteur m'a arrachée à cet état. Thomas venait de le lancer à pleine puissance en fonçant vers une embarcation. J'ai tout de suite deviné que cela n'augurait rien de bon. Pendant qu'on approchait à grande vitesse, j'ai découvert pourquoi Thomas visait ce bateau comme si c'était une cible. La goélette, qui faisait trois fois la taille de notre barque, remorquait deux masses blanches. Deux baleines abattues.

— Arrêtez ! Ralentissez !

Il n'a pas réagi à mes cris. Son visage s'était métamorphosé. Thomas Dutoit fixait le bateau derrière lequel flottaient les deux marsouins avec l'air de quelqu'un d'assez enragé pour tuer. Je connaissais ce visage. J'avais vécu des années avec ce visage.

Je distinguais mieux l'homme dans le bateau. C'était Lomer, armé d'une carabine. Il avait coupé le moteur et se tenait debout dans l'embarcation, le visage dur et déterminé, avec l'air de dire : « Fais ce que tu veux. Je suis prêt à tout. »

Thomas a ralenti. Nous étions à dix pieds de l'autre bateau. Les baleines flottaient, entourées de sang. Je connaissais le chasseur. J'avais couru, ri et joué avec lui. Il m'avait reconnue aussi. Il paraissait surpris. Et déçu.

— Éloigne-toi, espèce de vieux fou ! a lancé Lomer Bourgault. Déguerpis ou je te fais éclater la cervelle. T'as fini de faire des ravages. M'entends-tu ?

Thomas n'a rien dit. Il a avancé sa barque jusqu'à presque pouvoir toucher les deux marsouins et de sa poche il a sorti un couteau. J'ai compris qu'il voulait décrocher les baleines mortes pour empêcher Lomer d'en profiter.

— Arrêtez monsieur Thomas ! Laissez-le tranquille !

Lomer a épaulé. Thomas l'a dévisagé, son couteau au poing. Les deux hommes avaient l'air déments. Une même colère déformait leur visage. Ils semblaient réellement prêts à tout.

Un coup de feu a éclaté, si près du bateau que des gouttes d'eau m'ont éclaboussée. Thomas s'est penché pour saisir la corde reliant les bêtes à l'embarcation, avec l'intention de la trancher avec son couteau. Au même moment, une puissante secousse l'a forcé à lâcher prise. Lomer venait de lancer son moteur à plein régime, soulevant des vagues qui ont failli nous jeter à l'eau.

Thomas gisait au fond du bateau. Sonné. Je ne l'avais pas vu tomber, mais à la position de sa tête, j'ai deviné qu'elle avait heurté la rambarde de bois. Les souvenirs affluaient à folle vitesse. J'avais déjà été témoin de débordements semblables. J'avais déjà eu peur comme maintenant. Thomas avait complètement perdu la raison. Comme Lomer d'ailleurs, qui n'était plus le Lomer que j'avais connu. Thomas s'était livré à sa rage sans réfléchir, sans penser une seconde à sa sécurité, ni à la mienne. Dans peu de temps, il allait sûrement le regretter et me demander pardon. Il le ferait avec des accents tellement touchants que j'en serais malgré moi ébranlée. Je connaissais le scénario par cœur.

J'aurais voulu secouer ce vieil idiot. Lui dire que je n'allais pas l'écouter. Et que je ne serais plus jamais témoin de ses fureurs malsaines. J'avais déjà tout donné. Et plus encore. Il ne me restait plus une goutte d'énergie, plus une miette de compassion. Et je savais, désormais, combien sa folie pouvait être dangereuse.

Je suis restée de glace. Droite et raide comme un piquet. Silencieuse et intraitable. Thomas s'est relevé péniblement et, à l'aide de ses mains, sans prendre appui sur ses pieds, il s'est traîné jusqu'au banc devant le moteur. Avant de le mettre en marche, il a plongé son regard dans le mien et ce que j'y ai lu m'a saisie.

Thomas Dutoit ne regrettait rien sinon d'avoir échoué à libérer les deux bêtes. Il savait que je lui en voulais. Et il m'en voulait de lui en vouloir. Nous n'avions pas à en parler. Tout cela était excessivement clair.

Le vieil homme qui me dévisageait était peut-être fou à lier et même dangereux, mais ça n'avait rien à voir avec ce que j'avais connu. Cette vérité me sautait aux yeux. Thomas Dutoit était différent de Philippe. Ses écarts, ses divagations, ses peurs et ses fantasmes n'avaient rien à voir avec Philippe. Alors que Philippe se laissait envahir par des rages déraisonnables, refusant maladivement de céder, Thomas Dutoit poursuivait obstinément une folle mission. Il ne regrettait pas son acharnement. Il regrettait que je ne l'aie pas aidé à libérer les baleines.

Harold Beattie nous attendait sur le rivage. Il avait sûrement entendu les coups de feu car l'inquiétude se lisait sur ses traits. Nous n'avons pas échangé une seule parole. J'ai laissé Thomas faire seul les manœuvres d'arrivée, attacher sa barque à l'ancre et traîner sa patte blessée. La douleur plissait les rides creuses de son visage. Tant pis.

Arrivé dans sa cabane, il s'est effondré sur son lit et il a laissé le docteur Beattie défaire son bandage. Sa cheville était horriblement gonflée.

— Vous êtes chanceux, a dit Harold Beattie. C'est laid et ça va rester laid un bon bout de temps, mais l'angle est bon. Ça aurait pu être bien pire. Vous n'avez pas encore réussi à tout bousiller, sauf qu'à force d'essayer, j'ai l'impression que vous allez finir par y parvenir. Alors dépêchez-vous de décider si c'est bien ce que vous voulez.

Il a attendu un moment avant de demander qu'on lui raconte ce qui était arrivé. Nous sommes restés silencieux. Il nous a examinés tour à tour.

— Lomer a tué. J'ai essayé de l'empêcher de ramener ses prises. C'est tout, a dit Thomas d'une voix remarquablement calme.

— Lomer l'a averti d'un coup de feu, mais monsieur Thomas a fait comme si c'était rien, ai-je ajouté d'une voix si haut perchée que c'est moi qui ne semblais pas avoir toute ma raison.

Harold Beattie observait la scène sans que rien trahisse ses émotions.

— Il est tombé. Je crois qu'il a heurté sa tête en plus d'endommager son pied, ai-je ajouté.

Harold a palpé la chevelure désordonnée de Thomas. Un peu de sang tachait ses doigts. Il a nettoyé la blessure sans trop paraître s'en soucier, puis il a fait chauffer de l'eau pour le thé.

Si Thomas Dutoit n'était pas resté aussi diablement résolu, aussi peu repentant, la suite de notre histoire aurait été différente. Je n'aurais pas écouté d'une même oreille l'exposé d'Harold Beattie. Ni sa curieuse proposition.

Harold

J'allais leur faire part de ma décision quand Thomas a annoncé d'une voix morne qu'il avait besoin de repos. C'était peut-être une façon de prendre congé de Gabrielle et de moi, mais ni l'un ni l'autre n'avions l'intention de quitter les lieux.

— Racontez-moi ce qui s'est passé, dis-je à la jeune femme dès que Thomas fut endormi.

Gabrielle Deschamps m'a fait le récit de leur sortie en mer en commençant par la grosse baleine qu'ils avaient croisée. Elle s'exprimait avec fébrilité et son regard était exceptionnellement brillant. La puissance du souffle de l'animal semblait l'avoir impressionnée de manière démesurée. Pour la suite de l'histoire, la pauvre avait raison d'être ébranlée puisque Lomer avait tiré un coup de feu. Gabrielle s'étonnait qu'il ait osé un tel geste même si ce n'était que pour les éloigner. Elle aurait mieux compris si elle avait appris le suicide d'Oscar Bourgault. Elle reprochait à Thomas de s'être entêté «comme le vrai fou qu'il est», avait-elle ajouté, la voix pleine de ressentiment. Étrangement, Gabrielle Deschamps paraissait davantage affectée par le comportement de Thomas que par le coup de feu de Lomer.

— Il faut déménager Thomas, annonçai-je. Des événements récents et des discussions avec plusieurs personnes m'amènent à croire que la pression pour le faire interner augmente rapidement. D'un jour à l'autre, quelqu'un risque de se présenter à la porte de sa cabane avec des papiers en règle pour le faire enfermer à l'asile. À court terme, la meilleure façon de l'aider est de le cacher.

— Il est dangereux, protesta-t-elle, trop mollement pour en être véritablement convaincue.

Je me suis senti atteint par une grande lassitude.

— Vous croyez qu'il serait mieux enfermé? demandai-je abruptement.

Des larmes ont gonflé ses yeux magnifiques pendant qu'elle agitait la tête en signe de négation.

— Je ne sais pas… Je ne sais plus…, lâcha-t-elle.

— Qu'est-ce qui vous trouble tant, Gabrielle?

Elle a levé vers moi un regard presque suppliant. J'ai eu l'impression qu'elle me demandait de voir à travers elle pour deviner ce qui la bouleversait sans qu'elle ait à le raconter.

— Il me fait parfois penser à quelqu'un, murmura-t-elle finalement.

C'était dit sur un ton d'aveu, comme si cela la rendait coupable.

— Thomas réveille des souvenirs pénibles, n'est-ce pas?

Elle a inspiré profondément. J'espérais qu'elle fasse le saut, qu'elle parle, enfin, mais au lieu de poursuivre, elle a fait volte-face.

— Je ne suis ni votre patiente ni votre sujet d'étude, docteur Beattie. Et la vie m'a enseigné à me méfier des psychiatres, déclara-t-elle d'un ton tranchant.

Ses paroles m'ont heurté avec plus de force qu'elles n'auraient dû.

— J'en conviens, dis-je. Je ne voulais pas être intrusif. Pardonnez-moi… Pardonnez-moi aussi de vous embêter avec mes projets pour monsieur Thomas. J'ai décidé de m'occuper de lui et c'est à moi seul d'assumer la responsabilité de cette décision.

— Pourquoi tenez-vous tant à lui ?

Sa question m'a fait l'effet d'un coup de fusil. J'ai failli répondre durement. Quelques secondes de délai m'ont sauvé.

— Parce que son cas est passionnant, parce que j'ai de l'affection pour lui et parce que je crois pouvoir l'aider.

Elle a fouillé mon regard comme pour s'assurer de ma sincérité. J'ai senti monter la colère. Je n'avais pas envie de passer en cour martiale. Je n'avais pas envie de permettre à cette femme qui me troublait beaucoup plus qu'elle ne devrait de nuire à mon projet. J'allais faire de mon mieux, au meilleur de ma connaissance et de ma conscience. Un point c'est tout.

Je m'étais longuement torturé, hanté par le spectacle du corps d'Oscar Bourgault, et j'en étais arrivé à la conclusion que Thomas ne pouvait être tenu responsable. Pour se charcuter comme il l'avait fait, Oscar Bourgault devait être fou à sa manière, autant sinon davantage que Thomas Dutoit. Je ne connaissais pas ce pauvre homme, mais je savais que certains humains portent en eux des bombes à retardement qui explosent sans que personne s'y attende. Thomas avait peut-être servi de détonateur, mais il n'avait pas fabriqué la bombe.

— À mon avis, Thomas Dutoit peut être aidé et l'asile n'est pas la meilleure solution pour lui.

— Vous n'avez pas peur qu'il mette sa vie ou celle d'autres personnes en danger ?

— J'y ai réfléchi. Si j'en savais davantage, je pourrais mieux me prononcer. J'essaie présentement d'obtenir un portrait plus clair et plus complet de sa maladie. Avec ce que j'ai entendu et observé à ce jour, je ne crois pas qu'il représente une menace pour autrui, même s'il peut manquer de jugement et être impulsif. Malheureusement, je ne suis pas infaillible. J'aimerais beaucoup que l'efficacité de mes interventions auprès de monsieur Thomas soit à la hauteur de l'affection que j'ai pour lui.

Toute trace d'animosité avait quitté son visage. Elle respirait lentement et profondément et semblait très concentrée sur mon discours.

— La psychiatrie n'est pas une science reposant sur des assises aussi solides que les mathématiques. Et malgré certains progrès, nous avons peu de moyens. Mais j'ai observé certains mécanismes dans les comportements de Thomas.

Je me suis arrêté, soudain surpris de parler autant. L'écoute de Gabrielle me donnait envie de continuer. Je ne parlais plus pour la convaincre mais parce que ça me faisait du bien. J'ai dû sourire malgré moi.

— Qu'est-ce qui vous arrête? Continuez. S'il vous plaît…

— J'ai remarqué que lorsque Thomas se sent moins isolé et mieux compris, il reste davantage ancré dans la réalité. Ses divagations et ses emportements se produisent le plus souvent lorsqu'il a l'impression de ne pas pouvoir accomplir sa mission.

— Qui consiste en quoi selon vous?

— Protéger les baleines.

— C'est gros, comme mission…

— C'est un peu ce qui explique sa folie. L'écart entre ce qu'il souhaiterait et ce qu'il parvient à atteindre est trop grand.

Il n'a pas réussi à convaincre les gens autour de lui. Il compense en rédigeant ses carnets avec l'espoir qu'un jour quelqu'un les lira et comprendra. Il veille aussi sur ses baleines de manière compulsive, sortant en mer même par mauvais temps, parce qu'il a l'impression que tant qu'il maintient un lien avec elles, tant qu'il les observe et témoigne, rien de trop terrible ne peut arriver. C'est une pensée un peu magique et enfantine…

— Qui l'aide à supporter sa trop lourde mission.

— Tout à fait. Les fous développent des stratégies de survie. Ce sont des moyens plus ou moins efficaces qu'ils inventent pour évacuer leur trop-plein de souffrance et réinstaller un semblant d'équilibre. À cet égard, Thomas Dutoit est assez prévisible et plutôt efficace. C'est un être humain particulièrement intense et exceptionnellement intelligent. Il a vécu des traumatismes qui, dans le contexte de sa personnalité, l'ont atteint d'une manière telle que des circuits se sont brouillés dans son cerveau.

Elle buvait mes paroles. J'aurais bien aimé voir les scénarios qui jouaient dans sa tête. J'étais de plus en plus persuadé qu'elle-même avait été témoin et sans doute victime des stratégies de survie de quelqu'un de son entourage.

— Quel est votre plan?

— L'installer plus haut sur la côte, dans une baie minuscule à une vingtaine de miles d'ici. Un ami de ma famille y loue une maison très confortable. Ceux qui l'avaient réservée se sont désistés. La place est libre. J'en ai eu la confirmation tout à l'heure. De la maison, on voit la mer. Thomas pourrait y poursuivre sa convalescence sans se sentir trop étouffé. Il doit absolument éviter de heurter son pied de nouveau s'il désire retrouver un jour sa pleine mobilité. Sans cette liberté de mouvement, j'ai bien peur qu'il perde tout à fait la raison. Je profiterais de son séjour pour passer plus de temps avec lui. J'ai besoin d'établir le fonctionnement de son désordre psychique. Je ne veux pas seulement aider Thomas. J'ai aussi la prétention de contribuer à l'avancement de notre science. Je suis convaincu qu'on peut mieux aider ce type de patients. Mes hypothèses se précisent d'ailleurs. L'écoute est une clé importante. Ces patients ont absolument besoin de se sentir entendus. En les aidant à développer ce sentiment, on réduit le risque d'épisodes psychotiques et je crois même qu'on peut travailler directement sur la blessure qui alimente leurs obsessions.

— Tout cela se tient, dit-elle doucement.

— Parallèlement, je compte monter rapidement un dossier établissant que Thomas Dutoit n'est pas dangereux, que ses propos sont moins incohérents qu'ils ne paraissent, qu'il est même supérieurement intelligent, et qu'après la vie qu'il a menée, il mérite un peu de paix et de respect.

— Qu'arriverait-il s'ils l'enfermaient ?

Sa question était piégée. Je le sentais. Elle me testait. Que savez-vous des asiles, Gabrielle Deschamps ? eus-je envie de demander.

— Il crèverait d'étouffement et d'ennui.

— Et de mauvais traitements peut-être ?

Ses yeux noirs étincelaient de nouveau.

— Pas s'il était mon patient.

— Vous avez trouvé quelqu'un pour l'aider, là-bas, dans la maison louée ?

— Pas encore. Mais ça se trouve.

Un ange est passé. Elle serrait les mâchoires, en proie à une grande agitation intérieure.

— À moins que ça vous intéresse? osai-je. Il vous aime bien. J'ai mis beaucoup plus de temps que vous à l'apprivoiser et je ne suis pas sûr d'être rendu aussi loin.

Ses yeux se sont emplis d'eau. J'ai eu envie de faire un geste insensé en me levant et en prenant cette petite femme si brisée dans mes bras, mais je me suis retenu.

— Vous ne croyez pas que, s'ils viennent et ne le trouvent pas ici, ils vont se mettre à le chercher partout? parvint-elle à demander.

— Personne ne lui veut du mal. Sauf peut-être Lomer, pour des raisons nouvelles dont je vous parlerai une autre fois si vous voulez bien. Les habitants de Tadoussac souhaitent seulement que Thomas arrête de faire peur à tout le monde et laisse ceux qui le désirent chasser en paix. Si je l'éloigne, ils ne vont pas se mettre à lui courir après.

Un bruit nous a alertés. Thomas était debout. Il s'est dirigé vers la porte de sa cabane.

— Où allez-vous, monsieur Thomas?

— Là où j'ai à faire, me répondit-il sèchement.

— Vous devriez vous reposer et arrêter de mettre du poids sur votre pied.

Il a éclaté d'un rire mauvais, sarcastique et froid.

— Le bon Dieu vous a pas donné des oreilles pour entendre, docteur? Vous êtes sourd ou quoi? Il faut les empêcher!

— Les empêcher de faire quoi? a demandé Gabrielle d'une voix très douce.

Thomas s'est tourné vers elle, les yeux luisant d'espoir.

— Se jeter sur celle qui s'est échouée! Qui crie et se lamente et lance des appels à crever le cœur des plus endurcis.

— C'est une Bleue? a questionné Gabrielle.

— Oui. Mais pas la mienne.

— Tant mieux, a soufflé Gabrielle.

J'écoutais, sidéré. On aurait dit deux vieux amis. Le visage de Thomas s'est légèrement détendu mais un court instant seulement. Une véritable panique l'a envahi. Je ne l'avais jamais vu aussi désespéré.

— Elles vont toutes se précipiter pour répondre à l'appel. Et elles vont s'échouer à leur tour. Elles vont crever sur la plage. Les hommes vont accourir avec leurs longs couteaux. Des vrais charognards, pires que les grands rapaces. Ils vont tout prendre. Je les vois déjà débiter des montagnes de graisse, empiler les fanons comme des vulgaires tas de bois. Ils vont démolir ces belles créatures sans même se sentir coupables vu qu'elles vont s'être livrées toutes seules. Et parce qu'ils auront rien compris, ils auront le front de dire qu'elles sont stupides de courir vers la mort. Elles sont pas stupides, elles ont seulement le cœur trop grand. Quand une baleine appelle au secours, les autres s'élancent. Elles sont prêtes à tout braver, à tout défier, elles acceptent tout naturellement de mourir pour sauver une des leurs.

— C'est terrible, a murmuré Gabrielle.

— Oui! Il faut les arrêter. Venez avec moi, si vous voulez.

Elle m'a lancé un regard désespéré.

— Elles sont trop loin, monsieur Thomas.

— Elles sont toujours trop loin! me répondit-il en balançant un coup de poing dans la porte.

La colère quitta son visage aussi vite qu'elle y était apparue, cédant la place à une grande détresse.

— Si seulement ils comprenaient. Si seulement ils m'aidaient. On pourrait arrêter le carnage. Confisquer les grenades, les canons et les harpons. Empêcher tous les baleiniers de quitter les quais. Arrêter la guerre. ARRÊTER LA GUERRE ! Une fois pour de bon.

Il glissait dans un autre délire, guerre et baleines confondues une fois de plus.

— La guerre est finie, monsieur Thomas. Et ils ne chassent plus les grosses baleines depuis très longtemps. Ils s'en prennent seulement aux marsouins. Et ces chasseurs ne sont ni très nombreux ni bien équipés.

Le vieil homme tremblait. Mes paroles ne l'atteignaient pas. L'effroi déformait son visage. Pendant que je cherchais désespérément les mots qui le ramèneraient parmi nous, Gabrielle s'est approchée et, tout doucement, très délicatement, elle a posé une main sur la joue de Thomas.

Il a fermé les yeux. Elle a laissé sa paume sur la peau ridée en soufflant des sons apaisants comme s'il eut été un enfant.

— Chuuuuttt ! Tout va bien, monsieur Thomas… Chuuutttt !

Il la fixait, le regard absent, mais une petite flamme s'est tranquillement allumée au fond de ses yeux gris-bleu.

— Tout va bien… Elles dorment au fond de la mer. Elles sont bien. Elles sont en sécurité. Elles glissent dans l'eau. Les voyez-vous ?

J'observais la scène. Idiot et ahuri. Gabrielle Deschamps venait de trouver des mots et des gestes qui manquaient à nos manuels.

Gabrielle

J'avais tenu des dizaines de bébés dans mes bras avant la naissance de Philippe, mais aucune de ces expériences ne m'avait préparée à recevoir ce petit paquet rugissant. Après avoir poussé son premier souffle, Philippe s'est mis à hurler de toute la puissance de ses minuscules poumons. Il semblait terrorisé par ce contact initial avec le monde extérieur. Et pourtant, dès que la religieuse l'a déposé sur l'oreiller à côté de moi, il s'est calmé. Silence complet. Magie profonde. Il m'a observée longuement, sans même me voir peut-être, car je sais que la vue des nouveaux-nés n'est pas précise, mais avec une intensité extraordinaire. Ma présence avait le merveilleux pouvoir de l'apaiser.

— Bonjour, petit homme, ai-je murmuré, totalement sous le charme.

Quand j'y songe, depuis, je me dis que le lien qui l'a uni à moi à compter de ce jour est à l'image de son cri primitif : intense, entier et désespéré. Philippe était un bébé grand et fort. La vigueur de son appétit n'avait donc rien de surprenant, mais peu à peu j'y ai reconnu les traits d'une personnalité difficile. Dès son plus jeune âge, Philippe était exigeant, impatient, accaparant et excessif. Sa joie était radieuse et ses crises de rage, féroces. Il supportait difficilement la contrariété, réclamait son biberon avec une insistance alarmante et manifestait son inconfort avec véhémence. Répondre à ses besoins occupait tout mon temps et sapait toute mon énergie. Mais je me sentais repayée au centuple tant il exprimait son contentement d'une manière éclatante. Lorsqu'il se mettait à boire après avoir hurlé à défoncer les murs du logement pendant tout le temps que je préparais son biberon ou même simplement lorsque je me ruais vers la cuisine pour aller le prendre, Philippe semblait soudainement si parfaitement soulagé, si pleinement heureux, que j'en éprouvais un formidable sentiment de gratification. J'avais l'impression d'être à ma place et de bien remplir mon rôle de maman malgré mon jeune âge.

Je ne sais pas ce qui serait arrivé si Lewis ne s'était pas manifesté. Je me suis souvent torturée en essayant d'imaginer comment le parcours de Philippe et le mien également auraient pu être différents, comment nous aurions pu vaincre autrement les défis auxquels nous confrontait la personnalité complexe et déroutante de Philippe. Et surtout, surtout, mille fois… non, un million de fois au moins, je me suis demandé ce que j'aurais pu faire, ce que j'aurais dû faire pour que notre histoire ne connaisse pas la même épouvantable fin.

J'ai accepté que Lewis connaisse Philippe pour une foule de raisons plus ou moins bonnes. La première, la plus déterminante, tient sans doute simplement au charme de cet homme que j'allais bientôt reconnaître dans son fils. Lorsqu'il est revenu, sans fleurs et sans cadeau, pour me supplier de voir Philippe et de jouer un rôle dans sa vie, en promettant de m'aider et d'aider Philippe sans rien forcer et sans rien exiger en retour, il m'a paru tellement sincère, tellement ardent que je me serais sentie monstrueuse de le lui refuser. Il me demandait également pardon et prenait toute la responsabilité de l'acte répréhensible que nous avions commis. Le père biologique de Philippe s'avouait coupable et souhaitait se racheter. Je crois aussi, aujourd'hui encore, qu'il m'a aimée, à sa manière, et qu'il regrettait profondément d'avoir chamboulé ma vie. Ce que je ne savais pas, toutefois, ce jour où j'ai accepté de lui présenter mon fils, c'est qu'il souffrait lui-même d'un désordre intérieur. Je ne saurai jamais si Philippe est né avec ce même désordre, mais les travers de Lewis ne l'ont pas aidé.

Dès la toute première fois qu'il a pris Philippe dans ses bras, Lewis a été déçu. Enfant unique de parents exceptionnellement riches, il avait l'habitude d'obtenir ce qu'il désirait. Ayant rencontré ses parents, je devinais que, malgré la fortune familiale, l'enfance de Lewis n'avait pas toujours été glorieuse. Il avait dû se sentir souvent très seul. C'est peut-être ce qui l'incitait à tant s'acharner pour obtenir ce qu'il désirait. Or, ce que Lewis désirait le plus ardemment lorsqu'il m'a rencontrée sur le quai tout comme lorsqu'il est revenu pour me supplier de lui faire une place dans ma vie et dans celle de Philippe, c'est quelqu'un qui l'aimerait et qu'il aimerait en retour. Malheureusement, la vie l'avait mal outillé pour y parvenir. Et Philippe n'était pas le petit être désigné pour lui faciliter la tâche.

À la troisième visite de Lewis, alors qu'il voyait Philippe pour la seconde fois, ce dernier hurlait éperdument. J'avais abandonné mon enfant à Madeleine pour aller ouvrir la porte et, à mon retour, Madeleine semblait déjà désespérée. Lewis s'est précipité. J'ai fait un signe à mon amie qui m'interrogeait du regard afin qu'elle lui tende le bébé. Dès qu'il fut dans les bras de Lewis, Philippe a redoublé ses pleurs et, comme souvent, il a paru davantage enragé que chagriné ou souffrant. Lewis Stevenson a examiné, d'abord avec étonnement, puis avec une sorte d'effroi, ce petit être vigoureux au visage rouge et grimaçant qui battait furieusement des pattes et agitait ses poings comme s'il luttait contre un invisible adversaire.

— Quel homme ! a lancé Lewis en tentant de dissimuler son embarras. *He's really strong, isn't he ?*

Après l'avoir initialement pressé contre lui, avoir caressé son dos et l'avoir agité gentiment dans l'espoir de le consoler, il tenait maintenant Philippe presque à bout de bras, comme on tient un objet salissant ou dangereux. Lewis n'avait rien à se reprocher, Philippe ne réagissait tout simplement pas comme il l'avait espéré. J'ai tendu les mains. Lewis s'est empressé de me rendre Philippe, qui s'est instantanément calmé. Profond silence et détente absolue. En quelques secondes, il s'était métamorphosé en chérubin.

Lewis souriait mais sa déception était flagrante.

— Il a tout un caractère ! Ça ne fera pas une fillette, a lancé Madeleine pour détendre l'atmosphère.

— C'est ce qu'on veut ! a approuvé Lewis, heureux de trouver un semblant d'explication convenable au comportement de Philippe.

Philippe s'est rapidement endormi dans mes bras. Je l'ai déposé dans son berceau pendant que Madeleine offrait un café à Lewis. Il a refusé poliment. Madeleine s'est éclipsée, nous laissant seuls dans la cuisine.

— Je vais vous trouver un bel endroit où habiter, a lancé Lewis en promenant un regard désapprobateur autour de lui.

— Non. J'habite ici et ça me convient.

C'est comme si je l'avais giflé. Des éclairs inquiétants ont brillé dans ses yeux. Il a ouvert la bouche pour répliquer et soudain, comme par miracle, il a souri.

— Comment puis-je vous aider, Gabrielle?

J'ai réfléchi à toute vitesse. Rien ne m'avait préparée à sa visite, ni à sa demande. J'aurais pu remettre cette discussion à plus tard, mais un pressentiment m'encourageait à statuer rapidement. Sans doute me méfiai-je de moi-même. Le piège était tentant. J'aurais pu m'inventer une vie beaucoup plus confortable en cédant plus d'espace à Lewis et peut-être aurais-je dû, peut-être que cela n'aurait pas été plus mal, mais je tenais fermement à mon indépendance. Je ne voulais pas devenir sa chose. Je voulais rester maîtresse de ma vie et de celle de Philippe.

— Je vais étudier pour devenir secrétaire dès que Philippe sera un peu plus grand. Si j'obtenais de l'aide pour payer sa gardienne, je pourrais m'occuper du reste.

— Bien. Ce sera… un honneur de contribuer à ce projet. Vous ferez une très jolie secrétaire.

J'ai rougi. J'avais honte d'être encore sensible aux compliments de Lewis et ce vouvoiement que nous avions conservé me paraissait soudain incongru.

— Votre participation ne touche que Philippe…

— Bien sûr.

— Si vous… persistez à voir Philippe « de temps en temps », comment allons-nous lui expliquer votre présence?

— Je suis votre ami, non? Ou… si cela vous paraît trop intime, un ami de la famille?

J'eus pitié de lui. Et je crois qu'à ce moment, j'ai moi-même eu envie que Lewis Stevenson ait sa place dans mon existence. À part Madeleine qui avait une vie bien remplie, monsieur et madame Pawlak, nos propriétaires, et Thérèse Langevin, notre colocataire, je ne connaissais absolument personne à Montréal. Je redoutais par ailleurs que Philippe grandisse sans présence masculine. Une fille-mère ne représentait pas ce qu'on appelle un bon parti. Je ne m'en souciais pas trop pour l'instant, mais je souhaitais offrir à Philippe un milieu de vie le mieux équilibré possible.

— Vous pourriez être son parrain, comme vous l'aviez suggéré. Je vais faire baptiser Philippe. Madeleine a accepté d'être sa marraine. Votre nom ne paraîtrait pas sur les registres de l'Église catholique, mais Philippe ne verrait pas la différence. Vous seriez un peu… dans sa famille. Ça expliquerait votre présence et…

— J'accepte avec joie ! Merci, Gabrielle !

Trop heureux, il m'a soulevée de terre. Lorsqu'il m'a déposée, j'étais triste et confuse. Une part de moi, celle de la petite fille qui avait grandi au bord de la mer tout près de l'Hôtel Tadoussac sous un ciel rempli d'oiseaux blancs, aurait voulu suivre Lewis Stevenson dans son élan. L'autre, la jeune femme déracinée qui malgré ses professions de foi en elle-même se sentait honteuse et souillée, se rebellait.

Il avait émis le souhait de nous rendre visite « de temps en temps », sans plus de précisions. Lewis est venu nous voir toutes les semaines au début. Puis toutes les deux semaines et finalement une fois par mois. Au premier anniversaire de Philippe, Madeleine et moi avons organisé une fête. Mon amie s'était trouvé un emploi chez Dunn's, un *delicatessen* très populaire où elle accumulait trois fois plus de pourboires qu'avant. Elle s'était fait un amoureux avec qui elle entretenait une relation aussi passionnée que houleuse, si bien qu'elle n'était pas retournée en Gaspésie tel que prévu. Au gré des hauts et des bas de sa relation avec Guillaume Blouin, vendeur dans une mercerie à deux pas de chez Dunn's, Madeleine dormait dans sa petite chambre à côté de la mienne ou la désertait plusieurs nuits d'affilée. Mademoiselle Langevin avait pris sa retraite à la fin de l'été pour déménager chez une cousine à Terrebonne, mais elle s'était déplacée pour assister à la fête en l'honneur de Philippe. Lewis m'avait convaincue de le laisser payer le loyer de cette chambre devenue libre afin que Philippe ait sa propre pièce. Malgré tous mes efforts, il n'acceptait toujours pas d'y dormir, si bien que Madeleine et moi l'avions transformée en salon-salle de jeu en attendant.

Madame Pawlak avait confectionné un gâteau à étages, nous avions chanté «Bon-ne-fê-te-Philippe» avec enthousiasme et le petit fêté semblait aux anges, parfaitement conscient et tout à fait ravi d'être le centre d'intérêt et sans doute également de nous sentir aussi joyeux. Madeleine offrit à Philippe un joli costume trois pièces avec pantalon marine, chemisier blanc et veste rayée. J'avais hâte de le lui faire essayer alors que Philippe s'en fichait, bien sûr, trop absorbé par le papier métallisé de l'emballage. La sage mademoiselle Langevin me remit une carte contenant un cadeau en argent «pour lui acheter des souliers chez Dupuis Frères». J'ai aidé Philippe à faire semblant de déballer un paquet contenant un ourson de peluche que je lui avais choisi et Philippe nous a tous séduits en riant à cœur joie pendant que j'agitais l'animal devant lui en m'inventant une voix d'ourson. Quand Philippe commença à se lasser du jeu, Lewis nous quitta un moment pour revenir avec un tricycle rouge. Il parvint à asseoir Philippe sur le siège et à l'y tenir en équilibre tout en faisant avancer l'engin, ce qui tenait de l'exploit. Philippe poussa des cris de pur ravissement et Lewis, qui avait peu de succès avec son filleul lors de ses visites de plus en plus espacées, en conçut une immense fierté.

Au bout d'un moment, n'en pouvant plus de tenir une position aussi inconfortable, Lewis souleva Philippe du siège en poussant un soupir de contentement en même temps que de soulagement. J'avais anticipé la suite depuis le premier cri d'extase de Philippe. Furieux de ne plus se promener sur le tricycle, il se mit à pousser des lamentations aiguës. Lewis succomba, réinstalla mon fils sur le siège et Philippe cessa aussitôt de hurler, mais il reprit le manège avec encore plus de véhémence lorsque son parrain le souleva de nouveau du siège. En plus de hurler comme si Lewis était en train de l'écorcher vivant, Philippe se tortillait en multipliant les coups de pied et de poing. J'ai voulu le prendre, mais Lewis s'y opposa avec fermeté, bien décidé à être celui qui parviendrait à calmer Philippe.

Rien ni personne ne pouvait calmer Philippe en pareille occasion. Madeleine le savait aussi bien que moi et sans doute s'éloignait-elle parfois de notre logement de la rue Clark simplement pour échapper à ces explosions abrutissantes. Depuis sa naissance, Philippe réclamait à grands cris ce qu'il désirait et ne supportait pas d'être contrarié. Je savais qu'il ne fallait pas céder à chacune de ses crises, mais les conséquences étaient atroces. Philippe hurlait jusqu'à l'épuisement. Avant d'atteindre ce moment où il s'arrêtait enfin, parfois brusquement, pour sombrer dans un sommeil le plus souvent agité s'il n'avait pas obtenu ce qu'il voulait, il braillait, beuglait, haletait et s'étouffait, allant jusqu'à vomir parfois. À son anniversaire d'un an, il fit tout cela et plus encore. Je ne l'avais jamais vu réagir autant. Malgré moi, je réentendais secrètement les paroles du curé qui avait baptisé Philippe au terme d'un pénible sermon.

— Cet enfant a le diable au corps et ça n'a rien d'étonnant, avait-il déclaré pendant que Philippe s'époumonait dans mes bras. Il est né dans le péché, c'est du bien mauvais terreau. Vous aurez beau lui donner tout le meilleur, vous ne changerez jamais ce fait. Si vous persistez à vouloir égoïstement le garder alors qu'une vraie famille pourrait le prendre en charge, préparez-vous à vous démener. Sinon, c'est un monstre qui va grandir sous vos yeux.

Le jour de son anniversaire, Philippe semblait effectivement possédé du démon. Je me suis retirée dans ma chambre avec lui et j'ai refermé la porte. J'espérais ainsi atténuer le bruit et épargner aux invités l'affreux spectacle d'un magnifique petit garçon blond et bouclé qui savait sourire jusqu'au ciel, se tenir debout bien droit, avancer de plusieurs pas, multiplier les mimiques et les gestes attendrissants, mais qui se métamorphosait plusieurs fois par jour en tyran. Lorsqu'il a finalement rendu les armes et que j'ai rejoint les invités à la cuisine, il ne restait plus que Madeleine.

— Lewis avait un rendez-vous, a-t-elle annoncé sur un ton léger qui sonnait faux.

En étudiant mon visage défait, marqué par l'épuisement, Madeleine m'a ouvert ses bras et je m'y suis blottie.

— On va consulter un médecin, Gabrielle. C'est pas normal. Tu le sais… Il faut trouver ce qui cloche.

— Oui, tu as raison. Je vais prendre rendez-vous avec un médecin.

Je venais d'admettre pour la première fois que Philippe avait un problème et que j'avais besoin d'aide. J'avais espéré commencer mon cours de secrétaire à l'été et je savais très bien qu'avec ses comportements actuels peu de femmes accepteraient de garder Philippe. Madame Pawlak était arrivée à la même conclusion que Madeleine. Le lendemain, elle est venue me trouver avec un bout de papier sur lequel elle avait noté le nom, l'adresse et le numéro de téléphone de son médecin, le docteur Léopold Jasmin.

Deux semaines plus tard, un après-midi de mai où il tombait des cordeaux comme on dit à Tadoussac, j'ai pris le tramway avec Philippe. Il portait le costume offert par Madeleine et une jolie casquette. Fasciné par l'averse, rieur et enjoué, il a suscité les commentaires extasiés des voyageurs pendant tout le trajet. Dans son bureau de la rue Sherbrooke, le docteur Jasmin, un homme sympathique âgé d'une soixantaine d'années, déclara Philippe « dangereusement en forme ».

— Tout un gaillard ! s'exclama-t-il admiratif. On voit qu'il est bien nourri. Vous avez un beau petit bonhomme qui grandit bien, ma chère dame. Le père doit être fier…

— J'élève mon enfant seule, dis-je sur un ton de défi.

— Alors c'est tout à votre honneur qu'il soit si bien portant, rétorqua le médecin avec un bon sourire. Mais c'est peut-être aussi normal qu'avec votre jeune âge et toutes ces responsabilités vous vous inquiétiez. Heureusement, je ne vois pas de raisons d'être alarmé. Votre enfant a du caractère, ce qui est bon signe. Assurez-vous simplement de ne pas céder à tous ses caprices. Pour le reste, ayez confiance. Le jour de son mariage, vous ne vous souviendrez plus d'avoir traversé cette période un peu plus exigeante.

Comme par malheur, Philippe avait été divinement gentil et parfaitement docile pendant toute la durée de l'examen. J'avais tenté de décrire au médecin, le plus fidèlement possible, les crises quotidiennes de mon fils qui nous laissaient tous les deux totalement exténués, mais le docteur Jasmin soutenait qu'il n'y avait là rien d'anormal. J'ai quitté son bureau à demi rassurée et me suis accrochée à son conseil de tenir bon jusqu'à la fin de cette phase difficile.

En vain, car il n'y avait pas de fin.

Harold

Je ne voulais pas attendre au lendemain. L'idée que Gabrielle Deschamps passe une nuit de plus sur la paillasse posée directement sur le sol de cette vieille cabane me donnait mauvaise conscience. J'ai expliqué à Thomas que j'avais déniché une maison depuis laquelle il pourrait voir la mer et peut-être même les baleines avec ses lunettes d'approche. Lorsque j'ai ajouté que Gabrielle y séjournerait avec lui, il a simplement hoché la tête en signe d'assentiment. Sa docilité m'étonnait. Toutefois, à la dernière minute, alors qu'il s'apprêtait à monter dans ma voiture, il s'est arrêté net, changeant soudain d'idée sous prétexte qu'un vieux chat jaune allait mourir de faim pendant son absence. J'ai dû promettre de revenir dans les prochains jours afin de lui emmener l'animal.

En entrant dans la maison aux larges fenêtres ouvertes sur le fleuve, Gabrielle a semblé respirer mieux. Elle m'a fait penser à un oiseau longtemps en cage, enfin libéré. Elle se promenait d'une fenêtre à l'autre en dévorant l'espace, visiblement ravie. Thomas s'est immédiatement installé dans un fauteuil avec vue sur l'eau et, armé de ses lunettes d'approche, malgré l'heure tardive, il s'est mis à inspecter la vaste étendue bleue sous le ciel grisonnant.

— Je reviendrai après-demain, ai-je promis à Gabrielle pendant qu'elle rangeait les provisions que nous avions prises en route.

À mon retour, trente-six heures plus tard, je les ai trouvés installés exactement au même endroit, elle affairée dans la cuisine et lui dans son fauteuil, à croire que le temps s'était arrêté pendant mon absence.

— On est prêts ! a annoncé Thomas en se levant avec précaution.

— Nous vous attendions pour aller aux baleines, a lancé Gabrielle, aussi décidée qu'enthousiaste. Monsieur Thomas a très hâte. Et moi aussi.

La maison que j'avais louée était assise sur un cap rocheux au pied duquel Gabrielle avait trouvé une barque de bois plus grande et plus neuve que celle de Thomas et munie d'un moteur doublement puissant. Thomas s'est appuyé sur nous, un bras sur mon épaule et l'autre sur celle de Gabrielle, pour descendre en boitillant jusqu'à la plage presque totalement effacée à marée haute. Je ne m'attendais pas du tout à cette expédition qui m'apparaissait hasardeuse étant donné l'état de Thomas, mais une fois sur l'eau j'ai eu envie de remercier ces deux imprudents de m'avoir plus ou moins forcé à les accompagner. Je n'étais pas allé en mer depuis mon premier séjour à Tadoussac près de vingt ans plus tôt. Mes parents et moi avions alors effectué une croisière d'un jour au cours de laquelle nous avions aperçu, de loin, plusieurs baleines blanches.

J'avais l'impression de voguer entre ciel et mer, tout entouré de bleu. Thomas contrôlait le moteur d'une main experte en scrutant le large avec une intensité telle qu'il me semblait que l'air ou l'eau allait réagir à son exhortation silencieuse. En déplaçant mon regard vers Gabrielle, j'ai eu un choc. Elle paraissait transformée, le visage détendu, livré au souffle tiède du vent, le sourire léger, les ailes du nez frémissantes comme pour mieux capter les parfums d'air iodé. Elle avait cette beauté racée, teintée de grâce et d'un je-ne-sais-quoi d'autre de mystérieux et de délicieusement envoûtant, que j'avais remarquée chez les personnages féminins de certains tableaux des grands maîtres lors de mon séjour à Paris.

Thomas a coupé le moteur au milieu de nulle part. Malgré l'absence de repère, à mes yeux du moins, il semblait savoir exactement où il était.

— C'est ici que je l'ai revue une première fois, a-t-il commencé d'une voix rêveuse sans détacher son regard de l'eau. Elle m'a reconnu. Et moi pareillement. J'ai vu son œil me fixer. Elle était à deux longueurs d'homme de ma barque, tellement grosse qu'on aurait dit un paquebot vivant, avec cet œil rond, ridiculement petit, qui me fouillait jusqu'au fond du cœur. Juste au-dessus de la paupière, j'ai vu la cicatrice qui m'assurait que c'était bien elle, même si au fond je le savais déjà.

Gabrielle l'écoutait pieusement. Il a secoué la tête, un peu comme s'il tentait de s'extraire de ses souvenirs, avant de capituler et de poursuivre de cette même voix qui semblait surgir d'ailleurs.

— Ce jour-là, je me suis fait la promesse de réparer du mieux que je pouvais le mal qui avait été fait. Le mien et celui des autres.

Il a émis un grand rire en se frottant la figure d'une main.

— L'idée était bonne, mais j'étais aussi naïf qu'un bleuvet fraîchement sorti du ventre de sa mère. Je connaissais pas grand-chose d'elles au fond. J'avais pas encore vraiment idée de leur grâce ni de leur majesté. Je savais seulement que j'avais participé à un carnage honteux et que je voulais me racheter.

J'ai vite découvert qu'en passant du temps en mer pour les surveiller, alors que je pensais faire pénitence comme disent les curés, j'étais bien au contraire comblé. C'est une des premières choses que les baleines m'ont enseignées. Le contentement. L'impression si bonne à éprouver qu'on est au meilleur endroit qu'on pourrait être et qu'on en profite pleinement. Moi qui ai jamais été fort dans les bondieuseries, j'ai appris à prier sur l'eau. À remercier je sais pas trop qui, mais tant pis, pour la perfection des moments de grand silence bleu. Quand une baleine apparaît, mes prières virent en louanges. Je me sens béni des dieux et je le dis. En même temps, ça me rend fou… Ça me rend fou de savoir que si peu de gens partagent le secret des baleines. Si peu de gens ont compris que…

Il s'est tu. En suivant son regard, j'ai tout juste eu le temps d'apercevoir quelque chose qui pouvait ressembler à une queue de baleine disparaître sous l'eau. J'ai attendu, le cœur battant et le souffle en suspens, jusqu'à ce qu'une masse énorme, noire et luisante – un dos de baleine ! – apparaisse, un bref moment seulement. La surface de l'eau est redevenue lisse, mais presque tout de suite, une queue géante a surgi, dressée vers le ciel, avant de retomber en claquant la surface de l'eau comme pour applaudir joyeusement. J'étais littéralement transporté, ce qui m'arrive peu souvent. Je pensais avoir assisté au plus fabuleux spectacle possible lorsque la baleine s'est élancée de nouveau, assoiffée d'air et de lumière. Elle a bondi, vrillant l'espace en agitant frénétiquement deux appendices, deux bras blancs étonnamment mobiles. On aurait dit qu'elle voulait nous saluer, ou peut-être s'envoler, avant de plonger en nous éclaboussant copieusement.

Gabrielle semblait subjuguée. On aurait dit qu'elle continuait d'admirer la scène avec autant de passion bien après que la baleine eut disparu. Thomas riait à pleine gorge de nous voir aussi hébétés.

— Attendez ! Elle a peut-être pas fini, avertit-il. C'est une race de fanfaronnes. Les Bleues sont plus discrètes. Pourtant, avec leur taille, elles pourraient nous en mettre plein la vue.

Gabrielle s'est tournée vers lui.

— Les Bleues sont plus… plus grosses que celle-ci ? a-t-elle bégayé, incrédule.

— Les Bleues font deux fois le poids de cet animal ! Quand on les voit, on se pose plus de questions. On sait aussi sûr que le soleil est jaune et la terre ronde qu'on est devant la plus grande créature du monde. Ce que vous venez de voir, c'est une baleine à bosse. Ils lui donnent ce nom dans les livres savants parce qu'elle arrondit le dos en plongeant. Celle qui rôde aujourd'hui a une grosse tache noire sur sa caudale droite. C'est la meilleure manière de la reconnaître. Je la vois souvent. Elle adore faire la parade. L'an dernier, elle avait un petit. Je l'ai pas revu, lui. Ça m'embête un peu, je l'ai inscrit dans mon carnet, mais la mère a pas l'air de s'en inquiéter…

Comme pour lui donner raison, une torpille géante a crevé la surface de l'eau à moins de dix mètres du bateau avant de retomber en effectuant un plongeon si gracieux, si fluide qu'il semblait tenir du miracle vu la taille de l'animal. J'ai cru qu'on allait verser lorsque la baleine s'est enfoncée dans l'obscurité liquide pendant que la barque tanguait dangereusement.

— C'est sans malice, a déclaré Thomas avec l'air de vouloir l'excuser. Elles oublient qu'elles sont si grosses. La pire erreur serait de les croire malignes. Il faut juste pas paniquer. Se laisser bercer par la vague en gardant l'équilibre. Du temps de mon père, les hommes avaient une peur bleue des monstres de la mer. Ils croyaient que les baleines avaient toutes espoir de renverser les bateaux sur leur chemin et d'avaler les marins. Vous l'avez vue, docteur! C'est sans malice, cette bête-là, pas vrai?

— Sûrement, dis-je d'une voix que je ne reconnaissais pas.

Gabrielle affichait un sourire extasié. Ses beaux grands yeux sombres éclataient de lumière. J'avais l'impression de retrouver la fillette de douze ans explosant de joie.

— À quoi songez-vous? osai-je lui demander un peu plus tard, pendant que Thomas épiait la mer avec l'espoir secret que sa Belle Bleue survienne ou peut-être simplement en savourant la grâce du moment pendant que le jour tombait, emportant avec lui la lumière dorée dans laquelle nous baignions.

— Je pensais à ce que la maîtresse nous enseignait à la petite école de Tadoussac.

— Et que vous enseignait-elle?

— Le nom des animaux qui vivaient en Afrique. Les lions, les gazelles, les tigres, les hippopotames, les girafes et les éléphants. On ne nous parlait jamais des baleines qui vivaient juste à côté de nous. On ne savait rien d'elles. On n'avait même pas de mots pour les différencier.

— Les humains sont stupides, trancha Thomas.

Plus personne ne parla. Chacun s'abandonnait à ses réflexions lorsque Thomas lança le moteur sans nous avertir. Au lieu de se diriger vers la côte, il fila droit vers un point invisible. Gabrielle échangea avec moi un regard de connivence avec l'air de vouloir m'avertir qu'une surprise nous attendait. Quelques minutes plus tard, deux marsouins frôlèrent notre bateau. Je n'ai pas tout de suite remarqué qu'ils étaient deux. Le plus gros était blanc comme neige, l'autre, plus petit, gris-bleu. Une femelle et son veau.

— Elle lui enseigne à nager depuis des semaines, racontait Thomas pendant que Gabrielle et moi observions la scène, captivés. Le bleuvet se débrouille bien maintenant. Au début, il tenait pas la route. La mère devait toujours le ramener. Là, c'est comme ça devrait. Ils sont deux mais on dirait qu'ils font qu'un.

Ils nageaient en parfaite synchronie, à croire qu'un cordon invisible les reliait. C'était un spectacle d'une grande beauté, une véritable ode à la maternité. Moi qui suis pourtant un homme et n'ai pas d'enfant, j'en avais des frissons. Ils sont restés longtemps à danser près du bateau, creusant les vagues de leur corps, avec de longs mouvements souples et amples. Des phrases que j'avais lues dans les carnets de Thomas me sont revenues en mémoire pendant que les mammifères s'éloignaient silencieusement. Je me suis fait la réflexion que cette sortie en mer valait des dizaines de séances d'écoute. J'allais devoir relire les notes des carnets de Thomas, lui reparler, le questionner et réviser encore une fois le portrait psychologique que je me faisais de lui. J'avais tenté jusqu'à présent de cerner la part de lucidité et d'intelligence dans les discours d'un homme malade alors que je devais peut-être faire le contraire. Débusquer la part de déception, de frustration et de colère qui contaminait le discours d'un homme d'une sagesse peu commune. Était-ce possible que la lucidité même de Thomas l'ait mené à la folie ? Était-ce possible qu'il détienne véritablement un secret, ou tout au moins de réelles et précieuses connaissances, et qu'il ait raison de tant vouloir les répandre ?

Thomas remit le cap sur le rivage. En suivant son regard, j'ai vu qu'il observait Gabrielle et j'ai immédiatement saisi pourquoi. Toute trace de joie l'avait désertée. Son regard d'eau noire ne voyait plus ni l'eau, ni l'horizon, ni le ciel. Elle fixait un souvenir fantôme qui la paralysait. Assise sur son banc de bois au fond de la barque, la tête haute, le dos raide, elle respirait encore et son cœur battait toujours, mais elle n'était guère plus vivante. Jamais je n'oublierai cette image et je crois bien que je ne pourrai jamais éprouver davantage de compassion pour un être humain éperdu de chagrin.

Le retour fut silencieux. Thomas semblait éviter de regarder Gabrielle, par pudeur sans doute, mais son front plissé et ses yeux inquiets disaient bien qu'il était conscient du drame qui se jouait. Une fois la barque ancrée, nous avons tous les trois refait la route jusqu'à la maison bleue. Thomas s'appuyait lourdement sur moi, sans doute pour éviter que son poids ne s'ajoute au fardeau de Gabrielle. Sitôt à l'intérieur, le vieil homme s'installa dans son fauteuil et ferma les yeux.

— Je vais me reposer, annonça Gabrielle en se dirigeant vers une porte qui devait être celle de sa chambre.

— Attendez! dis-je au moment où sa main touchait la poignée.

Elle s'est retournée vers moi. J'ai alors compris que je devais la laisser aller. Sinon, elle allait éclater, fondre ou s'émietter. Du regard, elle me suppliait de ne pas insister.

— À demain, dis-je seulement.

Avant de partir, je me suis approché de Thomas. Ses yeux étaient ouverts mais il ne contemplait pas la mer. Il scrutait des paysages intérieurs. Il m'a surpris en hochant lentement la tête d'un air entendu. J'ai interprété ce signe comme une promesse. Le fou des baleines allait veiller sur Gabrielle Deschamps, la petite femme qui jadis avait perdu un ruban et qui aujourd'hui semblait avoir perdu le goût de vivre.

Gabrielle

Ma mère a-t-elle déjà eu mal à moi comme on a mal à un membre et comme j'ai mal à Philippe? Nous n'échangeons plus que de courtes lettres, peu souvent. Je suis sûre qu'elle sait que je lui mens, que ma vie n'est pas telle que je la décris, mais elle accepte de faire semblant d'y croire. Après avoir mené d'ingénieuses recherches pour me retrouver et dénicher la famille de Lewis, après avoir accompli le long trajet entre Tadoussac et Montréal, puis m'avoir menée jusqu'au manoir des Stevenson, maman a démissionné de moi, je crois. Elle était allée au bout de son amour et de son courage et devait désormais s'occuper d'elle-même en sachant qu'elle serait condamnée à vivre avec un gigantesque écart entre ses rêves et ce qu'elle avait accompli. Elle avait pressé des draps à longueur de jour dans la chaleur suffocante d'une buanderie en plein été, frotté des planchers, soigné des enfants et cousu à s'en arracher les yeux jusque tard la nuit sans jamais se plaindre parce qu'elle avait un rêve. Moi. Elle m'a consacré la plus belle part d'elle-même, veillant jour après jour à ce que je ne manque de rien d'important et à ce que je m'épanouisse dans la sagesse autant que dans la joie. En un soir, j'ai fracassé tous ses espoirs.

Ce matin encore, il me semblait que le ciel de Tadoussac, la magie de l'eau bleue, l'extraordinaire souffle des baleines, la présence tranquille de Thomas Dutoit et celle, étonnamment rassurante, d'Harold Beattie finiraient par me réconcilier avec la tâche d'exister. Devant les prouesses d'une baleine, j'ai même cru pendant un moment qu'il restait en moi des braises d'émerveillement pouvant être rallumées. Le bleuvet et sa mère en si belle harmonie m'ont brutalement renvoyée à ma réalité. Celle d'une mère qui n'a pas su apprendre à nager à son petit, ni même plonger au bon moment pour le ramener à ses côtés.

Les premières années de ma vie avec Philippe n'ont pas été faciles. Pourtant, une douce nostalgie m'envahit quand j'y songe. À cette époque, malgré la fatigue et le découragement fréquent, je gardais espoir que tout rentrerait un jour dans l'ordre. J'avais l'impression d'être une mère plutôt compétente confrontée au défi d'élever un enfant avec un fort caractère. En septembre 1941, deux ans presque jour pour jour après le début de cette longue guerre qui a secoué toute la planète, j'ai commencé un cours de secrétaire. Des sœurs de la congrégation Notre-Dame avaient fondé une école, le Notre-Dame Secretarial School, pour les filles qui, comme moi, souhaitaient échapper au travail dans les manufactures. Parce que je ne connaissais pas un mot d'anglais et que ma scolarité restait minimale malgré les valeureux efforts de Rose Després, j'ai dû entreprendre un cours de deux ans alors que d'autres jeunes filles obtenaient leur diplôme en un an. Avant de repartir en Gaspésie après avoir rompu avec son amoureux, Madeleine m'avait fait le plus beau cadeau en dénichant une nouvelle colocataire qui acceptait de garder Philippe pendant que j'apprendrais mon métier. Madeleine avait elle-même établi le tarif horaire, fort généreux, que Lewis acceptait de payer, heureux de remplir sa promesse.

Marie-Thérèse était une brave fille dans la mi-trentaine, ni très jolie ni bien futée, mais avec un cœur en or, une belle dose de bon sens et une patience d'ange. Même si Madeleine l'avait prévenue de ce qui l'attendait, même si son salaire dépassait largement ce qu'elle aurait gagné dans une usine et même si Philippe arrivait à la faire fondre lorsqu'il s'y mettait, la pauvre Marie-Thérèse a dû souvent rêver de déménager en Sibérie quand mon fils se laissait emporter par l'ouragan de ses colères. Maintenant qu'il se déplaçait rapidement sur deux pattes et manipulait facilement les objets autour de lui, ses débordements n'étaient plus seulement sonores. Il pouvait s'en prendre à nous en ruant de tous bords, tous côtés, réduire en pièces un de ses jouets préférés et marteler n'importe quelle surface de ses petits poings rageurs avec assez de force pour se blesser.

Pour que Marie-Thérèse tienne le coup, je lui ai trouvé une remplaçante, un jour par semaine, le mercredi. La dame a démissionné au bout d'un mois.

— J'ai gardé des enfants toute ma vie et je n'ai jamais eu de misère à les contrôler, m'a-t-elle confié. Votre fils a grand besoin d'être cassé. Ou soigné… Soit il n'a pas encore compris qu'il ne peut pas obtenir tout ce qu'il veut, ou bien il souffre d'un mal étrange.

J'avais passé une journée exténuante après une nuit au cours de laquelle Philippe m'avait réveillée à trois reprises. Chaque fois, j'avais eu du mal à me rendormir, si bien que je n'avais accumulé qu'une poignée d'heures de sommeil. Au collège, le professeur de dactylo nous avait donné une courte dictée en anglais pour évaluer notre maîtrise de cette langue. La plupart des élèves étaient partiellement bilingues alors que je connaissais à peine dix mots dans la langue des touristes de

l'Hôtel Tadoussac. J'avais paniqué, mes doigts s'étaient emmêlés et le résultat avait été catastrophique.

La dame qui venait de m'annoncer qu'elle refusait de
continuer à garder Philippe, même une seule journée par semaine et pour un salaire enviable, s'était exprimée calmement
et elle m'observait avec bienveillance. J'aurais préféré qu'elle
soit détestable pour mieux rejeter son verdict. Au cours des
années suivantes, je me suis souvent répété ses paroles. Casser
Philippe ou soigner Philippe. Si seulement j'avais connu la
réponse ! Si seulement quelqu'un avait pu m'indiquer comment fonctionner autrement qu'en hésitant perpétuellement
entre ces deux options ! Je ne pouvais ni le casser ni le soigner.
Je me contentais donc d'essayer de comprendre Philippe en lui
imposant des limites au meilleur de mon jugement, consciente
toutefois que la fatigue, l'exaspération et la pitié contaminaient
ma perception et m'incitaient à baisser les bras trop souvent.
Comment peut-on rester de glace devant son enfant lorsqu'il
hurle comme si on le brûlait vif ? Philippe ne jouait pas la
comédie. Il était désespérément impulsif, manquait horriblement de contrôle sur lui-même et laissait ses émotions enfler
puis l'emporter avec la puissance d'un cyclone. Ce n'était pas
de la simple manipulation. Philippe souffrait. C'est ce qui
changeait tout.

L'abbé Justin, l'aumônier de la Maternité des filles-mères
qui nous rendait parfois visite, m'a trouvé la gardienne des
mercredis, une dame très âgée qui grimpait avec effort l'escalier abrupt menant à notre logement. Elle ne m'a jamais révélé
son âge, mais elle avait clairement dépassé celui de la retraite.
Philippe l'a tout de suite aimée. J'ai souvent eu envie de me
cacher pour les épier, Philippe et elle, pendant ces mercredis
où Marie-Thérèse s'organisait pour sortir, laissant mon fils
seul avec sa gardienne. Lorsque je rentrais, le plus souvent

épuisée, Philippe était propre et de bonne humeur. Il avait bien mangé à l'heure du midi, avait fait sa sieste, était allé au parc et jouait sagement avec des blocs de bois ou un camion de plastique pendant que madame Léa nous préparait une soupe ou un ragoût pour le repas du soir. J'adorais les mercredis !

À trois ans, Philippe s'exprimait aussi bien qu'un enfant d'âge scolaire, il savait compter jusqu'à vingt et comprenait presque tout ce qu'il entendait. Les jours où il avait éprouvé plus durement la patience de Marie-Thérèse, j'en reparlais avec lui, le soir. Il m'écoutait avec une attention exquise, paraissait sincèrement navré sinon franchement repentant et promettait avec beaucoup de ferveur d'être plus gentil le lendemain, sans nécessairement y parvenir. Mon fils m'adorait et, hors ses moments de crise, il me l'exprimait avec toute l'intensité qui le caractérisait. Il m'accueillait toujours avec des transports de joie émouvants et, sauf les mercredis, pleurait ou tempêtait chaque fois que je le quittais. Depuis que nous pouvions discuter, ses crises de colère étaient moins fréquentes et lorsqu'il se laissait emporter par l'une d'elles, le plus souvent à la suite d'un refus, il multipliait les cajoleries un peu plus tard, soucieux de s'assurer que je l'aimais toujours avec autant d'ardeur.

Philippe dormait dans un petit lit, dans la même chambre que moi. Il se réveillait souvent en me réclamant à grands cris, si bien que je n'obtenais jamais une pleine nuit de sommeil. À la fin de ma formation, j'étais exténuée, Marie-Thérèse comptait les jours qu'il lui restait à travailler et madame Léa, ma perle des mercredis, m'avait déjà avertie qu'elle prendrait sa retraite à la fin de mon cours. Ai-je eu tort de m'accrocher à mon rêve d'avoir un métier ? Aurais-je dû accepter que Lewis subvienne à nos besoins ? Philippe aurait-il été plus solide psychologiquement s'il n'avait pas eu à changer de bras aussi souvent ? Je ne connaîtrai jamais les réponses à ces questions, mais je sais que malgré la fatigue et les conditions éprouvantes, les études m'étaient salutaires. Sans ce projet, mon petit bourreau aurait pris toute la place dans ma vie et à cette époque, alors que je n'avais pas encore vingt ans, je manquais d'entraînement et de force morale pour tenir le coup.

Lewis Stevenson ne s'était pas manifesté depuis plusieurs mois lorsqu'un après-midi radieux de fin septembre, il m'a trouvée, fiévreuse et hagarde, berçant Philippe endormi. À un peu plus de quatre ans, mon fils faisait presque la moitié de ma taille. Madame Pawlak était absente depuis un mois, en visite chez son frère à Toronto. Marie-Thérèse avait filé vers Québec deux semaines plus tôt, le jour même où j'avais terminé ma formation au collège de secrétariat, soi-disant pour aller prêter main-forte à sa sœur dont le mari venait d'endosser l'uniforme de soldat. J'éprouvais une extrême faiblesse depuis plusieurs jours, ma fièvre avait grimpé pendant la dernière nuit et j'étais affolée à l'idée de ne pas réussir à m'occuper correctement de Philippe. Fort heureusement, mon fils était singulièrement calme, comme s'il avait compris que je n'avais pas la force de m'occuper davantage de lui. Lewis a fait venir un médecin qui a diagnostiqué une infection virale associée à de l'anémie et à un état d'épuisement sévère.

Je me souviens de l'air grave du médecin, de celui, inquiet et penaud de Lewis, mais aussi du regard adorateur que portait Philippe sur son parrain. Philippe n'était pas seulement très intelligent, j'avais déjà l'impression qu'il était pourvu d'une sensibilité effarante, parfois instinctive, un peu animale, et souvent dévastatrice. Pendant ces derniers jours où j'avais pris soin de lui en me demandant dans quel tiroir secret j'en puisais la force, mon fils avait paru docile et résigné. Or, là, devant Lewis, il semblait comprendre que cet homme représentait pour l'instant son unique sauveteur.

Lewis est reparti avec Philippe et j'ai dormi pendant deux jours en ne me levant que pour m'hydrater et uriner. Au troisième matin, j'ai pris une douche et me suis habillée. Lewis avait fait installer un téléphone dans la cuisine. J'allais l'appeler lorsqu'il est arrivé, tout sourire, en tenant Philippe par la main. Mon cœur a fait trois tours. J'ai eu l'impression que mon horizon s'élargissait et qu'on me délestait d'un poids énorme. J'entrevoyais soudain l'espoir d'une vie dans laquelle je ne serais plus l'unique pôle dans la vie de Philippe.

Je n'éprouvais aucun sentiment amoureux pour Lewis. La déception que j'avais éprouvée lors de notre tête-à-tête à l'Hôtel Tadoussac me revenait souvent. Lewis Stevenson était fortement centré sur lui-même et ce qu'il se plaisait à raconter était généralement ennuyeux. Je me rendais compte à quel point je m'étais laissé emporter par un élan romantique peu ancré dans la réalité lorsque je l'avais rencontré au quai de Tadoussac, mais tout cela ne le disqualifiait aucunement à titre de parrain. J'étais donc comblée de joie à l'idée que mon fils semble heureux à ses côtés. Son parrain m'apportait en prime un sac rempli de gâteries, thé, café, sucre et chocolat, de véritables denrées de luxe en ces mois de rationnement pour l'effort de guerre.

Après le départ de Lewis, nous avons vécu une petite semaine de grâce, Philippe et moi, au cours de laquelle je lui ai consacré tout mon temps. Au terme de deux années de course contre la montre pour conjuguer mon rôle d'étudiante et de fille-mère, j'avais enfin le loisir d'inventer des activités agréables à partager avec mon fils, heureuse de me reposer pendant ses siestes et de dormir à poings fermés la nuit sans qu'il me réveille, ce qui me semblait tenir du miracle. À quelques reprises, durant cette semaine, Philippe sembla brusquement prêt à exploser parce que je refusais de lui raconter l'histoire du

Petit Poucet pour la troisième fois ou que je m'arrêtais de jouer à cache-cache pour éplucher des légumes. Il me surprit, chaque fois, en ravalant courageusement sa déception sans se mettre en furie. J'en vins à croire que Philippe accédait enfin à une maturité nouvelle et je me souviens de m'être félicitée d'avoir laissé Lewis entrer dans la vie de mon fils. La brève vacance de Philippe avec son parrain semblait avoir eu un effet salutaire. Lewis m'avait raconté qu'il avait emmené Philippe dans une des résidences secondaires familiales et qu'il l'avait initié à la pêche sur un lac à Sainte-Adèle. Lewis avait eu la très jolie idée de convaincre Philippe qu'ils pêchaient la baleine, un «poisson géant», «plus gros qu'un camion», si bien que lorsqu'une vulgaire barbotte avait mordu à l'hameçon, Philippe avait été persuadé qu'il s'agissait d'un bébé baleine.

En ce début d'octobre, le temps était splendide. Un relent d'été se mariait aux parfums d'automne. Les arbres n'en finissaient plus de rougir et de se parer de cuivre et d'or tandis que le soleil inondait Montréal d'une douce lumière encore chaude. On aurait dit que la ville entière s'offrait une semaine de trêve en même temps que moi. Dans les commerces et sur les trottoirs, au lieu de parler de la guerre, on discutait du merveilleux temps qu'il faisait. Chacun faisait le plein de chaleur avant d'affronter l'hiver. Je me découvrais une soif immense de ciel et de nature. Nous sommes allés presque tous les jours en pique-nique sur le mont Royal, Philippe et moi. Mon fils ne se lassait pas de courir après les écureuils, riant de leurs mimiques et oubliant de se fâcher lorsque ces derniers lui échappaient inévitablement en grimpant dans un arbre. Avec ses boucles aussi dorées qu'un épi de maïs mûr et ses grands yeux d'un bleu fabuleusement clair, Philippe attirait de nombreux compliments que je recueillais avec orgueil. Il me semblait qu'avec la fin de ma formation, le répit offert par Lewis et la belle humeur de Philippe, j'entrais dans une nouvelle phase de ma vie. J'avais escaladé une haute montagne et, enfin arrivée au sommet, je pouvais maintenant m'arrêter pour reprendre mon souffle et profiter du paysage.

À la fin de cette semaine, je me sentais pleine de ressources pour trouver un emploi, organiser le gardiennage de Philippe et nous inventer quelques rêves. J'allais amasser des sous pour faire à maman la surprise d'une visite. J'allais aussi trouver un nouveau logement où Philippe aurait plus d'espace pour jouer, dans un quartier tranquille avec des trottoirs bordés d'arbres et une jolie ruelle où Philippe apprendrait à faire du vélo. Au terme de cette semaine, encore une fois, ma vie a basculé.

Lewis est revenu, pour voir Philippe et s'assurer que j'allais bien. Je m'attendais, et lui aussi, à ce que Philippe lui fasse la fête. Il avait planifié d'emmener son filleul au restaurant et de lui acheter un jouet qu'il choisirait lui-même. En apercevant son parrain, Philippe l'a toisé gravement sans dire un mot et, lorsque Lewis s'est penché et lui a ouvert ses bras, Philippe s'est rué vers moi.

Jamais je n'oublierai le regard de Lewis à cet instant précis. J'avais déjà vu passer des éclairs orageux dans ses yeux, mais ce n'étaient que des apparitions rapides, vite effacées. Cette fois, l'éclat qui s'est allumé dans le regard de Lewis ne s'est pas éteint. La colère flambait dans ses yeux et, lorsque j'ai tenté de convaincre Philippe d'aller vers son parrain, ce dernier est devenu encore plus furieux. Il en voulait à Philippe de le traiter comme un étranger et il m'en voulait à moi d'être celle que Philippe préférait. Je me suis sentie piégée. Je connaissais suffisamment mon fils pour savoir que si je le forçais à se détacher de moi, il réagirait violemment. Mais j'avais l'impression que si je ne faisais rien, Lewis allait réagir.

— Viens, Philippe, dit Lewis, la voix lourde de frustration.

Je n'avais pas pris Philippe dans mes bras même s'il le réclamait. Il était debout, le dos contre moi, incapable de reculer davantage. Je ne pouvais voir son visage, mais je l'ai entendu tenir tête à Lewis.

— Non, a-t-il affirmé sur un ton effroyablement ferme.

Lewis l'a soudainement empoigné à deux mains en le soulevant de terre contre son gré. Philippe a réagi avec un coup de pied, ratant heureusement la figure pour atteindre Lewis à la poitrine. Je me suis précipitée au moment où Philippe plantait ses petites dents bien pointues dans l'avant-bras de Lewis. Surpris par l'audace du geste autant que par la douleur, Lewis lâcha Philippe qui tomba durement sur le sol. Mon fils se releva aussitôt et fonça vers Lewis pour l'assaillir de nouveau. J'allais l'en empêcher lorsqu'une rude bourrade m'expédia loin derrière. Le temps de reprendre mes esprits et de saisir que Lewis m'avait agressée, j'ai vu Philippe charger telle une bête sauvage et Lewis le repousser d'un coup de pied assez puissant pour envoyer mon fils s'écraser contre le mur. Lewis était blême de colère et ses yeux étincelaient d'une rage qui faisait peur à voir. Je reconnaissais avec effroi la même fureur en cet homme qu'en Philippe dans ses pires moments.

Je n'ai pas eu à chasser Lewis. Je me souviens seulement d'avoir entendu la porte claquer. J'étais accourue vers Philippe pour le réconforter et m'assurer qu'il n'avait rien de cassé. Même s'il avait mal agi au départ, la réaction sauvage de Lewis me forçait à oublier les torts de mon fils. Philippe ne pleurait pas. Pâle et figé, il fixait le vide en frottant sa hanche. J'ai voulu l'entourer de mes bras, mais il m'a repoussée à mon tour. Il affichait un calme redoutable et je n'arrivais pas à deviner s'il éprouvait de la peur, de la déception, de la honte ou de la colère. Il s'est dirigé vers sa chambre et, pour la première fois, s'est blotti dans le lit que j'avais tassé contre le mur parce qu'il refusait toujours d'y dormir. J'ai laissé Philippe seul quelques minutes. À mon retour dans sa chambre, je me suis approchée du lit pour vérifier s'il dormait. Philippe avait enfoui sa tête sous les couvertures. J'ai chuchoté son nom et attendu un peu. Rien. La couverture se soulevait doucement au rythme de sa respiration sans que je puisse savoir s'il dormait.

Avait-il, comme moi, reconnu en Lewis cette même rage folle qui le dévorait si souvent? Ou avait-il simplement eu peur d'un autre humain pour la première fois de sa vie? Je le revoyais, frottant sa hanche, figé, hébété, et mon cœur se serrait si fort que j'avais mal. Je me suis souvenue des paroles de la gardienne qui avait parlé de casser Philippe ou de le soigner. Lewis venait-il de le casser? La dame qui avait énoncé ces deux propositions croyait comme bien des gens que les esprits trop combatifs doivent être traités avec suffisamment de fermeté pour devoir plier lorsque nécessaire. Lewis s'était simplement laissé emporter par le typhon déclenché en lui lorsque Philippe lui avait tenu tête, mais je me surprenais à songer que ce geste déplorable avait peut-être saisi Philippe d'une façon telle qu'il en serait changé. Pour le mieux.

Harold

Une lettre de Mathilde m'attendait à l'Hôtel Tadoussac. N'ayant pas encore reçu ma plus récente missive, la pauvre s'inquiète un peu de mon silence. Elle me renouvelle son affection, m'entretient de l'évolution de sa recherche et parle longuement d'un de ses patients, un homme de cinquante-neuf ans, docteur en physique, accusé du meurtre de son épouse par strangulation.

L'homme aurait réagi de façon surprenante lors d'une expérience au cours de laquelle on lui a présenté une série de reproductions de tableaux de grands peintres de la Renaissance. À la vue du deuxième tableau, il a éclaté en sanglots et ses larmes redoublaient à chaque nouvelle présentation d'une œuvre. Mathilde avait dû mettre un terme à la séance. « À la fin, il suffoquait, écrit-elle. C'était renversant de voir cet homme, père de famille au passé irréprochable, reconnu pour son intelligence éminemment supérieure comme en témoignent ses nombreux travaux cités à travers le monde et sa carrière universitaire si brillamment menée, gémir et renifler comme un gamin de cinq ans. Je n'arrive toujours pas à comprendre ce qui l'a mené à commettre le meurtre dont il est accusé. Depuis son crime, il n'a pas prononcé un seul mot. »

Mathilde relisait inlassablement son dossier, fouillait les notions connues, de la démence à la schizophrénie en passant par l'autisme, relisant Bleuler, Tausk, Freud, Jung, sans parvenir à percer le mystère de cet homme qui s'était brusquement jeté sur son épouse, l'avait maîtrisée de force et avait pressé ses mains autour de son cou jusqu'à ce qu'elle cesse tout à fait de respirer. Dans sa lettre, Mathilde soulignait avec justesse combien la strangulation exige un effort puissant et soutenu. La femme avait dû se débattre, hurler, gémir, supplier. Je l'imaginais, fixant son époux avec des yeux épouvantés jusqu'à ce qu'elle rende son dernier souffle. Rien de cela n'avait réussi à émouvoir l'agresseur suffisamment pour qu'il relâche la pression de ses mains sur le cou de sa victime. Et pourtant, quelques semaines plus tard, de simples reproductions le bouleversaient au plus haut point.

S'agissait-il d'un meurtre crapuleux ou d'un acte de folie? Cette question obsède Mathilde. Elle s'est donné comme tâche d'y répondre et ne peut concevoir d'échouer. « Quels mécanismes de dissociation ont pu jouer? me demande-t-elle comme à elle-même. Qu'est-ce qui a bien pu déclencher chez ce savant un comportement aussi violent? Qu'est-ce qui a paralysé ses réflexes normaux et neutralisé ses valeurs? » J'aurais voulu que Mathilde soit devant moi afin de discuter avec elle de vive voix. Je lui aurais suggéré de mieux fouiller le fameux passé irréprochable de son patient. Les manifestations d'un aussi profond déséquilibre sont rarement si soudaines. Les réactions de ce brillant scientifique en diverses situations, le regard qu'il portait sur le monde, tel que pourraient peut-être en témoigner ses proches, devaient nécessairement révéler des failles, des dérapages ou du moins quelques incongruités. J'imagine mal que cet homme, qui par ailleurs s'enferme depuis son meurtre dans un mutisme total, ait pu quelques jours ou quelques mois avant l'acte criminel être tout à fait sain d'esprit.

Voilà que je souris en songeant qu'il n'est guère surprenant que je dirige Mathilde sur la piste du passé alors que c'est là que j'espère encore trouver des réponses pour Thomas. Mathilde est devant un homme supérieurement intelligent mais apparemment sans histoire qui s'est soudainement métamorphosé en monstre. Je suis devant un homme obsédé que je soupçonne riche d'un passé fascinant, un homme qui a survécu héroïquement à des épreuves peu ordinaires. J'émets l'hypothèse que c'est pour ne pas totalement sombrer et pour donner un sens à sa vie qu'il a adopté des comportements et un discours parfois inquiétants.

Dans sa longue lettre, Mathilde s'informe d'ailleurs de Thomas, dont je lui avais parlé dans mes deux messages précédents. Comment lui répondre simplement, par écrit, alors que plus j'avance plus je me sens humble et moins j'ai l'impression de posséder des réponses claires? Je pensais avoir trouvé le fou savant parfait, mais j'ai peut-être affaire à un patient atypique, un fou illuminé au lieu d'un fou savant. Plus j'écoute Thomas Dutoit, plus je l'observe, plus je lis ses carnets et plus j'en arrive à me questionner sur ce que je peux réellement lui apporter. Je me découvre davantage sceptique que Mathilde face à la psychiatrie moderne. J'ai appris que des scientifiques travaillent à développer des drogues qui pourraient totalement bouleverser nos pratiques. Peut-on imaginer qu'un simple comprimé ou quelques millilitres de sirop puissent un jour réduire l'anxiété, éliminer les délires, étouffer les rages?

Quoi qu'il en soit, j'en veux présentement à la psychiatrie, ma science coup de foudre, de n'offrir encore que des solutions barbares, électrocutions et chirurgies invasives, lorsqu'elle ne parvient pas à ses fins en creusant dans les profondeurs ténébreuses de l'humain à coups d'introspections, de délires provoqués et de confidences arrachées. Ironiquement, alors même que les lobotomies m'horripilent, j'ai ce fantasme idiot de m'immiscer dans le cerveau de Thomas à la manière d'un mécanicien. Je voudrais y avoir accès pour le démonter comme on le ferait avec les pièces d'un moteur en espérant y trouver le rouage à réparer. C'est un fantasme naïf et enfantin nourri par mon affection grandissante pour cet homme. Je voudrais guérir Thomas pour qu'il finisse ses jours libéré de l'angoisse qui le ronge et aussi pour découvrir sa pleine valeur.

J'ai lu la lettre de Mathilde confortablement installé dans le grand salon de l'Hôtel Tadoussac presque désert à cette heure où les clients dégustent leur repas du soir dans la salle à dîner adjacente. Le ciel s'est assombri, on le sent lourd de tempêtes. Mes pensées errent de Thomas à Gabrielle en passant par les baleines. Je me sens infiniment près d'eux et désespérément loin de Mathilde alors que je contemple la vaste étendue d'eau noire malmenée par des vents de plus en plus agités. Je suis né et j'ai grandi à Montréal. Je connais également la côte est américaine où mes parents m'ont souvent emmené en vacances, Paris où j'ai étudié, ainsi que Londres et Lausanne que j'ai visités avec Mathilde. Avant ces deux derniers mois, je n'avais passé que quelques semaines à Tadoussac et pourtant, étrangement, j'ai l'impression d'appartenir à ce lieu. Est-ce à cause du paysage que j'aime tant avec son ciel démesuré, ce fleuve aux allures de mer et ces baleines qui semblent surgir d'une autre dimension ? Ou est-ce parce que je m'attache à ce vieux fou futé et à cette jeune femme qui m'avait ému lorsqu'elle n'était qu'une enfant et me trouble encore davantage maintenant ?

— Docteur Beattie… Pardonnez-moi… J'ai oublié de vous remettre ce colis. Il n'entrait pas dans votre casier. Ma collègue l'avait laissé à côté. Je viens de le trouver. Je suis désolée…

J'ai pris le paquet en remerciant poliment la jeune préposée. Sans même regarder, je connaissais le nom de l'expéditeur, le professeur Ronald Lawrence, un ami d'enfance, biologiste à l'Université Laval, à qui j'avais expédié trois carnets de Thomas en le priant de me transmettre ses commentaires. Ronald avait répondu rapidement et longuement. Il se disait captivé par les notes de Thomas, allant jusqu'à suggérer qu'elles constituaient un véritable trésor pour les biologistes spécialisés dans l'étude des cétacés. Il me rendait les trois cahiers en me priant de lui en expédier d'autres et me demandait la permission de les soumettre à un de ses collègues réputé pour sa connaissance des mammifères marins. Il souhaitait bien sûr que j'obtienne préalablement l'autorisation de Thomas et me priait de féliciter mon vieil ami pour la qualité de ses observations, patientes et minutieuses. À la toute fin de sa lettre, Ronald écrivait :

« Tu sais, cher Harold, que je ne connais rien à la psychiatrie et il est bien sûr évident que monsieur Dutoit perd parfois contact avec la réalité en se laissant envahir par des scènes extravagantes. Toutefois, après avoir discuté avec Jean Léonard, le spécialiste à qui je voudrais faire lire ces carnets, je me demande si la part de fabulation est aussi importante qu'elle semble. Mon collègue Léonard m'a fourni des informations étonnantes sur la chasse aux baleines qui s'est pratiquée sur nos territoires. Ces expéditions sont beaucoup moins anciennes qu'on ne l'imagine. Au début du présent siècle, plus spécifiquement jusqu'en 1913 semble-t-il, des baleiniers chassaient encore les gros mammifères marins depuis Sept-Îles. Tu as aussi sûrement entendu parler du programme de primes pour les queues de baleines blanches. Notre gouvernement a fourni des armes et payé les habitants de la Côte-Nord afin qu'ils tuent ces petites baleines dans un effort pour les éliminer de nos eaux, soi-disant parce qu'elles mangeaient trop de poissons, privant ainsi les pêcheurs de leurs prises. Dans ces deux cas, là où ton ami Thomas peut sembler divaguer, il se pourrait qu'il ait simplement été témoin de scènes stupéfiantes qu'il magnifie peut-être et auxquelles il réagit avec une passion fougueuse. Si tu pouvais recueillir ses souvenirs en le questionnant sur ces deux points, nous serions peut-être surpris de ce qu'il aurait à raconter. »

Thomas

J'ai pas envie qu'elle parte comme Jeanne. Et Laure avant. J'ai pas envie qu'elle parte parce que je suis un vieil égoïste. Elle me fait du bien, cette Gabrielle, même si elle est tout à l'envers. Des fois je me dis que ce fille-là, c'était une baleine dans une autre vie. C'est pour ça que je me sens aussi proche.

C'est quand même pas rien qu'égoïste, mon affaire. Je veux aussi qu'elle reste parce qu'il me semble que si elle lève les pattes pour aller ailleurs ça sera pas pour le mieux. Elle a une grenade dans le ventre, cette femme-là. Si elle s'éloigne d'ici, j'ai idée que l'engin va exploser. Pour Laure comme pour Jeanne, je pouvais pas changer le cours des choses. C'était pas de mon ressort. Avec Gabrielle, j'ai peut-être une chance de faire pencher la balance du bon côté.

Si je pouvais, je la ramènerais vite voir les baleines. Même si c'est en les regardant qu'elle a eu tant de peine. C'est pas mauvais signe pour autant. Les baleines nous ramènent à l'essentiel. Ça peut faire mal, c'est sûr. Elles sont capables de rouvrir les plaies mal fermées mais elles peuvent aussi nous aider à les panser après pour qu'elles cicatrisent comme il faut. Je l'emmènerais bien aux baleines mais il pleut à remplir des lacs. Le ciel est déchaîné. C'est un vrai temps de naufrage.

Le docteur est revenu avec une petite valise. Il est en congé pour deux jours et il a l'air de vouloir les passer installé ici. Il m'a parlé d'une lettre qu'il a reçue d'un de ses amis importants à Québec qui a lu mes carnets et s'est dit impressionné. Ils veulent tout lire maintenant. Enfin. Ça me fait un beau velours. Et ça redonne espoir. C'est bon.

Le docteur a mis sur la table du pain, du beurre, de la confiture et du fromage. Il a fait du café et il est allé cogner à la porte de Gabrielle. Elle a mis du temps à venir nous rejoindre. Les yeux bouffis, la figure défaite, le regard perdu dans des contrées secrètes. Elle est pas grosse d'avance, mais là, au bout de la table, elle m'a paru tellement fragile que c'en était épeurant. Elle me faisait penser à ces petits glaçons qui pendent au toit l'hiver et qui cassent à rien.

Elle faisait semblant de manger sans vraiment avaler grand-chose quand je me suis décidé à parler. D'un coup, sans que ça soit prévu. J'y avais pensé déjà mais j'étais loin d'être décidé. Et v'là que j'étais prêt. Même que je savais par quoi commencer. Je voulais le faire pour elle. Et pour la suite du monde. Je sentais que mon histoire pouvait l'aider même si j'aurais pas su dire comment ni pourquoi. J'ai quitté la table en boitant et je me suis installé dans le fauteuil devant la belle grande fenêtre. Le docteur a ouvert la bouche, surpris de me voir déménager en plein repas. Elle a pas réagi.

Je savais que j'avais plus qu'une histoire à raconter. J'ai commencé par la fois où je me suis retrouvé pareil à elle avec plus d'appétit pour mourir que pour vivre.

C'était à mon deuxième été après les tranchées, j'ai raconté. J'allais souvent sur l'eau, parce que j'y étais mieux que sur la terre ferme. Mieux, c'est un bien grand mot. Disons que la boule brûlante dans mon ventre tiédissait un brin. Je respirais un peu mieux envahi de bleu. Et quand par chance j'apercevais un troupeau de baleines blanches ou la queue lointaine d'une baleine à bosse ou quelques dos de dauphins ou encore que j'entendais un de ces souffles venus du fond des océans, je me découvrais quasiment content d'être vivant. Pendant un petit temps. Malgré tout, ces consolations faisaient pas le poids. C'était trop maigre pour me tenir en vie. Jusqu'à ce qu'elle revienne.

C'est là qu'ils ont quitté la table pour venir me rejoindre en se tirant chacun une chaise devant la grande fenêtre. Elle en premier. Le docteur après. J'étais pas surpris.

Je vous ai déjà dit que la première fois que je l'ai revue, à mon retour de guerre, elle m'avait reconnu avec son œil rond et moi aussi à cause de la blessure juste au-dessus. Ce jour-là, je m'étais senti écrasé par la culpabilité et je m'étais fait le serment de me racheter sans trop savoir comment. Elle est revenue quelques saisons plus tard, quand j'avais le moral dans les souliers, pour me donner sa réponse.

C'était un après-midi froid de septembre. Le sol avait gelé pendant la nuit, ce qui fait qu'au petit matin les grands foins près du rivage étaient tout givrés. J'ai attendu que la marée monte et le soleil aussi en me disant que la saison achevait. J'allais être forcé de ranger ma barque et de m'enfermer pour l'hiver. En y jonglant, j'ai su que j'en aurais pas la force. Dans un recoin sombre de mon esprit, je me suis dit que j'avais eu plus que ma part de misère et que j'avais le droit de tirer ma révérence malgré mon jeune âge. J'ai décidé que j'irais une dernière fois sur l'eau et que je finirais ma vie sur cette note, le cœur et la tête remplis de mer et de ciel.

Elle a attendu au tout dernier moment, la bonjour. Elle a attendu que l'eau et le silence m'aient un peu apaisé comme à chaque fois. Ce jour-là, j'avais rien vu d'autre que des oiseaux blancs, mais je les avais senties. Les baleines. J'avais deviné leur présence dans les replis mystérieux de la mer. Elles s'étaient pas manifestées mais j'avais eu l'impression de les entendre. Siffler, grogner, beugler, chanter. J'allais repartir pour plus jamais revenir quand un volcan a éclaté, crachant de l'eau et de l'air en emplissant le ciel d'un long bruit sourd pareil à rien d'autre. Ça m'a arraché un cri tellement j'étais surpris. Trois fois encore, ce souffle a fait exploser le silence.

Ce jour-là, elle est pas seulement revenue. Elle s'est approchée tellement près que je voyais l'eau glisser sur le velours de sa peau. Quand elle a disparu un moment pour ressoudre d'un coup en me montrant sa tête quasiment entière avec sa gueule immense fendue dans un sourire géant et son petit œil rond, j'ai su qu'elle voulait me parler. Ça fait que je l'ai écoutée, tassé dans ma barque, en grelottant de froid autant que d'émotion, pendant que la Belle Bleue nageait devant moi, lente et gracieuse, en poussant de temps en temps des souffles de géant et en rivant sur moi l'œil noir enfoncé dans sa bonne tête de monstre merveilleux.

Vous voulez savoir ce qu'elle m'a dit ? Elle m'a dit qu'elle venait de très loin, qu'elle avait longuement parcouru le monde, qu'elle était vieille et un peu fatiguée mais qu'elle continuait de sillonner les mers, paisible et solitaire. Pourquoi ? Pour que tienne la terre ! Pour veiller sur ce qui nous entoure, pour participer à la beauté et à l'équilibre du monde, sans rien déranger, en obéissant aux lois de son espèce et en espérant qu'un jour les hommes imiteront les baleines. Qu'ils cesseront leurs massacres pour accepter de prendre humblement part à quelque chose de plus beau et de plus grand qu'eux. C'est ce qu'elle m'a dit en gros.

À cause d'elle, j'ai passé l'hiver. Au printemps, j'étais vivant et j'attendais la débâcle avec la même hâte qu'un homme pressé de retrouver sa femme après un hiver au chantier. J'ai revu ma Belle Bleue cet été-là et elle s'est manifestée à chaque été depuis mais sans jamais s'approcher d'aussi près que le jour où elle m'a parlé. En m'instruisant avec les livres que me prêtait le curé, un saint homme comme on en trouve plus, qui faisait appel à ses amis de partout pour m'approvisionner en écrits sur les baleines, j'ai réalisé jusqu'à quel point ce qui m'était arrivé tenait du miracle. Les baleines blanches sont curieuses et pas une miette gênées, les baleines noires se laissent amadouer et les baleines à bosse s'approchent des barques pour se donner en spectacle, mais les Bleues se tiennent loin des humains. Elles ont la sagesse des aînés et leur mémoire est remplie de scènes sordides qui les rendent prudentes. Ma Belle Bleue avait ignoré les précautions propres à son espèce pour venir jusqu'à moi.

Cet été-là, j'ai appris à étudier les marées, les vents et les courants dans le but de mieux surprendre les baleines. J'avais pas encore eu l'idée de remplir des carnets mais je me pratiquais à observer. Et à attendre. J'avais connu l'attente lourde et terrifiante des tranchées. Je découvrais une autre manière de laisser le temps glisser, sans rien combattre, sans rien redouter, le cœur ouvert, l'esprit alerte, prêt à accueillir une apparition enchantée. Ces longues sorties en mer me réconciliaient pas avec les humains pour qui j'ai pas cessé d'entretenir une juste méfiance mais elles m'aidaient à supporter la vie et me nourrissaient d'espérance. Il me semblait que je participais, moi aussi, comme ma Belle Bleue, à une sorte de résistance, réelle et nécessaire.

J'avais parlé sans m'arrêter, les yeux braqués sur la mer en furie fouettée par la pluie qui venait aussi s'abattre sur la grande fenêtre devant nous avec tellement d'ardeur qu'on aurait pu croire que la vitre allait éclater. En jetant un coup d'œil à Gabrielle, j'ai su que j'avais bien fait de me raconter et que je devais continuer. Des lueurs neuves tremblotaient au fond de ses prunelles. Quant au docteur Beattie, il la mangeait quasiment des yeux. Je l'avais déjà remarqué mais cette fois, c'était tellement flagrant que ça m'a arraché un sourire. Il fallait qu'elle soit bien en peine, la Gabrielle, pour rien voir.

Les baleines m'ont sauvé la vie, j'ai dit en regardant Gabrielle. Et pas juste en me forçant à rester vivant pour les observer avec l'espoir de percer leur mystère. Elles m'ont sauvé la vie d'une manière bien plus directe.

C'était à l'été 1933, après l'hiver le plus enneigé que j'ai connu de toute ma vie. Je me souviens que des hommes avaient secouru la mère Lizotte et sa marmaille qui s'étaient retrouvés prisonniers dans leur maison complètement ensevelie sous la neige pendant que le père, Timothée, travaillait au chantier de la compagnie Price. J'ai eu soixante ans cette année-là. Comme à tous les étés depuis longtemps déjà, jour après jour, beau temps mauvais temps, je suis allé en mer observer les baleines. Le soir, fatigué ou pas, je remplissais mes carnets. J'avais découvert que je pouvais reconnaître d'autres baleines que ma Bleue et ça me réjouissait. Je leur donnais des numéros au début et après, quand j'étais bien sûr de mon coup, je les baptisais. Je leur choisissais un nom en lien avec leur apparence. Comme Tigrée, pour une baleine à bosse avec une tache allongée semblable à une rayure sur un flanc, ou l'Écorchée, pour une autre avec trois bonnes écorchures à la frange de sa queue. En les nommant, j'avais le sentiment de me rapprocher d'elles. Je pouvais noter dans mes carnets le nombre de fois que je les voyais pendant une saison et ce que je remarquais de particulier dans leurs agissements. Mal-Aimée, une baleine à bosse baptisée de même parce qu'elle avait le dos couvert de cicatrices de coups d'hélices, sautait vers le ciel à chaque fois que je la voyais. Claquer la mer à coups de queue lui suffisait pas. Elle avait besoin de ramasser toute sa vigueur pour m'épater comme il faut en s'élançant assez haut pour que je voie quasiment tout son corps. Mal-Aimée avait l'air de vouloir sauter assez haut pour aller croquer un morceau de soleil.

À la fin de septembre, malgré un temps à écorner les bœufs, j'étais encore sur l'eau, fidèle au poste. Le jour en question, il a grêlé à plein ciel en fin d'après-midi. Et pas des petits grêlons! Ce qui est tombé des nuages était aussi gros et dur que les billes de verre qui amusent les enfants. Ça m'a décidé à rentrer. Je venais tout juste de commencer à ramer vers la côte quand j'ai vu un banc de marsouins tellement énorme que je pensais avoir la berlue. En m'approchant, j'ai découvert qu'il y en avait pas des dizaines, mais des centaines et des centaines. J'ai avancé vers eux, halluciné par leur nombre. Les marsouins se sont écartés pour me laisser entrer dans leur belle mouvance et, quand je me suis retrouvé au beau milieu du troupeau, ils m'ont offert un concert. J'avais appris dans mes livres que les marsouins ont la réputation d'être jacasseux mais ce qu'ils m'ont servi dans la froidure de ce presqu'automne qui avait des airs d'hiver, c'est vraiment la plus joyeuse musique qui soit.

J'ai aucune idée de combien longtemps je suis resté à les regarder et à les écouter. J'avais les doigts raides de froid mais je m'y attardais pas parce que ce que je vivais était trop rare et précieux. Je le savais. Je me souviens seulement que tout d'un coup, en moins d'une minute, la neige s'est mise à tomber, si lourde et si dense qu'on ne voyait plus ni ciel, ni terre, ni mer. Il m'a semblé que les marsouins avaient disparu dans les profondeurs de l'eau, mais c'était rien qu'une impression parce que je voyais pas plus loin que ma main. Le vent s'est mis de la partie, ce qui fait que j'ai dû me résoudre à dériver. À quoi bon ramer quand on sait pas vers où aller?

La nuit est venue. Le ciel s'est calmé. Il neigeait plus mais on y voyait pas beaucoup mieux. Je me suis retrouvé sans repère au beau milieu de la mer avec même pas une étoile pour me guider. J'avais le ventre vide depuis l'aube, j'avais plus une goutte d'eau douce à boire et j'étais gelé raide. La peur s'est allumée dans mon ventre. Je savais que je valais pas grand-chose, prisonnier de l'eau, du froid et de la noirceur. Bel imbécile, j'avais même pas de moteur. Je me pensais condamné quand tout à coup, son souffle a crevé la mer.

Je savais que c'était elle. Ma Belle Bleue. Elle est venue me secourir. Je pouvais pas la voir, son souffle restait caché dans la nuit trop noire, mais je l'entendais. Ma Bleue m'a guidé en m'appelant pour que je rame jusqu'à elle avant de s'éloigner pour m'appeler de nouveau, traçant pour moi dans la nuit un chemin secret. J'avais dû dériver pas mal loin parce que j'ai ramé quasiment jusqu'à l'aube. Les premières lueurs du jour sont apparues pendant que je tirais ma barque sur le sable. Ma Bleue m'avait pas lâché durant toutes ces heures. Elle m'avait forcé à ramer pour pas tomber endormi et pour pas mourir de froid tout en me ramenant tranquillement jusque chez moi. J'étais tellement épuisé que j'aurais peut-être pas remarqué que la nuit était plus aussi noire, que je pouvais voir la côte et que j'étais arrivé vis-à-vis la Pointe-au-Rocher à un quart de mile de chez nous, si elle avait pas lancé un dernier souffle encore plus fort pour me sortir de ma torpeur. Jamais j'oublierai ce coup, pareil à une explosion, ni la vue du jet d'écume blanche, vingt fois la hauteur d'un homme.

Ouais… C'est arrivé comme ça. Elle m'a sauvé la vie. Même si elle savait que moi, Thomas Dutoit, j'avais déjà essayé de la tuer.

Comment ? a demandé le docteur, d'une voix trop pressée, ce qui fait que j'ai décidé de pas leur raconter tout de suite. Ils allaient devoir patienter.

Harold

Thomas parlait, parlait, parlait. Les mots déboulaient de sa bouche ridée sans qu'on puisse savoir tout à fait si ce qu'il racontait était vrai ou imaginé. Il disait avoir vu des centaines de marsouins rassemblés dans un même lieu et jacassant gaiement dans la fin du jour. Et il jurait qu'une baleine bleue, *sa* Belle Bleue, lui avait sauvé la vie en le guidant jusque chez lui, de nuit, en pleine tempête. Il allait parler de chasse à la baleine, enfin, quand soudain, changeant d'idée, il s'est mis à raconter de simples petits bouts de vie. Au début, son récit m'a paru décousu, comme si Thomas errait dans le dédale du passé, cueillant un moment par-ici, un autre par-là. Peu à peu, un thème s'est dégagé et j'ai été étonné de le découvrir en aussi parfaite possession de ses moyens. Avant de nous livrer les pièces maîtresses de son récit, il nous y préparait en nous entretenant des grandeurs et misères de sa jeunesse. Avant la guerre et les baleines. Comme moi, Gabrielle était accrochée aux lèvres de Thomas Dutoit, totalement captivée.

Thomas Dutoit est né à Kegaska, un village minuscule au nord-est de Mingan, d'un père français attiré par les grands espaces que lui offrait notre pays et d'une mère qui avait grandi sur une des îles maritimes. Ils ont connu la vraie misère, celle qui prend des airs de survie. Thomas se souvient encore aujourd'hui d'avoir déjà eu mal à s'en tordre les entrailles tant il avait faim. Dans les années 1880, aux dires de Thomas, il y a eu tellement de misère sur la côte entre Pointe-aux-Esquimaux et Blanc-Sablon que bon nombre de familles ont migré vers la Beauce. Trop orgueilleux, le père de Thomas refusait de recourir au secours direct. Alors que d'autres acceptaient les hardes ainsi que les quarts de farine et de lard offerts par le gouvernement aux plus nécessiteux, Adélard Dutoit préférait abattre son chien et le faire cuire.

— Mon père avait le coup de feu facile, nous a confié Thomas sur un ton dénué d'expression.

Une ombre a glissé sur son regard gris et de lointains souvenirs l'ont retenu pendant un moment, alors que je me demandais ce que cette phrase étrange signifiait. Le père de Thomas avait appris à manier les armes en Europe et il savait aussi comment s'y prendre pour pêcher et trapper sans rentrer les mains vides.

— Mon père était le meilleur chasseur de la côte et un des meilleurs pêcheurs aussi. Mais le climat était si rude que la faim épargnait personne. C'est mon père qui m'a appris à avancer en sauvage, sans froisser l'herbe, et à fouiller la forêt comme la mer avec des yeux qui échappent rien. Pendant que d'autres se nourrissaient des vivres de secours envoyés par bateau, mon père arpentait la forêt, campant dans le bois si nécessaire, même par grand froid, quand la tempête rugissait tellement fort qu'on aurait eu honte de laisser une bête puante dehors.

On le devinait tout à la fois admiratif et effrayé par les excès de son père. La fierté perçait dans sa voix alors qu'il racontait comment l'homme avait abattu un ours qu'il avait ensuite transporté sur son dos sur une longue distance.

— La vilaine bête avait tué nos moutons. Mon père était prêt à mourir pour obtenir vengeance. On a mangé du steak d'ours à s'en rendre malades, mon père, ma mère, mon frère et moi ! Le père aurait pu en donner aux voisins mais il l'a pas fait. C'était pas un tendre…

Gabrielle n'a pu s'empêcher d'objecter que la charité et le partage sont affaire de principes et non de tendresse, mais Thomas n'a pas semblé l'entendre.

Quand je songe à mon enfance et à celle de mes parents et que je les compare à ce qu'a vécu Thomas, j'ai l'impression que nous ne venons pas du même pays. À neuf ans, il savait aussi bien que les grands comment « arranger la morue », au retour des pêcheurs.

— J'arrivais à faire ma part et un bout de celle de mon frère qui se fatiguait plus vite, ce qui faisait pas de lui un lâche. Le père comprenait pas qu'Henri avait plus de misère que moi, même s'il avait un an de plus. Tant que j'ai pu, j'ai aidé mon frère, a ajouté Thomas avec un étranglement dans la voix.

Sa parole était si bien imagée que j'avais l'impression d'assister aux séances de dépeçage où il saisissait le poisson par le museau avant de l'ouvrir, de lui arracher le foie, de lui trancher la tête, puis, la main ruisselant de sang, de lui enlever les vertèbres avant de le fendre en deux.

Thomas a abandonné l'école en quatrième année. Il savait lire, écrire et compter, ce qui à ses yeux suffisait amplement.

— Une année de plus, je serais devenu fou. J'étouffais, enfermé dans la classe des heures de temps, les fesses collées à un siège alors que mon corps d'enfant voulait tellement bouger. À l'époque, n'importe quel travail, aussi dur qu'il soit, me paraissait mieux que celui d'écolier.

À dix ans, Thomas n'était déjà plus affecté à l'éviscération des poissons. Il s'embarquait avec les hommes sur les bâtiments de pêche et ramenait sa part de morue. À douze ans, il a fait son premier chantier. C'est là qu'il a compris que la forêt n'était pas pour lui. Il avait besoin d'un ciel plus grand et d'un horizon plus lointain pour bien respirer. Ça ne l'a pas empêché de passer plusieurs hivers dans ces camps infestés de poux où les hommes travaillaient dur en luttant contre le froid constant qui s'infiltrait si bien la nuit que les hommes trouvaient leurs bas mis à sécher raidis par le gel à l'aube.

— Pour nous faire oublier les misères du chantier et s'assurer qu'on s'échinerait au travail, ils nous gavaient de viande rouge, de pain de ménage, de pâtés, de crêpes, d'œufs, de tartes et de mélasse. De toute ma vie, c'est aux chantiers que j'ai le mieux mangé, nous a-t-il confié, l'œil soudainement gourmand.

Thomas s'est arrêté là. La nuit était tombée. J'ai allumé des chandelles bien qu'on ait accès à l'électricité, histoire de créer une ambiance qui inciterait peut-être Thomas à poursuivre ses confidences. Gabrielle l'avait écouté avec cette qualité d'attention un peu émerveillée qu'ont les enfants. Les paroles de Thomas semblaient avoir le pouvoir de lui faire oublier sa réalité. De longues minutes se sont écoulées dans le silence confortable de notre petite communauté. Gabrielle restait immobile. Je la sentais désireuse que Thomas poursuive. Lorsqu'il a repris, sa voix devenue plus forte nous a fait sursauter.

— J'étais au loup-marin avec mon père pendant qu'Henri accompagnait Alexandre Gallant à la chasse au petit gibier. On était en septembre. De coutume, la chasse au petit gibier est moins éprouvante que la chasse au loup-marin. Au loup-marin, on pâtit gros parce qu'on est jamais au sec et, à l'automne, l'eau dans laquelle on se trempe les mains et les pieds est sur le bord de geler. J'avais parlé pour que le père laisse

Henri partir avec le jeune Gallant. J'aurais pas dû. Pendant qu'Alexandre et Henri traquaient le lièvre et la perdrix dans les terres, leur canot s'est détaché. C'était un temps de grand vent avec de gros courants. Henri était soigneux. C'est une belle qualité. Je gagerais un bras que c'est Gallant qui avait attaché l'embarcation.

« On est restés des semaines sans nouvelles. J'avais espoir qu'ils soient pas morts parce que tout peut arriver sur la côte. C'est en plein hiver que des hommes les ont trouvés dans une cabane abandonnée. Morts de faim. Henri savait pas écrire. C'est Gallant qui a gravé sur un bout de bois avec le couteau qui est resté dans sa main : "H. D. mort de faim après 11 jours." »

Des larmes roulaient sur les joues de Thomas.

— C'est la première fois que je raconte ça, a-t-il dit sans se donner la peine de s'essuyer le visage. Je m'en veux pas. J'en veux au bon Dieu, quand je suis assez fou pour imaginer qu'il existe, de mettre sur terre des gens aussi inégalement équipés. Ça me fait penser à Oscar… le frère de Lomer, qui est moins fort et moins futé que son cadet. Même si on en parle pas, tout le monde sait qu'il a un grain. Mon frère en avait pas, lui. Il était un peu simple et mal bâti, c'est tout. Mon père disait platement devant mon frère que le bon Dieu avait tout gardé pour moi. J'avais pas de mérite, c'était comme ça.

« C'était assez vrai pour que je me sente le devoir de me donner sans compter mes efforts. Aux dires des gens de Kegaska, j'ai même accompli des exploits. »

Thomas a pris une pause mais pas assez longue pour que j'aie le temps de réfléchir autant que j'aurais voulu à cette histoire d'Oscar. Thomas confirmait ce que je soupçonnais déjà. Le frère de Lomer souffrait de maladie mentale. Et pourtant, le poids de son geste désespéré avait été mis sur le dos du fou des baleines.

— Des fois, je me dis que ni Dieu ni diable ne voulaient de moi tant j'ai réussi à m'en sortir souvent là où d'autres auraient péri. Comme à l'hiver de mes vingt-deux ans, quand la glace a cédé sous mon poids à deux miles de la côte alors qu'on pensait tous que le pont de glace était sûr. Je me suis retrouvé avalé par l'eau avec plusieurs pouces de glace par-dessus la tête. Le courant m'a fait dévier si vite que le temps d'ouvrir les yeux le trou dans lequel j'étais tombé était déjà loin. Je tenais fort à la vie dans ce temps-là. Et j'avais tout un caractère. C'est ce qui m'a sauvé. J'ai cogné tellement fort sur la glace pour me faire une ouverture que je me suis cassé quasiment tous les os de la main. Mais je m'en suis sorti.

« J'ai pas gardé de souvenir de ma longue marche jusqu'à la côte dans mes vêtements mouillés raidis par le froid. Je sais que j'ai cogné à la première porte que j'ai trouvée et qu'Alphonsine Comeau m'a pas reconnu. Elle m'a claqué la porte au nez, sûre que j'étais un fantôme, tant j'avais guère l'air vivant, avec le visage gris, les lèvres bleues, les yeux un peu fous et mes vêtements gelés qui me faisaient une carapace.

« Une autre fois, j'ai marché près de vingt miles, de nuit, un fanal à la main, pour secourir un homme qui allait perdre un pied pour cause de gangrène. L'infirmière du dispensaire avait essayé de se rendre dans un de ces traîneaux qu'on appelait comética, tiré par huit chiens, mais elle avait dû rebrousser chemin. On a jamais su pourquoi. L'homme mal en point était seul dans un camp de chasse, son compagnon l'ayant laissé pour aller chercher du secours. Quand je suis arrivé, la jambe était atteinte. »

Étant médecin, je devinais la suite. Thomas semblait en paix avec cet événement, ce qui m'incitait à croire qu'il avait posé les gestes nécessaires.

— Qu'avez-vous fait ? a demandé Gabrielle.

Thomas ne l'a pas épargnée.

— J'avais prévu le coup. J'ai pris ma scie et j'ai coupé au genou, a-t-il répondu. L'homme s'en est sorti. Peut-être même qu'il est encore vivant.

Il s'était levé en prononçant la dernière phrase. L'heure des contes vrais était finie. Thomas s'est éclipsé sans dire bonsoir. Gabrielle est restée un moment dans sa chaise, toujours immobile, mais l'œil plus vif qu'à l'heure du souper.

— Bonne nuit, a-t-elle murmuré en se levant à son tour.

Gabrielle

Oscar a un grain, je m'en doutais bien, c'était déjà apparent d'aussi longtemps que je m'en souvienne, mais le fou des baleines a toute sa tête, lui, ce soir. Je crois ce qu'il a raconté. Même l'histoire du gros troupeau de baleines blanches et les récits d'actes de bravoure. Thomas Dutoit a quand même des épisodes de folie. J'en ai été témoin. Alors qu'est-ce que la folie, dites-moi, docteur Beattie? Mon fils à moi, l'enfant que j'ai porté dans mon ventre, que j'ai aimé autant qu'on peut aimer et que j'ai essayé de faire grandir dans la joie comme ma mère me l'avait appris, avait un grain lui aussi ou peut-être pire. J'ai déjà imaginé qu'il était simplement mauvais, méchant pour dire les choses crûment, et je me suis souvent torturé l'esprit avec toutes sortes de questions, mais au final, je crois encore, comme aux premières années de sa vie, que Philippe n'était pas simplement mauvais. Il souffrait.

Au lendemain du jour où Lewis l'a brutalisé avec un violent coup de pied, Philippe n'était plus le même. La colère qui s'emparait de lui dès qu'il était contrarié s'est transformée en rage sourde permanente. Il n'en voulait pas seulement à son parrain, il m'en voulait à moi aussi. Si Thomas Dutoit a beaucoup lu sur les baleines, j'ai pour ma part, au fils des ans,

emprunté presque tous les livres traitant de psychologie dispo-
nibles à la Bibliothèque centrale de Montréal. Les psycho-
logues parlent de déplacement et de transfert, mais peut-être
que Philippe m'en voulait tout simplement d'avoir fait entrer
Lewis Stevenson dans sa vie. J'ai mieux compris plus tard
l'influence du rejet de Lewis, tacite au début mais plus affirmé
par la suite, sur le caractère et les agissements de Philippe. Il
aurait fallu qu'un autre homme qui lui aurait renvoyé une
meilleure image de lui-même prenne place dans sa vie. Ça ne
s'est pas produit. Si j'avais su, j'aurais agi autrement, mais au
lieu de chercher à compenser l'influence de Lewis par d'autres
présences, j'ai isolé Philippe dans un effort pour le protéger de
tous ceux qui risquaient de lui faire mal. Sans réussir. J'aurais
sans doute dû ne plus jamais laisser Lewis Stevenson s'immiscer dans nos vies, mais le mal était fait. Philippe avait désespérément besoin d'être aimé de lui.

Une semaine après la visite de Lewis, j'ai reçu par courrier
une enveloppe contenant un chèque signé de sa main. Rien
d'autre. Ni mot d'excuse, ni explications. Le mois d'après, à la
même date, j'en ai reçu un deuxième. Et le mois suivant, et les
autres ensuite. J'avais déjà résolu d'attendre que Philippe entre
à l'école avant de me trouver un emploi de secrétaire. Selon
mes calculs, en vivant modestement, j'arriverais à tenir le coup
en puisant dans les fonds que j'avais déposés à la banque.
L'aide de Lewis me permettait de ne pas toucher à ces économies et, justement, une petite voix me soufflait que j'en aurais
un jour besoin.

Par prudence, parce que je craignais que Lewis cesse subitement ses contributions, j'ai accepté des travaux de couture à
domicile. Madame Pawlak faisait ma publicité auprès de ses
connaissances et se chargeait d'occuper Philippe le temps des
essayages. Au fil des mois, j'ai constaté que l'humeur de mon

fils s'améliorait. Il était moins morose et moins sujet aux emportements. Il faut dire que je lui consacrais beaucoup de temps. Le plus souvent, pour ne pas l'indisposer, j'attendais qu'il dorme avant d'entamer mes travaux de couture.

Philippe avait grandement besoin d'être stimulé. Physiquement et intellectuellement. Il adorait «jouer à l'école» si bien que, même si j'hésitais à trop l'encourager dans cette voie de crainte que par la suite il s'ennuie en classe, Philippe savait lire bien avant d'entrer en première année. Mon fils appréciait particulièrement la lecture à haute voix. À chacune de nos visites à la Bibliothèque centrale, je rapportais des livres de la collection Bibliothèque Verte qui pourtant s'adressaient à des plus grands. Malgré tout, les contes traditionnels de Perrault et des frères Grimm sont longtemps restés ses récits favoris. Il ne se lassait pas d'entendre ceux du Petit Poucet, du Chat Botté et de la Barbe bleue. Il fallait presque toujours négocier longuement avant que je puisse m'arrêter. Philippe réclamait la même histoire trois, quatre, cinq, dix fois de suite parfois. J'en étais venue à appréhender l'heure de la lecture tant je redoutais ses crises. Philippe manifestait alors sa frustration en cognant sur tout ce qu'il pouvait trouver. Il ne détruisait rien, mais finissait souvent par se faire mal. Son petit corps robuste était couvert de bleus qu'il s'infligeait à force de tempêter en se frappant ou en donnant des coups sur les murs et le sol.

L'hiver avant son entrée à l'école, j'ai appris à nager à Philippe au Bain Généreux, rue Amherst, pas très loin du logement où nous vivions seuls désormais tous les deux. Dans mon raisonnement, la troisième chambre était nécessaire pour mes travaux de couture, mais au fond de moi je savais que c'est la personnalité de Philippe qui faisait que nous n'avions pas de colocataire. Cet hiver-là, j'ai découvert que

Philippe était heureux comme un poisson dans l'eau, à la piscine. Non seulement parvint-il rapidement à traverser le bassin en petit nageur autonome pendant que je le suivais de près, mais il adorait plonger sous l'eau et y rester le plus longtemps possible. On aurait dit que l'eau anesthésiait ses pulsions sauvages, le libérant du petit tyran enfoui quelque part en lui. Philippe fleurissait dans l'eau. La lecture le captivait et les jeux physiques, les sauts, la course, les acrobaties au parc, lui donnaient confiance en lui et l'apaisaient, mais c'est dans l'eau qu'il semblait réellement heureux.

Au début de l'été, madame Pawlak m'a fait venir chez elle pour prendre un appel téléphonique qui m'était destiné. Philippe m'a suivie. C'était Lewis, la voix gaie, pleine d'énergie. Il nous invitait, Philippe et moi, à passer des vacances dans un chalet appartenant à sa famille au bord du lac Rond à Sainte-Adèle.

— Non, ai-je répondu, incapable de prononcer un mot de plus.

— *Come on Gabrielle! This is silly.* Tu ne peux pas empêcher Philippe de vivre cette expérience. C'est un lac magnifique, sans bateaux à moteur, sans danger. Vous serez seuls. En paix.

J'étais bouleversée. Une partie de moi rêvait de renouer avec l'eau et le ciel même si c'était en version miniature comparé à Tadoussac et l'idée que Philippe puisse nager dans un lac m'enchantait. Mais je flairais le danger.

— *Think about it.* Je vais rappeler, dit-il avant de mettre fin à la conversation.

Nous y sommes allés et j'ai vécu au cours de ces deux semaines mes plus beaux moments à vie avec Philippe. Lewis a tenu sa promesse. Il ne s'est pas manifesté. Le petit chalet que nous occupions avait servi de maison pour les domestiques lorsque les parents de Lewis habitaient dans la résidence principale à côté. C'était un simple bâtiment de bois sans cloisons, avec une mezzanine où Philippe et moi dormions, veillés par les étoiles qu'on pouvait contempler par l'immense fenêtre occupant presque toute la façade.

Philippe avait deviné que le chalet nous était fourni par Lewis. Il se souvenait d'être venu pêcher ici avec son parrain et d'avoir dormi dans la grande maison pendant les quelques jours où Lewis s'était occupé de lui à la fin de mes études. Et pourtant, ce n'est qu'une fois de retour à Montréal, dans notre logement de la rue Clark, que Philippe a reparlé de Lewis. Il était blotti dans son lit, je me souviens, rose et frais après le bain, ses boucles blondes répandues sur l'oreiller.

— Je veux voir Lou, a-t-il dit.

Lou ? J'ai d'abord pensé qu'il avait donné ce nom à un de ses animaux en peluche.

— Il est pas tout le temps méchant, continua-t-il en me fixant avec des points d'interrogation plein les yeux comme s'il voulait que je confirme son affirmation.

Puis, d'une voix brisée, il ajouta :

— Je veux pêcher la baleine avec Lou.

Mes yeux se sont emplis d'eau. J'aurais tellement voulu lui avoir trouvé un parrain à la hauteur. J'aurais tellement voulu être moi-même davantage à la hauteur. Savoir quoi penser, quoi dire, comment agir.

J'ai répondu de manière évasive. Philippe a insisté sur un ton de défi, le regard brillant.

— Promets-moi ! Dis oui.

— Je vais voir, Philippe. Et puis… ça dépend s'il peut, non ?

— Oui. Il peut. Je le sais.

Je sentais venir l'orage. Et j'avais peur. C'est, je crois, la première fois que j'ai admis avoir peur de mon fils. Redouter sa rage.

À mon grand désespoir, Philippe s'est mis à cogner sa tête contre le mur derrière son lit, de plus en plus fort, en répétant sans cesse les trois mêmes mots – Je le sais ! –, à croire qu'il avait lui-même besoin de s'en convaincre. J'ai tenté de le maîtriser, mais il se tortillait comme un diable. J'ai quitté la chambre en espérant qu'en l'absence de témoin mon fils cesserait de se faire mal. Non. Philippe a continué. J'ai compté les coups avant qu'il ne s'arrête, épuisé. Chaque fois que sa tête heurtait le mur avec un bruit sourd, j'avais l'impression qu'on m'arrachait un lambeau de peau.

J'ai fini par transmettre sa requête à Lewis, par écrit, à l'adresse de ses parents qui apparaissait au coin gauche de l'enveloppe contenant le chèque qu'il m'expédiait chaque mois. Lewis a téléphoné deux semaines plus tard. Il avait joint les Forces armées, ne pouvait me dire où il était, mais promettait de voir Philippe à l'été.

Lewis a tenu sa promesse. Il a séjourné dans la grande résidence du lac Rond à Sainte-Adèle pendant dix jours alors que Philippe et moi occupions le petit chalet à côté. Lewis avait des journées bien remplies. Il recevait des gens, participait à des tournois de golf, retournait à Montréal pour des réunions, mais tous les jours, immanquablement, il accordait du temps à Philippe. Ils nageaient, jouaient au ballon, pêchaient la baleine en chaloupe, faisaient griller des saucisses fumées sur un feu de bois. Je ne participais pas à leurs activités, mais je devinais que le comportement de Philippe était acceptable, tout comme celui de Lewis, car mon fils était presque radieux. Ils étaient un peu comme des amoureux en lune de miel, soucieux de ne montrer que le meilleur d'eux-mêmes. J'aurais dû être heureuse, profiter pleinement de mes heures de liberté, mais je n'y arrivais pas. Quelque chose me disait qu'un drame allait éclater d'un moment à l'autre.

J'avais tort. Pour cette fois.

Thomas

Le ciel décolérait pas. À croire qu'il avait emmagasiné assez d'eau pour nous amener un deuxième déluge. Le docteur a préparé une omelette. Il semble pas malheureux d'être emprisonné sous l'orage dans cette grande maison vitrée avec la belle Gabrielle si triste et le fou des baleines si bavard.

Elle a pas touché aux œufs dans son assiette et à peine grignoté son pain du bout des lèvres, comme un petit moineau. Le docteur a mangé avec appétit et moi aussi. Après, je me suis installé dans mon fauteuil avec ma tasse de thé trop pâle parce que le docteur sait pas faire du thé et mon public m'a suivi.

À vingt ans, j'étais déjà bon chasseur, j'ai commencé. Surtout en mer. Je sentais l'animal avant même de le voir. Quand il rôdait tout proche, je le savais. J'avais les yeux comme des longues-vues. Il faut ça, pour chasser. Sans vouloir me vanter, il y a pas grand bête qui m'échappait. J'étais devenu champion pour éviscérer. Je vidais un loup-marin en un tour de main. J'aimais ça. Au fond, c'est simple, j'aimais tout dans la chasse sur l'eau. L'air du large, l'odeur forte, un brin écœurante mais en même temps excitante du sang, l'impression d'utiliser tout ce que j'avais, ma tête, ma force, mon énergie, pour gagner contre l'animal. Parce que c'est ça au fond.

J'aimais travailler vite et bien. C'est un art, la chasse au loup-marin. J'ai vu une semaine où on a dû en éplucher deux cents. Le marsouin, c'est une autre histoire. Ça se prend pas de la même manière. Mais dans les deux cas, j'aimais tuer proprement en faisant souffrir l'animal le moins possible. Tuer, c'était notre métier. On aimait ça, c'est vrai, mais on le faisait par nécessité, pour mettre quelque chose dans notre assiette et dans celle des autres. Pour rester vivant quatre saisons durant, année après année.

Ce qu'on faisait, des milliers d'hommes l'avaient fait avant nous. Les fascines, ça a été inventé par les sauvages qui vivaient pas loin de chez nous dans ma jeunesse. C'est une méthode fascinante. Ça va avec le nom de la pêche. On disait « tendre la perche » dans le temps, je sais pas pourquoi vu qu'on plantait les piquets, mais c'était ça. Et on était fiers de tendre la perche parce que, pour prendre le marsouin, il faut être plus fin que lui. C'est une pêche de belle ruse qui est pas facile pour autant.

On se mettait à dix hommes souvent aux premières grandes marées de printemps, juste après Pâques, et il fallait compter deux, trois, des fois quatre jours pour piquer toutes les perches en rang serré sur la grève. C'était du travail éreintant que de construire ces pièges à baleine. On gelait du matin au soir. Pas moyen de rester sec. Mais c'était notre pêche préférée. Le marsouin, c'est le plus beau poisson qui existe. Je sais que c'est pas un poisson et qu'on aurait jamais dû en manger le vendredi, mais à l'époque on faisait pas la différence. On arrêtait pas de répéter qu'ils sont blancs comme neige parce que ça nous impressionnait réellement. Ça peut avoir l'air cruel de tendre des pièges de même à d'aussi belles bêtes qui s'engouffrent innocemment sans savoir qu'à marée basse, elles vont frétiller sur la grève avant de crever, mais c'était ça.

Il faut dire qu'on les laissait pas pâtir longtemps et on gaspillait pas de munitions. Un coup, c'est tout. Mon père et moi, on fabriquait nos cartouches nous-mêmes en faisant fondre du plomb avant de le couler dans des moules. Tous les chasseurs du coin étaient tellement sûrs que cette chasse était juste et bonne qu'avant de commencer à planter nos perches au printemps, on se rassemblait pour prier Dieu en lui demandant de remplir nos fascines de belles baleines blanches. Le Seigneur était de notre bord. On en doutait pas. Malgré tout, il y avait quand même quelque chose qui me chicotait et c'est le fait qu'on préférait si clairement prendre le marsouin au loup-marin. Des fois, je me prenais à penser que c'est parce qu'on leur en voulait de paraître aussi libres et heureux, la gueule fendue d'un grand sourire pendant qu'on en arrachait tant.

Le docteur et la fille avaient les yeux ronds. Ils en revenaient pas d'entendre le fou des baleines raconter qu'il avait déjà eu du plaisir à tuer les mêmes bêtes qu'il s'acharnait aujourd'hui à protéger. J'avoue que ça m'amusait de les surprendre.

Mon père avait déjà chassé les grosses baleines, j'ai continué. Et il en avait gardé un souvenir épouvanté. Je le savais parce qu'il en avait souvent parlé. Ma mère détestait l'entendre. Mon frère aussi. Moi, j'étais excité par ces récits. J'ai pas lu beaucoup d'histoires inventées dans ma vie mais j'ai lu le *Moby Dick* de monsieur Melville. Mon père, qui savait pas lire, connaissait seulement le roman de réputation, ce qui l'empêchait pas de ressembler un peu à Achab, le capitaine du roman. Je crois que mon père en voulait aux baleines d'exister parce qu'elles l'avaient terrorisé. Il venait d'arriver d'Europe quand il s'est embarqué pour la première fois sur un gros baleinier. Il a passé des semaines les entrailles tordues par la peur en espérant et en redoutant tout en même temps qu'une grosse baleine noire ou bleue surgisse tout à coup, la gueule grande ouverte.

Nos ancêtres pensaient qu'en tuant un animal on s'appropriait un peu de ses qualités et c'est peut-être en partie ce qui animait mon père. Mais je pense aussi qu'il rêvait de tuer une baleine pour se débarrasser de sa terreur. Quand on a le dessus sur un animal, on se sent plus fort ou plus malin.

J'ai lu *Moby Dick* au retour de la guerre, longtemps après avoir chassé la grosse baleine. Je savais pas à quoi m'attendre quand, un an après la mort de mon frère, mon père m'a fait embaucher avec lui sur un baleinier en partance de Sept-Îles. À l'époque, j'avais une femme, une métis de par chez nous, belle à faire damner, bonne comme du bon pain et aussi brave que le meilleur des hommes. Laure…

Gabrielle m'a tiré de mes songeries en me posant une question que j'ai même pas entendue. Je les avais quittés, elle et le docteur et la grande maison vitrée au bord de la mer pour retourner à Kegaska où Laure m'attendait dans le temps.

J'étais content de suivre mon père, j'ai continué. Au début du siècle, les stations côtières de chasse à la grosse baleine en eaux canadiennes du bord de l'Atlantique étaient plus rares qu'au siècle d'avant parce que la demande d'huile était moins grande et aussi parce que les baleines étaient plus difficiles à trouver. À force d'en tuer, forcément, on affaiblit le troupeau. N'empêche qu'en 1914, dans la dernière semaine de juillet, je suis monté à bord d'un vapeur chargé d'hommes ayant pour mission de ramener une grosse baleine. On le savait pas, le père et moi, mais c'est la dernière fois qu'un baleinier a quitté Sept-Îles. Le bâtiment était greyé à l'avant d'un canon monté sur une plate-forme tournante. C'est à cet engin qu'au troisième jour, à l'aube, des hommes ont mis feu pour projeter une lance longue de cinq pieds munie d'une grenade remplie de deux livres de poudre explosive dans le corps d'une baleine bleue. Le père m'avait expliqué des dizaines de fois comment la grenade se fixe dans les entrailles de l'animal grâce à des branches pointues qui s'écartent et s'accrochent bien solide dans la chair. L'explosion se produit trois ou quatre secondes après que l'engin a troué l'animal. La grenade cause tellement de dommages que l'animal peut mourir en moins d'une minute.

Notre baleine a réussi à éviter le harpon en sondant. Quand elle a refait surface, beaucoup plus loin et beaucoup plus tard, on a aperçu une deuxième baleine à deux cents pieds. C'est un couple, a dit le capitaine, un homme qui paraissait avoir cent ans tellement il était fripé par ses saisons en mer. Il avait déjà tué, en plus du rorqual, la baleine franche et le cachalot. Le deuxième tir a atteint une des bêtes. Ce jour-là, la mer était un peu mauvaise, avec des vagues qui font bouger le bateau et rendent la chasse plus difficile. Le tireur a pas réussi à toucher l'animal dans une zone vitale. Il a fallu assister à une longue agonie. Je veux pas vous la décrire parce que j'ai pas envie de revivre cette scène-là. Mais croyez-moi sur parole, cette baleine a souffert le martyre avant de mourir au bout de son sang.

On était pas les seuls spectateurs. Au lieu de s'éloigner pour échapper au danger, l'autre baleine est restée proche jusqu'à la fin. Elle pouvait pas savoir qu'on était pas équipés pour l'abattre elle aussi. Elle aurait dû se sauver, mais elle l'a pas fait. Elle savait, comme nous, qu'on avait perdu l'animal. La baleine a agonisé pendant des heures dans la mer devenue rouge. Cent tonnes de chair et d'huile ont coulé au fond de l'océan. Une fois sa compagne disparue, l'autre baleine s'est approchée de notre bateau. Elle est venue tellement proche que mon père a blanchi de peur. On a tous vu l'œil de la baleine nous fixer pendant des secondes ou peut-être des minutes qui nous ont paru éternelles. On a tous vu aussi qu'elle était marquée par une cicatrice au-dessus de l'œil.

Oui, c'était elle. Ma Belle Bleue.

Harold

Thomas s'amusait de nous voir si déconcertés alors qu'il racontait le plaisir qu'il avait eu à tuer le loup-marin et la baleine. Le vieux chasseur avait refait surface, pleinement maître de ses émotions et effroyablement lucide. J'aurais pu conclure à l'affabulation, au délire ou à la déréalisation s'il n'avait pas réussi à maintenir une telle distance critique avec le chasseur qu'il décrivait, comme en témoignaient de brèves allusions à la barbarie de certains agissements. Thomas Dutoit semblait au contraire avoir émergé de sa folie, s'éloignant du défenseur des baleines surinvesti pour simplement présenter l'étonnant métier qu'il avait pratiqué. La réaction de Gabrielle me causait davantage d'inquiétude. On aurait dit qu'elle souffrait en même temps que les baleines abattues au large ou dans ces étranges pièges appelés « fascines », un peu comme si Thomas, en s'en délestant, lui avait transféré son rôle de protecteur des cétacés. Les scènes évoquées par Thomas chaviraient Gabrielle.

Pour mieux comprendre Thomas et peut-être aussi pour épargner Gabrielle, j'ai entraîné notre conteur sur une autre piste en lui demandant ce qui était arrivé à Laure, la femme qu'il semblait avoir tant aimée. Thomas est resté un moment impassible puis son visage s'est brusquement défait et une telle douleur s'est imprimée sur ses traits que j'ai aussitôt deviné la suite. Gabrielle n'a pas immédiatement remarqué la transformation de Thomas. Elle était encore quelque part en mer avec des baleines agonisantes qui s'enfonçaient tristement dans les profondeurs en laissant derrière elles de lourdes nappes de sang. Le silence de Thomas a malgré tout fini par l'atteindre. Elle a levé les yeux vers lui et, en découvrant sa souffrance, un petit cri a jailli de sa bouche, sans doute parce qu'elle pressentait l'ampleur du drame.

J'ai cru que Thomas ne répondrait pas. Pendant un long moment, on n'entendit plus que le bruit de la pluie fouettant la fenêtre. Thomas nous a surpris en reprenant la parole, la voix éraillée par un trop-plein d'émotion. Je me souviens que le docteur Edward, mon mentor en psychiatrie, m'avait confié lors de notre premier entretien qu'à la lumière de son expérience, la vie des humains est encore plus étonnante, dans tous les sens possibles, que ce que notre imagination peut concevoir. Le récit de Thomas Dutoit en constitue une preuve éloquente. À son retour de cette chasse inouïe où l'équipage d'un grand vapeur est rentré bredouille après avoir harponné une baleine bleue, Thomas a trouvé sa bien-aimée alitée, en proie à des crampes atroces. Le mal avait pris Laure si soudainement et si fortement, la veille, qu'elle n'avait pas réussi à se rendre chez le voisin à un demi-mile de leur maison pour solliciter de l'assistance. Ce jour-là, Thomas a pratiquement kidnappé l'infirmière qui par miracle était au dispensaire du village. Ils sont arrivés juste à temps pour recueillir le dernier souffle de Laure, méconnaissable, aux dires de Thomas, tant ce qu'elle endurait était inhumain. L'infirmière a expliqué à Thomas que sa femme avait été victime d'une grave attaque de coliques cordées, ce qui en langage médical correspond à une inflammation de l'appendice iléo-cæcal et ne peut être guéri que par l'ablation de la partie atteinte.

— Ma femme est morte exactement vingt-quatre heures après la baleine bleue qui a agonisé sous nos yeux, a raconté Thomas. Selon mes calculs, le mal l'avait attaquée en même temps que la grenade explosait dans les chairs de l'animal.

Thomas a prononcé ces dernières phrases en posant sur Gabrielle son regard noyé d'eau bleue. Il s'est ensuite tourné lentement vers moi comme si la suite m'était adressée.

— Le lendemain, j'ai appris que la guerre venait d'être déclarée entre l'Allemagne et l'Autriche d'un côté, et la France, l'Angleterre et la Russie de l'autre. Je me fichais complètement du roi d'Angleterre et j'avais pas plus d'affection pour la France. Malgré tout, j'ai été un des premiers hommes à se porter volontaire. J'avais rien contre les Allemands mais j'étais prêt à me battre contre n'importe qui parce que j'en voulais au monde entier.

Thomas s'est arrêté là. Il s'était confié bien au-delà de mes espérances et, même si son récit l'avait obligé à revisiter des scènes extrêmement pénibles, son discours était resté structuré et ancré dans la réalité. Dans les moments les plus difficiles, il s'était simplement réfugié dans le silence. L'intensité des expériences qu'il avait décrites, l'extraordinaire chasse à laquelle il avait participé, la lente agonie d'une baleine, la mort tragique de Laure, et bien sûr, l'étrange coïncidence entre ces deux décès, étaient pourtant plus que suffisantes pour déclencher une forte réaction chez n'importe quel individu.

La pluie n'a cessé que pour reprendre avec une vigueur renouvelée. Thomas s'est endormi dans son fauteuil. J'ai proposé à Gabrielle du pain, du jambon et des petits fruits, mais elle a refusé. Elle est restée tout l'après-midi effarée et muette sans que je puisse savoir quels affreux scénarios se déroulaient dans sa tête.

Gabrielle

Je l'imagine bien, cette baleine bleue. Elle s'enfonce dans l'océan, un harpon accroché à son flanc. Elle continue de sourire alors qu'elle disparaît dans l'eau glacée rougie par son sang.

L'image se brouille. Deux grands yeux bleus me fixent. C'est mon fils qui coule. Sa bouche s'ouvre. L'eau s'y engouffre. Il voudrait crier mais il en est incapable. Son regard s'accroche à moi. Il me supplie de le secourir.

Je frappe à grands coups de poing dans la porte du manoir de la famille Stevenson. Lewis m'ouvre. J'ai les cheveux défaits, le souffle court, le corps trempé de sueur. J'essaie de lui expliquer que notre fils se noie, mais les mots qui sortent de ma bouche appartiennent à une langue étrangère. De toute manière, Lewis ne me reconnaît pas. La porte se referme sur moi. Alors je m'élance. J'arrête le premier passant rue Sherbrooke. Philippe se noie ! je crie. L'homme ne m'entend pas. Il ne me voit même pas. Je suis désormais invisible et muette. Je le sais maintenant. Comme je sais que le corps de Philippe flotte entre deux eaux à des centaines de pieds de profondeur, là où s'affrontent les plus forts courants. Il n'est pas mort. Il m'attend.

Philippe a attendu Lewis pendant presque un an. Il m'a chargée à trois reprises d'expédier un dessin à son parrain. Toujours le même. Un petit garçon dans une chaloupe sur un lac en compagnie d'un homme plus grand. Chacun tient une ligne à pêche. À travers l'eau, on peut voir une baleine prête à mordre à l'hameçon. Lewis n'a jamais accusé réception de ces cadeaux ni écrit à Philippe en retour.

À sa première année d'école, Philippe a eu la chance de tomber sur une enseignante formidable, sœur Edmond. C'était sa dernière année d'enseignement avant la retraite. Elle a tout de suite vu que Philippe était en avance sur les autres enfants et elle m'a confirmé ce que je devinais déjà. Mon fils était doté d'une intelligence supérieure. «Rare, même», ajouta la religieuse, énonçant cela comme un simple fait, sans paraître s'en réjouir outre mesure. Elle installa Philippe un peu à l'écart dans la classe et lui permit de lire des ouvrages qu'elle-même se chargeait de lui fournir lorsqu'il avait l'impression de maîtriser ce qu'elle enseignait.

J'eus vent de quelques disputes. Des enfants traitèrent Philippe de chouchou, mais j'ai cru comprendre que la taille de mon fils, de loin le plus grand et le plus costaud de sa classe, en imposait suffisamment aux autres élèves pour qu'ils ne le tourmentent pas davantage. J'occupais depuis le début de septembre un emploi de secrétaire dans un bureau d'avocats, Walker and Associates, situé rue Dorchester à distance de marche de notre logement. Mon horaire me permettait de confier Philippe à madame Pawlak pendant une petite heure seulement à son retour de l'école. Lewis m'avait fourni le nom de la firme d'avocats l'été précédent et son père avait parlé à un de ses membres les plus influents. Ces bons mots, ajoutés à une lettre de recommandation impeccable de la Notre-Dame Secretarial School, m'ont permis de négocier un horaire aussi enviable. J'occupais un poste de simple secrétaire et j'étais rémunérée pour ces fonctions alors qu'on me confiait des mandats en comptabilité et même en administration, une aubaine pour mes employeurs.

C'est au travail que j'ai rencontré Louis Marchand, un jeune avocat aussi brillant que charmant. Il m'a invitée à « casser la croûte », une expression que j'ai trouvée fort jolie, dans un restaurant un midi sous prétexte de discuter de quelques dossiers. À ma grande surprise, il m'a poliment fait la cour. J'ai cru le dissuader en lui exposant ma situation de fille-mère. Il a souri en affirmant qu'il était déjà au courant.

À la fin septembre, il nous a invités, Philippe et moi, à cueillir des pommes dans un verger près de chez lui sur la rive-sud de Montréal. Mon fils a été suffisamment exécrable pour que Louis Marchand ne renouvelle jamais l'invitation, mais pendant toute la durée de mon emploi, cet homme exquis a gentiment veillé sur moi.

Il a plu le 25 décembre cette année-là et Philippe fut d'humeur morose malgré mes efforts pour créer un Noël gai. Pendant la semaine de vacances qui suivit, j'ai découvert que Philippe se mutilait en grattant sa peau jusqu'à produire une plaie. Il avait trouvé une excuse pour la première blessure, au coude, je me souviens, mais j'ai rapidement mis au jour le manège. Après un comportement particulièrement inacceptable, une crise de rage ou un affront public – « Je te déteste maman ! » crié en pleine rue Sainte-Catherine, par exemple – , Philippe se punissait. Cette découverte m'a profondément abattue. Il m'avait semblé jusque-là qu'à force d'amour, Philippe finirait par acquérir une personnalité plus stable. J'ai commencé à en douter.

Madame Pawlak fut pendant longtemps ma seule confidente. La brave femme devinait l'ampleur du défi que représentait Philippe dans ma vie et elle m'encourageait à rester calme, courageuse et confiante. À ses yeux, Dieu avait le pouvoir de tout régler et c'est par la prière que je réussirais le mieux à aider mon fils. Malgré tous les regards qui semblaient fondre sur moi au moment de la communion alors que je restais sagement agenouillée à ma place, je fréquentais l'église à peu près tous les dimanches. Philippe m'accompagnait sans se plaindre, étonnamment, même s'il tombait inévitablement endormi pendant la cérémonie. Ma confiance en Dieu était quand même vacillante. J'avais compris que si Dieu existait vraiment, il semblait s'attendre à ce qu'on règle nos problèmes sans lui.

Lewis s'est manifesté à la toute fin de l'année scolaire. Il est venu me remettre les clés du petit chalet au bord du lac Rond à Sainte-Adèle en m'assurant que Philippe et moi pouvions en jouir durant tout le mois de juillet. Il offrit aussi une canne à pêche à Philippe. Du coup, mon fils parut oublier que son parrain l'avait ignoré tout au long de l'année.

— Nous irons pêcher au lac? demanda-t-il, le regard pétillant d'espoir.

— Non. Je dois retourner à la guerre, répondit Lewis, charmé de voir Philippe aussi attaché à lui.

— Tu vas mourir? demanda encore Philippe d'une voix si grave qu'on aurait cru entendre un adulte au lieu d'un petit bonhomme de sept ans.

— Non, l'assura Lewis. Je travaille dans un bureau.

Comprenant qu'en rassurant Philippe, cette affirmation risquait aussi de le diminuer à ses yeux, Lewis ajouta presque aussitôt:

— C'est dans les bureaux qu'on dirige la guerre. Je dois y retourner parce que mon travail est très important.

Philippe acquiesça de la tête, impressionné par cette confidence et apparemment prêt à tout pardonner à cet homme qui n'avait pas le choix de partir puisqu'il occupait un poste si important. Philippe n'avait pas remarqué que son parrain portait un anneau à la main gauche. Je l'ai mentionné à Lewis pendant que Philippe allait chercher son bulletin pour le lui montrer.

— Ma femme est enceinte, annonça fièrement Lewis. Dans six mois, *around Christmas possibly, we'll have a child.*

Je l'ai félicité en m'efforçant de paraître chaleureuse même si la nouvelle me fit frissonner. Ce changement dans la vie de Lewis allait sans doute l'éloigner de Philippe alors même que ce dernier réclamait son affection et sa présence.

En deuxième année, Philippe eut pour enseignante une jeune religieuse très sévère. Elle me convoqua à la fin du mois de septembre pour me signifier que mon fils manquait outrageusement de discipline et de contrôle. Je lui ai donné raison et lui ai confié les difficultés que j'éprouvais à la maison en espérant qu'ensemble nous pourrions trouver des solutions sinon de l'assistance.

— Vous avez fait cet enfant, à vous de le discipliner, répondit-elle durement. Votre jeunesse et votre statut matrimonial ne sont pas des excuses pour l'élever n'importe comment. Votre fils doit apprendre à obéir, qu'il en ait envie ou pas. Il doit aussi, à sept ans, supporter d'être contrarié sans adopter des comportements inadmissibles. Cet enfant n'est pas suffisamment puni à la maison. À vous d'y remédier.

Philippe avait effectivement des réactions inacceptables. Mais les punitions n'avaient pas de prise sur lui. J'ai tenté d'expliquer à la religieuse que Philippe regrettait souvent ses gestes après coup et qu'il se punissait lui-même, à mon grand désarroi. J'ajoutai quelques faits récents pour l'en convaincre. Pendant un moment, elle parut déstabilisée puis se ravisa.

— S'il souffre de problèmes mentaux, il faut l'interner. Sinon, c'est à vous de l'éduquer.

Deux semaines plus tard, en rentrant du travail, j'ai trouvé Philippe dans son lit. Il avait refusé de rester chez madame Pawlak en attendant mon retour comme d'habitude et la pauvre femme avait finalement cédé. Philippe avait une main en sang. La maîtresse l'avait frappé avec une lanière de cuir jusqu'à ce que la peau de sa paume éclate en l'obligeant à demander pardon après avoir battu un enfant à la récréation. Philippe n'avait pas cédé. Il n'a rien voulu dire de plus. J'ai dû me rendre à l'école le lendemain midi pour apprendre que Paul Dubé l'avait traité de bâtard. Philippe s'était jeté sur l'enfant, un grand gaillard de deux ans son aîné et, sans l'intervention d'élèves plus âgés, il l'aurait étranglé à mort semble-t-il.

J'eus, ce soir-là, une longue discussion avec mon fils. Philippe m'avoua avec une candeur époustouflante qu'il avait eu peur de lui-même la veille.

— La maîtresse dit que j'ai le diable au corps et que c'est parce que j'ai pas de père. Elle dit aussi que le bon Dieu est pas content qu'il existe des enfants comme moi. Je pense que c'est vrai. Pendant que j'essayais de tuer Paul Dubé en serrant son cou du plus fort que je pouvais avec mes mains, je sentais que le diable était dans moi.

J'ai mis du temps avant de réagir. Philippe attendait, inquiet. J'ai essayé de trouver les mots pour le convaincre que de ne pas avoir de père ne faisait pas de lui un enfant moins aimé de Dieu. Je lui ai aussi expliqué qu'on a tous une part de méchanceté en nous. Il faut la faire taire et encourager l'autre partie, la bonne, à se manifester.

— Comment? a demandé Philippe, les yeux ronds d'espoir, sincèrement avide d'obtenir de moi un mode d'emploi.

Je me suis subitement sentie horriblement démunie. Philippe énonçait une question importante à laquelle je n'arrivais pas à trouver de réponse, peut-être parce que je n'étais pas moi-même minée par des pulsions semblables. Jamais de ma vie je n'avais eu envie de tuer. Jamais de ma vie je n'avais eu peur de la rage qui bouillonnait en moi. J'ai quand même songé à un stratagème inspiré par le calendrier de l'avent. J'ai accroché un calendrier ordinaire, cadeau de notre épicier, dans la chambre de Philippe. À chaque soir, il devait dessiner une croix ou un soleil dans la case du jour selon qu'il avait réussi à se maîtriser ou pas. Les jours où il dérapait, Philippe était privé de dessert ou encore de dessert et de lecture selon la gravité de l'écart. Je ne voulais pas de punition plus débilitante car je m'inquiétais de son penchant naturel pour l'automutilation. Pour ce qui est des récompenses, j'avais eu une idée un peu risquée. J'ai promis à mon fils qu'il aurait un chien lorsqu'il aurait accumulé cent soleils. Cent jours sans faire de vagues pour mériter un chien que nous irions choisir ensemble à la SPCA. J'ai eu peur après coup que madame Pawlak s'oppose au projet, mais elle a accepté de bonne grâce à condition bien sûr que le chien ne jappe pas trop.

Philippe a obtenu son chien à la Saint-Valentin. Un bâtard, comme lui. Une brave bête, mélange d'épagneul et de terrier. Philippe l'adorait, un peu de la même manière qu'il m'adorait, moi, en l'éprouvant constamment, à croire qu'il voulait nous persuader tous les deux qu'il ne méritait pas d'être aimé en retour. J'ai dû intervenir souvent. Philippe soumettait Dog, c'est le nom qu'il lui avait donné, à des contraintes excessives. Défense de bouger, par exemple, et Philippe tempêtait lorsque le chien désobéissait. Dog avait peur de son petit maître.

Philippe s'en aperçut et dès lors, il sembla déterminé à le tyranniser davantage. Philippe ne levait jamais la main sur Dog, il se contentait de l'accabler d'ordres et de le terroriser avec ses sautes d'humeur.

Je n'avais pas de nouvelles de Lewis et Philippe ne parlait plus de son parrain. Il réapparut toutefois, le jour de l'anniversaire de Philippe, avec un grand cadeau sous le bras. J'ai dû déballer moi-même le paquet contenant un jeu de construction qui devait valoir une fortune. Mon fils semblait juger que dix mois sans nouvelles constituait une trop grave offense, surtout que le rôle soi-disant important de Lewis dans l'armée n'était plus une excuse puisque la guerre était finie depuis des mois. Philippe est donc resté enfermé dans sa chambre pendant qu'un Lewis abattu et amaigri me confiait qu'au septième mois de grossesse, sa femme avait perdu le bébé qu'ils attendaient et que, selon les médecins, ils devaient désormais renoncer au projet de concevoir un autre enfant. Lewis y voyait la preuve d'une malédiction telle qu'il l'avait redouté.

— *Philippe is my only son, Gabrielle. Do you realize that?*

— Philippe est malade, lui dis-je.

— Quoi?

J'ai tenté de convaincre Lewis de m'aider à trouver un médecin spécialiste qui pourrait soigner Philippe.

— Tu le protèges comme si c'était une fille, a conclu Lewis après que je lui eus raconté plusieurs épisodes inquiétants. *His teacher is right.* Il a simplement besoin de plus de discipline. Et peut-être aussi d'un homme dans sa vie, ajouta-t-il avec un sourire suffisant.

J'allais prononcer des paroles regrettables lorsque Philippe est sorti de sa chambre, un dessin à la main. Cette fois, il avait dessiné Lou, Dog, lui et moi dans un grand bateau sur un plan d'eau plus vaste et houleux que dans les dessins précédents.

— Les baleines vivent dans la mer, dit-il à Lewis sur un ton ferme en levant néanmoins vers son parrain un regard si aimant que ce dernier n'a pu s'empêcher de le soulever et de l'embrasser en lui promettant qu'un jour, juré, ils chasseraient la baleine en haute mer.

Thomas

Elle allait pas mieux. Même que son moral empirait à mesure que j'étalais mes souvenirs. J'avais jamais raconté mon histoire à personne avant. Je me contentais d'en ressasser des bouts dans ma tête. Je savais pas dans quoi je m'embarquais quand j'ai commencé à parler. Mais une fois parti, même si ça me troublait, on aurait dit que j'avais besoin de continuer. Je faisais du ménage à mesure parce qu'il y a des épisodes qui étaient pas mal emmêlés. J'ai tassé des grands pans aussi pour garder rien que le plus important.

Rendu à la guerre, j'ai tout d'un coup eu envie de me taire. J'ai décidé de continuer pour elle, même si ça me tirait du jus. Mon histoire allait rien changer à sa vie mais peut-être qu'en l'entendant elle saurait qu'on peut tomber encore plus bas que ce qu'on pensait possible et remonter la côte quand même. Je voulais qu'elle sache que j'en avais arraché moi aussi. Et je voulais qu'elle en parle. Qu'elle se raconte. Parce que sinon, j'avais peur qu'elle se noie dans son chagrin.

Quand j'ai repris la parole après un long arrêt, j'ai eu de la misère à retrouver le fil de mes pensées. Le ciel était à sec, enfin, et le vent avait arrêté de malmener la mer. C'est en regardant le ciel, va savoir pourquoi, que j'ai pensé à Pite. Pite Pépin. C'est avec lui que mon histoire reprendrait.

Pite Pépin était du même convoi et du même régiment, j'ai commencé. J'avais eu quarante ans, il en avait dix-neuf. Ils auraient jamais dû l'enrôler. Pite avait le cœur trop tendre, ça en faisait pitié. Il était pas le seul. Une fois de l'autre bord, déguisé en guerrier, avec le lourd gréement à transporter, un chapeau qui faisait résonner la pluie et des bottes qui laissaient passer l'eau quasiment autant que des vieilles chaussettes, j'ai découvert que j'étais probablement le soldat le plus fort et le plus endurant de mon régiment. Les autres avaient pas vécu la moitié de mon lot de misère pour s'endurcir. Plus d'un savaient même pas tenir un fusil et on leur a pas appris. Il y en a qui sortaient quasiment d'en dessous des jupes de leur mère. Ils en ont bavé. C'est sur la Côte-Nord qu'on forme des hommes taillés pour faire des soldats même si leur cœur y est pas préparé. Quand on a grandi sur la côte, avec pour toute possession ce qu'on arrive à tirer nous-mêmes d'une terre pauvre, couverte de rochers, au bord d'une mer battue par des vents d'ouragan et saisie par des brouillards glacés, on peut tout endurer.

Personne savait avant de s'embarquer que c'était une guerre de fantassins. Tout ce qu'on avait pour traverser des territoires géants, c'était les deux jambes que le bon Dieu nous a données. Moi, j'avais l'habitude. Mais pas Pite Pépin. Il s'était enrôlé parce qu'on lui avait fait croire comme à tant d'autres que la guerre était une aventure noble et que notre pays avait besoin de héros. C'est faux. On était pas des héros. Même qu'on valait pas plus que le lot de munitions sur notre dos. On était rien que de la chair à canon.

Ça nous a tous pris du temps avant de comprendre dans quoi on s'était embarqués. Au début, pour venir à bout de nos journées, on avait rien que besoin de résignation et d'endurance. Marcher, geler, mal manger et recommencer. Ils nous faisaient avaler des galettes dures et de la viande en canne. Le bruit a couru que c'était du singe haché. Pour encourager Pite, je lui ai conté que j'avais déjà mangé du chien, du loup-marin, de la baleine pis de l'écureuil et que j'étais pas plus mal portant. Il était pas sûr de pouvoir me croire et ça lui avait arraché un petit rire, je me souviens.

On avançait sur un terrain qui ressemblait à un désert. Ça se trouvait dans les Flandres, quelque part en Belgique, un pays qui est même pas la France. Avant la guerre, c'était un beau coin de pays, il paraît, avec des fermes, des pâturages, des grands champs. Les bâtiments, les bêtes et les hommes sont vite partis en fumée. Il restait rien que des cendres et de la poussière sur un sol bizarrement sculpté par les bombes et tellement sec, tellement crevassé que l'eau du ciel tombait droit dans les tranchées. C'est là qu'on s'est retrouvés après des millions de pas additionnés. Au front. Dans un long couloir, creux de sept pieds, vis-à-vis un autre quasiment pareil mais rempli d'Allemands, lui. Des deux côtés, il y a eu des détonations, des pétarades et des hommes qui tombaient, crevaient, éclataient. J'avais déjà vu des têtes arrachées, des entrailles pendantes, de la cervelle qui coule, mais c'étaient des bêtes qu'on avait tuées pour s'en nourrir ou pour faire fondre leur graisse dans le but d'acheter de la farine. Je pouvais pas croire qu'on se faisait ça entre humains.

Je sais pas si c'est parce que j'en voulais trop à la vie de m'avoir enlevé Laure, mais les premières horreurs de la guerre m'ont pas tant affecté malgré tout. Un matin, Pite a trouvé un soldat affalé au fond de la tranchée à cinquante pas d'où on avait passé la nuit. L'homme avait un trou à la place du ventre. Il avait rampé de peine et de misère jusqu'au bord de la tranchée avant de se laisser tomber en espérant avoir du secours. Même s'il respirait encore et que ses yeux étaient ouverts sur le ciel gris au-dessus de lui, les rats avaient déjà commencé à le harceler. En voyant ça, Pite est devenu comme fou. Il s'est mis à hurler encore plus fort et plus longtemps qu'un loup à la pleine lune. Les autres soldats se sont fâchés. Ils avaient les nerfs à vif. J'ai pris sur moi de faire taire Pite en l'assommant juste assez fort pour qu'il arrête de crier et aussi de penser et de souffrir pendant un petit temps. Quand il a repris conscience, il m'a annoncé qu'il allait se sauver. Il était prêt à tomber sous les balles ou à se faire exploser par un éclat d'obus, n'importe quoi pour fuir l'horreur.

Je lui ai fait croire que je partirais avec lui s'il attendait un peu. Je savais pas quoi dire d'autre, ce qui fait que j'achetais du temps en mentant. Ce jour-là, un soldat de notre régiment, Cyril Landry, a pris la poudre d'escampette au moment de passer de la première à la deuxième ligne. Ils l'ont retrouvé dans l'heure. Le général Lautey, qui avait la réputation d'être un homme féroce, a réuni tous les soldats présents pour leur faire savoir ce qui leur arriverait si jamais ils avaient idée d'imiter leur camarade Landry. Cyril a été attaché vivant au bout d'un canon et Lautey a donné l'ordre de tirer. L'homme a été coupé en deux. Pite a plus reparlé de se sauver.

Moi, c'est la fumée verte qui m'a le plus affecté. Les Allemands avaient installé leurs cylindres quelques jours avant. Ils attendaient le bon vent. La rumeur d'attaques au gaz était venue jusqu'à nous. On avait tous entendu parler d'un poison dans l'air qui brûlait les yeux et la gorge autant que le feu. Nos chefs auraient dû réagir. Mais c'étaient rien que des amateurs. Et des sans-cœur. C'est arrivé à la fin d'une journée de gros soleil. Une journée parfaite pour un mariage. On aurait dit que le soleil s'était pas montré depuis cent ans. Douze hommes venaient de grimper le mur de la tranchée avec ordre d'avancer. Pite et moi, on était du groupe quand les gaz nous ont jetés à terre. J'ai pas compris tout de suite. C'était comme l'attaque sauvage d'un monstre invisible. J'ai paniqué. Pite aussi. Avec sa constitution, il aurait crevé vite si je l'avais pas tiré, je me demande encore comment, jusqu'à notre nid de boue au fond de la tranchée.

D'autres sont devenus aveugles avant de succomber le corps couvert de cloques. Il a fallu attendre que le soleil meure et ressuscite puis meure encore avant d'avoir droit à du secours. C'est Pite qui a eu l'idée de pisser dans son mouchoir et de se le plaquer sur la bouche pour faire écran au gaz. J'ai fait pareil jusqu'à ce que je sois plus capable de pisser. On avait pas d'eau, bien sûr. J'ai quasiment étouffé Pite en le recouvrant de mon corps pour le protéger. Pendant des heures et des heures, on a entendu les râles de ceux qui étaient restés à découvert, à quelques pieds seulement de la tranchée et qui ont rendu l'âme après avoir enduré le martyre. Je les imaginais se tortillant comme des vers de terre pendant qu'ils se plaignaient. Un fois, seulement, j'ai failli sortir de la tranchée pour en achever un qui priait entre les vomissements. Les plus lâches sont les plus croyants. Ils se doutent comme tous les autres que le diable a pris le dessus sur le bon Dieu et que plus rien a du sens mais au lieu d'admettre que le Tout-Puissant est pas si tout-puissant ou encore qu'il est devenu malin, ils se répandent en prières au cas où, peut-être, ils auraient des chances de s'en sortir. C'est pas la foi qui les anime, c'est la trouille.

Le lendemain, il m'est arrivé quelque chose d'étrange. Le soleil brillait comme s'il avait rien vu ou qu'il s'en fichait. Pite respirait toujours et moi pareil. Il avait encore des embrouillements et des picotements aux yeux mais pas plus. Moi, le chanceux, j'avais quasiment rien sinon que j'étais crevé et que j'avais soif à vouloir me saigner. J'avais le dos accoté au mur de la tranchée et les jambes pliées avec les genoux ramenés sous le menton, je me souviens, quand un insecte est venu se poser sur ma main gauche. C'était ni une mouche ni un maringouin. Juste une petite bibitte que je connaissais pas. Par réflexe, j'ai voulu l'écraser, mais à la dernière minute, ma main droite s'est arrêtée. Je tremblais. J'étais pas capable de l'aplatir. L'idée de tuer, même rien qu'un insecte, me donnait envie de vomir, ce qui fait que j'ai bougé la main doucement pour encourager la petite bête à partir.

Mon sentiment a pas duré. Dans les semaines qui ont suivi, j'ai tué des dizaines d'hommes. Pite et moi, on était devenus frères même s'il avait l'âge d'être mon fils. Il m'est arrivé plus d'une fois de transporter une partie de son gréement pour l'aider à tenir le coup. Je voulais pas qu'il meure. J'aurais préféré que ça m'arrive plutôt qu'à lui. Et c'est pas par grandeur d'âme mais parce que le pire, c'est de survivre à ceux qu'on aime. Je l'avais appris.

Un matin, on a reçu l'ordre d'attaquer dans des conditions épouvantables. Je pense encore aujourd'hui que l'armée voulait nous sacrifier. On devait être une diversion. C'est sûr qu'ils savaient qu'on pouvait rien conquérir. On était une poignée d'hommes contre tout un régiment. Et nos ennemis nous attendaient, prêts à nous faire éclater la cervelle. On aurait dû se révolter. Pas bouger personne. Ils pouvaient quand même pas nous déplacer de force ni nous punir en nous abattant un après l'autre. Mais on avait plus d'âme. On était devenus comme des bêtes. Ou des machines à tuer. Au dernier moment, avant d'escalader la tranchée, j'ai pensé : Enfin ! Dieu merci ! C'est fini. J'étais sûr qu'on allait tous crever. Personne aurait le malheur de survivre. C'était peut-être pas la fin de la guerre mais c'était la fin de notre guerre.

Pite est mort à côté de moi. Des Allemands nous ont surpris en sortant d'un trou qu'on avait pas vu. Ils étaient trop proches pour nous tirer dessus. Pite a glissé sur le sol, la gorge tranchée. J'ai reçu un coup de couteau dans l'épaule. Si j'avais pas bougé au dernier moment à cause de Pite qui a hurlé, la lame me serait rentrée dans le cœur et je serais pas ici aujourd'hui. Mais l'Allemand m'a manqué. Je suis devenu une vraie bête enragée. Je voulais pas seulement le tuer, je voulais lui faire mal, j'avais envie qu'ils souffrent tous. J'ai dû lui rentrer ma baïonnette dans le ventre douze fois si c'est pas cent. J'arrivais pas à m'arrêter. Je pouvais pas imaginer faire autre chose que rentrer la lame attachée au bout de mon fusil dans le ventre de cet homme. C'est l'épuisement qui m'a arrêté. J'ai fait quelques pas de côté et je me suis écrasé. Des Allemands m'ont enjambé en courant. Ils me pensaient mort. Faut croire que le démon lui-même voulait pas de moi.

Je sais pas combien longtemps je suis resté affalé. Je me suis relevé pour ramper jusqu'à l'homme que j'avais massacré. Il était pas difficile à reconnaître. Il y avait pas un autre corps aussi défoncé. De sa poche sous l'épaule au-dessus d'une bouillie de sang, un petit bout de papier ressortait. Je l'ai pris.

Quelques heures plus tard, un éclat de shrapnel m'a arraché la moitié de la jambe droite. On m'a transporté jusqu'à un poste de secours rempli d'hommes qui beuglaient. J'ai supplié le bon Dieu et le diable à tour de rôle de venir me chercher. Entre les moments où je tombais dans une sorte de coma, je me pensais chez les Allemands tellement la douleur me torturait. Dans les rares moments de lucidité, je cherchais autour de moi un objet qui me permettrait de mettre moi-même fin à mes jours. Je me souviens d'avoir supplié le docteur de me scier la jambe en braillant comme un enfant.

C'est là que Jeanne est apparue. Un ange déguisé en infirmière. Elle avait décidé que je garderais ma jambe et que je mourrais pas. Je l'ai entendue parler au docteur. Lui paraissait moins sûr de la décision à prendre. Elle avait des yeux couleur de soleil. Je sais que ça se peut pas mais c'est ce que j'ai vu quand même. Ils ont farfouillé dans les tissus à découvert de ma jambe, fait et défait des pansements en me fourrant des guenilles dans la bouche pour que je me tranche pas la langue. J'ai eu droit à quelques bonnes gorgées de fort qui m'ont pas fait plus d'effet qu'une tasse d'eau. Tout ça pour dire que je me noyais dans la douleur mais qu'à chaque fois que j'allais enfin rendre l'âme, Jeanne me repêchait. Elle m'obligeait à rester vivant.

Comment elle s'y prenait ? C'est quasiment honteux tellement c'est simple. Elle chuchotait des petites mélodies un peu comme font les mères pour endormir les enfants et elle m'épongeait le front avec une guenille mouillée. C'est tout. Faut croire que sa voix et sa main, ensemble, c'était magique. Des fois, quand elle savait pas que j'étais conscient, du bout des doigts, elle me caressait une joue et j'avais l'impression qu'une plume d'oiseau venait de toucher ma peau.

C'est elle qui a pris la lettre dans la poche de mon pantalon. Elle l'a fait traduire par un prisonnier haut gradé en pensant bien faire. Je parlais pas encore. Je répondais à aucune question. D'elle comme des autres. J'avais pas la force ni le désir de parler. Il me semblait que prononcer un mot, c'était comme accepter d'être vivant. Et je voulais mourir.

Gabrielle

Dog a rendu l'âme le 22 mai 1946, battu à mort par son petit maître. Lewis avait promis à Philippe qu'il viendrait le chercher tôt ce matin-là pour passer la journée avec lui. Il m'avait fait part de son projet d'emmener Philippe à Granby où le maire disposait d'une ménagerie exceptionnelle. Philippe était prêt à huit heures. Il a attendu son parrain pendant quatre heures, assis sur une chaise dans la cuisine à regarder les aiguilles de l'horloge trotter lentement autour du cadran. À midi pile, Lewis a téléphoné pour annoncer d'une voix pâteuse qu'une affaire urgente le retenait ailleurs. Trop pressé de finir la conversation, il n'a même pas offert de parler à Philippe.

J'ai transmis les explications à mon fils, persuadée qu'il réagirait en piquant une colère monstre.

— Lou est un menteur, a déclaré Philippe d'une voix glaciale.

Je n'ai pas osé répliquer et Philippe n'a rien ajouté. J'ai cru qu'il était déçu mais qu'il commençait à comprendre que Lewis ne serait jamais le parrain qu'il espérait. Philippe s'est déclaré affamé, ce qui n'avait rien d'étonnant puisqu'il avait à peine touché à son déjeuner tant il était excité à la perspective de partir avec son parrain. J'ai fait chauffer de la soupe et j'ai préparé un sandwich grillé au fromage. Je me souviens d'une foule de détails. J'avais choisi une assiette bleue, coupé le sandwich en quatre triangles au lieu d'en carrés et enlevé un peu de croûte pour faire plus joli. Philippe a mangé de bon appétit puis il a demandé la permission de jouer avec Dog dans la cour, un simple morceau de terre battue et de rare pelouse, à peine plus grand qu'un balcon, entouré d'une haute clôture de bois. Philippe y accédait par l'escalier de secours accroché au balcon derrière la cuisine. Il avait la permission d'y jouer seul pendant de courts moments.

Dog n'a pas jappé parce que Philippe l'a assommé avec un bout de planche avant de continuer à le battre. Il utilisait souvent les restes de planches utilisés pour réparer la clôture dans ses jeux. La plus grosse pièce lui a servi d'arme. Les gémissements de Dog m'ont alertée. En descendant l'escalier, j'ai vu Philippe le frapper sauvagement. Mon fils m'a d'abord entendue crier puis il m'a vue, mais il ne s'est pas arrêté. Il s'est acharné, comme Thomas avec l'Allemand sur le champ de bataille après la mort de Pite. Le visage de Philippe était plissé dans une expression horrible qui trahissait son plaisir malsain à battre la pauvre bête. Savait-il que Dog en mourrait ? Est-ce ce qu'il souhaitait ? J'ai dû lui arracher le bout de bois. Philippe a résisté autant qu'il a pu avec une vigueur surprenante. Déjà grand et costaud pour ses huit ans, on aurait dit que la rage décuplait ses forces.

Philippe est remonté dans le logement pendant que j'étais agenouillée à côté de Dog en me demandant si je devais l'achever de mes mains ou l'emmener d'urgence chez un vétérinaire. Dog a décidé pour moi en poussant un dernier râle. J'étais encore à côté du chien, pétrifiée par ce qui venait d'arriver, quand Philippe a redescendu l'escalier. J'ai entendu ses pas résonner sur les marches de métal. Philippe est resté debout derrière moi sans bouger, sans dire un mot. J'aurais voulu qu'il disparaisse. J'aurais voulu qu'il n'ait jamais existé. Lorsque je me suis enfin tournée vers lui, j'ai vu qu'il pleurait. Ça ne m'a rien fait.

Philippe s'est enfermé dans sa chambre et il n'en est plus sorti du reste de la journée. C'était un samedi. Le lendemain matin, j'ai trouvé des taches de sang sur ses draps pendant qu'il était aux toilettes. En l'examinant, j'ai découvert qu'il s'était gratté la cuisse avec assez d'acharnement pour creuser une véritable plaie, longue de plusieurs pouces. Je l'ai lavée et désinfectée. Il m'a laissé faire. Puis, je me suis assise sur le matelas à côté de lui. J'allais parler lorsqu'il m'a devancée.

— Dog est mort, a-t-il dit.

— Tu l'as battu à mort, Philippe, ai-je répliqué sur un ton glacial où devait percer mon dégoût.

— Philippe est méchant, a-t-il continué en utilisant la troisième personne comme pour se dissocier de ce qu'il avait fait.

Je m'étais préparée à l'affronter. J'avais besoin de savoir ce qui s'était passé dans sa tête. Quand avait-il décidé de battre Dog? Jusqu'à présent, les crises de Philippe surgissaient spontanément dans la fureur d'une réaction. Cette fois, il semblait avoir prémédité le coup, ce qui à mes yeux rendait le geste encore plus monstrueux. J'ai quitté la chambre sans rien ajouter peut-être parce que j'avais peur de ce que j'allais apprendre. Je me sentais terriblement seule, angoissée et perdue. J'avais trop honte de ce qu'avait fait Philippe pour me confier à madame Pawlak ou à Denise Martin, une secrétaire de chez Walker, amie depuis peu. J'ai téléphoné à l'abbé Justin, l'aumônier de l'Hôpital de la Miséricorde avec qui j'étais restée en contact. Monsieur et madame Pawlak faisaient du bénévolat pour une œuvre de l'abbé Justin, ce qui amenait ce dernier à les visiter plusieurs fois par année. À chaque occasion, il se donnait la peine de monter pour me saluer.

L'abbé Justin est venu dans l'heure et il m'a écoutée sans juger, avec ce qui ressemblait à de la compassion. Pour moi comme pour Philippe.

— Je peux lui parler ? a-t-il finalement demandé.

Je l'ai laissé s'entretenir seul avec Philippe. Un quart d'heure plus tard, il m'a rejointe dans la cuisine.

— Je ne peux rien et Dieu non plus. Philippe souffre de problèmes mentaux, Gabrielle.

Loin de m'effrayer ou de m'abattre, ces paroles me soulageaient. J'étais moi aussi persuadée que Philippe était atteint d'un mal étrange, mais tous ceux qui auraient pu le confirmer s'acharnaient à soutenir qu'il n'en était rien ou encore que Philippe était simplement mal élevé.

— Des enfants naissent avec une seule main, d'autres avec un bec-de-lièvre, dit l'abbé Justin. Leur infirmité est visible, celle de Philippe ne l'est pas.

— Qu'est-ce que vous me conseillez ?

Il a réfléchi longuement avant de se prononcer. J'ai reçu sa réponse comme un coup de poignard en plein cœur.

— Malheureusement, il n'y a pas grand-chose à faire. J'ai visité l'asile Saint-Jean-de-Dieu plusieurs fois. Il existe une aile réservée aux enfants. Je n'y ai jamais mis les pieds, Dieu soit loué, mais je peux deviner à quoi ça peut ressembler. Philippe est mieux ici tant que vous êtes capable de le garder. Croyez-moi. À moins qu'il ne devienne dangereux…

L'abbé Justin s'est arrêté. Il comprenait sans doute, à la lumière de ce que je lui avais raconté sur la mort de Dog, que Philippe pouvait effectivement représenter un danger.

— Si jamais vous sentez qu'il peut s'en prendre à vous ou à d'autres ou encore se blesser sévèrement, n'hésitez pas à aviser les autorités. Si vous ne vous en sentez pas capable, appelez-moi, je le ferai. C'est à ça que sert l'asile.

Je ne sais pas ce que lui a dit l'abbé Justin, mais quelques heures plus tard, Philippe est sorti de sa chambre et il m'a demandé de l'aider à enterrer Dog dans la cour. J'ai refusé. Le sol était trop dur et je ne pouvais m'imaginer habitant dans ce logement après avoir mis le chien en terre derrière. Monsieur Pawlak s'est chargé du cadavre. Je ne lui ai pas raconté comment Dog était mort, mais la blessure du pauvre chien sur le crâne était flagrante. L'abbé Justin avait dû s'entretenir avec monsieur Pawlak et lui en dire juste assez pour qu'il accepte de coopérer sans poser de questions.

À partir de ce jour, j'ai commencé à vivre avec l'impression de toujours avancer sur un terrain miné. J'avais constamment peur que Philippe commette un geste irréparable. Le souvenir de mon fils frappant son chien à coups de planche pendant que la pauvre bête geignait me coupait le souffle. J'ai songé à aviser la directrice de l'école de Philippe, mais je ne l'ai pas fait. J'avais déjà confié mes appréhensions à son enseignante et rien de bien n'en était résulté.

Lewis est revenu, sans s'annoncer, un soir, très tard, quelques semaines après la mort de Dog. Par malheur, madame Pawlak ou son mari avait oublié de verrouiller la porte extérieure au rez-de-chaussée. Lewis a pu monter directement à l'étage. Il était tellement saoul qu'il tenait à peine sur ses pieds.

— Je veux voir mon fils, a-t-il réclamé sur un ton d'autorité aussi excessif que déplacé.

— Philippe dort et tu n'es pas en état de lui parler.

Lewis a amorcé un geste pour me repousser afin d'entrer dans le logement, mais la colère qui brillait dans mes yeux l'a dissuadé. Du coup, il a paru dégrisé. Il semblait prêt à brailler comme un enfant.

— Je suis pourri, Gabrielle. *I'm no good and my father knows. Father knows best, did you know that? I'm a no good son, a no good husband and a no good father.* Philippe devrait savoir que son père est pourri. Tu lui diras, Gabrielle?

— Va-t'en, Lewis.

Du plat de la main, je l'ai forcé à reculer de quelques pas, puis j'ai refermé la porte et tourné la clé dans la serrure.

Après cet épisode, Lewis ne s'est pas manifesté pendant plus d'un an. Dans les semaines et même les mois qui ont suivi la mort de Dog, Philippe a semblé faire des efforts méritoires pour se contrôler lorsqu'il se heurtait à des refus ou à de simples contraintes. Je l'ai vu raidi par la colère, tremblant de fureur, étouffé par la frustration, les poings serrés très fort alors qu'il luttait pour réprimer des gestes assurément condamnables. Peu à peu, j'en suis venue à songer que j'avais peut-être dramatisé. Philippe avait réagi violemment et de manière impardonnable au désistement de Lewis, mais il n'était ni fou ni malade. C'était simplement un enfant trop sensible, trop intense et moins bien équipé que d'autres pour gérer les frustrations. Philippe avait aussi, je le savais, terriblement besoin d'être aimé et il avait tendance à tyranniser ceux qui l'aimaient le plus, peut-être pour éprouver leurs limites. Depuis la mort de Dog, Philippe travaillait fort à maîtriser ses colères parce qu'il redoutait de me perdre. Il m'avait vue, horrifiée et dégoûtée par ce qu'il avait fait à Dog et ne voulait plus que je pose sur lui un tel regard. Mon fils multiplia donc les finesses, m'offrant des dessins, des mots gentils et même de l'aide dans les tâches ménagères. Il était délicieusement attendrissant dans son rôle de petit homme désireux de plaire.

Le 22 janvier 1947, j'ai reçu un appel de sœur Agathe, la directrice de l'école de Philippe, pendant que j'étais au travail. Un élève de quatrième, Claude Lapointe, venait d'être transporté à l'urgence de l'Hôpital Notre-Dame, le crâne fendu. Philippe s'était jeté sur lui, armé d'une pierre, et lui avait martelé la tête en hurlant « comme un possédé ». Sœur Agathe réclamait ma présence à l'école immédiatement. J'ai quitté le bureau sans même avertir personne. À mon arrivée à l'école, Philippe n'était plus là. Le père de Claude Lapointe avait exigé que mon fils soit immédiatement conduit à l'hôpital pour une évaluation psychiatrique. J'ai pris un taxi jusqu'à l'hôpital où j'ai appris que mon fils avait été emmené au poste de police. À 19 h 30, cinq heures après l'appel de la directrice, j'ai enfin eu la permission de voir Philippe. Il était enfermé dans une cellule, derrière les barreaux, pareil à un adulte, pareil à un criminel. Étendu sur la couchette, il me tournait le dos. Je l'ai appelé, l'ai même supplié de se retourner, mais il n'a pas bougé.

— Je peux le faire obéir si vous voulez, a proposé le gardien.

J'ai quitté les lieux. Le lendemain, Philippe a été transféré au Mont-Providence, une sorte de prison pour enfants délinquants. Une semaine plus tard, j'ai réussi à obtenir un entretien avec un responsable, un homme, jeune quarantaine, poli et affable. Il m'a appris que Philippe refusait de manger depuis trois jours. J'ai failli tomber sans connaissance. Dès lors, j'ai cessé de penser à l'élève au crâne fracassé et à Dog allongé sur le sol. Je ne pensais qu'à mon fils. J'étais une ourse, une louve, prête à tout pour défendre son petit.

J'ai défendu la cause de Philippe ardemment en faisant valoir qu'il n'était pas simplement méchant, qu'il savait distinguer le bien du mal, qu'il souffrait et se repentait après ses réactions violentes, qu'elles l'envahissaient tel un ouragan et qu'il était trop petit et trop peu outillé pour repousser les cyclones. L'homme, j'oublie son nom, m'a écouté avec beaucoup d'attention. Il hochait la tête doucement et semblait fort intéressé par mon propos.

— Savez-vous ce qui a déclenché sa fureur contre l'autre petit garçon dans la cour d'école ? a-t-il demandé à la fin de mon envolée.

J'ai fait signe que non.

— L'autre enfant lui a dit : « Tu pues. »

— C'est tout ? demandai-je, la voix étranglée.

— C'est tout, mais un enfant comme Philippe peut traduire dans sa tête : « Tu n'es pas bon, tu es sale, tu ne vaux rien, tu ne mérites pas d'être aimé. »

— Oui ! C'est ça. C'est comme ça que pense Philippe. Un rien le détruit, des miettes le font s'écrouler, une simple étincelle l'enflamme.

J'avais enfin l'impression d'être comprise et d'avoir trouvé quelqu'un qui m'aiderait à sauver Philippe.

— Votre fils sera transféré à Saint-Jean-de-Dieu, a conclu le responsable. L'élève qu'il a agressé va mieux mais il gardera toute sa vie une longue cicatrice sur le front.

Harold

Des patients m'attendaient à l'Hôtel Tadoussac. J'ai réussi à les congédier rapidement, les uns avec un médicament, les autres avec des conseils ou simplement de bons mots. Ils auraient tous pu attendre plusieurs semaines sans que leur état s'aggrave tant leurs maux étaient bénins. J'avais quitté la maison bleue au bord de la mer pendant que Thomas et Gabrielle dormaient encore. Thomas n'en finissait pas de m'étonner avec ses récits d'une lucidité sans faille et Gabrielle n'en finissait pas de m'inquiéter avec son mutisme impénétrable. Une part absurde de moi espérait une guérison miracle de Thomas. Thérapie par la parole. Un peu comme il suffit parfois de reconnecter deux petits fils pour qu'un signal électrique fonctionne, on aurait dit que des circuits dans le psychisme de Thomas venaient d'être raccordés. À preuve, le flot de paroles.

En fin d'après-midi, après les consultations, je suis retourné à la cabane de Thomas pour prendre tous les carnets. J'avais besoin de poursuivre ma lecture et je tenais à ce que ces documents soient remisés en lieu sûr. Une étrange mélancolie m'a étreint alors que je descendais le sentier menant à l'humble bâtiment. Je mesurais tout à coup l'importance de Thomas et de Gabrielle dans ma vie. Qu'est-ce qui me liait aussi étroitement à ces deux personnes ? Quelle était la part du médecin ? De l'ami ? De l'homme ? Je n'ai pas eu l'occasion d'y réfléchir. Quelqu'un était venu avant moi visiter la cabane de Thomas. Les carnets y étaient toujours et ils étaient intacts, mais de la peinture rouge sang avait été répandue sur le sol, les rares meubles et les murs. Un mot était lisible en lettres rouges sur la vitre de l'unique fenêtre. ASSASSIN.

Le chat jaune qu'avait réclamé Thomas est venu se frotter contre mes jambes alors que je refermais la porte après avoir transporté les derniers carnets. Je l'ai pris avec moi et j'ai filé directement vers la maison de Joseph Chiasson. On aurait dit qu'il m'attendait.

— Vous avez vu la cabane ? s'est-il informé sur un ton qui ressemblait à une affirmation. C'est Lomer. Vous deviez vous douter qu'il réagirait, hein, docteur ?

— De cette façon ? Non.

J'ai fait valoir que même si Thomas s'en prenait souvent aux chasseurs de baleines, il ne pouvait être accusé d'avoir poussé le frère de Lomer à s'enlever la vie.

— Si c'est ce que vous pensez, j'ai idée qu'il vous manque un petit bout d'histoire, docteur.

— Je vous écoute.

— Au printemps de cette année, Lomer et Oscar sont rentrés au quai en traînant leur premier marsouin de la saison, tiré à bout portant, par Oscar apparemment. Thomas les attendait. Il passe son temps à les espionner avec ses longues-vues… Le fou des baleines s'est mis à crier : « Assassins ! Assassins ! » Lomer l'a ignoré. Il a continué à faire ses affaires comme si de rien n'était, mais Oscar, qui avait souvent l'intelligence et les humeurs d'un enfant parce que sa tête était pas tout à fait comme la nôtre, s'est arrêté et il a regardé Thomas avec des grands yeux effarés. Le fou des baleines a dû sentir l'emprise qu'il avait sur Oscar. Vous savez comment il se prend pour un curé en mission évangélique et qu'il fait peur à tout le monde avec des sermons à n'en plus finir sur ses fameuses baleines. Thomas a foncé sur Oscar, l'a pris par les épaules et l'a secoué sans ménagement en répétant d'une voix enragée : « Assassin ! Assassin ! »

« Le pauvre Oscar avait l'air d'y croire. Il faisait pitié. J'allais m'en mêler pour que Thomas lâche Oscar et arrête de gueuler, mais Liette et Perrault m'ont devancé. La moitié du village était sur le quai. C'est pour ça que les gens sont du bord de Lomer, encore plus qu'avant, depuis la mort d'Oscar. Personne va condamner Lomer pour la peinture rouge. La grosse majorité des gens veulent que Thomas soit enfermé loin d'ici. »

J'ai demandé à Joseph Chiasson de m'indiquer où habitait Lomer. J'ai roulé jusqu'à une vieille maison plantée en hauteur, face à la mer, sur un terrain rocailleux bordé par des bosquets d'églantiers. Devant la maison, une immense marmite de fonte accrochée à des pieux rappelait qu'il savait fondre lui-même la graisse des loups-marins et des marsouins qu'il prenait.

Lomer est venu à ma rencontre une carabine à la main.

— Votre place est pas ici, docteur. Allez-vous-en !

Je me suis immobilisé. Je n'avais pas peur. L'homme devant moi n'avait rien d'un assassin.

— Tout le monde sait que vous cachez le fou quelque part. Personne ose vous en vouloir parce qu'un docteur, c'est trop rare par ici. Mais moi, Lomer Bourgault, je vous tiens une grosse rancune. Sachez-le !

— Thomas Dutoit va mieux et j'ai bon espoir que son état va continuer de s'améliorer. Le pire est peut-être passé. J'essaie de l'aider… Je n'étais pas là au printemps quand il a effrayé votre frère. Je comprends que vous lui en vouliez. Je suis désolé de ce qui est arrivé.

— Si vous êtes si désolé, livrez-le. Le curé a en main une lettre pour qu'il soit interné.

— Thomas Dutoit est en sécurité dans un lieu où il ne peut nuire à personne. Il a déjà vécu sa part de misère. Il est vieux et fatigué.

— Il a de la chance d'être vieux. Mon frère est mort avant ça et il avait eu plus que sa part de misère.

— Votre frère aussi avait des problèmes…

— Il était pas fou! Mettez-vous pas à dire ça parce que je répondrai plus de moi. Oscar était simple d'esprit. C'est pas pareil.

— Vous avez raison, monsieur Lomer, ce n'est pas pareil. Votre frère était sans malice, n'est-ce pas?

Lomer a hoché la tête. Sa tristesse et son désarroi faisaient pitié à voir.

— Et si je ne me trompe pas, il était facilement impressionnable.

— Pire qu'un enfant!

— Thomas l'a durement secoué, n'est-ce pas?

— Assassin! Il faut vraiment être imbécile pour dire des horreurs de même. Et le pire, c'est que Thomas Dutoit a chassé lui aussi. Vous le saviez? Il sait que c'est un gagne-pain. Il sait qu'on est pas malins, qu'on veut pas faire mal aux bêtes et même qu'on travaille fort pour qu'elles souffrent le moins possible. Un bon chasseur fait pas de dégât. Il tue vite et proprement. Dans sa petite tête, Oscar avait compris ça. Il mettait toute son ardeur à bien travailler. Il aimait les bêtes. Vous auriez dû le voir avec son chien, Méo, qui va sûrement mourir de chagrin.

Lomer s'est arrêté pour reprendre son souffle. J'ai voulu profiter de l'occasion pour faire valoir que Thomas et Oscar étaient tous deux victimes de leur trop grande sensibilité, mais Lomer ne m'a pas laissé parler.

— Assassin ! Si vous saviez combien de fois j'ai entendu Oscar marmonner ce mot-là depuis que le fou des baleines l'a traité d'assassin. Ça me tuait parce que même si je suis loin d'être faible d'esprit, je pouvais comprendre ce que ressentait mon frère. On a beau savoir qu'on a toutes les raisons du monde de chasser et que le bon Dieu a fait des créatures de force et de taille pas pareilles pour qu'elles se nourrissent les unes des autres, il y a quand même des moments où on se demande si on pourrait pas faire autrement. On a tous le cœur un peu tendre par bouts.

Lomer a scruté le ciel un moment avant de continuer, un peu comme s'il s'était adressé autant à moi qu'à quelqu'un là-haut.

— Ouais. Ça vous surprend peut-être mais c'est vrai. Je me suis déjà laissé accabler, moi aussi. Une des pires fois, c'était au loup-marin, l'an passé. Peut-être qu'on ramollit en vieillissant… On attrapait les plus jeunes au filet, vivants, comme toujours, pour pas les maganer. Une fois libérés des cordages, il faut les transporter dans nos bras. C'est pas facile parce que ça gigote fort et ça pèse gros, même bébés, ces bêtes-là. Une fois dans le bateau, ils rôdent toujours autour de nous parce qu'ils reconnaissent notre odeur, vu qu'on les a serrés contre nous. Ça a le nez fin, un loup-marin, mais c'est simple d'esprit. Ils comprennent pas qu'on est des chasseurs. Ils nous prennent pour des sauveteurs. Ça fait drôle de les voir se tortiller pour ramper jusqu'à nous dans le bateau. L'an passé, il y en a un qui me lâchait pas. J'ai pas pu résister. Je l'ai pris sur moi et je l'ai caressé un brin avant de l'abattre quelques heures plus tard. Ça m'a laissé une mauvaise sensation. Je me sentais traître.

Lomer avait parlé debout, les yeux tournés vers la mer. Il m'a toisé longuement avant de continuer.

— Une autre fois, dans le temps qu'on était payés chèrement pour chaque queue de marsouin rapportée, j'ai été témoin d'une affaire étrange. J'avais tué une femelle pleine. En lui tranchant la queue, le petit est sorti. Vivant. Je m'attendais pas à ça. J'ai hésité mais il y avait quand même qu'une chose à faire et je l'ai faite. J'ai tranché la queue du petit et j'ai eu deux primes. Mais l'image est restée forte dans ma tête. Le petit venant au monde pendant que je tenais la queue tranchée de sa mère dans ma main. En prenant le deuxième trophée, j'ai eu un haut-le-cœur, je m'en souviens. Je crois même que je m'en souviendrai toujours. Mais je me souviens aussi de combien la famille avait besoin des quinze piasses de plus que j'ai ramenées.

«C'est pas parce qu'on chasse des jolies bêtes qu'on a pas de cœur pour autant. Votre Thomas se pense fin de prendre la défense des animaux, mais il fait mal aux humains. Ce qu'il a dit a tellement chaviré mon frère qu'il en a perdu la carte. Dans ses derniers mois, mon frère s'est vidé du petit peu de raison qu'il avait. Comme un animal qui perd son sang… Assassin! Le mot me revient souvent. J'aurais dû réagir avant. Obliger le fou des baleines à ravaler ses paroles pour que mon frère sache que c'est pas vrai. Le vieux Thomas se pense pur parce qu'il se porte à la défense des animaux marins, mais moi, docteur, je pense que le bon Dieu lui-même souhaite pas qu'on prenne plus soin des bêtes que des humains. V'là ma pensée, faites-en ce que vous voulez.»

Je lui ai tendu une main avant de repartir, mais il l'a refusée. Ses dernières paroles m'ont particulièrement frappé. Je m'étais moi aussi fait la réflexion que Thomas privilégiait parfois les baleines au détriment des humains.

Thomas

C'est beau et propre et grand ici mais je m'ennuie de ma cabane. On est bien là-bas, isolé sans être loin, avec la mer à deux pas. Ici, j'ai l'impression de regarder une carte postale même si la mer est là pour vrai derrière la fenêtre.

Je croirais que c'est à cause de la femme, Gabrielle, que le docteur a voulu que je déménage ici. Ma cabane est pas un lieu pour les dames, c'est sûr. Je pensais lui faire du bien, à cette pauvre fille tout emmêlée dans son chagrin, en lui racontant des bouts de ma vie mais elle a pas l'air de suivre. Elle est ailleurs. Je suis pas sûr de continuer de toute manière et pas rien qu'à cause d'elle. En me racontant, je m'allège, je vois plus clair. Mais c'est peut-être pas ça que j'ai envie de faire.

Je leur raconterai pas pour la lettre. Pour eux, c'est rien qu'un détail, mais pour moi, c'est une grosse affaire. J'avais pas eu connaissance du moment où Jeanne a pris la lettre dans ma poche. Ça m'a étonné de la voir arriver avec deux lettres. Je reconnaissais la première, que j'avais arrachée au cadavre de l'Allemand. La deuxième était censée être un cadeau de Jeanne. C'était la traduction de cette lettre en français. Elle s'imaginait peut-être que la lettre allait lui fournir des renseignements sur moi, ce qui est pas fou vu qu'à ce moment-là, j'avais pas encore dit un mot. En découvrant ce qui était écrit, elle a hésité à me donner la traduction. Je le sais parce qu'elle me l'a avoué plus tard. Elle avait pas tort d'hésiter parce que la lecture de cette lettre m'a jeté à terre.

Il y avait rien de grave, rien d'important même dedans. Le jeune Allemand que j'avais tué avait écrit à sa femme une lettre qui s'est jamais rendue. Il lui racontait le temps qu'il faisait en inventant des paysages qui avaient rien à voir avec le pays de misère où on se battait. À grands coups de mensonges, il lui dessinait des fermes, des paysans, des vaches, des poules, des pâturages, des clôtures, des enfants. Il lui racontait le paysage d'avant les attaques. Il lui disait qu'on se désespère à attendre des longs jours durant sans qu'il se passe rien. *J'en profite pour penser à toi*, qu'il écrivait. C'est vrai qu'on attendait beaucoup, même que moi ça me rendait fou, mais l'Allemand disait pas que ces longues attentes, c'était entre les assauts. Il disait rien des fusillades, des bombes, des éclairs dans le ciel. Il parlait pas de la peur qui lui grugeait les entrailles, ni de sa faim, ni de sa soif, ni de la vermine, ni des gaz, ni du sang, ni de la puanteur, ni des cris. Il disait rien de l'enfer dans lequel il était pris. *Le soleil est fort. Il fait chaud. J'ai gagné trois fois de suite en jouant aux cartes. C'est presque ennuyant ici tant il se passe rien. La vraie guerre doit être ailleurs. Tant mieux. Tu n'as pas à t'inquiéter.*

Sa lettre, c'était la plus belle lettre d'amour qu'on peut écrire. L'Allemand que j'avais éventré était capable d'oublier sa misère et dépenser les miettes d'énergie et de courage qu'il pouvait encore rassembler pour inventer un monde rassurant à sa bien-aimée. J'aurais écrit la même lettre à Laure si elle était restée vivante.

J'étais allongé sur un lit étroit sous une grande tente qui servait d'hôpital et j'avais rien d'autre à faire que de serrer les dents avant, pendant et après les séances de changement de pansement. La lettre de l'Allemand à sa femme a fini de me sortir de la grande fureur qui m'avait mené à la guerre. Elle me faisait voir que je m'étais acharné sur un homme qui valait peut-être mieux que moi. Elle me faisait aussi voir que le monde est à l'envers et qu'on s'en aperçoit même pas. Ouais. C'est ce qui ressortait le plus clairement. Le monde est à l'envers et on s'en aperçoit même pas. On fait comme si de rien n'était. On continue. Cette pensée-là me prenait à la gorge tellement fort que j'en oubliais ma jambe en bouillie et la douleur qui me trouait le cœur.

C'est là que j'ai commencé à délirer. Jeanne m'a tout raconté. J'avais pas encore dit un mot avant et d'un coup, c'était le déluge. Peut-être que j'essayais de tout dire en même temps. Jeanne y comprenait rien et personne aurait fait mieux. Je débitais tout ce qui me passait par la tête, souvenirs et frayeurs confondus. Ça devait donner une grosse gibelotte de petits morceaux de vie. Quand je me suis enfin calmé, quand j'ai arrêté de parler et que je me suis entendu respirer, elle était là. Belle comme le jour. Fraîche comme une rose. Jeanne. L'infirmière du campement. En la dévorant des yeux, j'avais pas l'impression de tromper Laure, à qui je m'étais juré de rester toujours fidèle. Jeanne était un ange. Une apparition. Ça tombait bien parce que je voulais mourir. À cause de ma jambe autant qu'à cause de ce qui me travaillait dans la tête. Je voulais mourir pour arrêter de souffrir mais aussi parce que je voulais plus participer à ce monde à l'envers, aux carnages et à la folie.

Il paraît que rien arrive pour rien. Qui a placé Jeanne sur mon chemin ? Qui a fait qu'un livre sur les baleines s'est retrouvé entre mes mains ? Personne, de ce bord-là de l'océan, pouvait savoir que j'avais chassé la grosse baleine avec mon père et que j'avais tué un nombre effrayant de marsouins et de loups-marins. C'était peut-être rien qu'un hasard. N'empêche. C'est arrivé.

Des longs bouts de ces jours-là passés sous la grande tente resteront embrouillés dans ma tête. Il y a rien que Jeanne qui pourrait m'aider à tout éclaircir. Pendant combien de temps est-ce que je suis resté là? Pendant combien de temps est-ce que je suis resté sans rien dire? Pendant combien de temps est-ce que j'ai déliré? Quand exactement est-ce que j'ai accepté de continuer à vivre? À cause de Jeanne et à cause des baleines.

Les deux me ramenaient du bon côté du monde. Je me souviens d'avoir pensé que tant que la Terre porterait des humains qui ressembleraient un peu à Jeanne, tout serait pas perdu. En lisant sur les baleines, j'ai eu le même genre de réaction. Pour passer à travers mon premier livre, j'ai dû relire chaque phrase au moins trois fois. Parce que j'avais jamais lu grand-chose dans ma vie et parce que ma jambe me faisait tellement mal qu'à tout moment, malgré moi, je décrochais. Mon cerveau arrivait plus à déchiffrer les petits signes sur le beau papier. Ça fait que je recommençais.

Les baleines du monde. C'est le titre du livre. Il m'a touché de la même manière que la lettre de l'Allemand. Je me découvrais coupable de crimes épouvantables. J'avais tué des créatures précieuses. C'est au tout début du livre que j'ai appris le secret des baleines. Je me souviendrai toujours de ce qui était écrit sur une grande page où il y avait rien qu'une poignée de mots entourés de silence. Ces mots-là ont changé ma vie. Je les connais par cœur.

Il existait jadis une croyance depuis longtemps oubliée selon laquelle les baleines enfouies dans les profondeurs des mers sont les piliers de la planète. Elles ont pour tâche de soutenir la Terre. Les humains des temps anciens leur vouaient une admiration sans bornes. Ils leur offraient leurs plus belles prières et leurs meilleurs chants afin qu'elles poursuivent toujours leur mission. Pour que tienne la Terre.

J'ai fait lire ce passage à Jeanne et j'ai vu sur son visage qu'elle était capable d'y croire, elle aussi. À partir de là, j'ai commencé à lui rapporter des passages. C'est vite devenu ma mission. Apprendre de belles choses pour éblouir Jeanne.

Saviez-vous, mademoiselle Jeanne – je trouvais que mademoiselle faisait plus jolie que garde –, que les baleines sont aussi maternelles sinon plus que nos mères ?

Comment ça, monsieur Thomas ?

Je l'épatais en lui racontant comment elles allaitent, comment elles apprennent à nager à leurs petits, comment elles protègent leurs baleineaux en mettant leur propre vie en danger.

Les baleines sont des miracles de la nature, mademoiselle Jeanne. Elles ressemblent à de gros poissons mais elles font partie de la grande famille des mammifères. Comme nous. Elles ont aussi le sang chaud. Comme nous. Et elles ont besoin d'air. Comme nous. Mais elles peuvent s'en passer, ce qu'on arrive pas à faire. Et elles sont pacifiques, ce qui est pas notre lot du tout.

Jeanne avait compris que mes réflexions sur les baleines me faisaient voir les humains en noir. Elle jouait son rôle d'ange apaisant, en disant qu'on était pas si mauvais. Venu d'elle, c'était plus facile d'y croire.

Saviez-vous, mademoiselle Jeanne, qu'une baleine bleue pèse autant que 260 chevaux, 25 éléphants, 1500 hommes ?

Vous êtes sûr, monsieur Thomas ? Ça me paraît impossible tant c'est gigantesque !

Elle souriait et pendant un tout petit moment, j'oubliais la guerre. J'oubliais que les humains sont cruels et barbares et que j'étais pas mieux.

Il m'arrivait de simplement la regarder en lui adressant des questions silencieuses.

Saviez-vous, mademoiselle Jeanne, que certaines baleines sont des anges comme vous ? Elles ont des ailes blanches qui leur permettent de voler sous l'eau.

Un jour, je l'ai fait pleurer.

Saviez-vous, mademoiselle Jeanne, qu'il existe un cirque dans la ville de New-York, quelque part dans ce gros pays qu'on appelle les États-Unis, une ville où on emprisonne des dauphins, des marsouins et d'autres petites baleines dans des cages remplies d'eau pour les montrer à ceux qui acceptent de payer ? Ces baleines ont tellement besoin d'espace et de liberté qu'elles s'enlèvent la vie.

Vous délirez, monsieur Thomas, elle a objecté, la voix grave, avec un petit air de maîtresse d'école fâchée.

Pas une miette, j'ai répliqué. C'est rapporté noir sur blanc dans le livre que j'ai entre les mains. Je peux vous montrer. Les baleines sont tellement désespérées d'être en captivité qu'elles foncent contre le mur de leur prison. Elles se cognent au mur jusqu'à ce qu'elles meurent. Tenez ! Regardez ! C'est écrit ici… Vous pouvez lire…

En levant les yeux vers elle, j'ai eu un choc. Bel idiot, Thomas Dutoit, de faire pleurer un ange en lui répétant des histoires trop tristes. À partir de là, je m'en suis tenu à ce qu'il y avait de beau dans le livre. Je lui ai pas dit que c'était écrit que les baleines étaient en péril parce que les hommes en ont trop tué et que ce carnage menaçait l'équilibre du monde. Je lui ai pas parlé des harpons et des grenades, des primes et des fascines.

Au début, c'était un peu un jeu. Mais petit à petit, je me suis fait prendre. Mon histoire avec les baleines, c'est comme une histoire d'amour. J'ai eu un coup de foudre pour la petite poignée de phrases au commencement du livre. Tout ce que j'ai lu après m'a guidé sur la voie de l'admiration. Il y a même des bouts que je dirais enchantants, si ça se peut. Les baleines m'enseignaient la beauté fragile du monde. Elles m'enseignaient que j'avais eu tort de chasser, tort de partir en guerre, tort de participer à des massacres. Je découvrais que les baleines étaient en péril et les hommes aussi et qu'il fallait le dire.

Saviez-vous, mademoiselle Jeanne, que les baleines bleues ont plus de trois cents paires de fanons?

Saviez-vous qu'elles chantent à leur saison des amours? Et qu'elles traversent la moitié du globe avant de s'accoupler?

Saviez-vous que les eaux du pays d'où je viens accueillent depuis que le monde est monde les plus grands troupeaux de baleines bleues?

C'est vrai? Et vous, monsieur Thomas, vous en avez vu?

Aux questions de ce genre-là, je répondais par de longs silences.

J'ai appris dans ce livre que des hommes se consacraient à l'observation des baleines. Pour la suite du monde. Ils y mettaient tant de temps qu'ils arrivaient à les différencier les unes des autres grâce à une tache sur le dos, une blessure à l'aileron, un détail sur la queue. J'ai mis des années avant de comprendre que c'était pour faire pareil que j'étais resté vivant.

Saviez-vous, mademoiselle Jeanne, que les baleines voient avec leur peau et leurs oreilles? C'est comme ça qu'elles se

guident sous l'eau. Parce qu'elles sont pas tout le temps erran-
tes, voyez-vous? Elles suivent des chemins secrets tracés au fond
des océans, là où la mer est plus noire que la nuit. Et grâce à leur
belle intelligence, elles gardent le souvenir de leur route.

Cette fois, elle avait simplement souri en attendant la suite.
Mais il n'y a pas eu de suite. Une bombe a explosé. Une planche de soutien est tombée sur Jeanne, lui rompant le cou. La
déflagration l'a projetée sur moi. Son corps m'a servi de bou-
clier. Sur trente-deux personnes, il est resté seulement trois
survivants. J'étais du lot. Malgré moi.

Gabrielle

« I've got tons of money. C'est parfois utile dans la vie », avait fait valoir Lewis pour me convaincre de lui donner accès à Philippe. Lewis Stevenson avait raison. Son argent, son pouvoir et l'intervention de son père m'ont permis de sortir Philippe de l'asile 159 jours après qu'il y fut entré. C'est entre les murs de Saint-Jean-de-Dieu que mon fils a eu neuf ans.

J'ai dû harceler Lewis pour qu'il me reçoive. Il avait décidé que son engagement envers Philippe et moi se limiterait désormais à une pension mensuelle et à un accès de deux semaines l'été au petit chalet du lac Rond. Lorsqu'il a enfin accepté de me voir, dans le manoir familial où je m'étais présentée dix ans plus tôt avec ma mère, il était méconnaissable. Bouffi, cerné, le teint gris, les traits durs, il m'a examinée froidement avec un air de profond dédain.

Lewis était devenu alcoolique, dépressif et bourré de ressentiment. Son père l'avait écarté de l'entreprise familiale et sa femme le méprisait. Il m'a confié ces faits dans une lettre écrite plus tard alors qu'il cédait à un douloureux repentir qui n'était pas sans me rappeler ceux de Philippe. Dans sa lettre, Lewis se traitait de minable et me demandait pardon pour les mots cruels qu'il avait eus ce soir-là.

Il m'a reçue dans le vaste salon où j'avais jadis rencontré sa mère. L'entretien avec madame Lewis m'avait profondément blessée, mais l'accueil de son fils ce soir-là m'a heurtée encore davantage. Lewis connaissait la raison de ma présence. Il savait que Philippe était à Saint-Jean-de-Dieu et pourquoi. Il savait aussi que Philippe avait des comportements anormaux depuis sa naissance et il ne pouvait avoir oublié que je l'avais déjà supplié de m'aider.

— *What a mother! You raised a monster!*

Telles furent ses premières paroles. Elles empoisonnent mes jours et mes nuits depuis, mais ce soir-là, j'ai essayé de ne pas les entendre. Mon seul souci était de sortir Philippe de là où il était enfermé. J'ai dû supporter un long discours dégradant sur mes manquements de mère. Quand j'y songe, maintenant, je crois que Lewis m'a servi le type de sermon que lui réservait son père dans ce même salon. Il m'accusait d'avoir manqué d'intelligence, de rigueur, de jugement et de discipline. Philippe n'était ni fou ni malade, clamait-il encore. C'était un enfant intelligent, très prometteur, que j'avais gâché en l'élevant mal. J'en avais fait un délinquant, un violent, un petit sauvage incapable de contrôler ses pulsions.

J'ai encaissé sans broncher, sans le défier, en m'efforçant même de poser sur lui un regard neutre.

— *Why would I give a damn anyway?* aboya-t-il une fois au bout de ses blâmes.

J'avais eu tout le temps pour préparer ma plaidoirie, pour trouver les mots susceptibles de convaincre Lewis qu'il devait absolument utiliser tous les moyens en son pouvoir pour sortir Philippe de l'asile. Je pensais savoir comment l'atteindre. Je devais lui rappeler que Philippe était son unique descendant, sa chair et son sang. Qu'il n'était pas un monstre et qu'il souffrait. J'avais pensé jouer sur les frayeurs de Lewis en lui rappelant qu'il craignait les malédictions et qu'abandonner Philippe là où il était ne pouvait rien apporter de bon. En dernier recours, j'avais même songé à le menacer de faire savoir à sa femme ou à d'autres de son entourage qu'il avait un fils, qu'il le savait, que ses parents le savaient aussi. J'avais pour preuve de sa paternité les chèques déposés à chaque mois depuis la naissance de Philippe.

J'allais commencer à plaider lorsque je me suis effondrée. Quelque part en moi, un fil secret s'est brisé. Les larmes se sont mises à couler. À flot. J'étais à bout, crevée et ravagée par la peur que Lewis refuse de m'aider alors que j'avais épuisé tous les autres recours. Debout devant lui, dans cette pièce chargée de lourds souvenirs, je revoyais Philippe comme il m'était apparu à ma dernière visite. Un fantôme de neuf ans. Un petit géant rabougri devenu l'ombre de lui-même. Je n'avais pas accès au dossier de Philippe, mais à force de quémander de l'information, j'avais été mise au courant de quelques-uns des traitements qu'il avait subis. J'ai ainsi appris l'existence des électro-chocs, des bains d'eau glacée, de la camisole de force, de l'isolement et des injections calmantes. Une jeune religieuse m'avait confié que de pareilles mesures étaient plus souvent réservées aux adultes, mais que Philippe les obligeait à procéder ainsi.

— J'ai jamais vu un enfant se démener autant. Mordre, cracher, griffer, donner des coups de poing et de pied, se lancer contre les murs. Il se tuerait ou il tuerait quelqu'un si on ne le maîtrisait pas. Tout le monde dit qu'il a le diable au corps, mais moi, je vous dis, je le vois plus comme un petit lion qui refuse d'être mis en cage. Il lutte avec toute sa vigueur et il en a beaucoup.

La religieuse s'est arrêtée, gênée d'avoir tant parlé et soudain consciente de l'effet de ses paroles sur moi.

— Faites-vous-en pas trop. Il souffre plus maintenant. Il sent pas grand-chose.

L'horreur qu'elle a dû lire sur mon visage lui a fait ajouter :

— On a pas le choix. On fait ce qu'on peut avec ce qu'on a. C'est sûr qu'avec du temps et de la patience on pourrait faire mieux, mais on a ni l'un ni l'autre.

Casser Philippe ou soigner Philippe. La réponse de Saint-Jean-de-Dieu était claire. Ils avaient réussi à casser Philippe. À ma dernière visite, il était resté une heure durant silencieux, assis sur une chaise dans le parloir, l'œil vide et absent. Il ne me défiait pas, il n'essayait pas de me manipuler, ni de me faire souffrir, ni de m'alarmer et il ne voulait pas que je m'apitoie. Il était là, vivant, une machine qui respire, mais totalement éteint. Un oiseau blessé dans un corps d'enfant géant.

Je ne sais pas combien longtemps je suis restée debout devant Lewis à pleurer. Il s'était assis sans m'offrir un siège au début de la rencontre. Je l'ai vu se lever et je l'ai entendu parler, mais je crois qu'il a dû répéter plusieurs fois la même phrase avant qu'elle m'atteigne.

— *I'll do it, Gabrielle. Stop crying. I'll get him out.*

Lewis a tenu sa promesse. Vingt-neuf jours plus tard, Philippe a obtenu son congé de l'asile et il a été confié à ma garde.

Harold

J'ai passé la nuit à lire des carnets de Thomas écrits entre 1923 et 1950. Le style y est parfois très condensé, exclusivement factuel, on sent la volonté de l'observateur d'aller rapidement à l'essentiel. Thomas ne consigne alors que ce qu'il voit, avec un minimum de nuances et de précisions. *Bleue 7 aperçue à un quart de mile, 603 secondes sous l'eau, montre que le dos. Mélodie, b à b, parade habituelle, à dix longueurs d'homme du bateau. B à b 8, 122 secondes sous l'eau, pas revue. Bleue 9, cinq souffles, jets moyens.* Le lendemain ou quelques pages plus loin, Thomas verse dans l'abondance presque maniaque de détails. *B à b de grande taille, plus que Zèbre et Gloutonne, moins que b à b 6, une douzaine de marsouins dans sillage, lobe droit édenté sur pointe, saute plus haut que b à b 3, aperçue vis-à-vis anse à Baptiste, file franc sud après 13 minutes de parade, laisse voir deux taches pâles sur flanc gauche, le soleil empêche de voir variantes de couleur sur la queue mais lobe gauche paraît plus pâle. Bleue 12, quatre souffles, intervalles de 26 à 83 secondes, deuxième baleine à 20 longueurs d'homme de B12, B12 lève la queue, rien de plus pour identifier.*

Thomas attribue d'abord un numéro aux baleines à bosse (b à b) et aux baleines bleues (Bleue) puis, lorsqu'il parvient à les connaître mieux, à force d'étudier leur comportement et de scruter leur corps en quête de particularités, il leur choisit un nom. J'attribuais à des changements d'humeur de Thomas la parcimonie ou l'abondance de détails d'observation, mais j'ai finalement saisi ce qui aurait dû me sauter aux yeux si je ne me souciais pas tant des dispositions d'esprit de mon sujet d'étude. Mon ami biologiste à l'Université Laval aurait immédiatement compris que Thomas multiplie les détails aux premières séances d'observation d'un individu. Une fois la baleine clairement identifiée et ses particularités bien consignées, il concentre son attention sur d'autres individus. Ce merveilleux fou des baleines doit relire souvent ses carnets pour se souvenir de tous les détails notés afin qu'une fois sur l'eau il puisse reconnaître les baleines à partir de leurs signes distinctifs.

Je ne sais pas si son but premier consiste à accumuler des connaissances sur les baleines ou à identifier puis à épier les individus pour témoigner de leur survie, mais dans les deux cas l'atteinte des objectifs a sur lui un effet apaisant. L'homme inquiet, brisé, désabusé retrouve des forces vives en perçant le mystère des baleines et en veillant sur le troupeau qu'il a pour ainsi dire adopté. De nombreuses remarques témoignent d'une observation extrêmement patiente et minutieuse, comme lorsqu'il parvient à déterminer que les bleuvets commencent à blanchir à cinq ans et terminent l'opération à dix ans. Pour atteindre cette conclusion, Thomas a recoupé des dizaines de notes sur de nombreuses années. Combien d'heures a-t-il passées, immobile, les yeux rivés sur l'eau, sous des ciels splendides comme par mauvais temps, à la recherche de marques que nul autre que lui ne reconnaîtrait, dans le but de repérer les mêmes petites baleines blanches année après année pour noter des modifications dans la couleur de leur peau ? Ailleurs, après plus de quinze ans de statistiques, il souligne l'exploit d'une baleine bleue restée 41 minutes sous l'eau.

J'ai hâte de soumettre tous les carnets de Thomas à l'analyse du fameux biologiste marin, mais à mes yeux, les passages lyriques sont les plus étonnants et les plus précieux. Qu'est-ce qui explique que, tout à coup, Thomas délaisse l'observation minutieuse pour se lancer dans des envolées poétiques qui prennent la forme de vibrants éloges, véritables odes à la beauté des baleines et à leur rôle clé dans le soi-disant équilibre de la planète ? Qu'est-ce qui fait que soudain l'horreur déloge l'enchantement et que Thomas devient obsédé par les lamentations de baleines massacrées il y a des siècles ou des années ? La même mer, le même spectacle, suscite tour à tour des exclamations admiratives et de lourds désespoirs.

C'est en parlant des Bleues et surtout de SA Bleue que Thomas est le plus éloquent. On dirait parfois le discours d'un amoureux. Chacune des apparitions de sa Belle Bleue le comble de joie et, lorsqu'elle tarde à se manifester, l'inquiétude de Thomas se mue en angoisse. On sent que l'homme ne tiendrait pas tant à la vie si sa Belle Bleue ne revenait plus à chaque printemps. La taille prodigieuse des Bleues le fascine. Il consigne dans ses carnets des informations trouvées dans des livres qui rendent compte de leur gigantisme et exulte lorsqu'il observe une preuve vivante. Ardoise, une Bleue qui lève la queue souvent, a épaté Thomas en accomplissant cet exploit assez près de lui pour qu'il note qu'un homme tiendrait deux fois dans un seul lobe de cet extraordinaire appendice.

De sa Belle Bleue, il écrit qu'elle est vieille et qu'il le sait parce que sa colonne vertébrale est *tordue par le temps et la lutte constante contre les courants. Elle a une vieille âme*, écrit-il encore. *Toutes les Bleues sont solitaires, on les voit rarement autrement qu'en couple ou avec un petit. Ma Bleue est toujours seule, pareille à moi, mais elle fait moins de sparages que son vieil ami. Elle sait qu'elle approche de la fin. Elle a plus rien à prouver et elle cherche pas à épater. Elle se contente d'exister. De tenir bon. Tranquille et silencieuse. Pour la suite du monde. Et peut-être aussi un tout petit peu pour moi. Comme moi pour elle.*

Le 19 juin 1937, Thomas assiste à un spectacle qui l'impressionne beaucoup. Il voit une baleine bleue occupée à se nourrir suffisamment près de lui pour qu'il ne perde aucun détail. *Elle a roulé sur le côté dans un nuage de krill et elle a ouvert la gueule avec l'air de vouloir avaler l'océan. Une fois gonflée d'eau comme c'est pas possible, avec les sillons du ventre tout étirés, elle a recraché quasiment autant de liquide qu'elle en avait avalé. N'importe quel humain à qui il est donné de voir ce spectacle du plus gros animal occupé à se nourrir du plus petit avec des torrents d'eau en mouvance voit plus jamais les humains et les bêtes de la même manière.*

À la fin de ses notes de cette journée, le pauvre Thomas constate à son grand désarroi que, trop saisi par la scène, il n'a pas cherché à identifier l'animal, si bien que cette baleine qui lui a fait cadeau du spectacle restera à jamais anonyme.

Le 13 juillet 1943, Thomas décrit avec un émerveillement si pur qu'il en paraît enfantin le saut acrobatique d'une baleine à bosse, jaillissant soudainement de la mer en exhibant la presque totalité de son corps avant de retomber *dans un bruit de tonnerre en déclenchant un déluge d'éclaboussures. On dirait un monstre dansant,* écrit Thomas. Ailleurs, il rapporte avec un plaisir évident avoir entendu le souffle d'une baleine à bosse qu'il estime alors à environ un mile de lui.

À mesure que les carnets s'accumulent, l'observateur patient manifeste une inquiétude grandissante pour la survie des baleines. Le 17 août 1945, il déplore n'avoir croisé aucune baleine bleue ou à bosse avec son baleineau et une seule baleine noire en compagnie d'un veau, alors qu'à ses premières années de vigie, il observait, bon an mal an, une bonne demi-douzaine de grosses baleines avec au moins un petit. *Quand elles vien-nent souffler au-dessus de l'eau, les baleines crachent de l'air vicié*, écrit-il le 22 juin 1941. *C'est par elles que la Terre respire. Si elles disparaissent, notre planète perdra pas seulement un membre, elle va perdre un organe nécessaire à la vie. C'est toute la suite du monde qui est en cause.*

À quelques rares occasions, Thomas fait référence à ses relations difficiles avec les gens du village. Du temps qu'il était à Bergeronnes, il rapporte une dispute survenue au magasin général. *Deux insignifiants ont ri de moi parce que je leur ai dit qu'à mon avis, les baleines ont une âme. Ben voyons donc! C'est des animaux! répétait le gros Talbot pendant que son frère gloussait en se tapant sur les cuisses. Pour les secouer un peu, je leur ai raconté le naufrage de l'Essex, une affaire vieille de cent ans rapportée à peu près pareillement dans deux livres diffé-rents. C'est l'histoire vraie d'un baleinier attaqué par un cacha-lot enragé de s'être fait planter une lance dans le dos. Les survivants répartis dans trois bateaux de sauvetage se sont entre-dévorés. Eh oui! Je mettrais ma main dans le feu qu'une baleine aurait jamais fait ça. Alors, expliquez-moi pourquoi ce serait si fou que les hommes aient une âme et que les baleines en aient pas?*

Je m'étais plongé dans les carnets de Thomas à la tombée du jour. J'ai lu des heures dans le silence de la grande maison louée jusqu'à ce que la fatigue m'empêche de garder les yeux ouverts. J'avais espéré pouvoir m'entretenir avec mes deux protégés, mais à mon arrivée Thomas s'était déjà retiré dans sa chambre. Debout à la fenêtre, une main appuyée sur la vitre, Gabrielle contemplait la mer alors que le soleil tombant fai-sait miroiter la surface sombre. La beauté de Gabrielle m'a frappé avec une telle force que j'ai eu de la difficulté à dissi-muler mon émoi. Ce mélange de tristesse et de désespoir qui semblait l'accabler intensifiait son regard d'eau noire et accentuait la fragilité gracieuse de sa silhouette et la délicatesse des traits de son visage. J'ai eu une pensée pour Thomas, séduit par l'élégance des mouvements des baleines rendus plus impressionnants à cause de la taille gigantesque et du poids énorme des bêtes. De même, j'étais troublé par cette frêle jeune femme écrasée par un monstrueux fardeau.

Au bout d'un long moment, comme si jusqu'alors elle n'avait pas eu conscience de ma présence, elle m'a annoncé que Thomas dormait, elle s'en était assurée.

— Tout va bien, a-t-elle murmuré d'une voix qui contredisait totalement ses paroles.

Peu après, elle m'a souhaité une bonne fin de soirée avant de se réfugier elle aussi dans sa chambre. J'ai alors compris que, même si j'étais venu pour vérifier l'état de Thomas, c'est elle que je voulais surtout voir.

Gabrielle

J'ai bercé mon petit géant de longues nuits durant, émue de le voir s'abandonner si entièrement. Il était presque aussi grand que moi et, malgré les jeûnes auxquels il s'était livré entre les murs de l'asile, il était désormais trop lourd pour que je le prenne sur mes genoux. C'est lui qui a trouvé la façon de se blottir tout contre moi sur le divan installé dans la troisième chambre du logement afin que je l'enlace en balançant doucement mon corps pour bercer le sien.

J'avais présenté ma démission chez Walker, le bureau d'avocats où j'occupais depuis peu un poste de secrétaire administrative. Refusant que je les quitte définitivement, mes patrons m'avaient plutôt accordé un long congé sans solde. Je pouvais ainsi consacrer tout mon temps à Philippe. L'opération « casser Philippe » avait dangereusement bien réussi, mais je nourrissais quand même au fond de moi le fol espoir de reconstruire mon fils à force de patience et d'amour. J'espérais encore le voir ressusciter, transformé, adouci, libéré de ses pulsions dévastatrices.

Philippe est resté trois semaines sans prononcer un mot. Pour tromper le silence, je lui ai parlé de tout et de rien. De l'automne qui n'en finissait plus de fuir et de l'hiver qu'on sentait venir rien qu'à l'odeur lointaine de neige dans l'air.

— Prends une belle grande respiration, Philippe… Sens-tu l'odeur d'hiver au fond de l'air ? Il va neiger bientôt.

Cette fois, je me souviens, nous étions dehors, rue Clark. Il avait humé l'air en fermant les yeux pour mieux se concentrer sur les parfums à capter. Je lui ai raconté que le mont Royal est un ancien volcan et que les montagnes qu'on voyait depuis le belvédère devant le grand chalet étaient rondes parce qu'elles étaient très vieilles. La neige, la pluie et le vent avaient grugé lentement leur sommet. Je lui ai parlé de Tadoussac où les changements de saison sont fulgurants. On n'a pas à les deviner, ils s'imposent formidablement. Le ciel se transforme et le sol et la mer et la forêt derrière.

Je lui racontais ce qui me passait par la tête. Je lui ai parlé de la mer le long de la côte où je suis née. Je lui ai dit que la mer est comme lui. Elle porte en elle d'effroyables colères assez puissantes pour soulever des vagues monstrueuses qui vont s'échouer furieusement sur la grève. Après, c'est le grand calme. La mer redevient étale et on assiste au retour des oiseaux d'eau.

Je m'arrêtais parfois, prise d'angoisse, en me demandant si ce que je disais était bon pour Philippe. J'aurais voulu que quelqu'un me guide, qu'un médecin de l'âme, du cœur ou de l'esprit m'explique comment soigner Philippe puisque c'est tout ce qu'il restait à faire. Casser Philippe n'avait servi qu'à le briser, comme lui-même avait brisé les côtes de Dog. « C'est sûr qu'avec du temps et de la patience on pourrait faire mieux, mais on a ni l'un ni l'autre », m'avait confié la petite sœur dans l'aile des enfants à Saint-Jean-de-Dieu. J'avais décidé d'inonder Philippe de temps et de patience en rajoutant toute la douceur, tout l'amour et toute la compréhension dont j'étais capable. Quand ma propre source de paroles fut tarie, je me suis armée de livres et j'ai fait la lecture à Philippe de longues heures durant. Il m'écoutait sagement, toujours emmuré dans son silence, acceptant mes lectures comme ce que je lui préparais à manger sans jamais rien refuser, sans jamais rien demander. Jusqu'au jour où, au bout d'une dizaine de pages, j'ai arrêté de lire *Le Comte de Monte-Cristo*, un roman que nous venions d'entamer. Je m'étais interrompue en songeant qu'il s'agissait d'un texte trop difficile pour un enfant qui n'avait pas encore dix ans.

— Continue de lire, maman, s'il te plaît, furent les premiers mots de sa nouvelle vie.

Alors j'ai continué. Nous avons lu tout *Monte-Cristo*. Entre les lectures, Philippe parlait peu et jamais d'affaires graves. J'ai ensuite choisi un texte plus jeune, *Les Aventures de Pinocchio*, en trente-six chapitres. Vers la fin du livre, lorsque le pantin est avalé par un monstre marin d'un kilomètre de long, Philippe m'a surpris avec une question.

— Où est Lou ?

— Je ne sais pas, lui ai-je avoué.

Je n'y ai pas songé tout de suite, mais en y repensant j'ai imaginé que Philippe avait eu une pensée pour Lewis à cet instant précis parce que son parrain avait frappé son imaginaire avec ses idées de pêche à la baleine. Philippe a accepté ma réponse sans rien demander de plus et j'ai poursuivi la lecture, émue de découvrir, car je n'avais jamais lu *Pinocchio* avant, que le pantin méchant retrouve dans l'estomac du monstre marin son propre papa. J'avais remarqué combien ces *Aventures de Pinocchio*, pleines de rebondissements, captivaient Philippe. Je devinais soudain les correspondances que pouvait établir mon fils entre l'histoire de ce pantin désobéissant gouverné par ses pulsions et sa propre histoire. Une fois ouverte à cette interprétation, j'ai été troublée par la fin du livre où Pinocchio, de méchant qu'il était, devient bon après avoir retrouvé son papa.

Léthargique les premières semaines, Philippe a peu à peu repris de la vigueur. Nous prenions souvent l'autobus jusqu'au parc Lafontaine ou au mont Royal pour y faire de longues promenades. Philippe courait derrière les écureuils comme un enfant normal et, même si j'étais terrorisée par ma responsabilité de gardienne, j'ai eu à cette époque mon lot de petits bonheurs. Je savais néanmoins que le père de Lewis avait forcé la main à un médecin de Saint-Jean-de-Dieu. Il avait obtenu le congé de Philippe en échange d'un don important à un fonds de recherche. Une religieuse aide-soignante auprès des enfants m'avait informée de la situation sans doute pour me faire honte mais peut-être aussi dans l'espoir d'éveiller ma prudence. Elle tenait à ce que je sache que mon fils n'était pas réellement jugé apte à sortir et qu'aux yeux des autorités, même si on me l'avait confié, Philippe pouvait représenter un danger pour lui-même et son entourage. Je ne le lâchais donc pas d'une semelle. Tout mon temps, toute mon énergie lui étaient consacrés.

J'ai réussi à trouver des livres pour lui faire la classe et il collabora parfaitement. Philippe apprenait vite et semblait prendre plaisir à le faire. Pour le récompenser, à la fin d'une semaine, j'ai acheté une luge et Philippe s'est amusé à glisser sur le mont Royal. Je ne l'avais pas encore vu aussi enjoué depuis sa sortie de Saint-Jean-de-Dieu. Mars était bien avancé mais après une grosse averse de neige, l'hiver était revenu en force avec une chute du mercure. Trop contente de voir Philippe heureux, je l'ai laissé monter et dévaler la pente jusqu'à ce que je ne me sente plus les pieds tant j'avais froid.

— Ce sera ta dernière descente Philippe, d'accord ?

Il n'a pas répondu, mais à la fin de sa glissade, il m'a suppliée de l'autoriser à en faire une « dernière dernière ». Un long frisson a couru dans mon dos. J'ai hésité un moment avant d'accepter en ajoutant d'un ton ferme :

— Après, c'est fini. On rentre tout de suite, c'est compris ?

Il a commencé à gravir la pente. J'ai couru derrière lui.

— Philippe, tu ne m'as pas répondu. Je t'ai dit que j'acceptais à condition qu'on rentre tout de suite après.

La colère a enflammé son visage aussi vite qu'une étincelle allume un brin de paille. J'ai eu l'impression de me vider de tout mon sang.

— Viens, Philippe, immédiatement, dis-je d'une voix blanche en repoussant tous les mauvais souvenirs qui galopaient dans ma tête.

Il m'a regardée, les yeux étincelants, le menton durci, les lèvres serrées. J'ai cru qu'il me sauterait dessus et j'ai eu le temps de songer que ce qui me faisait si peur, ce qui me faisait si mal, ce n'était pas tant l'idée que Philippe puisse me blesser, mais que je sois obligée d'admettre que mon fils était dangereux ou méchant ou les deux à la fois. Philippe a reculé d'un pas pour mieux flanquer un violent coup de pied dans le traîneau de plastique neuf.

Je n'ai pas réagi. Je me sentais sans cœur et sans âme, vidée d'énergie. Philippe s'est rapidement ressaisi. Toute trace de colère avait disparu. Nous sommes rentrés en silence.

Dans les heures et les jours qui ont suivi, Philippe s'est replié sur lui-même. Plus rien ne l'intéressait. Il était déçu et peut-être même angoissé par son propre comportement. En soi, sa colère n'était pas si épouvantable. Fâché de devoir abandonner un jeu, il avait donné un coup de pied. C'est tout. Si

Philippe était aussi affecté, c'est parce que, comme moi, il venait de découvrir que les mêmes forces impétueuses grondaient encore en lui. On avait cru le volcan éteint. Il n'en était rien.

Il y eut d'autres explosions, de plus en plus fréquentes, de plus en plus sévères. Peu à peu, je crois bien que j'ai cessé de croire que j'arriverais un jour à guérir ou même simplement à apaiser Philippe. Et sans me l'avouer clairement, au fil des semaines puis des mois, j'ai commencé à comprendre que je ne pourrais peut-être pas toujours garder mon fils avec moi. La question financière ne se posait pas. Depuis que Philippe était sorti de Saint-Jean-de-Dieu, Lewis avait augmenté la pension qu'il me versait, sans doute parce qu'il avait deviné que je m'occuperais de Philippe à plein temps. Je ne me préoccupais pas non plus de mon propre bonheur, ni de ma santé physique, morale ou mentale. Protéger Philippe contre lui-même et l'empêcher de faire mal à d'autres était devenu ma raison d'être. J'étais intoxiquée par lui. Il était toute ma vie.

Entre les épisodes de colère où il hurlait, crachait, lançait, brisait, se projetait violemment contre les murs ou sur le sol, se frappait à coups de poing ou cognait sur tout ce qu'il pouvait atteindre, j'essayais de lui parler, de lui faire voir les signes avertisseurs et de lui proposer des trucs pour éviter l'éruption volcanique. Ça a fonctionné quelques fois. Un jour, Philippe a effrayé la pauvre madame Pawlak en se ruant dehors au moment où elle franchissait la porte d'entrée. Il a fait plusieurs fois le tour du pâté de maisons au pas de course avant de rentrer chez nous suffisamment apaisé pour qu'on puisse discuter. Mais la plupart du temps, les crises étaient apparemment trop soudaines, trop violentes, trop rapidement envahissantes pour être évitées. Le mieux que je pouvais faire était de rester là, pas trop loin du volcan vivant et de mobiliser toute mon énergie pour ne pas m'affoler en attendant la fin. Toute tentative d'intervention, les ordres, les cris, les menaces, les paroles pour le raisonner ou l'arrêter avaient pour seul effet de jeter de l'huile sur le feu. J'avais aussi remarqué que s'il me sentait aux abois, Philippe réagissait encore plus violemment. Il avait besoin de sentir que ses tempêtes ne parvenaient pas à me détruire, qu'il n'avait pas trop de prise sur moi.

Plus les débordements étaient importants, plus la honte et le repentir qui suivaient étaient graves. Après coup, Philippe s'enfermait dans sa chambre. Il refusait de manger, pleurait, demandait pardon et se mutilait. Ce qui m'atteignait le plus, c'est lorsque, par hasard car Philippe avait l'âge de s'habiller et de se laver seul, je découvrais une plaie, un bleu, une cicatrice, une croûte sur sa peau parce qu'il s'était griffé, pincé ou mordu pour se punir d'avoir été méchant. Au début, chaque fois, j'essayais de lui expliquer que de se faire mal n'améliorait rien et ne profitait à personne. Philippe ne m'écoutait pas. Il fixait le sol ou regardait droit devant lui, borné, décidé, intraitable.

J'ai développé des stratégies de survie. À force d'avoir peur et mal, on devient moins sensible. Peut-être existe-t-il des seuils de tolérance à la douleur morale. Il vient un temps où la capacité de réagir diminue, le foyer d'émotion tiédit. Le cœur reste engourdi. C'est sans doute nécessaire. Je vivais tel un condamné. J'avais eu beau proclamer mon innocence, m'accrocher à l'idée que ma grossesse n'était pas une punition, que Philippe n'était pas un enfant du péché comme on me l'avait si souvent répété, ma vie était réduite à purger cette sentence qui consistait à m'occuper de Philippe du mieux que je pouvais sans jamais avoir l'impression de bien remplir cette tâche. Philippe faisait rarement allusion à son séjour à Saint-Jean-de-Dieu, mais il était terrorisé à l'idée d'y retourner. Dans ses périodes de repentir, lorsqu'il se sentait honteux et coupable, il me suppliait de ne pas le renvoyer « dans la maison des enfants fous ».

Le jour de ses dix ans, devant un plateau de hot dog et de frites dans un casse-croûte de la rue Saint-Hubert, Philippe a demandé des nouvelles de Lou d'un ton léger, un peu comme s'il jouait à imiter les grands en faisant la conversation. Lewis n'avait pas écrit, ni téléphoné. Depuis qu'il m'avait promis d'intervenir pour faire sortir Philippe de Saint-Jean-de-Dieu, je n'avais plus eu de nouvelles. Une semaine plus tard, alors que nous marchions rue Sainte-Catherine, Philippe a crié: «LOU!» En levant les yeux, j'ai reconnu Lewis de l'autre côté de la rue. Quelques secondes plus tard, une voiture freinait brutalement, juste à temps. Philippe s'était précipité, traversant la rue sans même regarder, pour rejoindre son parrain. Le ton de sa voix, lorsqu'il avait crié «Lou» résonnait encore dans mes oreilles. Il y avait dans ces trois petites lettres tant de ferveur et d'espoir que j'en étais bouleversée. La scène qui a suivi restera à jamais marquée dans ma mémoire. À cette époque, je pensais que mon réservoir de pitié pour Philippe était tari, mais c'était faux.

Lewis s'est arrêté devant Philippe. Surpris, gêné, embêté.

— LOU! a répété Philippe d'une voix vibrante.

— Bonjour, Philippe, a prononcé Lewis froidement en me cherchant du regard comme si je devais lui porter secours. Tu… tu vas bien?

Philippe n'a pas répondu. Il est resté sur le trottoir encore mouillé par la pluie du matin, les bras ballants, le visage défait, observant Lou comme s'il eût examiné un personnage de cire en train de fondre. Quels rêves secrets, quels espoirs fous Lewis venait-il de détruire en opposant à l'enthousiasme fébrile de Philippe une froideur implacable? Lewis a baissé les yeux, honteux, avant de s'éclipser. C'est la dernière fois que Philippe l'a vu.

Harold

Ma tête venait tout juste de toucher l'oreiller lorsque Thomas s'est mis à hurler. J'ai eu beau accourir aussitôt, Gabrielle était déjà dans la chambre du pauvre homme quand j'y suis entré. Thomas naviguait en plein cauchemar. Les yeux exorbités, le visage déformé par l'angoisse, il s'agitait sur son matelas, roulant d'un côté puis de l'autre, tirant son drap vers lui en tordant le tissu, les mains serrées sur cette prise comme si c'était une bouée de sauvetage.

— Arrêtez la guerre ! hurlait-il, épouvanté. Cessez le massacre !

Gabrielle m'a consulté du regard et sans échanger un mot nous avons convenu de ne pas intervenir. Dix fois, vingt fois, peut-être davantage, Thomas a répété les deux mêmes phrases, en proie à une véritable panique. Il s'est arrêté de crier aussi soudainement qu'il avait commencé. Ses doigts cramponnés au drap se sont relâchés tout à coup et ses mains osseuses ont glissé, abandonnant le tissu pour venir se poser sur sa figure. Le vieil homme s'est recroquevillé en position fœtale et il est resté ainsi, roulé en boule, pendant de longues minutes, avant de se mettre à parler. Sa voix était grave et lente, forte et ferme. Thomas ne semblait pas s'adresser à nous.

On aurait dit qu'il prononçait un sermon ou récitait un discours devant un public invisible.

— La mer est remplie de soldats qui meurent au bout de leur sang. À cause des gros baleiniers. Les têtes tombent. Elles coulent à pic jusqu'au fond de l'océan. Pite Pépin a une lance plantée dans le dos. Si au moins c'était en plein cœur. Ça fait des jours et des nuits qu'il agonise. Vous savez même pas chasser, bande d'imbéciles. Vos gros bateaux valent pas une goélette. Vous savez même pas tirer avec vos canons. On s'improvise pas chasseur. C'est un art. Il faut aimer les bêtes. On assassine pas une mouche à la carabine. On massacre pas un homme avec un canon. On chasse pas les baleines avec des grenades. S'il faut tuer pour manger, il faut qu'on mérite la bête. C'est rendu tout de travers. Ça peut pas continuer. Stoppez les manœuvres. Arrêtez la guerre. Arrêtez la guerre!

Sa voix était devenue suppliante. Il s'est tu quelques secondes puis il a poussé de longs soupirs qui semblaient jaillir du fond de l'âme. Son corps maigre s'est raidi et il a arqué le dos. On aurait dit qu'il venait d'encaisser un coup. Il s'est retourné plusieurs fois sur son matelas en gesticulant comme s'il luttait contre un ennemi invisible avant de s'immobiliser pour se ramasser de nouveau sur lui-même. Les bras croisés sur sa poitrine, les mains agrippées aux épaules, il s'est bercé doucement. Peu à peu, sa respiration est devenue régulière puis les mouvements de balancement ont ralenti avant de cesser tout à fait. Enfin apaisé, il a semblé glisser dans des songes tranquilles.

Gabrielle s'est approchée. Elle allait s'installer à son chevet, sans doute pour le veiller un peu, quand Thomas s'est redressé, d'une manière si soudaine que Gabrielle a reculé en poussant un cri de stupeur. Assis sur son matelas, le dos collé au mur, le visage d'une pâleur inquiétante, Thomas fixait le vide.

— Ils l'ont peut-être tuée, elle avec. C'est pour ça que je l'ai pas revue. C'est pour ça qu'elle revient pas. J'aurais beau l'attendre et l'espérer jusqu'à la fin des temps, s'ils l'ont harponnée, elle peut pas venir à ma rencontre.

Il ne paraissait même pas conscient de notre présence. Je me suis installé sur le bout de matelas où Gabrielle avait voulu s'asseoir. J'ai posé une main sur celle du vieil homme, ridée et brunie par le soleil. Il a tourné lentement la tête vers moi. Des larmes brillaient dans son regard délavé.

— Ne vous inquiétez pas, monsieur Thomas. Votre Belle Bleue est vivante. Il n'y a plus personne qui chasse les grosses baleines par ici. Lomer ne s'en prend qu'aux marsouins. Votre baleine vous attend, monsieur Thomas. Elle nage tranquillement sans déranger personne. Elle est vieille, vous le savez, mais les baleines vivent longtemps. Vous allez revoir votre Belle Bleue dès que votre jambe ira mieux. Croyez-moi. D'ici là, il faut vous reposer, monsieur Thomas. Dans quelques jours, nous irons en mer. Et au retour, vous pourrez tout noter dans un carnet.

Un début de sourire s'est dessiné lentement sur ses lèvres fines, mais il a disparu avant de s'épanouir.

— Non ! Vous essayez juste de me rassurer. Vous connaissez rien aux baleines, docteur. Je le sais. Vous êtes quelqu'un de bien. C'est sûr. Mais vous dites n'importe quoi. Je vous souhaite de les découvrir, docteur. Vous le méritez. Allez sur l'eau… Et emmenez cette pauvre fille avec vous. Il y a que les baleines pour la guérir. Faites vite parce qu'elle tiendra pas longtemps.

Gabrielle a baissé les yeux, sans doute parce que le vieux Thomas disait juste.

— Les baleines font le lien entre les ténèbres et la lumière chaque fois qu'elles viennent s'emplir les poumons d'air. Saviez-vous ça, docteur? C'est une grande et belle entreprise. Elles font un travail essentiel, sans rien demander, sans embêter personne. Il m'arrive encore, en les regardant, de me remettre à croire que le bon Dieu existe.

Un sourire tendre a éclairé son visage. Gabrielle buvait ses paroles, ses yeux aussi liquides et brillants que les siens.

— Quand on est en mer avec les baleines, il faut apprendre à apprivoiser le temps, docteur. Pas le tuer, ni le laisser filer, mais l'apprivoiser. Au début, on sait pas trop comment. On se sent un peu idiot et perdu en même temps. On a l'impression de rien faire. Il faut tenir le coup sans trop se poser de questions. S'abandonner à la mer, au ciel et au vent. Vous allez penser qui se passe rien les premières fois, mais pendant ces petits moments d'éternité dans le grand silence bleu, les baleines en secret vont rapiécer votre âme. Sans elles, je serais pas resté vivant après la guerre.

Il est resté plusieurs minutes à réfléchir jusqu'à ce qu'une vive inquiétude l'assaille de nouveau. Les yeux écarquillés, le corps raide et tendu, il semblait épier des bruits lointains.

— Oui! s'exclama-t-il tout à coup. Je l'entends! Il y a une baleine qui se lamente. Elle est en détresse. Elle va mourir. On y peut rien. Vous l'entendez vous aussi, pas vrai? demanda-t-il en se tournant vers Gabrielle.

Elle semblait totalement obnubilée par Thomas. La bouche entrouverte, les yeux arrondis, elle a remué lentement la tête avec l'air de vouloir lui donner raison.

— Je m'en doutais! Son cri vous tord les boyaux, pas vrai? Mais il faut pas y aller, ma pauvre fille. Vous êtes jeune. Il y a mieux à faire en restant vivante. Quand une baleine en détresse échouée sur un rivage lance un appel au secours, toutes les baleines des alentours nagent vers elle. Saviez-vous ça ? J'invente rien docteur. Il y a des preuves. Et c'est rapporté dans les livres. Les baleines hésitent pas, elles calculent pas, elles abandonnent tout et filent droit vers celle qui appelle. Le drame, c'est qu'elles meurent toutes. Ça fait des cimetières de baleines. Des centaines de carcasses qui pourrissent au soleil. Il y a des savants qui appellent ça des suicides. Elles aiment mieux mourir toutes plutôt qu'en laisser une se lamenter toute seule. L'appel des baleines, c'est un cri qui vous prend aux tripes, qui vous fouille jusqu'au fin fond des entrailles. Mais il faut résister. M'entendez-vous, Gabrielle ? Il faut pas y aller. Vous êtes trop jeune. D'autres vont y aller. Restez ici. Votre place est ici. Profitez de la mer. Et des baleines qui restent. Il y a rien qu'elles qui peuvent vous guérir.

Il a posé sur moi un regard implorant.

— Il faut la surveiller, docteur. Elle est prête à mourir pour arrêter les cris. Ça lui écorche les oreilles. Elle en peut plus de les entendre. Les appels au secours lui causent trop de souffrance. Je le sais.

Il attendait que je promette. J'ai hoché la tête. Ça lui a suffi.

— Laissez-moi dormir maintenant, a-t-il marmonné en balayant l'air autour de lui d'un vaste mouvement de bras pour nous chasser.

Gabrielle

Les cris que j'entends ne sont pas ceux des baleines, monsieur Thomas. Mais c'est vrai que je serais prête à mourir pour ne plus les entendre. C'est Philippe qui m'appelle, monsieur Thomas. Il n'est pas échoué sur le rivage, il gît au fond de l'eau. C'est normal que vous le mélangiez avec les baleines… Mon fils est bon nageur, monsieur Thomas. Il a toujours aimé l'eau. Il peut rester longtemps sans respirer. Il s'est pratiqué souvent. À la piscine et au lac Rond. Mais Philippe est un enfant, pas un baleineau. Il ne peut pas vivre aussi longtemps sous l'eau.

Au printemps de ses dix ans, Philippe dévorait les livres. Les encyclopédies surtout. Il pouvait engloutir des montagnes d'information et, contrairement aux baleines bleues qui avalent des tonnes d'eau en recrachant presque tout pour ne retenir que le krill, Philippe emmagasinait d'extraordinaires quantités de connaissances et les gardait emprisonnées dans sa fabuleuse mémoire. Il parlait peu mais lorsqu'il se décidait, ce qui sortait de sa bouche ressemblait à une leçon, remplie de détails et de précisions.

Philippe savait que les fourmis peuvent transporter 25 fois leur poids, que l'ornithorynque est un mammifère même s'il pond des œufs, que le soleil est une étoile et la lune un satellite, que le lac Baïkal en Russie est le lac le plus profond du monde, que le fémur est le plus grand os du corps humain, que le savant Isaac Newton est mort en 1727, qu'il existe des grenouilles volantes et des anguilles électriques, que notre planète est un grain de sable parmi toutes les galaxies de l'univers, qu'il existe des milliards d'étoiles, que l'atome est le plus petit grain de matière et que le kiwi est un oiseau incapable de voler. À dix ans, mon petit savant possédait un impressionnant bagage de connaissances et à force de se pratiquer il pouvait retenir sa respiration sous l'eau pendant deux minutes et trois secondes, mais il avait un mal fou à gérer les moindres sources de mécontentement.

Le 22 mai 1949, j'ai dû me présenter à l'urgence de l'Hôpital Notre-Dame avec Philippe. Mon fils avait une entaille sur le front qui nécessitait des points de suture et le gros orteil de son pied droit était cassé. Il avait cédé à une crise de colère en écoutant *Tante Lucille* à la radio parce que l'animatrice à qui il avait envoyé une lettre et un dessin n'avait pas mentionné son nom à la fin de son émission. Philippe n'était pas si orgueilleux, mais il avait un besoin démesuré d'être aimé, reconnu et valorisé. Sa confiance en lui et en l'amour qu'il pouvait susciter restaient fragiles. Il réclamait sans cesse des preuves d'affection et interprétait le moindre refus, la plus petite critique comme une marque de rejet. J'aurais tout donné pour parvenir à le convaincre qu'il n'avait pas à exiger autant de lui, de moi ou des autres, qu'il n'avait pas à tout connaître pour que je l'aime, qu'il n'avait pas à fracasser des records d'apnée pour que je l'admire et que les blessures qu'il s'infligeait me faisaient souffrir moi aussi.

Lorsque Philippe a obtenu son congé de Saint-Jean-de-Dieu, je me sentais prête à tout et je croyais posséder d'inépuisables réserves d'énergie, de patience et d'amour. Au printemps de ses dix ans, après des mois à ne vivre que pour lui dans des conditions de plus en plus éprouvantes alors que son apathie fondait au soleil et que les épisodes de crise devenaient plus fréquents, je me suis surprise un jour à éprouver de la haine envers Philippe. Étendu sur le sol, en sueur et écarlate, il martelait le plancher à coups de poing, emporté par une brusque colère dont je ne me souviens pas l'origine. J'éprouvais souvent de la honte. Cette fois, pendant un moment, je l'ai détesté. Je songeais à nos propriétaires au rez-de-chaussée condamnés à endurer ce vacarme. J'imaginais madame Pawlak, si bonne, si généreuse, occupée à calmer son mari qui depuis longtemps rêvait de nous mettre à la porte pour ne plus avoir à endurer les « crises de fou » de Philippe.

Ça ne m'est pas arrivé souvent et je n'ai jamais détesté Philippe longtemps. Quelques minutes, tout au plus. De brusques flambées vite éteintes. L'amour maternel refaisait toujours rapidement surface. N'empêche… J'en suis quand même venu à détester mon propre fils. Le savait-il ? Les enfants ont l'instinct aiguisé des petits animaux. Philippe a-t-il détecté mes sentiments ? Ai-je aggravé son mal en lui laissant voir que mes réserves d'amour étaient épuisées ?

Au début de l'été, j'étais à bout. Je me sentais seule, impuissante, découragée et exténuée. Je n'en pouvais plus de vivre avec l'impression de marcher sur un champ miné, dans la peur constante qu'une bombe éclate sous mes pieds. J'avais la tâche de protéger Philippe, j'étais sa mère, c'était à moi de trouver la manière, mais je n'y arrivais pas. Le jour où j'étais allée le chercher dans l'aile des enfants à Saint-Jean-de-Dieu, une religieuse qui me dépassait d'une tête, bâtie comme un homme, avec de tout petits yeux très ronds et très perçants au milieu d'un visage couleur de farine, m'avait livré un discours que je n'oublierai jamais.

— On vous le rend même si sa place est ici. Quand la porte de l'asile va se fermer derrière vous, dites-vous bien, ma petite dame, que vous êtes responsable de cet enfant à partir de maintenant. Il va vous faire damner et vous aurez couru après. S'il est arrivé jusqu'ici une première fois, c'est parce que vous en veniez pas à bout. Il y a rien de changé sauf que maintenant, c'est plus notre problème.

Le 23 juin 1949, Philippe et moi avons pris le train pour Sainte-Adèle. Dans les semaines précédant notre départ, j'avais compté les jours qui nous séparaient de nos vacances annuelles dans le chalet de bois à côté de l'immense domaine des Stevenson. Le terrain était minuscule, le chalet aussi, mais c'était quand même notre paradis. Autour de nous, la forêt était assez dense pour qu'on ait l'impression d'être seuls et le lac était tellement proche qu'en dix enjambées on était à l'eau. On ne rencontrait jamais nos voisins, ni leurs invités. Perchée plus haut, près de la route, la maison des Stevenson, entourée d'une vaste véranda grillagée, surplombait la piscine et le terrain de tennis privés. C'est là qu'ils buvaient, mangeaient, s'amusaient. Le lac leur servait uniquement de décor.

J'étais sûre que Philippe voudrait plonger à l'eau en arrivant, comme à chaque été. Il a préféré s'installer sur une des deux chaises Adirondack devant le chalet.

— Viens nager, Philippe! Ça va te faire du bien.

Il a fait non de la tête, l'œil morne, la mâchoire tendue. D'humeur sombre depuis plusieurs jours, il semblait presque fâché d'être arrivé au lac. Ça m'a achevée. J'avais tellement besoin de joie, de paix, de légèreté, de plaisir. J'ai rentré ma valise dans le chalet, pris mon maillot et je me suis glissée dans l'eau.

C'était… merveilleux. Le lac était calme, l'eau délicieusement tiède. J'ai nagé sur le dos, le regard errant dans le ciel limpide où brillait un bon gros soleil chaud. J'ai nagé longtemps, consciente de m'aventurer un peu trop loin et heureuse de le faire, comme si en agissant ainsi je redevenais la petite Gabrielle de jadis, la lutine de l'anse, insouciante et gaie.

En soirée, nos voisins ont reçu de nombreux invités. Les rires fusaient et la musique de danse enterrait le chant des cigales. Philippe est resté enfermé dans sa bulle à ruminer je ne sais quoi. J'ai proposé une baignade nocturne, une partie de Monopoly, des guimauves sur le feu, sans succès.

— Qu'est-ce qui ne va pas, Philippe? Dis-le moi, je veux comprendre… Tu n'es pas content d'être ici?

Il a haussé les épaules et s'est emparé d'un livre pour paraître occupé. La musique et les rires ont duré une bonne partie de la nuit. C'était la première fois que ça arrivait. J'ai mis du temps à m'endormir et je me suis réveillée tard. Philippe avait choisi de s'installer sur un divan-lit au rez-de-chaussée en me laissant la chambre de la mezzanine. Je l'ai trouvé dehors sur la berge occupé à nourrir des canetons sous l'œil sévère de la mère, prête à rappeler ses petits au moindre bruit ou mouvement alarmant. C'était une scène ravissante que de voir mon fils entouré de ces mignonnes bêtes duveteuses qui venaient jusqu'à lui pour prendre un morceau de pain dans sa main.

Philippe parlait. En m'approchant silencieusement, j'ai pu entendre ce qu'il racontait.

— Tu en veux encore? Pas de problème. Je vais t'en donner tant que tu voudras. Je suis pas méchant, moi. Dans la maison des fous, ils disaient que j'étais méchant. C'est pas vrai. C'est eux qui sont méchants. Vraiment méchants!

Mon cœur battait tellement vite et tellement fort qu'il me semblait que Philippe pouvait l'entendre. Il a fouillé dans sa poche pour en sortir un autre morceau de pain. Dans l'intervalle, croyant le repas terminé, les canetons avaient déjà commencé à s'éloigner.

— Eille! Revenez! C'est pas fini! J'en ai d'autre! a crié Philippe, alarmé, faisant ainsi fuir pour de bon la mère et les petits.

Furieux, Philippe s'est emparé d'une roche à ses pieds et l'a lancée en direction des canards. Philippe n'avait jamais été habile avec un projectile et il détestait les jeux de ballons. C'est par hasard que la pierre a frappé l'eau au milieu de la mêlée, ratant de justesse un petit.

Je me suis précipitée vers Philippe. Il s'est tourné vers moi, les yeux étincelants de rage.

— C'est à cause de toi qu'ils sont partis.

— Non, Philippe. C'est faux. Tu le sais. Ils avaient le droit de partir. Mais toi, tu n'as pas le droit de leur faire mal. Comprends-tu? TU N'AS PAS LE DROIT!

J'étais hors de moi. Depuis sa sortie de l'asile, c'était la première fois qu'il s'en prenait à d'autres que lui.

— Pffft! C'est des pas bons!

— Les canetons? Qu'est-ce que tu racontes?

— Ils ont juste une mère. Leur père s'est sauvé. Pourquoi? Hein? POURQUOI?

Un coup de poing ne m'aurait pas fait plus mal. Mes oreilles se sont mises à bourdonner et je me suis sentie étourdie. Philippe criait et gesticulait devant moi mais je ne l'entendais pas.

Philippe savait que son père était disparu avant l'accouchement. Mon fils n'avait jamais manifesté le désir d'en apprendre davantage. Et là, tout à coup, je découvrais qu'il jonglait avec toutes sortes de pensées depuis des années sans doute.

Il continuait de hurler. J'étais encore sonnée, mais j'ai quand même capté quelques phrases.

— C'est de ta faute, crachait-il. Tu as laissé partir Lou. Je te déteste. Je te déteste !

Il avançait dans ma direction. En reculant, je suis tombée. Philippe s'est jeté sur moi. Ses mains ont entouré mon cou, ses doigts se sont resserrés. Je ne sais pas pourquoi je ne me suis pas débattue. J'aurais dû. J'étouffais. Mais j'étais pétrifiée. Son visage était affreux à voir. J'ai fermé les yeux. Je me souviens d'avoir pensé que j'allais mourir.

Je n'ai pas éprouvé de soulagement lorsqu'il m'a relâchée. Je respirais encore mais je me sentais morte. Philippe a attendu que je me redresse. Je suis restée assise sur le sable mouillé. Philippe pleurait.

Je l'ai vu réfléchir. Les pensées tournaient à toute vitesse dans sa tête pendant que les larmes continuaient de glisser sur ses joues. Il a ouvert la bouche pour dire quelque chose, mais ses lèvres se sont refermées sur un long silence.

Il s'est retourné et il est entré dans l'eau. Il a nagé rapidement. Son crawl était presque parfait. Ses bras fendaient la surface, ses pieds soulevaient un bouillon de petites vagues. Il a dépassé la limite autorisée, une bouée rouge utilisée par des pêcheurs pour attacher leur chaloupe. Je n'ai rien ressenti. Je le voyais s'éloigner. Je ne pensais à rien. J'étais comme un pantin. Un pauvre Pinocchio. Sans cœur, sans âme, sans cervelle.

J'ai vu Philippe plonger vers le fond. En temps normal, j'avais la tâche de compter les secondes. Je ne l'ai pas fait.

Combien de temps s'est écoulé?

J'ai subitement compris, comme en un éclair mais trop tard, que Philippe aurait dû remonter à la surface depuis un moment déjà.

J'ai su aussitôt qu'il s'était noyé.

Alors j'ai crié. Plus fort que les oiseaux de mer. Plus fort que les loups et les lions et les hyènes et toutes les bêtes de la jungle réunies.

J'ai crié jusqu'à ce que ma voix s'étrangle.

Harold

Elle continuait de hurler aussi fort qu'elle pouvait. Debout, le dos appuyé au mur de la chambre, les yeux ouverts mais aveugle à tout, elle n'était pas en proie à une crise d'hystérie ou d'angoisse. Ce qui jaillissait n'était qu'un trop-plein de souffrance.

J'ai entendu Thomas arriver derrière moi. Il est resté dans l'embrasure de la porte.

— Pauvre fille. Ça fait mal au cœur. Mais il faut que ça sorte. C'est mieux comme ça.

C'est tout ce qu'il a dit avant de retourner à sa chambre.

J'ai attendu. Elle a crié jusqu'à ce que sa voix s'éteigne. Son corps a glissé lentement le long du mur et elle s'est recroquevillée sur le sol, les bras serrés autour des genoux, la tête légèrement inclinée d'un côté, les pans de sa longue robe de nuit bleu pâle étalés à ses pieds.

J'ai vu dans ses yeux le moment où elle a pris conscience de ma présence. Un voile liquide a mouillé son regard. Elle a fait une tentative pour se ressaisir, une seconde à peine, avant de céder. L'eau s'est mise à trembler. J'avais observé une transformation semblable des dizaines de fois chez des patients. C'est le moment où ils découvrent qu'ils ne sont plus seuls avec leur souffrance. L'apparition d'un témoin en qui ils ont confiance ouvre une brèche dans leur forteresse. Épuisés, ils baissent les bras et se découvrent un vieux fond de tendresse pour eux-mêmes.

Je savais qu'elle parlerait. Elle a mis longtemps avant de se décider. Une heure au moins sans prononcer une parole, sans bouger. À plusieurs reprises, ses yeux de sable, de cendre et de terre se sont posés sur moi. Ils ne demandaient rien, ne cherchaient pas à fouiller ou à comprendre, ils se posaient simplement comme font les oiseaux sur une branche.

— J'ai tué mon fils, a-t-elle commencé.

Je n'ai pas bronché. J'étais persuadé que c'était faux même si elle y croyait.

Elle a parlé pendant des heures. Elle m'a fait le récit de sa vie depuis le jour où elle a rencontré Lewis Stevenson, le fils d'un homme renommé pour sa fortune familiale. Il lui a fait un enfant qu'elle a follement ou bravement décidé d'élever seule. Or, l'enfant s'est révélé un cas pathologique d'ego monstrueux apparemment exacerbé par le rejet du père déguisé en parrain. Selon la description donnée, ce dernier serait un être immature, excessif, chimérique, colérique et narcissique. La mère a cru, comme souvent, qu'à force de patience et d'amour, elle arriverait à faire de son fils un être socialement adapté. Or, à neuf ans, Philippe a été interné après avoir volontairement blessé un camarade. En découvrant l'effet débilitant de l'internement sur son fils, Gabrielle a tout fait pour le sortir de l'asile. Elle y est parvenue avec l'aide du père biologique qui ne s'est pas engagé davantage. Gabrielle Deschamps a alors entrepris la tâche héroïque de veiller sur son fils à plein temps. Seule et sans aide parce que tous ceux qu'elle avait consultés, prêtres, amis, médecins, curés, soutenaient qu'il suffisait d'une bonne dose de discipline sinon de quelques prières pour venir à bout de l'enfant.

Il y a un peu plus d'un an, Philippe s'est noyé après avoir tenté d'étrangler sa mère. Il avait l'habitude de jouer à retenir son souffle dans l'eau. C'était une sorte de jeu, un défi. Gabrielle croit que son fils était tellement honteux et désemparé après s'en être pris à elle que, dans un élan de fureur contre lui-même, il s'est saoulé de profondeur en s'aventurant trop loin sous l'eau. Lorsqu'il a ressenti l'urgent besoin de remonter, il a découvert qu'il n'avait plus assez d'air pour atteindre la surface.

Depuis, Gabrielle Deschamps rejoue sans cesse cette scène dans son imagination. Elle voit son fils, seul, épouvanté, luttant désespérément pour atteindre l'air libre et incapable de le faire. Même si elle sait que c'est impossible, elle l'entend crier. Il l'appelle au secours. Comme les baleines en détresse. Aujourd'hui encore, Gabrielle se sent prête à tout, elle voudrait accourir, elle n'a pas peur de périr, mais c'est impossible. Philippe est mort.

— Il ne voulait pas mourir. Je le sais… Il était impulsif. Il se laissait emporter par ses émotions. Il n'avait pas ce qu'il faut pour les dompter. Et je n'ai pas su lui montrer. J'aurais voulu, j'ai essayé, mais je n'ai pas trouvé comment. J'ai su lui apprendre à marcher, à nager, à lire, à compter, mais pas à vivre.

Elle s'est arrêtée, horrifiée par cet aveu qui à ses yeux résumait toute l'histoire. Elle n'avait pas réussi à transmettre à son fils les outils nécessaires qu'une mère a le devoir de transmettre à son enfant. Je cherchais les mots pour l'apaiser, la consoler, lui faire comprendre qu'elle s'était engagée sur une voie sans issue avec Philippe. Peu de gens auraient pu faire mieux. Son fils était malade. Le pire, dans ces cas particuliers où les manifestations peuvent d'ailleurs ressembler à de la simple mauvaise foi, à de l'égoïsme ou à de la cruauté, c'est que la personne atteinte, un enfant dans le cas de Philippe, semble fonctionner normalement pendant certaines périodes, ce qui contribue à berner les médecins et d'autres personnes potentiellement aidantes. C'est aussi ce qui rend les épisodes de crise si troublants pour les proches. Ils finissent par espérer secrètement qu'elles ne se reproduiront plus et soudain, c'est la catastrophe. Encore et encore. La psychiatrie moderne n'offre que des ressources d'isolement. On les met à l'écart sans les soigner. Et pour en venir à bout, un personnel peu formé sinon ignorant utilise des méthodes archaïques et barbares pour les contraindre à se tenir tranquilles. Le contexte ouvre la voie à toutes sortes d'abus. Je n'ai pas de mal à imaginer Gabrielle chavirée en découvrant l'effet des prétendus traitements sur son enfant.

Je cherchais les mots, mais j'étais trop ému. Je n'avais jamais eu pareille réaction à l'écoute d'un récit de vie. Ce que j'éprouvais était bien au-delà de l'empathie. Un peu comme Gabrielle avec Philippe, bien que ce soit ridicule de comparer, j'avais physiquement mal de la voir souffrir. J'aurais voulu prendre sur moi une part de sa souffrance pour qu'elle soit moins torturée.

— Philippe n'avait jamais levé un petit doigt sur moi avant. S'il a cédé à une telle rage, c'est parce qu'il était depuis longtemps tourmenté par les cachotteries sur son père. Mon fils était trop intelligent pour ne pas deviner que je lui dissimulais quelque chose de grave. Il avait sans doute compris, sans l'admettre clairement, que Lewis était plus qu'un parrain. Ce matin-là, l'abcès a crevé. Philippe a réagi avec ce qu'il était, ce qu'il avait et ce qui lui manquait. Il s'en est pris à moi d'une manière effrayante, je m'en souviendrai toujours, c'est sûr, mais il a eu tellement honte après qu'il s'est tué. Sans le vouloir. J'en suis persuadée. Et ça rend sa mort encore plus terrible. Philippe a cherché une façon d'évacuer le torrent d'émotions en lui et le mieux qu'il a trouvé c'est de plonger dans l'eau et de nager le plus loin possible vers le fond en retenant sa respiration. Imaginez sa panique quand il s'est mis à suffoquer alors qu'il voulait fendre l'eau comme les baleines pour aller respirer à l'air libre !

Elle a repris son souffle, dégluti avec difficulté, baissé les paupières puis relevé vers moi des yeux gonflés d'eau.

— Je l'ai tué.

Elle avait murmuré l'aveu dans un filet de voix.

— Non, Gabrielle, vous n'êtes pas responsable de la mort de Philippe. Ce qui est arrivé, c'est une noyade, une noyade par accident.

— Je l'ai sorti de l'asile. J'avais la responsabilité de le protéger.

— Personne n'aurait réussi à le protéger. Philippe souffrait d'un trouble de personnalité grave. Un jour, peut-être, je l'espère, la médecine saura mieux aider les enfants comme Philippe. Pour l'instant, on les enferme dans un asile pour qu'ils ne nuisent à personne, mais est-ce vraiment mieux ? C'est parce que vous aviez pitié de lui que vous avez remué mer et monde pour le sortir de Saint-Jean-de-Dieu. Vous êtes brave, Gabrielle. Aimante. Généreuse.

— Je l'ai tué.

— Non.

— Je l'ai TUÉ.

— Non.

— JE L'AI TUÉ.

— NON !

J'avais crié ce non. C'était un non catégorique, impératif, inviolable. Je l'avais prononcé sur un ton qui ne supportait pas de réplique. Elle m'observait. Saisie, émue, encore incrédule mais ébranlée. J'ai compris que ce non si ferme était la clé. Elle n'y croyait peut-être pas encore, mais elle acceptait de s'en remettre à moi. Elle rendait les armes. Depuis un an, elle défendait une forteresse enfouie au fond d'un lac à la mémoire de son fils. En capitulant, elle se libérait. Elle remontait à la surface.

Seule mais vivante.

Gabrielle

Thomas attendait le retour du docteur Beattie pour aller en mer.

— Le temps s'est éclairci. La visibilité est parfaite. Si le docteur revient assez vite, on va le convaincre, pas vrai? Vous serez pas trop de deux pour m'aider. Je me fous de ma patte. À mon âge, on a moins besoin de se préserver.

Il a répété à peu près le même discours deux ou trois fois pendant la journée, mais sans manifester trop d'impatience. Il paraissait résigné à contempler la mer par une fenêtre.

Il n'a pas repris ses récits. Peut-être en raison de l'absence du docteur. Ou parce qu'il avait raconté ce qu'il voulait raconter. Harold voyait juste en disant que Thomas souffrait de ne pas avoir été entendu. Le récit des deux grandes guerres de sa vie, l'une de l'autre côté de l'océan et l'autre ici, l'avait apaisé. Ça se voyait, ça se sentait. Thomas semblait bien. Ou mieux.

Moi aussi.

Pour la première fois depuis une éternité, je réussissais presque à ne penser à rien. J'avais l'impression d'être une survivante après une catastrophe. La chute d'un météorite, un ouragan, une collision de trains ou un naufrage. J'avais gagné le droit d'être simplement vivante alors j'y consacrais toute mon énergie. Sans faire d'efforts, sans batailler. J'imitais les baleines. Je flottais. Je glissais. Je laissais les courants me porter.

Était-ce l'influence de Thomas ? J'admire notre fou des baleines d'avoir survécu à tant de misères en préservant une si belle capacité d'émerveillement. C'est dommage que sa passion des baleines s'exerce parfois à l'encontre des humains. Thomas s'en veut d'appartenir à une espèce qui a inventé les guerres et surtout, d'y avoir lui-même participé. Comme moi, il essaie de se racheter.

Le docteur Beattie est rentré tard. Il semblait épuisé. En nous apercevant, Thomas et moi, assis devant la grande fenêtre, son visage s'est éclairé d'un sourire.

— J'ai réussi à me libérer, nous annonça-t-il aussitôt. Demain, on ira sur l'eau. Voir les baleines.

Thomas

J'ai rêvé à Lomer. Et au beau milieu du rêve, Lomer est devenu moi. Puis à un moment donné, Henri s'est ajouté. Ce qui fait que c'est moi qui étais avec Henri. Mon frère. En tout cas. On s'était arrêtés sur la côte un peu passé Bergeronnes parce qu'une grosse Bleue s'était échouée. La grève était déjà remplie d'hommes qui avaient commencé à l'éplucher. Il y en avait partout. Montés sur son dos, accrochés à ses flancs, assis sur sa queue.

Henri s'est mis à hurler.

Arrêtez, vous avez pas le droit !

Henri est pas du genre à prendre les devants. C'est pas lui, d'habitude, qui menait la parade. N'empêche que dans mon rêve, c'est Henri qui défendait la baleine. Moi, j'y comprenais rien. À mes yeux, il y avait rien à défendre vu que la baleine était morte.

Henri s'est jeté sur un homme armé d'un gros couteau pour qu'il arrête d'écorcher l'animal. J'ai vu que ça risquait de mal tourner, ce qui fait que j'ai pris mon frère par le bras, je l'ai forcé à lâcher prise et je l'ai entraîné un peu plus loin.

Qu'est-ce qui te prend ? T'es fou ? j'ai demandé.

Il m'a regardé avec un air étrange et j'ai vu qu'Henri comprenait quelque chose que j'avais pas compris.

C'est pas une baleine, Thomas, qu'il m'a dit. C'est une cathédrale. Il faut pas démolir les cathédrales. C'est sacré. Dis-le au curé, Thomas ! Dis-le à tous ces charognards. Dis-le, promets-moi…

Ce pauvre Henri était vraiment dans tous ses états. Il en faisait pitié.

C'est là que je me suis réveillé. J'étais le premier. Mais le docteur a pas tardé et la pauvre fille non plus. C'était pour elle autant que pour moi que je voulais aller aux baleines.

Gabrielle

C'était bon d'être en mer. Pas seulement à cause de la douceur de l'air et de la lumière de l'eau. C'était bon d'avancer en silence avec Thomas et Harold. C'était bon d'être dehors. C'était bon de respirer.

Je ne m'attendais à rien. Je n'attendais rien. Thomas attendait, lui. Il espérait. Le docteur Beattie – Harold, dans ma tête j'ai cessé de l'appeler docteur Beattie mais en personne je n'ose pas encore, ça viendra peut-être –, le docteur Harold nous épiait, Thomas et moi. Ses sujets d'étude. Je suis sûrement un cas intéressant, moi aussi.

Il ne s'est rien passé pendant des heures. Et en même temps, il se passait des millions de choses. Sous notre barque, au fond de l'océan, des baleines nageaient, heureuses et paresseuses. Au-dessus de nos têtes, de grands oiseaux blancs fouillaient la mer en quête de poissons. Dans le ciel, des nuages pâles et légers flottaient, poussés par le vent. Tout autour de nous et plus loin encore, la mer changeait mille fois de couleur.

Dans mon cœur, il y avait encore des moments de grands ravages. Des paniques soudaines que je ravalais lentement, les yeux fermés, en gardant en mémoire les mains noueuses de

Thomas ou le regard d'Harold. J'ai beaucoup pensé à Philippe. Je l'ai imaginé ici, au creux de l'océan. Avec les baleines. Il me semblait que si je faisais l'effort, si dans mon esprit, en réunissant tous les souvenirs que j'avais de lui, j'allais le déposer doucement dans le ventre de la mer, il y serait bien.

Alors, je l'ai fait. Une fois, deux fois, trois fois.

J'ai cueilli Philippe et je l'ai bercé dans mes bras. Longtemps, longtemps. Philippe tout-petit et Philippe plus grand. Puis, sans bruit, j'ai glissé dans l'eau et j'ai nagé avec lui pour aller le déposer dans un nid de sable au fond de l'océan. J'ai demandé aux baleines de veiller tendrement sur lui. Jusqu'à la fin des temps.

Vers midi, Harold a aperçu la première baleine. J'ai raté l'apparition mais j'ai pu en constater l'effet sur Harold. J'ai été frappée de le trouver si beau. Je m'en étais souvent fait la remarque, mais c'était particulièrement flagrant à cet instant précis. Harold était ébloui par la baleine. Comme Thomas d'ailleurs. Mais il dégageait en plus cette force tranquille que je lui enviais tant et qui soudain m'attirait vers lui comme la lune attire l'eau de mer.

Thomas le regardait. Satisfait. Content de découvrir que son docteur était sous le charme lui aussi.

Moi, j'étais un peu avec eux et beaucoup avec Philippe. Ça allait.

Elle est arrivée sans qu'on la devine. Seule. C'est rare. Thomas nous avait déjà expliqué que les blanches sont peu solitaires.

Quand je l'ai vue, elle était déjà tout près. Tout près de moi. De mon côté du bateau. Je n'ai pas eu à me déplacer.

Thomas et Harold n'ont pas bougé. Ils avaient compris que cette baleine-là était venue pour moi.

Elle m'a laissé allonger un bras et caresser son dos. Ma main tremblait. C'est normal. Je l'ai sentie frissonner sous mes doigts. Pas parce qu'elle avait froid. Parce qu'elle avait senti ma main sur sa peau.

J'avais arrêté de respirer. C'est normal.

Elle aurait pu repartir tout de suite. J'aurais éventuellement recommencé à respirer, consciente d'avoir reçu un merveilleux cadeau. Mais elle n'est pas repartie tout de suite. Elle s'est retournée sur le dos et elle m'a regardée. Son petit œil rond et rieur est resté un bon moment fixé sur moi.

Un souffle d'air s'est brusquement échappé de mes lèvres en chuintant. J'avais recommencé à respirer. Elle a continué de me fixer avec son petit œil rond pendant que ma respiration redevenait normale.

C'est ce qu'elle attendait, je crois, avant de s'éloigner.

Harold

Notre sortie en mer ce jour-là valait bien des carnets.

Au retour, j'ai écrit une lettre à Mathilde pour lui annoncer que je resterais ici. Je ne l'ai pas invitée à me rejoindre. Je savais qu'elle aurait du chagrin mais qu'elle ne sombrerait pas. Chère, chère Mathilde. J'espère avoir trouvé les mots justes, mais je n'en suis pas sûr.

J'ai pris ma décision en observant Gabrielle. Le déclic s'est fait au moment où sa main s'est posée sur la baleine blanche. Depuis, j'ai moi-même cherché les mots pour m'expliquer ce que j'éprouve.

Mathilde est merveilleuse. Mais la petite lutine de l'Anse m'a atteint comme personne ne m'a jamais atteint et sans doute aussi comme personne d'autre ne le pourrait. Si j'étais simplement sensible à sa souffrance, je m'éloignerais. Non. J'admire cette petite femme. J'aime sa façon de porter son fardeau. J'aime l'espérance qui brille encore en elle et que les épreuves n'ont pas réussi à éteindre. J'aime sa force vive et sa fragilité. J'aime son courage et son humanité. J'aime les rêves qu'elle semble porter.

Je crois bien que je l'aime tout entière.

Jamais je n'oublierai la main de Gabrielle sur la peau luisante de la petite baleine venue jusqu'à elle Dieu seul sait pourquoi.

Jamais je n'oublierai la dernière page du dernier carnet de Thomas.

C'est Gabrielle qui l'a trouvé ce matin. Il avait laissé le carnet ouvert sur le siège du fauteuil où il a passé tant d'heures à observer la mer.

21 juillet 1950

Ma Bleue est pas venue et elle viendra pas. Pauvre vieille. Elle était là tout ce temps. Mais j'avais pas compris. Je l'attendais ici pendant qu'elle m'attendait là-bas.

Elle m'appelait depuis des jours, des semaines sans doute, mais faut croire que j'étais pas encore prêt. Cette nuit, je l'ai entendue.

Clairement.

Les baleines produisent beaucoup de sons différents. C'est écrit dans les livres. À la saison des amours, dans les mers lointaines, elles chantent.

Elles crient pas au secours. Elles appellent pas à l'aide.

Elles chantent.

Ma Belle Bleue a chanté pour moi cette nuit. Et je l'ai entendue. C'était une invitation. Elle voulait que je la rejoigne.

Elle m'a dit que j'avais fait ma part pour la suite du monde. Que d'autres prendraient la relève.

Elle m'a dit que j'avais plus besoin de scruter la mer, ni d'avoir mal ni d'avoir froid.

J'ai gagné le droit de les rejoindre.

Alors, j'y vais.

La plage était déserte à notre arrivée. Thomas avait disparu. On aurait dit que les oiseaux de mer le savaient. Goélands, mouettes, pluviers et cormorans protestaient en piaillant, alarmés par la disparition de Thomas.

Gabrielle s'est avancée un peu, pieds nus dans l'eau comme pour se rapprocher de lui. En vain.

J'imaginais Thomas déjà loin. La marée avait monté puis elle était redescendue pendant la nuit. Il ne restait sur le sable que des cailloux pâles, des rubans d'algues, des coquillages nacrés.

Et nous.

Gabrielle

J'habite la maison bleue depuis un an déjà. Cent fois par jour je pense à Philippe et à Thomas.

J'aime penser que Thomas n'est pas seulement parti rejoindre sa Belle Bleue. Il s'occupe aussi de veiller sur Philippe. J'aime aussi imaginer Thomas se glisser lentement dans la mer et se laisser emporter tout doucement, sans avoir peur, sans se débattre. Ce n'est pas une noyade. Ce n'est pas un drame. C'est une histoire d'amour avec juste un peu de folie.

Après la disparition de Thomas, j'ai passé des semaines sur l'eau à épier les baleines en notant ce qui me semblait utile dans des carnets. J'ai aimé ces longues vigies solitaires en hommage à Thomas Dutoit. Pour la suite du monde et pour que tienne la terre.

Une fois la barque remisée pour l'hiver, j'ai commencé à lire les livres sur les baleines trouvés dans la cabane de Thomas. Harold m'a expliqué pourquoi Lomer a répandu de la peinture rouge sang sur les murs et le sol. J'ai beaucoup réfléchi depuis.

Je sentais qu'il existait un lien secret, très particulier, entre mon histoire et celle de Thomas. Celle de Thomas l'a mené à protéger les baleines. Harold croit comme moi que c'est une belle et nécessaire entreprise. Il en a beaucoup parlé avec le fameux biologiste de l'Université Laval qui consacre énormément de temps à l'étude des carnets de Thomas. Ce professeur croit, comme Thomas, et comme de nombreux scientifiques, que notre planète est en péril. Et que pour la survie des espèces, chaque maillon de la chaîne vivante est essentiel. Il ne dit pas que les baleines sont plus importantes que d'autres espèces, mais il ne juge pas non plus les propos de Thomas insensés.

J'ai longtemps cherché le lien manquant entre l'histoire de Thomas et la mienne. J'avais besoin de le trouver pour ma propre suite du monde. Pour que tienne ma terre. Je sentais aussi que ce lien m'aiderait à dissiper un certain malaise que j'éprouve parfois en me rappelant les discours de Thomas. La réponse ne m'est pas venue d'un coup. Elle s'est imposée peu à peu. Au fil de mes réflexions, des échanges avec Harold et des fréquentes plongées dans mes souvenirs. De Philippe comme de Thomas.

J'ai compris peu à peu que rien ne me déplaisait dans les positions de Thomas. Il n'y avait rien de condamnable dans sa défense des baleines. Seulement, il manquait quelque chose.

La défense des humains.

J'en ai discuté avec Harold. Les naturalistes jugent que nous devons mieux protéger notre environnement. C'est une belle pensée aussi neuve que louable. Ils jugent que les humains devraient davantage imiter les baleines en s'efforçant de ne pas déranger la nature qui les entoure. L'eau, la terre, le ciel, et tout ce qui y bouge, grandit, frémit, y compris les oiseaux, les insectes, les baleines, les porcs-épics, les chiens et les loups-marins.

Ma vie avec Philippe m'incite à espérer qu'un autre type de naturaliste verra le jour. Ceux-là se porteraient à la défense des humains. Ils célébreraient l'humain comme Thomas a célébré les baleines. Ils auraient pour mission de convaincre les hommes de respecter et de protéger leurs semblables et de rappeler à tous combien chaque être humain est précieux et inviolable, quel qu'il soit.

— Qu'en pensez-vous, Harold ?

Nous étions dehors, sous la lune, sur la berge, devant la mer désertée à cette heure par les oiseaux d'eau. Pendant que j'attendais sa réponse, une baleine a soufflé au loin. Mon ouïe s'est affinée. Je perçois des sons qui auparavant m'échappaient.

Le souffle des baleines et chacune de leurs manifestations, des plus infimes aux plus épatantes, continuent de m'enchanter. Cette fois, comme souvent, j'ai senti mon cœur danser.

Harold Beattie n'a pas répondu à ma question. Mais ses yeux me disaient que j'avais raison. Ils disaient aussi bien d'autres choses.

Ce jour-là, Harold Beattie a fait trois pas vers moi et il m'a embrassée pour la première fois.

Remerciements

J'ai pu bénéficier de l'aide extraordinairement précieuse et généreuse d'un grand nombre de personnes d'horizons différents dans la recherche et l'écriture de ce roman. Sans elles, mes personnages n'auraient jamais pu exister. J'aimerais souligner la participation de Gaby Villeneuve, férue d'histoire et amoureuse de Tadoussac, Benny Beattie, auteur de *Tadoussac, Les sables d'été*, Joëlle Pierre, du Centre Archéo Topo de Bergeronnes, Dr Michel Lemay, pédopsychiatre renommé qui m'a accordé une entrevue mémorable, Dr Bernard Boileau, pédopsychiatre à l'Hôpital Sainte-Justine, qui a répondu patiemment à mes nombreuses questions, Richard Sears, biologiste réputé mondialement pour sa connaissance des baleines bleues, René Roy, grand ami des baleines, Pierre Béland, biologiste, auteur inspiré de *L'adieu des baleines*, Bertha Otis et sa formidable mémoire, Rosaire Otis, merveilleux chasseur, pêcheur et conteur.

Merci également à Veronik de la Chenelière du GREMM, à mon père, Harold Demers, infatigable chercheur, à Pierre Collin, bel érudit, à Sœur Lise Bluteau, Sœur Berthe-Alice Colette, Rita Mailloux, mieux connue comme garde Mailloux, et Denise Richard qui ont si gentiment partagé leurs souvenirs.

Merci à tous les amis et amies qui ont lu et commenté ma première version, à Pierre Cayouette et Martine Podesto, qui m'ont témoigné un enthousiasme salutaire, à Myriam Caron Belzile, qui m'a servi d'ange gardien et à toute l'équipe de Québec Amérique qui a travaillé à ce roman.

MARQUIS

Québec, Canada

RECYCLÉ
Papier fait à partir
de matériaux recyclés
FSC® C103567

Imprimé sur du papier Enviro 100% postconsommation
traité sans chlore, accrédité ÉcoLogo et fait à partir de biogaz.

100%   PERMANENT   BIO GAZ ÉNERGIE